mâle, femelle
et autres espèces animales

MW01677562

Catalogage avant publication de Bibliothèque et Archives nationales du Québec et Bibliothèque et Archives Canada

Gauthier, Evelyne, 1977-
Mâle, femelle et autres espèces animales
ISBN 978-2-89585-336-7
I. Titre.
PS8563.A849M34 2013 C843'.6 C2013-940181-4
PS9563.A849M34 2013

© 2013 Les Éditeurs réunis (LÉR)

Illustration de la couverture : HelgaMariah, iStockphoto

Les Éditeurs réunis bénéficient du soutien financier de la SODEC et du Programme de crédits d'impôt du gouvernement du Québec.

Nous remercions le Conseil des Arts du Canada de l'aide accordée à notre programme de publication.

Nous reconnaissons l'aide financière du gouvernement du Canada par l'entremise du Fonds du livre du Canada pour nos activités d'édition.

Édition :
LES ÉDITEURS RÉUNIS
www.lesediteursreunis.com

Distribution au Canada :
PROLOGUE
www.prologue.ca

Distribution en Europe :
DNM
www.librairieduquebec.fr

Suivez Les Éditeurs réunis sur Facebook.

Imprimé au Canada

Dépôt légal : 2013
Bibliothèque et Archives nationales du Québec
Bibliothèque nationale du Canada
Bibliothèque nationale de France

Evelyne Gauthier

mâle, femelle
et autres espèces animales

roman

LES ÉDITEURS RÉUNIS

1

Ça promet...

(Août)

Le bonheur, c'est comme une note de musique :
si ça dure, c'est monotone.

François Lavallée

Nom :	Amélie Tremblay.
Âge :	Trente ans, mais pas de quoi en faire un drame, je m'en fous !
Sexe :	Féminin, et fière d'être femme !
Profession :	Rédactrice en chef de la prestigieuse – *yeah, right !* – revue *Féminine.com*. Anciennement chroniqueuse de la section Tests où je devais parler de trucs domestiques insignifiants tels que des essuie-tout ou des tringles à rideaux.
Statut social :	En couple, casée avec le beau Samuel Gagnon, mon dentiste favori – wouhou !

Mon *chum* a une chevelure bouclée châtaine, des yeux gris turquoise à faire damner un saint, des lèvres sensuelles et charnues qui lui donnent l'air d'un angelot et un sourire ravageur – évidemment, il est dentiste ! S'il avait un sourire moche, ce serait comme un chirurgien plastique avec un gros nez et des verrues – Samuel pourrait rivaliser avec le sublime Patrick Dempsey, alias Dr Shepherd de *Grey's Anatomy*. Mon amie Gabrielle, la reine des surnoms, l'a d'ailleurs rebaptisé Dr Torride. Ni macho ni rose, Samuel est l'équilibre parfait entre la virilité, la créativité, la sensibilité, la séduction et le charisme. L'incarnation type de l'un des derniers modèles masculins à la mode : le *novocasual*.

Grand et mince, mais sans complexe de supériorité par rapport à la beauté, Samuel inspire le bien-être presque en toutes circonstances. Il est juste assez musclé pour respirer la santé, mais sans avoir l'air d'un maniaque *boosté* aux stéroïdes ou d'un narcissique qui s'embrasserait les biceps toute la journée. Il a une démarche lente et aguichante, digne d'un danseur brésilien, et des mains longues et effilées – très habiles ! – qui donneraient envie de se faire masser pendant des heures. De plus, il dégage un agréable parfum léger, très subtil et légèrement épicé. Comme un pain d'épices ou une brioche à la cannelle. Miam… Cela donne envie de prendre une petite bouchée au passage !

Il cuisine divinement – ça tombe bien parce que j'ai du mal à me préparer un hot dog –, ne rechigne pas trop à faire des tâches ménagères, se fiche que j'aie l'air de m'être coiffée avec un râteau, que je chante comme un canard et que je sois tellement nulle comme ménagère que les minous de poils roulent dans la maison. Un de ses passe-temps favoris ? Observer le lever du soleil, assis dehors en sirotant un café. Quoi, vous pensiez que l'homme idéal n'existait pas ? Mais oui, il est réel ; c'est moi qui l'ai trouvé et je le garde !

J'aime la façon dont il me regarde – du coin de l'œil avec un petit sourire – quand on fait des activités ensemble telles que la cuisine ou l'épicerie – ouais ! je n'aurais jamais cru que d'acheter des légumes et des conserves pouvait être aussi excitant quand on est bien accompagnée. J'aime la façon dont il m'effleure le creux des reins de sa main quand il passe près de moi.

Je suis tellement heureuse que j'ai envie de chanter comme Julie Andrews dans son champ de fleurs dans *La mélodie du bonheur*. Reste juste à déménager avec Samuel et à me faire passer la bague au doigt – rien de moins !

Bilan de ma vie : beaucoup moins pathétique qu'autrefois et tout près de la perfection. *Yes* !

* * *

C'est un mercredi soir de la mi-août. J'arrive à la salle de réception où ma grande copine Gabrielle Bouchard – surnommée Madame-la-Mariée – et son mari Alexandre Bélanger – un genre de « montagne de muscles ambulante » jaloux et avide de contrôle – célèbrent leur premier anniversaire de mariage. Les fameuses noces de coton... Personnellement, j'aurais passé sous silence ce détail, mais ces deux-là aiment fêter en grand à la moindre occasion. Il y a même un orchestre !

Plutôt que de se contenter d'aller souper en tête à tête au resto, ils ont organisé une véritable réception ! Ils n'ont probablement pas encore fini de payer leur mariage qu'ils remettent ça. Il faut dire que, de nos jours, les mariages ne durent plus vingt-cinq ou trente ans comme avant. Les chances de Gabrielle et d'Alexandre de se rendre aux noces d'or ou de diamant sont aussi minces que j'en ai de gagner le prix Miss Univers, alors aussi bien profiter de toutes les occasions possibles pour célébrer leur union.

Gabrielle, la Saguenéenne qui ressemble à une Sicilienne, toujours parfaitement maquillée, manucurée et épilée, resplendit, comme d'habitude. Elle se déplace avec la grâce d'un chat et donne toujours l'impression d'un contrôle parfait. Des yeux noirs en amande à peine soulignés d'un trait de crayon et des cheveux bouclés brun foncé habilement coiffés – jamais un seul cheveu qui dépasse ! – complètent le portrait. Peut-être qu'un jour, on va découvrir que ses cheveux sont en plastique, en fait.

Alexandre est un grand gaillard de plus de 1,80 mètre, avec une coupe de cheveux en brosse, au *look* quasi militaire. Un héritage de sa mère... heu ! la personnalité, pas la coupe de cheveux ! Il a aussi de grands yeux verts qui regardent toujours dans tous les sens – pour mieux espionner Gabrielle, tel un vrai agent du KGB.

Gabrielle a beau être une *workaholic* accro du dernier iPhone – digne remplaçant de son ancien cellulaire et de son Palm Pilot, deux machines désuètes, dignes de la Première Guerre mondiale – et être une *control freak* qui a une peur bleue de l'échec, elle n'en est pas moins devenue une épouse dévouée à son homme et à son couple. Un peu plus, et elle se mettrait à cuisiner des tartes aux bleuets tout en planifiant la prochaine exposition de l'artiste le plus en vogue de l'heure pour sa galerie d'art.

Étonnant comme le temps est passé vite ! Dire qu'il y a un an, je me promenais au manoir Rouville-Campbell, l'air d'une tartelette au citron dans une robe de demoiselle d'honneur jaune serin avec des manches bouffantes – robe choisie bien évidemment par la mariée. Cette fois-ci, je suis vêtue d'une manière plus décente. Et en plus, je ne serai pas LA pauvre célibataire désespérée du lot d'invitées. J'aurai mon beau cavalier avec moi. Plus besoin de me soûler la gueule pour oublier que je suis misérable et seule au monde, comme j'avais souvent coutume de le faire dans les mariages. Maintenant, je peux boire par pur plaisir et pour célébrer mon nouveau bonheur. *Yes !*

Comme à son habitude, Camille, la vieille réceptionniste du magazine où je travaille, a cogné à ma porte cinq minutes avant mon départ, avec une urgence de la plus haute importance entre les mains. Je vais arriver en retard… Aïe ! J'espère que Samuel n'aura pas à attendre, seul avec des gens qu'il connaît à peine.

Après tout, nous ne sommes officiellement ensemble que depuis deux mois et je n'ai pu lui présenter qu'une partie de mes proches. Sans compter qu'il n'a jamais rencontré l'entourage de Gabrielle ou d'Alexandre. S'il fallait qu'en plus, le général nazi qui sert de mère à Alexandre le prenne en otage afin de le mettre en charge du livre d'or du *party*, ou pire, le nomme caméraman officiel de la soirée ! Horreur !

M'y voilà enfin ! Une douzaine de personnes sont présentes. Je ne vois nulle part les deux autres inséparables de notre groupe d'amis : Laurie et Antoine. Leurs conjoints respectifs brillent également par leur absence. Peut-être sont-ils pris dans le trafic ? Surprise ! Samuel n'est pas encore là. Il est plutôt ponctuel d'habitude. Bon, au moins, il n'aura pas eu à poireauter au milieu d'étrangers et je n'aurai pas à me sentir mal de l'avoir abandonné. De leur côté, Gabrielle et Alexandre sont introuvables. Étrange…

— Eh ! Amélie ! La grande copine de Gabrielle ! Ça fait un bail qu'on s'est vus, non ?

Je me retourne pour tenter d'associer un visage à la voix familière qui vient de m'apostropher. Malheur ! Mon sang se fige dans mes veines. C'est Benjamin. Je l'avais oublié, celui-là ! Si j'avais su qu'il serait ici... Pourtant, j'aurais dû m'en douter, puisque c'est le frère d'Alexandre. Il est vrai, pour ma défense, que je n'avais pas les idées très claires la dernière fois que je l'ai vu, au mariage de Gabrielle, alors ma mémoire en a pris un coup. Je ne sais pas s'il se souvient de m'avoir ramenée dans ma chambre d'hôtel parce que j'étais trop ivre pour la regagner sans aide. La honte ! Mon Dieu, faites qu'il ait oublié !

— Tu te souviens de la dernière fois qu'on s'est vus ? J'ai dû te ramener dans ta chambre d'hôtel parce que tu étais trop ivre pour t'y rendre par toi-même !

Zut ! Prière non exaucée. Une chance que je suis heureuse en ce moment, sinon je me dirais que Dieu m'en doit une. J'espérais tout de même ne pas avoir à revenir sur cette bourde. Fais comme si de rien n'était, Amélie. Avec un peu de chance, il va peut-être changer de sujet...

— Y avait longtemps que je n'avais vu une fille aussi partie, rigole-t-il. Pas depuis l'université, du moins. Ha, ha, ha !

Très drôle... C'est quoi, l'idée ? M'humilier en public ? Grand crétin ! Dire qu'il y a un an, j'avais été attirée par je-ne-sais-plus-trop-quoi chez Benjamin ; en tout cas, sûrement pas par le pamplemousse lui servant de cerveau. Une chance que Samuel n'a pas entendu cette histoire. Pas le genre de réputation dont j'ai besoin !

Leçon de vie : toujours surveiller mes faits et gestes lorsque j'ai bu un verre de trop, car ça pourrait me retomber sur le nez un jour, au moment où je m'y attends le moins. Et mes paroles aussi, tant qu'à y être. Essayons de parler d'autre chose.

— Et toi ? Comment vas-tu ? Et ta femme ?

Aussitôt, son sourire disparaît et son visage s'assombrit. Ses yeux se rivent au sol.

— Nous avons divorcé il y a trois mois, annonce piteusement Benjamin.

Oups ! Pour la leçon de vie, c'est mal parti ! Même sobre, j'arrive à me foutre les pieds dans les plats. Et puis, zut ! je ne pouvais pas savoir, moi. Mais je me sens mal quand même. Bon, passons l'éponge et abordons un sujet moins délicat.

Ah ! J'aperçois ma porte de sortie. Antoine – autrefois baptisé le clinquant à cause de son *look* tapageur de charmeur en puissance, aujourd'hui surnommé Robin des Bois – vient d'arriver avec Marianne. Comme d'habitude, monsieur le grand séducteur, aux yeux bleus et aux cheveux châtain foncé, est tiré à quatre épingles, dans un complet Hugo Boss qui a dû coûter l'équivalent de huit paniers d'épicerie.

Mais s'il est toujours aussi élégant, l'ancien coureur de jupons – qui a certainement couché avec la moitié des barmaids du bar Le Sex-symbol où nous allions chaque mois –, est un homme repenti et apparemment très amoureux de sa Marianne Dubé, une fleur exotique de 1,70 mètre, sortie tout droit d'Haïti. Cette stabilité amoureuse de la part du gars qui a pratiquement écrit les lois fondamentales du *Parfait manuel du parfait séducteur* et fait l'apologie du *playboy* libre me surprend encore. Je vais me précipiter vers eux pour me soustraire à ma situation gênante.

— Bon, bien… heu !… désolée pour tout ça, Benjamin. Je te laisse, je vais accueillir des amis. Bonne chance quand même.

Vite ! Il vaut mieux que je file sous d'autres cieux. J'espère que Samuel va arriver bientôt ; je vais peut-être faire moins d'imbécillités en sa présence. Au moins, quand il est là, mes pires idioties semblent amoindries, car il voit toujours le bon côté des choses.

Au moment où j'essaie de me défiler, je tombe sur madame Bélanger. Aïe ! La Führer semble au bord de la crise de nerfs, pour je ne sais quelle raison. À la même seconde, l'orchestre commence à jouer les premières notes de *Eye of the Tiger,* du film *Rocky III*. Ouf ! sauvée par la cloche !

— Et maintenant, clame la voix du chanteur dans les haut-parleurs, ceux que vous attendiez tous… Gabrielle et Alexaaaaaaaandre !

Aussitôt, telles deux vedettes de rock, les tourtereaux surgissent de derrière un treillis orné de vignes à raisins de plastique sous les applaudissements. Gabrielle se dandine tandis qu'Alexandre feinte des coups de poing comme un boxeur – le tout, sous le regard désespéré de maman Staline.

— Pfff ! Quel grotesque ! soupire-t-elle. Un anniversaire de mariage, c'est censé être sérieux. Une institution sacrée.

Hum !… Il y aurait des flammèches entre elle et Laurie, qui pense encore que le mariage est un vaste complot planétaire et séculaire pour avilir les femmes et les forcer à devenir des machines à bébés. Et puis, en quoi ça dérange, la madame contrôlante, que Gabrielle et Alexandre s'amusent ? C'est leur *party*, ils feront bien ce qu'ils veulent. De plus, on est entre nous, on ne reçoit quand même pas la reine d'Angleterre. Pas besoin de décorum royal.

— Heu !… Tout va bien, madame Bélanger ?

— Jamais rien ne fonctionne comme prévu quand on ne prend pas tout en charge soi-même ! crie-t-elle à qui veut l'entendre, c'est-à-dire personne. Vous êtes Amélie, n'est-ce pas ? Une copine de Gabrielle ? Croyez-vous ça, vous, que le chef a mis du jambon dans les minicroissants ? J'avais spécifié que je voulais de la dinde !

— Oui, mais Gab…

— Et les fleurs ! Je ne vous parle pas des fleurs ! Il me semblait avoir suggéré des lys blancs, pour les centres de table, pas des orchidées roses !

— Oui, mais c'est la fleur favorite de Gabrielle…

— Vous travaillez dans un magazine de mode, vous, non ? me coupe-t-elle encore. Qu'est-ce que vous pensez de son choix ? Je trouve que c'est d'un mauvais goût ! Ce doit être à la mode chez les jeunes, je suppose ?

Elle prononce « les jeunes » avec le même mépris qu'elle emploierait pour parler de pestiférés. Je suppose qu'elle nous perçoit tous comme une bande de dégénérés illettrés qui ont perdu le sens des vraies valeurs. Elle semble oublier que c'est l'anniversaire de Gabrielle et Alexandre, pas le sien. Si elle n'est pas contente, qu'elle s'organise son propre *party* et laisse les autres vivre et respirer un peu ! Il y en a qui sont incapables d'accepter qu'ils ne peuvent imposer leurs choix au reste de l'univers. Ça ne doit pas être facile de l'endurer sur une base régulière, celle-là.

Madame Bélanger se penche à mon oreille et murmure :

— Je trouve que ça ressemble aux... eh bien... aux parties intimes d'une femme, vous voyez ?

QUOI ? Ai-je bien entendu ? Aussitôt, je regarde les fleurs. Elle est joyeusement perverse, la madame, dites donc ! Peut-être est-elle en manque de sexe ?... Je retiens une grimace alors que des images tentent de se frayer un chemin dans ma tête. Stop ! *Too much information*... Si Samuel était avec moi en ce moment, il se marrerait sûrement et me sortirait une blague salée.

— Et dire que ces fleurs sont à la vue de tous, ajoute madame Bélanger. Bon, je vous laisse, je dois vérifier les couverts qu'ils ont choisis. Je parie qu'on ne m'a pas écoutée, ENCORE, et que...

Et elle poursuit son chemin, sans se rendre compte qu'elle parle toute seule et que sa jupe est coincée dans ses collants, exhibant une grosse culotte amincissante en lycra digne des corsets du XIXe. Elle qui se souciait des fleurs ressemblant à des parties intimes, elle devrait plutôt se préoccuper de son popotin. Est-ce que je lui dis que tout le monde a une vue imprenable sur la cellulite de ses cuisses et sur sa gigantesque craque de fesses ?... Naaaan !

* * *

Une demi-heure s'est écoulée et Samuel n'est toujours pas arrivé. En ce moment, j'ai l'impression de me confondre avec le tissu fleuri du sofa sur lequel j'ai pris place. À part mon cercle d'amis restreint, je ne connais personne. Et à peu près tout le monde est en paire. Antoine et Marianne jasent avec deux autres couples pendant que Laurie, affublée de son Félix – rebaptisé Flix par Gabrielle –, disserte sur la désuétude de l'institution du mariage.

— Oscar Wilde a dit : « On devrait toujours être amoureux. C'est la raison pour laquelle on ne devrait jamais se marier », pérore-t-elle.

Sacrée Laurie ! Il n'y a qu'elle pour dire une chose pareille à ce genre d'événement. Elle se fiche de savoir si c'est le bon moment pour une telle conversation et n'hésite pas à déverser son fiel sur tout ce qui bouge quand l'envie lui en prend. À l'entendre, l'amour n'est qu'un mythe comme le lapin de Pâques, un vaste complot millénaire orchestré par les autorités, au même titre que le secret derrière les attentats du 11 septembre et les extraterrestres de la Zone 51. Faudra appeler Mulder et Scully bientôt, si ça continue. Cela ne l'empêche pas d'être très amourachée de son beau Félix et d'avoir joint la *gang* du complot.

Je l'adore, ma Laurie. Elle est ma dose vitale de cynisme dans la vie : un mélange altermondialiste, féministe, écologiste, nouvelle flexitariste. Et surtout, elle s'oppose à tout ce qui est « convention sociale ».

Laurie, une designer multimédia aux cheveux courts, blond clair et décoiffés comme un porc-épic – l'air de dire « je viens de sortir du lit et je ne me donnerai pas la peine de me peigner pour répondre à vos critères de beauté machistes » – et à l'apparence généralement débraillée, dit toujours ce qu'elle pense – parfois sans réfléchir aux conséquences. Elle marche avec l'élégance d'un gorille, car pas question pour elle d'avoir une démarche un tant soit peu féminine. Elle rejette tout ce qui est accepté par les autres et spécialement la majorité. Quand tout le monde dit noir, elle dit blanc. Elle abhorre tout ce qui est « trop féminin ». Elle déteste le rose, pense que les robes et les jupes devraient être bannies, que les cheveux longs sont une forme d'asservissement de la femme. Mais elle a beau être une féministe acharnée qui tombe à bras raccourcis sur les bourreaux de l'humanité depuis toujours – et j'ai nommé la race masculine –, cela ne l'empêche pas de se transformer en servante pour son beau Félix.

Flix, son cher programmeur-analyste au physique franchement moyen, vit dans sa bulle en parlant à peine aux autres et en se confondant avec la tapisserie du mur. Ce gars-là est tellement amorphe que c'est à se demander s'il a un pouls. Quant à Madame-la-Mariée, elle est trop occupée à recevoir des compliments pour remarquer les tirades antimariage de Laurie, et c'est très bien ainsi. Chacun à sa place et les poules seront bien gardées, quoi.

J'ai fini par apprendre, après deux appels au cabinet de Samuel, qu'il avait eu une urgence de dernière minute. Impossible de se libérer. L'une des réceptionnistes, Megan Johnson, me transmet son message d'excuse : « Samuel dit qu'il fera tout son possible pour être là au plus vite. » Je n'en suis pas fière, mais je suis un peu déçue.

Qu'est-ce que j'ai fait à la vie pour devoir endurer ce genre de soirée, deux ans d'affilée... encore seule ? Et puis, zut ! Pourquoi suis-je incapable d'être autonome ? Ne m'étais-je pas juré, par le passé, d'être indépendante face à mes conjoints ? De ne plus calquer ma vie sur la leur ? Alors, pourquoi est-ce qu'à la première occasion, je refais cette erreur ?

Après tout, qu'est-ce que ça peut faire que Samuel ne soit pas avec moi ? Ce détail insignifiant ne devrait pas me déranger. Mais, en même temps, je sais très bien pourquoi cela m'atteint : en ce jour où Gabrielle célèbre son premier anniversaire de mariage, j'aurais aimé, moi aussi, montrer à tous que j'ai un copain. Bref, que je ne suis pas qu'une fille cinglée et pathétique, et que OUI, un type est assez fou pour m'aimer et vouloir être avec moi. J'aurais voulu qu'on me regarde avec admiration, voire avec envie, et non plus avec pitié. Ouais ! mes préoccupations sont très *girly*, pas de quoi être nommée la féministe de l'année.

J'avais oublié à quel point on se définit par le regard des autres, moi la première, et qu'on est souvent façonné par l'opinion de son entourage. Pourquoi suis-je si aisément influençable ? Ne devrais-je pas avoir appris ? Ne devrais-je pas avoir évolué ?

En fait, je sais fort bien d'où provient cette insécurité quant à la gent masculine. Bon, vous me direz que tout le monde a été échaudé dans la vie, que je ne suis pas la première poquée de l'amour. Mais mes expériences amoureuses, jusqu'à présent, ont été non seulement désastreuses, mais m'ont souvent laissée meurtrie et marquée à vie.

Le premier amour de ma vie fut Antoine, qui est aussi mon meilleur ami depuis toujours. Hé oui !... Surprise, surprise ! Je ne l'avais encore jamais avoué. Nous nous sommes rencontrés à la garderie et c'était le temps des amourettes naïves. Avec les années, quand j'ai vu la façon dont il traitait les filles, j'ai cessé de l'imaginer comme le possible géniteur de mes futurs enfants. Ma première déception amoureuse – dont Antoine n'a jamais même soupçonné l'existence. J'avais alors compris qu'un gars, ce n'est pas comme une poupée Ken – avec ses cheveux en plastique immobiles – à qui on fait faire ce qu'on veut, et que ça pouvait vous décevoir.

Il y a ensuite eu mon premier amour d'adolescente : William. Avec la candeur de mes seize ans, je le voyais comme un dieu. C'était le guitariste d'un groupe punk de garage gothique – au désespoir de mes parents, qui m'imaginaient déjà devenir la groupie d'un groupe néosataniste organisant des orgies dans les cimetières. Finalement, William a changé d'école en milieu d'année et a disparu sans même me donner de nouvelles. Même pas de « Hé, *man*, c'est poche, mes parents m'obligent à déménager ! » ou « Un dernier joint avant de partir ? » Rien. *Niet. Nada.* Même deux mots griffonnés sur un Post-it collé sur ma case, cela aurait été plus humain de sa part.

J'ai eu le cœur atrocement écorché. Je ne sais plus ce qui m'a fait le plus mal. Qu'il soit parti ou qu'il ait filé sans rien me dire, comme si je n'avais été qu'une poupée gonflable. J'ai passé des mois à me demander ce que j'avais fait de mal pour mériter un tel traitement. J'en ai pleuré, des rivières de larmes, couchée sur le plancher de la chambre d'Antoine, morvant et sanglotant comme un bébé. Il n'y a pas à dire, ce gars-là m'a vue dans les pires moments de ma vie.

J'ai ressenti une douleur cruelle qui m'a laissé une cicatrice sur le cœur. J'ai fini par prendre tout ce que William m'avait donné – c'est-à-dire un élastique à cheveux et un bouchon de bouteille de bière – et je l'ai brûlé cérémonieusement sur un autel improvisé avec mes amis, en souhaitant qu'il meure noyé dans une cuvette de toilette.

Depuis, je manque de confiance avec les gars. Constamment, je me demande si je n'aurais pas commis une bêtise sans le savoir, et je m'attends à trouver la maison à moitié vide avec une lettre d'adieu en revenant du travail.

Ensuite, je suis sortie brièvement avec un certain Jean-Charles, un beau grand blond un peu candide, doux, délicat et discret, alors que j'étais monitrice dans un camp de jour. Notre relation fut agréable, légère comme un voile de mousseline, mais brève : elle dura le temps de l'été. Je ne l'ai jamais revu ensuite.

Mon premier copain à l'âge adulte s'appelait Guillaume. Ma plus longue relation, jusqu'à maintenant. Cet homme éveillait des sentiments à la fois sensuels et maternels chez moi. Je croyais avoir le meilleur des deux mondes. C'était une vieille âme, un artiste sensible, intelligent, mais qui devait sans cesse se faire gâter et rassurer. Il avait un besoin continuel d'attention et d'affection, comme s'il en avait été privé depuis sa naissance.

Comme le *junkie* qui a besoin de sa dose, il avait toujours l'air en sevrage. Je l'ai couvé et soutenu pendant deux ans, lui prodiguant mille et une attentions, l'encourageant chaque fois qu'il allait déclamer un de ses poèmes dans un café miteux et se plaignait de l'absence de reconnaissance de son génie. Je suis même allée jusqu'à ne pas étudier pour un de mes examens pour l'épauler après une séance de création difficile.

Je me suis occupée de lui toute une nuit après qu'il eut été humilié en public en se cassant la fiole en bas d'une scène de théâtre – après la lecture d'un poème passionné, bien sûr. Finalement, je l'ai surpris en train de se taper une des serveuses du café où il allait. J'ai appris, ce jour-là, qu'il avait couché avec la moitié des filles du département de littérature, trois de ses profs, toutes les employées du café – et la propriétaire aussi –, sa pharmacienne, la factrice et même la mère de son coloc. Berk ! S'il y avait eu une laitière, il l'aurait baisée aussi.

Pourquoi persistait-il à rester avec moi alors qu'il sautait toutes les filles qui l'approchaient à moins d'un mètre ? Je l'ignore. Peut-être parce que mettre fin à notre relation était trop dur et que notre routine était satisfaisante pour lui. Ou alors, parce que j'étais la seule capable de l'endurer quand il faisait ses crises artistico-existentielles.

Avec l'aide de mes amis, je me suis vengée. Oh ! pas une grosse vengeance. J'ai récupéré la vidéo de cette fameuse fois où il s'était cassé la gueule et je l'ai fait passer en boucle sur tous les écrans de télévision du magasin d'électroniques où il travaillait pour arrondir ses fins de mois – ses collègues se sont joyeusement payé sa tête. J'ai aussi réussi, toujours grâce à mes amis, à pirater les télévisions du département qui transmettent les nouvelles de la faculté et j'y ai diffusé la même vidéo. Des centaines d'étudiants ont pu voir Guillaume tomber en bas d'une scène. Moment jouissif. Mais cela ne m'a pas empêchée d'être profondément meurtrie et de voir ma confiance dans les hommes très ébranlée.

J'ai eu très mal, je ne voulais plus faire confiance à personne, jamais. Je me suis sentie trahie de la manière la plus intime qui soit. Je m'étais presque juré de couper les couilles au prochain qui m'approcherait et tenterait de me faire croire que j'étais belle. Mes amours suivantes se sont révélées sans grand intérêt, ne durant pas bien longtemps et ne provoquant aucun remous chez moi. J'étais bien décidée à protéger mon petit cœur du grand méchant loup jusqu'à ce que le Prince charmant arrive – à défaut du chasseur.

Il y a eu ensuite Olivier – mon dernier copain –, le premier qui a réveillé des émotions chez moi après une longue période de disette. Mais il me traitait comme sa servante. Autre déception.

Enfin, il y a eu l'homme, le vrai. Avec son élégance toute naturelle, sa délicatesse – pas de la mollesse ! –, sa virilité et sa sensualité, il me fait chavirer et éveille des choses en moi que personne n'avait même touchées du bout des doigts. C'est celui qui devine mes désirs sans parler, comme s'il me connaissait depuis toujours. Celui avec qui je m'endors le soir et avec qui je m'éveille le matin. Celui qui me met dans un état d'extase par sa seule présence et me laisse vide et dépitée lorsqu'il s'éloigne de moi. Celui qui peut me faire autant de bien que de mal, qui me met dans un état de vulnérabilité émotive extrême, mais aussi de bonheur infini. Et à qui, après toutes mes mauvaises expériences précédentes, j'accorde une confiance absolue.

At laaaaaaaast, my loooooooooove has come along. My lonely days are oveeeeeer...

Hein, quoi ? Bon, je beurre peut-être épais et puis je m'égare – fini, l'historique de ma vie amoureuse. Et puis, j'agis en égoïste. Je suis là, à me plaindre de ne pas avoir mon *chum* près de moi, alors que je devrais me réjouir du bonheur de Gabrielle et d'Alexandre, être heureuse pour eux et non pas me tourner vers moi-même et mes petites émotions. Suffit, l'autoprocès !

Leçon de vie : cesser de me regarder le nombril à tout bout de champ et penser davantage aux autres.

Comment pourrais-je me rendre utile et occuper ma soirée ? Devenir un petit soldat de la mère d'Alexandre ? Tiens, je vais tenter de remonter le moral à Benjamin... Ne dit-on pas que lorsqu'on se compare, on se console ? Ça pourrait me remonter le moral à moi aussi !

* * *

Arrgggh ! la brillante idée j'ai eue ! – insérer du cynisme ici. Après une heure de conversation avec le divorcé déprimé, je regrette mon geste. Moi qui pensais faire une bonne action en allant lui offrir une oreille amicale, je me suis retrouvée aux prises avec un gros nounours complètement soûl qui n'a cessé de déblatérer sur sa « connasse d'ex » en l'insultant et en pleurnichant sur mon épaule et surtout, dans mon décolleté.

Il y a un an, j'aurais été en extase à l'idée d'avoir un grand type musclé bavant de désespoir sur ma poitrine, mais là, c'est plus embarrassant qu'autre chose. Pas joli à voir. Comble de malheur, au moment où je songe à repousser Benjamin qui, dans un accès d'ivresse extrême, est en train de verser son restant de martini sur ma jupe, Samuel décide de faire son entrée dans le resto. Bravo ! Comme quiproquo, on ne peut faire mieux...

— Je vous dérange, peut-être ? lance Samuel, narquois.

J'hésite entre lui jeter un regard assassin pour m'avoir laissée toute seule et pousser un soupir de soulagement en voyant mon chevalier servant venir me rescaper. Dieu merci, Samuel semble surtout amusé. Je n'ai pas à lui débiter des inepties du genre : « Ce n'est pas ce que tu penses, chéri ! »

Benjamin, se sentant de trop dans notre nouveau trio, décide d'aller faire un tour au bar, histoire de voir s'il peut terminer sa soirée dans la petite culotte de la belle barmaid rousse. Ouf ! Fichue soirée ! Pour ce qui est d'aider les autres, je ne suis pas très douée. J'ai encore du chemin à faire...

* * *

Une autre heure plus tard, après que tout le monde a mangé et bu, nous avons droit, ô joie ! – insérer du cynisme ici aussi –, à un beau discours d'Alexandre et Gabrielle sur la beauté du mariage, la pureté de l'amour, les merveilles de l'engagement et tout le bataclan. Ce grand moment est accompagné d'une musique sirupeuse jouée par l'orchestre installé sur la scène bucolico-quétaine, au milieu des vignes en plastique. On aurait pu croire que Gabrielle ou *mama* Mussolini auraient voulu un endroit de meilleur goût, mais... allez savoir. Peut-être qu'après avoir dépensé une fortune pour la cérémonie grandiose au manoir Rouville-Campbell, il ne leur en restait plus assez pour louer autre chose qu'une imitation de jardin en caoutchouc.

Soudain, sur un signal d'Alexandre, le groupe entame les notes d'une chanson bien connue. Et le marié, armé de son micro, commence à chanter.

— *My love, there's only you in my life, the only thing that's right...*

Et Gabrielle, telle une Diana Ross répondant à son Lionel Ritchie, se lève et se met à chanter dans le micro :

— *My first love, you're every breath that I take, you're every step I make...*

Alors, les tourtereaux se lancent dans l'exécution d'un *slow* et entament le reste en chœur, sous les yeux médusés de la foule qui doit se demander depuis quand ils dansent et chantent si bien. Et surtout, quand, à travers leurs agendas aussi remplis que celui du président des États-Unis, ils ont pu répéter un tel numéro.

— *And I, I want to share, all my love with you, no one else will do. And your eyes, they tell me how much you care. Oh yes, you will always be, my endless looooooooove.*

Wow ! *Endless Love* ! Ils sont allés la chercher loin, celle-là ! Mon cerveau gauche – l'analytique, le rationnel et l'indécrottable cynique – n'a qu'une envie : se mettre à rire devant le côté incroyablement cucul de la chose. Mais mon cerveau droit – l'intuitif, le créatif et l'incurable romantique – crève d'envie et crie : « Moi aussi, moi aussi, je veux vivre un *trip* comme ça ! » On jurerait le petit frère achalant des *Têtes à claques*.

Je jette un œil discret sur Samuel pendant ce vibrant spectacle. Cette mise en scène semble plutôt l'agacer. À plusieurs reprises, il lève les yeux au plafond et fronce les sourcils. Visiblement, il a encore son mariage et son divorce en travers de la gorge. On le comprendrait à moins.

Il n'a réglé son divorce avec Aryane Bergeron, son ex, que six mois plus tôt. Et ce, après sept mois de longues et coûteuses procédures, durant lesquelles Aryane l'a emmerdé au possible.

Aryane, une ancienne cliente, lui avait couru après pendant des semaines avant de mettre le grappin dessus et le convaincre de l'épouser après un an de fréquentations. C'est alors que la belle et grande blonde s'est transformée en tigresse jalouse, quasi psychotique, et en véritable *control freak*. Elle s'est mise à talonner Samuel sans arrêt, à tenter de contrôler sa vie, à exiger qu'il lui rende des comptes, à l'accuser constamment d'infidélité, à l'espionner même…

Elle aurait déjà égratigné la voiture d'une collègue de Samuel, parce qu'elle la soupçonnait d'avoir un œil sur lui. Après un an de harcèlement constant et une thérapie de couple, Samuel s'est fatigué et a demandé le divorce.

Cela n'a pas empêché Aryane de continuer à lui rendre la vie impossible. Elle s'est révélée intraitable sur tout lors des procédures de divorce : elle avait des exigences ridicules, ralentissait le processus, changeait d'idées sans arrêt, revenait sur ses décisions. Sans compter qu'au premier rendez-vous que j'ai eu avec Samuel, elle s'est pointée à l'improviste chez lui et l'a engueulé devant moi, m'accusant au passage d'être une de ses maîtresses. Bref, cette cinglée lui a fait vivre l'enfer pendant plus de deux ans et demi. Mes deux cerveaux sont au moins d'accord sur un point : pas étonnant que Samuel soit amer…

Après le numéro « spécial quétaine années 1980 » des mariés viennent les discours des proches. Je me réjouis de ne pas avoir eu à faire ça, en tant qu'ex-demoiselle d'honneur. Quant à Laurie, connaissant son opinion sur l'institution du mariage, vaut mieux ne pas y penser. C'est à une cousine de Gabrielle qu'est revenue cette tâche.

Vient ensuite le tour de Benjamin, le frère et garçon d'honneur du marié. Bon Dieu, ça n'en finit plus. Qu'est-ce qu'il y aura encore, après les discours ? Pas une nouvelle séance de photos, j'espère ?

— Benjamin ? appelle Alexandre. Benjamin ? C'est à ton tour de parler !

Tout le monde regarde aux alentours, cherche partout, crie le nom de l'interpellé. Mais où se cache-t-il ? Est-il tombé soûl mort dans une cuvette de toilette ou en dessous d'une table, dans un plat de crevettes ?

Je suis tout à coup saisie d'un frisson. Benjamin semblait si déprimé et démoli quand il faisait son monologue morveux dans mon décolleté. Soudain, la porte des toilettes des hommes s'ouvre et Benjamin en sort en courant… tout en rajustant son pantalon à la braguette ouverte, sa chemise à moitié déboutonnée et sa cravate défaite. Son visage est rouge, on jurerait qu'il vient de faire un gros effort physique. Le pauvre a peut-être été malade, après tout ce qu'il a bu.

C'est alors que la fameuse barmaid rousse sort, elle aussi, des toilettes… des hommes ! Décoiffée, le maquillage défait, la jupe froissée et détachée, la camisole à moitié remontée – elle a un sein à demi exposé ! En fin de compte, Benjamin semble se consoler facilement. Dire que c'est peut-être par lubricité qu'il me collait autant tout à l'heure !

Tout le monde le regarde avancer vers la table d'honneur tout en essayant d'ignorer les marques de rouge à lèvres qui couvrent son visage. Madame Bélanger est furieuse et fusille son fils du regard. Lui, il n'est pas mieux que mort. J'essaie de retenir un rire tout en regardant le plafond pendant que Samuel se couvre la bouche et que ses épaules tressautent en silence.

Wow ! Ça bat le moment de malaise où la mère d'Alexandre s'est rendu compte, après plus d'une heure, qu'elle avait la culotte à l'air. Elle était si humiliée qu'elle est partie se cacher dans les cuisines pour pleurer de honte pendant une demi-heure. Lorsqu'elle a daigné ressortir – probablement pour s'assurer que le monde ne s'écroulait pas sans sa surveillance bienveillante –, son mascara et son fond de teint étaient ruinés. Elle a eu beau retoucher son maquillage aux toilettes, elle n'a réussi qu'à se créer un maquillage qui lui donne un air de mime. Un peu plus et on lui jetterait de la monnaie.

Alors que tout le monde essaie de faire comme si de rien n'était en s'occupant avec un napperon, une fourchette ou en comptant le nombre de lampes accrochées aux murs, Benjamin commence enfin son discours sous les rires et les quolibets des invités. Pour une fois que ce n'est pas moi qui passe pour la tarée de la journée en prenant un bouquet de fleurs en pleine figure ou en me cassant la gueule !

* * *

Jeudi, le lendemain matin. L'été tire tranquillement à sa fin. Je respire à fond en sortant de mon appartement pour prendre le chemin du bureau. J'avais oublié à quel point ça faisait du bien, le bonheur ! Et comment le fait d'être aimée et adulée par un homme merveilleux comme Samuel pouvait donner des ailes. Je jure de ne plus jamais rigoler quand j'entendrai cette phrase, bien que ce soit le plus gros cliché de la terre.

Mon vieux logement qui tombe en ruine m'apparaît aussi spacieux que le *penthouse* de Madonna ; ma chienne Bingo, qui se régale de mes soutiens-gorge les plus dispendieux – c'est qu'elle a du goût –, me semble le plus aimable toutou et je suis prête à accueillir l'automne sans la moindre déprime. Je sais, je devrais essayer de ne pas rayonner autant et éviter de ne parler que de mon Samuel et de la béatitude qu'il m'inspire, mais j'ai bien enduré les discussions des autres couples durant des années quand j'étais seule, non ? À mon tour d'avoir le sourire perpétuel sur le visage.

Samuel a le don de me faire sentir belle, désirable, extraordinaire, intelligente, sensuelle, précieuse, voire unique au monde. Rien que ça ! Dans son regard, je suis la personne la plus sublime de la planète… les vedettes d'Hollywood ne m'arrivent pas à la cheville. Même vêtue d'un sac d'épicerie brun, je crois qu'il me trouverait encore divine. Dans ces conditions, comment pourrais-je me plaindre ? Je suis une personne nouvelle ! La vie est géniale ! Plus jamais je ne me lamenterai !

* * *

— Amélie, tu dois avoir fini de vérifier les épreuves du prochain numéro dans moins d'une heure ! me lance Camille, paniquée.

Puis, elle saisit le téléphone qui ne cesse de sonner depuis ce midi. L'appareil doit être sur le point de fondre ou d'exploser. Voir Camille, notre vieille secrétaire, au bord de l'apoplexie, ça tient du spectacle. Elle travaille pour le magazine *Féminine.com* d'aussi loin que je me souvienne et, en temps normal, rien ne parvient à l'énerver. Même les circonstances les plus exceptionnelles, comme un maniaque au pic à glace poursuivant les employés partout dans le bureau, ne réussiraient pas à la détourner de sa mission fondamentale dans l'univers : répondre au téléphone et classer le courrier. Sans compter son autre dévotion cosmique et spirituelle : prendre soin des employés envers et contre tout.

Alors, apercevoir Camille, échevelée, sur le seuil de mon bureau et dans un état d'affolement total, c'est quelque chose qui se rapproche de la quatrième dimension. Mais il y a une bonne raison à tout ce branle-bas de combat. Notre merveilleux CA, composé essentiellement de fantômes, s'est donné pour défi d'augmenter le contenu du magazine de 50 %, afin de contrer la concurrence de plus en plus féroce dans le milieu – et particulièrement celle de notre ennemi juré, la revue *Au féminin*.

Inutile de préciser qu'avec 50 % plus de chroniques à produire, la charge de travail a augmenté. La direction a au moins eu le bon sens d'accroître le nombre d'employés et de pigistes. Nous venons d'accueillir trois nouvelles adjointes à la rédaction, une réceptionniste supplémentaire et nous avons presque deux fois plus de journalistes qu'auparavant.

Mais ce changement vient un peu chambouler nos habitudes de travail. Il nous faut acquérir un nouveau rythme de production un peu infernal ! La condition mentale de Camille est donc légitime. Bah ! pas grave, j'adore les défis ! Après avoir été reléguée à des chroniques sur les déodorants pendant des années où je n'avais même pas le droit de penser par moi-même, mes nouvelles responsabilités me comblent !

Je suis plus débordée que jamais, mais quel défi, sur le plan intellectuel ! C'est comme un tourbillon constant de stimulation où il faut être à l'affût de tout et en tout temps. Je sens que mon cerveau va exploser tellement il est sollicité, depuis quelques mois. Je n'irai certainement pas me plaindre ! Je me suis même découvert des capacités maternelles dont j'ignorais l'existence en m'occupant de mes chers employés…

Cela me fait penser que je devrais peut-être proposer à David Blais, mon successeur à la chronique Tests, de faire une étude sur les culottes amincissantes de madame. L'idée m'est venue après avoir eu en spectacle les fesses de madame Bélanger pendant près d'une heure. Vive la déformation professionnelle ! En tant que rédactrice en chef, on voit des sujets potentiels partout.

Heureusement, contrairement à la relation que j'avais avec Audrey, mon ex-patronne et l'ancienne rédactrice en chef dont j'occupe maintenant le poste – et que j'appelais à l'époque Vampirella –, tout baigne dans l'huile avec David et notre collaboration se déroule avec une facilité déconcertante. Il faut dire que c'est un jeune journaliste très méticuleux et toujours super motivé, même pour rédiger un test sur le meilleur *gloss*. Un vrai boy-scout. Son seul défaut, c'est qu'il a autant de personnalité qu'une sécheuse. Il n'a aucune opinion, ne prend jamais d'initiatives, ne fait jamais de coups d'éclat et est parfaitement prévisible.

Au moins une fois sur deux, c'est moi qui lui suggère des sujets d'articles, qu'il accepte sans broncher. Un immense changement par rapport à l'époque d'Audrey, qui contrôlait absolument tout, jusqu'aux virgules de nos propres textes ! Elle prenait d'ailleurs un malin plaisir à m'imposer des sujets complètement ridicules, des brosses à toilette jusqu'aux thermomètres à viande en passant par les aiguilles à tricoter.

Ça peut sembler méchant, mais les employés du magazine ont joui d'une chance inouïe lorsqu'Audrey – cette chouette blonde à l'air de maîtresse d'école qui faisait régner un tel climat de terreur qu'elle écrasait toute initiative ou créativité par sa soif de contrôle – a subi un infarctus du myocarde il y a plusieurs mois et est tombée en congé de maladie pour une période indéterminée. Depuis son départ et l'arrivée de David, on s'est améliorés sur la qualité et l'originalité des produits testés. Terminés, les flamants roses pour décorer le jardin et les mitaines à four.

Bref, avec une telle personnalité – ou devrais-je dire non-personnalité –, David est le genre de gars que personne ne remarque… jusqu'à ce qu'il ouvre la bouche. C'est qu'il compense cette fadeur par un incroyable verbiage diarrhéique. Il peut dire tellement de mots en une minute que je me demande parfois comment il fait pour respirer.

Et ce moulin à paroles a une passion pour la photographie. Il adore se promener dans le bureau pour faire des portraits des employés, et ce, dans les poses les plus bizarres ou les moins flatteuses, si possible. Il dit qu'il en fait un grand *scrapbook* et des montages sur le mur. C'est le genre de personne qui doit avoir un train électrique dans son sous-sol, collectionner des schtroumpfs et construire des répliques du Taj Mahal en Lego.

— Ah ! s'exclame soudain Camille dont je vois la tête réapparaître dans le cadre de la porte. J'ai oublié de te dire qu'Annabelle n'a pas encore envoyé sa chronique sur les restos du mois. On court après elle, mais impossible de la joindre. Si on n'a pas reçu son papier dans trois heures, il faudra avoir un plan B. As-tu une idée d'article pour remplacer son texte, si jamais on ne l'a pas à temps ? Il faut que ça remplisse au moins trois feuillets et demi.

Trois feuillets et demi ! Cela correspond à deux pages du magazine ! Ouille ! Comment suis-je censée improviser un article avec des photos en quelques heures, moi ? Je n'ai quand même pas la tête d'une magicienne qui tire un lapin de son chapeau. Peut-être quelques vieux reportages que nous avions mis sur la glace traînent-ils dans les archives ? Et dire qu'il n'y a pas si longtemps, je me morfondais parce que je n'avais pas de responsabilités. Bah ! je l'ai dit : j'aime les défis ! Et puis, j'en ai rédigé souvent, des articles sur le coin d'une table. Allez, on se retrousse les manches !

Amenez-en, des responsabilités, je suis prête !

2

Une question de karma ?

(Septembre)

Le destin est ce qui nous arrive
au moment où on ne s'y attend pas.

Tahar Ben Jelloun

Si on m'avait dit il y a un an que je participerais à des entrevues pour recruter des employés chez *Féminine.com*, j'aurais certainement éclaté de rire – de manière sarcastique, bien sûr. Et pourtant, me voilà, pour la deuxième fois en quelques mois, en train d'aider Justin, mon patron et l'éditeur du magazine, et Marilou, des ressources humaines, à trouver une adjointe à Camille. Avec la charge de travail supplémentaire, la pauvre est débordée.

Je suis flattée que Justin me demande d'assister aux entrevues. Il faut dire qu'il m'a toujours appréciée et m'a souvent donné des bonnes occasions par le passé. Il est gentil, compréhensif, et toujours en train de soutenir tout le monde. Son seul défaut – qui l'empêcherait peut-être de se qualifier pour le trophée du patron de l'année – est qu'il est parfois un peu trop bonasse. Mais bon, on a vu pire. Comme Audrey, pour ne pas la nommer. Justin a même l'apparence qui va avec sa personnalité. Prenez un angelot, ajoutez-lui cinquante ans et vous avez le portrait parfait de Justin.

Je me souviendrai toujours de ma première entrevue, lorsque nous avons embauché Alexis Saint-Pierre-Medresh, notre chroniqueur Arts et spectacles, anciennement simple chroniqueur Musique mais qui remplace dorénavant Léa, partie en congé de maternité. Québécois et Juif, il s'habille toujours comme s'il allait souper dans un bar fétichiste. Il se proclame bisexuel à qui veut l'entendre, mais il est sans doute gai à 99,9 %. Et encore, s'il a déjà couché avec une femme, c'était sans doute pour essayer une fois dans sa vie et voir s'il n'allait pas vomir.

— Vous devez savoir que nos clients sont majoritairement des femmes et que nous devons être capables de parler d'elles, de leurs envies, de leurs besoins, de leurs aspirations, de leurs questionnements, lui avait mentionné Marilou en guise d'introduction. Seriez-vous capable de comprendre les préoccupations de nos lectrices ?

— Ben… je suis peut-être un homme, mais je suis « aux deux », alors, ça peut compenser, non ? avait répondu Alexis, sans aucune gêne.

Et toute la rencontre s'était déroulée avec cette même franchise… Il faut avouer qu'en dépit de sa marginalité, Alexis nous avait impressionnés par son dynamisme et son audace. Et il avait été engagé.

Aujourd'hui, pour les entrevues, nous rencontrerons des réceptionnistes et je dois admettre ma très grande incompétence pour juger des capacités des gens après quelques questions seulement. La plupart des candidates me semblent au même niveau et je ne sais pas trop quelles sont les aptitudes requises pour ce poste.

En fin de compte, deux postulantes se démarquent du lot : Alysson Tcheou, une fille d'origine chinoise mais née au Québec, et Louise Deschênes. Personnellement, je penche pour la première. Même si elle paraît un brin lunatique, très jeune – elle a à peine vingt-quatre ans ! – et exubérante, elle est dynamique, audacieuse et motivée. Jusqu'à présent, ces qualités, que nous avions remarquées chez Alexis, nous ont bien servis. Louise, la fin quarantaine, semble très professionnelle, mais rigide et peu avenante. Elle nous a déjà fait part de certaines de ses exigences et a clairement fait comprendre que celles-ci étaient non négociables.

Pour ma part, ça ne m'inspire pas confiance. Le milieu du magazine est fort exigeant et, aussi triste que cela puisse être, il faut être souple pour y survivre et être prêt à se consacrer corps et âme au travail en tout temps. Le bouton *off*, sur la partie travail du cerveau, n'est pas activé très souvent. Louise risque de ne pas rester longtemps, dans ces conditions.

Nous choisissons donc Alysson, qui a une petite bouille sympathique et qui va être une employée énergique. C'est un bon choix : je crois que nous allons encore rajeunir l'image de la revue. Je sens qu'on va s'amuser ! Et vive la jeunesse et le sang neuf !

* * *

Vendredi midi, troisième semaine de septembre. Il fait encore beau dehors et l'air est agréable. Samuel et moi avons pris l'après-midi de congé pour aller faire une merveilleuse activité, tellement typiquement automnale : aller aux pommes ! Quoi de mieux, comme l'une de nos premières sorties en couple, que d'aller cueillir de belles Spartan bien rouges, grimper sur les branches d'un arbre en humant le parfum sucré des McIntosh, mordre à belles dents dans une Lobo bien en chair ou se promener dans un camion bringuebalant, au milieu des paniers de Cortland ? Tellement bucolique et romantique !

J'entre dans le cabinet du Dr Williams, où Samuel travaille. Les deux secrétaires en poste, Megan et Marie-Anne, me saluent d'une même voix. Chaque fois que je me rends sur place, elles m'accueillent avec un grand sourire et sont très aimables. Un peu plus et je m'y sentirais chez moi. Enfin, si ce n'était de la gigantesque affiche avec un schéma géant de la bouche, de l'énorme tube de pâte dentifrice sur la table à café et des brosses à dents suspendues au plafond, je pourrais me croire dans mon salon.

Ça me fait tout de même chaud au cœur d'avoir été acceptée aisément par l'entourage de Samuel. À ce que j'ai compris, certains m'attendaient avec appréhension, pour ne pas dire avec une brique et un fanal. Après Aryane, disons que la prochaine fille qui allait l'approcher avait intérêt à se tenir à carreau si elle ne voulait pas se faire massacrer autant par les amis, la famille que les collègues.

Ils veillaient tous au grain et je me suis fait scruter à la loupe pendant un certain temps. J'ai même eu droit à quelques interrogatoires déguisés, mais bien en règle, sur mes relations passées, sur ma situation familiale, sur mon implication auprès de mon employeur, etc. Un peu plus et on me demandait mes bulletins du primaire, l'ascendant de mon signe astrologique chinois et les résultats de mon dernier test Pap...

Heureusement, tout a fini par s'estomper et je suis officiellement acceptée maintenant.

Enfin, Samuel sort de la salle d'examen. Seigneur, ce qu'il peut être beau ! Sérieusement, il est vraiment beau. Et *sexy*, en plus. D'accord, je ne suis pas impartiale une seule seconde. Bon, pas de filet de bave suspect qui coule sur le bord de mes lèvres ? Non, tout va bien.

Et je ne suis pas la seule à tomber sous son charme. Marie-Anne et Megan lui rendent davantage de services et il me semble que ses clientes ne rechignent pas beaucoup lorsqu'elles apprennent qu'elles vont avoir plus d'un rendez-vous pour un plombage ou une chirurgie.

Samuel est bien le seul dentiste que je connaisse qui puisse faire revenir sa clientèle avec le sourire. « Réellement » avec le sourire. Disons qu'il mérite bien son nouveau surnom de Dr Torride. Jusqu'à tout récemment, les dentistes me faisaient hurler de peur dans mes cauchemars. Alors, voir des bonnes femmes sortir de son cabinet, souriantes malgré leur bouche à moitié enflée, en ayant l'air de flotter sur un nuage plutôt que d'être tremblantes et couvertes de sueur, c'est presque louche. Si je n'avais une confiance quasi totale en mon homme, je me poserais des questions.

Une chance que ses clientes le voient vêtu de sa chemise verte vraiment pas *sexy* de dentiste, sinon, je crois bien qu'elles voudraient toutes le déshabiller. Justement, Samuel est en train de raccompagner une autre cliente jusqu'à la réception.

— Alors, madame Gosselin, n'oubliez surtout pas de vous passer la soie dentaire tous les jours, hein ?

Comme toujours, un bon conseil pour le client. Souvent les mêmes – les conseils, pas les clients. La dame paie la note pendant que Samuel va se changer. Juste avant de partir, la cliente m'accroche par le bras.

— Alors, c'est vous, la chanceuse qui avez mis le grappin sur notre beau Dr Gagnon ?

Elle a bien dit « notre » beau docteur ? Sans vouloir vous offenser, il est à moi, chère madame ; ne vous bercez pas d'illusions en vous imaginant que parce qu'il vous a radiographié la mâchoire, vous avez une relation avec lui. Néanmoins, je suis flattée. Ça fait plaisir de voir que mon homme est si apprécié. Ça fait changement d'Olivier, qui était aussi sociable qu'un putois et faisait fuir tout le monde à 100 kilomètres.

— Eh oui, c'est bien moi la chanceuse, la merveilleuse élue, réponds-je avec mon plus grand sourire. J'ai eu beaucoup de veine en tombant sur lui.

— En tout cas, nous l'aimons bien notre Dr Gagnon. Une vraie perle ! Il est si extraordinaire. Je pense qu'il pourrait nous faire un traitement de canal sans anesthésie, tellement il est rassurant. On se sent toujours bien et tellement en confiance avec lui à nos côtés, quoi qu'il arrive.

Wo !... Cette dame vient pratiquement de dire, mot pour mot, ce que je ressens à l'égard de Samuel. Alors, je ne serais pas la seule à me sentir ainsi en sa présence ? Je ne sais pas pourquoi, je suis un tout petit peu déçue. Bah ! il n'y a pas de quoi fouetter un chat après tout ! Qu'est-ce que ça peut bien faire que Samuel rende d'autres personnes heureuses ? Rien du tout, c'est même une bonne chose. « Un hommage à mon bon goût », comme dirait ma mère. Je laisse donc la dame partir en paix, après lui avoir confirmé à quel point mon homme est génial et à quel point on est follement amoureux l'un de l'autre. Juste pour lui clouer le bec un brin.

Samuel et moi quittons donc le bureau, direction Mont-Saint-Hilaire. Après avoir traversé des routes bordées d'arbres ornés de couleurs magnifiques, nous arrivons dans un verger des plus champêtres. Wouaaah ! Coup de foudre total ! L'endroit, près de la montagne, est superbe.

Nous passons donc l'après-midi collés, à regarder les oiseaux voler vers le sud, tout en pique-niquant, un verre de cidre pétillant à la main. À se rouler dans des tapis de feuilles mortes, à se promener, main dans la main, dans les rangées d'arbres et à se servir directement sur les branches. Quel délice que de croquer dans une pomme bien rouge et fraîchement cueillie !

Quelle bonne idée Samuel a eue. Ça bat cent fois notre virée à Niagara Falls – mon idée, hélas ! – en juillet dernier, où l'on s'est retrouvés à visiter des maisons hantées ridicules, à se faire arnaquer dans des casinos et à dormir dans un hôtel miteux avec des cadavres de coquerelles séchées. Une chance, les chutes étaient toujours aussi spectaculaires et valaient le déplacement ! Mais l'endroit ne correspondait pas tellement aux souvenirs de ma dernière visite. Il est vrai que j'avais six ans à l'époque et qu'à cet âge, on n'est pas très critique.

Nous terminons notre journée assis dans l'herbe. Nous observons le coucher de soleil en grignotant deux pommes au caramel, achetées à la boutique du verger.

Samuel, qui mastiquait son caramel jusque-là avec appétit, s'arrête soudain, les yeux ronds. Il semble paniqué, tout à coup. On jurerait qu'il a vu une horde de Mongols assoiffés de sang.

— Qu'est-ce qui se passe ?

— Il y a une abeille qui tourne autour de ma pomme, murmure-t-il, sans bouger.

Ah zut ! Ça doit être le caramel qui l'a attirée. Voyant que Samuel est figé comme une statue de sel et observe l'abeille avec la même frayeur que s'il regardait un tyrannosaure, je m'empresse de prendre les choses en main. Et puis, comment peut-on avoir aussi peur d'un tel insecte ? Je sais bien que les abeilles piquent, mais contrairement aux guêpes qui piquent à répétition, les abeilles, elles, ne le font qu'en dernier recours. Il n'y a donc presque pas de risques.

Je me précipite donc en direction de Samuel avant qu'il ne fasse une crise cardiaque – parce qu'il blanchit à une vitesse digne des moteurs à distorsion de *Star Trek*. L'abeille s'est posée sur le caramel de la pomme, à environ deux centimètres du visage de Samuel, de plus en plus au bord de l'apoplexie.

— Attention, Samuel, je vais…

Bang ! Je donne un coup sur la pomme, qui est projetée à deux mètres. Oh non ! J'ai raté l'abeille ! Et c'est qu'elle a l'air enragée ! Elle quitte la pomme à toute vitesse et se jette sur Samuel.

— Aïe ! Merde !

Oups !… Au cri que vient de lancer mon homme, je comprends que j'ai gaffé, là. L'abeille, quant à elle, s'éloigne en voletant tout croche, s'apprêtant probablement à aller mourir dans un coin tranquille, après avoir gâché notre belle journée. Samuel, de son côté, se tient la main sur le bord de la bouche, là où il a été piqué.

— Je suis désolée, Samuel, vraiment. Excuse-moi, je pensais que…

Je m'arrête de parler, interdite. L'expression de mon homme n'est pas rassurante du tout. Il commence sérieusement à ressembler à un cadavre. On jurerait qu'il va se mettre à vomir.

— Quelque chose ne va pas ?

— Heu !… Il y a un problème. C'est que… je suis allergique aux abeilles.

Quoi ? J'ai bien entendu, là ? Allergique aux abeilles ? Il blague sûrement ! Ça fait trois mois qu'on sort ensemble et j'apprends ça « maintenant » ? C'est une information cruciale, pourtant ! On parle d'une allergie mortelle, là !

— Tu es sérieux ? Tu ne me l'as jamais dit !

— Non ? Désolé, je croyais te l'avoir dit. Tu en es sûre ?

Ben oui, je suis sûre ! Il est marrant, lui ! Si c'était le cas, je m'en souviendrais et je n'aurais pas donné un coup à cette fichue abeille comme si c'était une vulgaire mouche à fruits. J'aurais fait attention. Je me serais interposée entre l'abeille et Samuel, prête à me faire piquer à sa place, comme les héros de films américains qui se précipitent courageusement devant leur belle pour la protéger des balles. Enfin, laissons tomber ces considérations, il y a plus urgent !

— Qu'est-ce qu'on fait, là ?

— Il faut que j'aille à l'hôpital rapidement, répond Samuel.

À l'hôpital ? Mais on est en pleine campagne ! Où trouve-t-on un hôpital au milieu des vergers ? Et si Samuel perdait connaissance au volant ? Et moi qui sais à peine comment démarrer une auto ! Je viens à peine de trouver l'homme de ma vie et il va peut-être mourir par ma faute ! Cette fois, c'est sûr, je vais finir vieille fille dans une maison délabrée avec 25 chats ! D'ailleurs, pourquoi les vieilles dames ont-elles toujours des chats ? Ou alors, mon karma va prendre une dégelée et je vais me réincarner en crevette. Mais passons…

Samuel semble retrouver son sang-froid. Il se tourne vers moi.

— Amélie, va voir dans le coffre à gants de la voiture. Tu vas y trouver mon cellulaire et un genre de tube blanc dans un étui, c'est mon EpiPen. Rapporte-le vite, s'il te plaît. Ensuite, appelle le 9-1-1. Je ne peux pas prendre le risque de conduire et on ne peut pas perdre de temps.

Je vole littéralement vers l'auto. Après avoir fouillé frénétiquement et lancé presque tout par la fenêtre, je trouve le fameux EpiPen et le téléphone. Victoire ! À la vitesse de James Bond poursuivi par 15 agents du KGB armés jusqu'aux dents, je rejoins Samuel.

— Les voilà !

Samuel est couché dans le gazon ; j'ai l'impression qu'il a changé de teint. Au secours ! J'imagine l'épitaphe sur sa tombe : *Ci-gît Samuel Gagnon, mort à trente ans, assassiné par sa conjointe avec une abeille et une pomme au caramel.* Quelle ironie…

— Approche, je vais t'expliquer comment me l'administrer.

Moi, lui administrer l'EpiPen ? J'ai du mal à changer un diachylon sans tourner de l'œil. Et j'ai déjà commis une bévue monumentale aujourd'hui, c'est pas suffisant ?

— Tu es sûr ?

— Ça vaut mieux, au cas où je tomberais inconscient. Tu vas voir, c'est facile. Vite, il n'y a pas de temps à perdre !

Il me semble que moi aussi, je me sens mal. Allez, courage, Amélie !

— OK, dis-moi quoi faire.

— Sors l'EpiPen de son tube, tiens-le fermement et enlève le capuchon gris de sécurité.

J'obtempère, les mains tremblantes et pas fermes du tout. Et si j'échappais le truc par terre et qu'il se brisait ?

— Bon, le dispositif est armé.

Armé ? Ça ne me rassure pas trop. Je ne me sens plus très James Bond, tout à coup. Et comment Samuel peut-il rester si calme ? À moins qu'il soit inexpressif parce qu'il est en train d'étouffer ? Il poursuit :

— Place l'extrémité noire sur la face externe de ma cuisse. Attention ! À la moindre pression, le système peut se déclencher.

J'ai l'impression de tenir une bombe prête à me péter à la figure à tout moment ! Respire, Amélie.

— Ne place pas tes doigts sur l'extrémité noire, c'est l'aiguille.

Arrrgggh... De mieux en mieux. Suis au bord de l'apoplexie, pas capable de me concentrer. Les infos entrent par une oreille et sortent par l'autre.

— Presse fermement sur ma cuisse jusqu'à ce que tu sentes un « clic », continue Samuel. Maintiens quinze secondes, enlève l'EpiPen et vérifie l'heure de l'injection. C'est beau ? Vas-y.

Ce n'est pas vraiment beau, mais il faut bien que je procède. En essayant de ne pas trembler comme une feuille et de garder mon calme – après tout, ce n'est pas moi qui suis en danger de mort, je devrais avoir la tête froide –, j'obéis. Heu !... Quelle extrémité je ne dois pas toucher, déjà ?

— Non, pas celle-là !

Le cri de Samuel me fait sursauter et j'appuie sur le bout noir. Aïe ! Je viens d'effleurer cette satanée aiguille ! J'entends le « clic » du mécanisme. Arrgggh ! il est enclenché ! Catastrophe ! Je me précipite sur Samuel et lui enfonce prestement l'aiguille dans la cuisse. Après une quinzaine de secondes, je la retire. Ouf !... Tout semble correct, en fin de compte, mais on a frôlé le désastre. Je prends l'heure en note comme Samuel me l'a demandé.

Et dire que pendant mes études en journalisme, je voulais être correspondante de guerre ! Je serais sûrement tombée dans un état catatonique après dix minutes et on m'aurait retournée au Canada sur une civière. Il est vrai, cependant, que c'est toujours plus angoissant quand ce sont des proches qui sont en danger et non des inconnus.

— Si ça se met à saigner, presse avec un morceau de tissu, explique Samuel.

Ah ! parce que ça peut saigner, en outre ? Plus ça va, plus j'angoisse et me sens coupable. Zut de zut ! Tout ça est ma faute. Pourquoi j'ai acheté ces pommes au caramel ? Pourquoi j'ai pris la menace à la légère et essayé de chasser l'abeille ? J'ai été si stupide ! Et puis, pourquoi les abeilles n'ont-elles pas commencé à hiberner, à ce temps de l'année ? Je respire un bon coup. Suffit, l'autoapitoiement !

J'appelle prestement le 9-1-1 ; j'explique la situation et donne notre emplacement. Tout en restant en ligne avec le préposé, je refoule mon affolement, souris et pose une main qui se veut tranquillisante sur l'épaule de mon homme. Il a besoin de mon soutien, pas de ma frayeur.

— Ne t'inquiète pas, ça va bien aller, lui dis-je.

En fait, je n'en sais rien du tout et le mot « panique » doit être inscrit en grosses lettres de néon sur mon front. Sans compter que mon sourire doit avoir l'air figé dans le ciment. En réponse, Samuel pose sa main sur la mienne et me sourit. Il a déjà l'air bouffi, et sa respiration commence à être sifflante.

— Je sais, me répond-il faiblement. Et tu as très bien fait ça, ma belle.

Il dit sûrement ça pour me consoler parce que je me sens sérieusement nulle en ce moment. Bon sang, il blanchit et gonfle à vue d'œil et commence à ressembler au bonhomme Michelin. Merde, elle s'en vient, cette ambulance ?

* * *

Les *paramédics* se sont pointés après quinze agonisantes minutes. Il me semble que Samuel avait le temps de mourir dix fois au moins. Pendant ce temps, sa bouche a gonflé et rougi et la piqûre a maintenant l'air d'une grosse fraise difforme. On jurerait que Samuel vient de se taper un combat de boxe – ou que je le maltraite, ce qui n'est pas si loin de la vérité, au fond. Enfin... Direction : l'hôpital !

À son arrivée aux urgences, l'état de Samuel a empiré et sa respiration fait peur à entendre. Il est immédiatement pris en charge par une équipe médicale. On lui fait un remplissage vasculaire par intraveineuse pour faire remonter sa pression sanguine, on lui injecte de l'adrénaline et des corticoïdes. Le pauvre a des aiguilles un peu partout et ressemble maintenant à un croisement entre une poupée vaudou et le p'tit bonhomme Pillsbury. Mais je ne pense pas qu'il va se mettre à rire si j'appuie sur son ventre.

Comment ai-je pu gâcher une aussi belle journée ? Ça avait pourtant si bien commencé. Quelle honte... Et comment ai-je pu faire ça à l'homme que j'aime ? Samuel doit m'en vouloir à mort et avoir envie de se sauver à toutes jambes. Mais non... il reste souriant – du moins, il essaie, car ce n'est pas facile avec le visage tout boursouflé – et essaie de me rassurer.

— T'en fais pas, marmonne-t-il avec peine, ça m'est arrivé deux fois avant et j'ai toujours survécu.

— Non, non... je... je ne m'en fais pas, mens-je avec aplomb. Je suis sûre que tout va rentrer dans l'ordre rapidement.

Si je pouvais, j'irais me cacher dans un de ces grands bacs dans lesquels les draps sales sont apportés à la buanderie, au troisième sous-sol, et je n'en sortirais plus. Quoique... l'idée de me dissimuler sous une pile de tissus remplis de microbes et de bactéries n'est peut-être pas si attrayante que ça.

* * *

Après quelques heures de traitements, Samuel reçoit son congé de l'hôpital. Déjà ! Incroyable, mais vrai. Je suis stupéfaite. Ne faudrait-il pas le garder en observation pendant au moins 48 heures pour s'assurer que tout va bien ? Lui faire passer des radiographies ? Un scan du cerveau, une biopsie, une ponction lombaire, je ne sais pas, moi !

Mais non ! Le temps de crier « lapin » et Samuel était redevenu lui-même. Il a désenflé aussi vite qu'un ballon percé et son état est revenu à la normale avec une rapidité renversante. Autant sa condition s'était aggravée rapidement, autant elle s'est réglée tout aussi vite. Résultat : on le retourne déjà à la maison. Hors de danger, donc au revoir et *next* ! Par ici, la sortie !

Un peu plus et on le renverrait avec une petite tape sur l'épaule. Un peu abasourdis, Samuel et moi nous retrouvons donc dans le stationnement de l'hôpital, sous les étoiles. Finalement, nous dénichons un petit B & B pour passer la nuit sur place. C'est trop risqué de faire conduire Samuel, et moi, je ne sais pas conduire. Quelle journée !

Ça commence bien une relation. Ensemble depuis seulement trois mois et déjà, j'ai failli assassiner l'amour de ma vie !

— Comment te sens-tu ? lui demandé-je, alors que nous nous couchons, épuisés. Tu es certain que ça va ?

— Oui, ça va aller. Un peu fatigué et secoué, mais ça va pas trop mal, vu les circonstances. Et j'ai encore un peu mal à la bouche. Et toi ?

— Moi… je me sens tellement coupable, tout est ma faute. J'ai vraiment tout gâché et je m'en excuse.

— Mais non, j'aurais dû te prévenir de mon allergie. J'aurais pu éviter tout ça. Je suis navré. C'est juste que j'en souffre depuis que je suis tout petit, alors pour moi, ça va de soi. J'ai tendance à oublier que ce n'est pas tout le monde qui est au courant de ma condition.

C'est un fait que question communication, on ne lui décernerait pas une médaille d'or en ce moment. Ça laissait déjà à désirer avant qu'on soit en couple, mais je croyais qu'une fois ensemble, ça irait mieux. Visiblement, il y a encore place à l'amélioration.

— Et puis, tu me devras quelques faveurs, pour te faire pardonner, c'est tout, ajoute-t-il avec un sourire en coin. Un bon massage, par exemple.

— En tout cas, il va falloir que tu t'améliores, mon chéri, si tu veux qu'on survive en tant que couple et que je ne passe pas près de t'assassiner une autre fois, réponds-je, mi-figue, mi-raisin.

— Tu vas voir, dans quelques années, on va en rire, dit Samuel.

Ouais ! dans BEAUCOUP d'années ! Quand même, il est trop chou de me consoler comme ça.

Leçon de vie : toujours demander aux gens s'ils sont allergiques à quelque chose, et ce, dès la première rencontre !

3

Et la routine...

(Octobre)

Aimer, c'est l'innocence éternelle,
et l'unique innocence est de ne pas penser.

Fernando Pessoa

Première semaine d'octobre. Les feuilles mortes virevoltent dans la pluie tandis que les citrouilles, les stèles en plastique, les épouvantails, les fantômes en draps troués, les squelettes en caoutchouc et les faux vampires ornent les maisons. J'adore l'Halloween ! Et pas juste à cause des bonbons – sauf les pommes au caramel, bannies de ma vie, désormais.

Admirer les habitations décorées est un vrai plaisir ! En fait, j'aime toutes les fêtes, mais pour moi, l'Halloween, c'est la fête de l'imagination, de la part d'ombre en nous – qu'on oublie trop souvent – et une excellente façon de contrer la grisaille automnale. Et aussi de me taper *L'étrange Noël de monsieur Jack* en boucle sans me sentir coupable.

Nous avons d'ailleurs fait un numéro spécial « mode gothique » et un top 10 des plus belles maisons « hantées » de la province. Sans oublier un superbe article sur les contes et légendes du Québec et un portrait des mythes populaires associés à l'Halloween. Trop *cool* !

Dans un autre ordre d'idées, voilà près d'une semaine que Samuel a officiellement déménagé ses pénates chez moi ! Youpi ! Et je n'ai même pas eu à le lui proposer !

Surprenant, quand on pense que j'ai bien failli le tuer avec une pomme au caramel et une abeille. À moins que d'avoir frôlé la mort l'ait convaincu que j'étais la femme de sa vie ? Ou qu'il avait intérêt à profiter de l'instant présent puisque je risque de le faire mourir à tout moment ? Je préfère ne pas songer à ça et prendre le positif là où il se trouve. Après tout, les raisons importent peu. Ce qui compte, c'est qu'on soit officiellement ensemble.

La leçon de vie à retenir : toujours être patient, tout finit par arriver dans la vie.

Ce revirement de situation subit a eu lieu lors d'une soirée où nous regardions un film, étendus sur le sofa dans mon salon. Samuel s'est tourné vers moi, m'a pris le visage à deux mains et a déclaré :

— Ça te plairait si je déménageais chez toi ? Je veux dire, là, tout de suite ? Pas dans un an. Je n'ai pas envie d'attendre à plus tard pour qu'on ait une « vraie » relation. Enfin… je ne veux pas qu'on se voie juste les fins de semaine ou quand on n'est pas trop occupés. Ou qu'on soit constamment à se demander où on va dormir le soir (même si, les trois quarts du temps, on dort chez moi, car je ne peux pas laisser Bingo seule). Amélie, est-ce que tu acceptes que j'emménage chez toi ? Je ne suis jamais dans mon appart et, vu que je l'ai pris en catastrophe après avoir divorcé, de mauvais souvenirs sont associés à cet endroit. Alors, qu'est-ce que t'en penses ? Tu veux bien ?

Mon Dieu, il avait bien prononcé « emménager » ? Si je n'avais pas déjà été assise, je serais certainement tombée sur le derrière ! C'était la première fois qu'un copain me faisait une si belle proposition. Cela ressemblait presque à une demande en mariage. Un peu plus et je me mettais à pleurer. Je flottais littéralement sur un nuage…

Samuel et moi, nous allions vivre ensemble, pour vrai, comme un véritable couple ! Dans la même maison ! Avec les mêmes meubles ! Nous allions tout partager : l'espace pour les brosses à dents, les bouteilles de shampoing et de rince-bouche, la garde-robe ; nous allions mettre la bouffe sur les mêmes tablettes dans le frigo, et nous aurions les mêmes clés. Enfin ! Je ne m'étais jamais rendue à un tel niveau d'intimité avec un homme. Je sais, vous allez me dire que c'est minable et risible pour une fille de mon âge, mais que voulez-vous, je n'ai jamais été chanceuse avec les gars.

— Oui, je le veux ! me suis-je écriée en sautant dans ses bras.

J'avoue quand même avoir été étonnée que Samuel veuille emménager ici. Ce n'est pas que mon appartement manque de charme, mais le sien est plus neuf. Ce dernier est moins spacieux, mais il ne donne pas l'impression de tomber en ruine. Hier encore, les fusibles ont sauté chez moi. C'est la troisième fois en quatre mois. C'est agaçant à la longue. Et ma propriétaire, madame Picolli, est bien gentille, mais elle a tout un caractère.

Le jour où elle a rencontré Samuel pour la première fois, elle l'a félicité de m'avoir sauvé la vie, pour ensuite le sermonner à moitié en français, à moitié en italien. Je me souviens de cet événement comme si c'était hier. J'avais cru que Samuel me trompait. Je l'avais donc sorti de ma vie et je broyais du noir. Après m'être soûlée à mort et avoir fait un appel douteux à sa sœur pendant lequel j'avais débité des conneries – qu'elle a répétées illico à Samuel –, je m'étais ensuite cassé la figure dans l'escalier de la cave. Par chance, il avait eu le bon sens de venir me voir. Il m'a emmenée à l'hôpital, où nous avons eu une bonne discussion et où il m'a non seulement rassurée sur son amour, mais aussi sur sa fidélité.

Je n'ai pas tout compris ce que madame Picolli lui a raconté, mais je crois qu'elle lui a dit qu'un homme devrait toujours prendre soin de la femme qu'il aime, la traiter aux petits oignons, ne pas la laisser vivre seule, la protéger du danger et, surtout, qu'il devait être sérieux avec elle, etc.

Pauvre Samuel ! Dieu merci, il en voit de toutes les couleurs avec ses clients, alors je crois qu'il n'a pas été particulièrement traumatisé. Il a gardé son impeccable sourire tout au long de ce pénible entretien et est allé jusqu'à remercier madame Picolli de l'avoir si gentiment averti. Je crois même qu'à la fin, il l'a tellement complimentée sur sa grande sagesse, son sens de l'observation et sur ses habiletés maternelles qu'elle a été conquise. Elle ne l'a plus embêté à ce sujet depuis. Mais Samuel continue de se méfier d'elle et de limiter les contacts le plus possible.

Peut-être que si elle n'accumulait pas les bizarreries, madame Picolli cesserait de faire peur aux voisins et à mon copain. La semaine dernière, elle a encore jeté des os de poulet de son balcon sur les éboueurs qui passaient dans la rue. Le tout, en marmonnant quelque formule obscure en italien. Ils ont beau lui expliquer que le tatouage de démon que porte l'un d'eux n'apportera pas une malédiction, ça ne sert à rien, elle n'en démord pas.

J'espère seulement qu'un jour, ils ne cesseront pas de ramasser les poubelles dans notre coin par écœurement et que je ne vais pas me retrouver avec des montagnes d'immondices dans la cour… arrosées d'une pluie d'os chaque jour ! Pas étonnant que Samuel s'imagine que madame Picolli fait des sacrifices d'animaux dans sa cuisine et garde les squelettes dans son placard.

Mais enfin, mon *chum* et moi vivons maintenant comme un véritable couple. Ouiii ! C'est Noémie – alias Grande Sœur – qui va être fière de moi – elle qui s'imaginait que je n'étais qu'une petite écervelée et que je resterais célibataire toute ma vie. Je suis réellement et véritablement « engagée » ! Ah !… Le simple effleurement des mains de Samuel sur mon chandail ou son souffle dans mon cou quand il passe derrière moi suffit à me faire chavirer. Et dire que cet homme est à moi pour de vrai !

C'est juste dommage que Samuel soit encore violemment opposé à l'idée d'un possible mariage. La seule fois où je lui en ai glissé un mot à la blague, il a refusé catégoriquement de même y songer. Pour lui, c'est fini, plus jamais.

Samuel a donc déménagé une bonne partie de ses trucs – il ne reste que les plus gros meubles chez lui – et nous partageons presque tout. Même si on commence à manquer d'espace et qu'on se marche sur les pieds, *la vita è bella* !

J'avoue tout de même qu'avec le temps, j'ai découvert des drôles de choses sur Samuel. Oh ! pas grand-chose ! Des petits détails qui rendent la vie intéressante, en quelque sorte. J'ai remarqué, entre autres, qu'il a tendance, chaque matin, à égaliser soigneusement la margarine avec son couteau.

Samuel a aussi la manie de sortir de leur emballage les denrées qu'on achète : spaghetti, sucre, farine, biscuits, bonbons, médicaments, nourriture pour chien, et de tout ranger dans des pots identifiés qu'il a en quantité industrielle – et que je n'avais pas remarqués auparavant. On a intérêt à bien lire ce qui est écrit sur chacun pour éviter de se tromper. Résultat : dans les deux dernières semaines, j'ai salé mon café trois fois, sucré mes frites une fois et lavé le comptoir au savon à vaisselle. Il faudra que je fasse attention de ne pas confondre le vinaigre avec l'eau de Javel si je ne veux pas m'empoisonner.

Samuel a, par contre, des petites tendances *clean freak* qui sont un peu moins marrantes, telles que ramasser compulsivement les miettes partout, tout laver avec un chiffon dans chaque coin de l'appartement, chaque jour. Ou encore, organiser la maison selon une technique de *management* japonaise, en mettant des étiquettes d'identification un peu partout, afin que chaque objet ait sa place précise et qu'on ne le cherche jamais. Il y en a une pour le panier à linge, la brosse à cheveux, le balai, le porte-poussière, etc. Même le bol de nourriture de Bingo est identifié ! Si ça continue, moi aussi, je vais avoir une étiquette collée au front, m'identifiant comme « blonde ». Moi qui suis habituée à partager mon appartement avec des emballages froissés de tablettes de chocolat, des pots de crème glacée vides ou des bouteilles d'alcool à demi achevées, ça fait un sacré changement !

Il ne manque plus que les silhouettes dessinées à la place des brosses à dents ou des fourchettes !

Et chaque fois que je déplace un machin et que je ne le remets pas dans son espace attitré, Samuel me le fait gentiment remarquer. Courtoisement, mais n'empêche, ça m'agace un peu. Je suis habituée au chaos et à la totale liberté, moi, et je trouve cette ambiance trop ordonnée un brin étouffante. Mais bon, peut-être qu'il s'agit simplement de s'y accoutumer. C'est pour notre bien commun, après tout.

Et puis, la plupart des gens ont leurs petites lubies : Gabrielle, par exemple, ne supporte pas les graines de rôties dans sa margarine ; Laurie ne tolère pas qu'on remette un bac à glace vide dans le congélateur et Antoine ne peut accepter une façon de ranger la vaisselle sale dans le lave-vaisselle autre que la sienne. C'est une période d'adaptation pour chaque couple, je suppose. Chacun doit faire quelques concessions. Plus facile à dire qu'à mettre en pratique…

Il y a eu aussi quelques petites surprises. Pas question de me raser ou de m'épiler devant Samuel. Je profitais autrefois des moments où Samuel était chez lui pour le faire, mais là, c'est plus compliqué. Il a beau m'aimer, je ne pense pas qu'il veuille voir le processus d'élimination de ma jolie pilosité. Entre le rasoir peu élégant avec lequel je suis tout écartelée, ce qui me fait ressembler à une danseuse du Moulin Rouge – mais moins élégante – et la crème à épiler qui pue ou la cire qui m'arrache des grimaces en même temps que mes poils, je ne sais pas ce qui peut provoquer le plus de dégoût. Rien de tel pour gâcher l'image lustrée de femme *sexy* que je tente désespérément de projeter.

La semaine dernière, je me suis fait prendre dans une position quelque peu embarrassante. J'étais dans la salle de bain, en train de me faire la moustache à la crème épilatoire – oui, celle qui pue – et de me pâlir les sourcils – pour éviter d'avoir l'air d'un cosmonaute russe –, tout à mon aise en mangeant une banane et en lisant *Mange, prie, aime*. Ben quoi ? Y a pas de mal à lire des trucs inspirants. Si ça peut m'expliquer comment trouver la clé du bonheur et le sens de la vie en dégustant du *gelato*, je suis partante !

C'est alors que, sans cogner, sans s'annoncer, et surtout sans prévenir, Samuel est entré subitement dans la salle de bain comme s'il s'agissait de son cabinet, là où les patients attendent impatiemment d'en finir avec leur traitement.

— Eh, dis ? T'aurais pas vu mes caleçons ? avait-il lancé sans ambages. Ils ne sont pas dans leur tiroir attitré et je… Ahhh !

— Ehhh ! Qu'est-ce que tu fais là ? On frappe avant d'entrer !

J'étais là, assise sur la toilette, dans mon peignoir défraîchi, autrefois rose – plutôt beige, maintenant – plein de fils défaits et pendouillants, mes cheveux remontés dans une serviette comme une matrone, une moustache blanchâtre puante sur le visage et des sourcils pleins de crème blanchâtre, elle aussi. J'avais l'air d'un croisement entre Jacques Languirand et Bonemine dans Astérix. Avec un rouleau à pâte à la main, le portrait aurait été complet.

Horreur ! Je ne voulais pas que mon *chum* me voie comme ça !

Et à en juger par le cri que Samuel a lancé, il était aussi épouvanté que moi. Et dire que j'ai passé tant de temps à me bâtir une image de femme *sexy* et sûre d'elle pour qu'il me trouve belle ! Cette image a été gâchée, ruinée en à peine deux secondes, parce que je suis trop bête pour penser à verrouiller la porte de la salle de bain ! C'est certain qu'il va rester avec cette image de moi, maintenant. Impossible de l'oublier. Et si ça me prenait des années à reconstruire le désir entre nous, maintenant qu'il m'a vue comme ça ? Arrgggh ! Mon couple était peut-être mort.

La seule chose qui aurait pu être excitante, dans la situation, c'est ma banane, qui aurait pu passer pour un objet phallique – avec l'esprit bien tordu, disons.

— Heu ! je suis désolé, a pouffé Samuel en se cachant le visage à moitié – hésitant probablement entre une curiosité malsaine et un désir de protéger ma dignité, passablement amochée. Je ne voulais pas…

— Sors, bon sang ! Je ne veux pas que tu me voies comme ça !

— D'accord, d'accord, je sors. Je suis navré, je ferai attention la prochaine fois, a-t-il promis en fermant la porte et en se retenant pour ne pas rigoler.

Une chance qu'il trouvait ça drôle, parce que moi, j'avais juste envie de me cacher dans le rideau de douche pour le reste de la journée. Prendre en note : verrouiller la porte de la salle de bain à double tour chaque fois que j'y entre. On ne sait jamais !

— Dis ? a ajouté Samuel par la porte entrouverte.

— Quoi ?

— Tu sais que t'es *sexy*, avec une banane dans la main ?

C'est donc confirmé : Samuel a un esprit tordu. Et ce n'est pas pour me déplaire. La cohabitation ne sera peut-être pas si compliquée que ça, au fond !

* * *

Mi-octobre. Souper de gang chez Antoine. Samuel, Marianne et Alexandre sont également là. Seul Flix est absent.

Je regarde Antoine et Marianne cuisiner et mettre la table et je dois dire que ça fait du bien de les voir aller. Ils forment un couple si serein. La moitié d'un tout, mais sans jamais perdre leur individualité. Chacun d'eux fait des activités de son côté, sans que cela pose problème à l'autre, et tous les deux ont conservé une partie de leur indépendance. J'ai vu trop de couples qui en étaient incapables. Vraiment un modèle à suivre. Pas étonnant qu'Antoine soit si bien avec Marianne ! C'est dans ces moments-là que je me mets à me comparer. Est-ce que je suis capable de faire preuve d'autant d'indépendance ? Hummm !...

Alors que nous commençons à manger, Laurie, restée jusque-là plutôt silencieuse, se décide soudain à parler.

— Bon, je pense que je suis mieux de me lancer à l'eau tout de suite, sinon je ne le ferai jamais, soupire-t-elle. J'ai quelque chose à vous annoncer.

Nous nous tournons vers elle, suspendus à ses lèvres et nos bouchées également suspendues, mais dans nos cuillères à soupe. Elle paraît si sérieuse. Qu'est-ce qui se passe ? Félix et elle se séparent-ils ? Personnellement, je pense que ce serait une bonne chose ; je trouve qu'il la traite comme une esclave et qu'elle mérite mieux.

— Je suis enceinte, annonce-t-elle de but en blanc.

J'échappe ma cuillère dans mon bol de soupe pendant qu'Antoine s'étouffe avec son verre de vin et que le menton de Gabrielle touche le sol. Quant à Samuel, Marianne et Alexandre, ils la regardent avec une expression stupéfaite qui en dit long. Ça alors ! Même si Laurie m'avait toujours dit qu'elle voulait répondre à l'appel glorieux et ancestral de la maternité, je tombe des nues.

Une chance que je ne lui ai pas demandé si elle avait *flushé* son monsieur tapisserie. Nous la félicitons tous pour cette bonne nouvelle, mais mon amie ne semble pas exulter de joie alors qu'elle devrait être dans un état d'extase. Cette grossesse a-t-elle été planifiée ? Ou est-ce une surprise ? Y a-t-il déjà une mauvaise nouvelle à propos de ce bébé ? À en juger par la face d'enterrement de Laurie, quelque chose ne va pas.

— Ça n'a pas l'air de te rendre particulièrement heureuse... remarqué-je.

— Bien... disons que ça ne se déroule pas comme je le voudrais. C'est Félix. Ça fait trois semaines que je sais que je suis enceinte, mais je n'avais pas osé le lui dire avant la semaine dernière. J'avais un peu peur de sa réaction.

Trois semaines ? Et elle ne nous l'avait même pas dit ? Je suis consternée. Et à voir l'air de Gabrielle et d'Antoine, ils le sont aussi. Comment a-t-elle fait pour garder le secret tout ce temps ?

— Pourquoi tu ne nous as rien dit ?

— Parce que la situation était compliquée et que je n'étais pas prête à en parler avant aujourd'hui. Surtout que Félix n'était pas au courant, je n'allais quand même pas l'informer en dernier.

Ouais !... Il faudrait que nous nous voyions plus souvent. Maintenant qu'on ne va plus au bar Le Sex-symbol tous les mois comme avant, on se parle moins souvent. Il y a un an, ce genre de choses ne serait pas arrivé. Laurie se serait confiée à nous tout de suite, elle n'aurait pas attendu et n'aurait pas gardé cela pour elle. Je n'ose même pas imaginer le dilemme qu'elle a vécu ces dernières semaines.

— Et quelle a été sa réaction ? demande Gabrielle.

— Il m'a demandé s'il pouvait prendre du temps pour réfléchir et il est parti. Ça fait une semaine et il ne m'a pas donné de nouvelles encore.

J'en ai le souffle coupé. Comment cela a-t-il pu arriver ? Au *party* d'Alexandre et Gabrielle, ils avaient l'air heureux, pourtant. Enfin, considérant que Flix avait l'air de s'emmerder solide et de se fondre avec le sofa. Est-ce que tout va s'écrouler pour Laurie ? J'ai tant de peine pour elle.

Espérons que tout ira pour le mieux. Que va faire Laurie si Félix ne veut pas de cet enfant ? Va-t-elle sacrifier le rêve qu'elle chérit depuis toujours ? Sinon, va-t-il la laisser ? Et moi qui croyais que ce genre d'histoires datait d'une autre époque ! Comme quoi les hommes et les femmes en couple ont encore de la difficulté à s'entendre.

— Écoute, si tu as besoin de quoi que ce soit, Laurie, tu n'hésites pas, hein ? Quoi qu'il advienne, on va t'aider.

— Merci, Amélie. Et puis zut ! Peut-être que je m'en fais pour rien. Après tout, ça m'a pris plusieurs jours avant d'accepter la nouvelle moi-même alors que je souhaite ça depuis des années. Imaginez Félix, qui n'y a jamais songé sérieusement ! Et puis, c'est sûr que c'est rapide pour lui. Ça fait à peine un an qu'on sort ensemble. Peut-être qu'il n'y aura aucun problème et que tout va bien se dérouler. Après tout, *Ægroto dum anima est, spes est.* Tant que le malade a un souffle, il y a de l'espoir.

Là, je reconnais Laurie et ses nombreux proverbes qu'elle sort à la moindre occasion.

— Tu as raison, il ne faut pas dramatiser tout de suite, admet Gabrielle. Bon ! Heu !... est-ce qu'il y a d'autres nouvelles importantes qu'on a manquées ?

— Bof ! pas grand-chose qui soit digne de mention à côté des péripéties de Laurie, rétorque Samuel. Mis à part que nous avons presque terminé le réaménagement de notre appart.

— Tant mieux ! lance Alexandre. Réjouissons-nous pour vous, alors.

Quelques heures plus tard, Samuel et moi reconduisons Laurie chez elle. J'appelle ensuite Gabrielle et Antoine et leur propose d'aller la visiter à intervalles réguliers pour s'assurer que tout va bien. Son silence m'inquiète et il n'est pas normal qu'elle soit si peu bavarde. Elle n'est pas comme d'habitude. Normalement, elle tempêterait, crierait au meurtre et à l'injustice, traiterait son *chum* de lâche et d'imbécile – même s'il n'a pas encore annoncé sa décision. Mais non, rien. Elle semble amorphe, éteinte. Il ne faut pas qu'elle reste seule dans cet état. On va s'occuper d'elle, c'est sûr !

* * *

Fin octobre. Deux semaines après notre dernier souper. Je me rends chez Laurie, qui m'a appelée la veille et m'a demandé de la rejoindre chez elle. J'appréhende des problèmes… Rien qu'à son ton, il était évident que ça n'allait pas mieux.

J'arrive à la course après le travail. Alors que je suis devant sa maison, j'aperçois divers objets éparpillés dans les feuilles sur le terrain. On jurerait qu'un ouragan est passé par ici ! Là, un lecteur DVD déglingué ; ici, un bâton de hockey cassé en deux – ou plutôt sauvagement scié en deux, devrais-je dire – ; plus loin, des vêtements déchirés et dispersés, des livres déchiquetés et tout un tas d'autres trucs.

J'entre dans la maison, plus alarmée que jamais. Là, je repère Laurie, fort affairée dans la cuisine. Elle est en train de couper des espadrilles en morceaux avec une paire de ciseaux à volaille. Bon, considérant qu'elle ne planifie sans doute pas de manger une paire de souliers pour souper – elle a beau être enceinte, il y a quand même des limites aux effets des hormones – il y a quelque chose qui cloche.

— Laurie, qu'est-ce que tu fais ?

— Je m'occupe des affaires de Félix avant de les lui renvoyer, rétorque-t-elle sans même lever les yeux de son ouvrage.

Ça s'annonce mal. Je sens que Félix va passer à la casserole, comme ses chaussures. Avant même que j'aie le temps d'ajouter quelque chose, Laurie me met au parfum.

— Hier, Félix a dit qu'il ne voulait pas d'enfants parce qu'il n'était pas prêt. Il a dit que si je tenais à garder le bébé, il me quitterait. Bon débarras, que je lui ai dit ! Puis, je l'ai foutu à la porte. Comment peut-il m'obliger à choisir entre lui et l'enfant que je porte, ce sale égoïste ? Il a dit qu'il viendrait chercher ses affaires aujourd'hui et m'a demandé de m'en occuper. C'est exactement ce que je fais : je m'en occupe !

Grand Dieu ! Laurie a l'air plus déchaînée que jamais, et c'est peu dire, elle est déjà extrême en temps normal ! Je me demande si les hormones n'ont pas commencé à faire leur effet. Je préfère la Laurie enflammée plutôt qu'apathique, mais je n'en demandais pas tant. Alors, c'est elle qui a causé tout ce bordel dehors ? Elle a détruit presque tous les effets personnels de Félix ! Oh là là ! Il va se taper une syncope quand il va voir ça.

— Il faudrait peut-être mettre les choses de Félix dans des sacs ou des boîtes… suggéré-je.

— Au diable les boîtes ! J'en ai rien à foutre ! Foutu macho ! Espèce de phallocrate contrôlant ! Les hommes, tous pareils ! Qu'il se débrouille tout seul, j'ai fini d'être sa bonniche !

Je commence à craindre pour la santé de mon amie, autant sur le plan psychologique que physique. Surtout à cause de la réaction que pourrait avoir son ex. Il va vouloir la tuer, c'est certain ! Et il pourrait même la poursuivre en justice, qui sait ? Peut-être qu'il faudrait limiter les dégâts ? Je n'ose pas trop m'interposer et empêcher Laurie de passer sa frustration. Après tout, c'est certainement thérapeutique. Et je doute que le moment soit bien choisi pour lui demander de citer un proverbe en malgache illustrant le bon côté de la situation – si bon côté il y a…

Je décide d'aller chercher des sacs-poubelles. Si au moins on peut tout cacher à Félix quelques heures, peut-être pourrons-nous éviter ses foudres ? Pour l'instant, je ne songe qu'à protéger mon amie de son courroux. Je devrais peut-être appeler la police de façon préventive ? On ne sait jamais comment les choses peuvent tourner.

Pendant que Laurie donne des coups de marteau sur la tasse préférée de Félix, je sors pour ramasser au plus vite les effets éparpillés dehors. Je tombe sur une carcasse de plastique qui a été, dans une ancienne vie pas si lointaine, un iPod. Cela traîne juste à côté du cadavre d'un sac de hockey en lambeaux.

Alors que j'arrive dans la cour, les sacs à la main, voilà justement Félix qui s'amène. Les bras ballants, la bouche grande ouverte, les yeux ronds comme des soucoupes, il viendrait d'être témoin d'un holocauste nucléaire qu'il n'aurait pas une réaction différente. Ce qui n'est pas totalement éloigné de la réalité, en fin de compte...

— Mais... qu'est-ce qui s'est passé ? bégaye-t-il.

Que dois-je lui dire ? Que Laurie a pété les plombs ? Il doit bien s'en douter. De dépit, je lui tends ce que j'ai dans les mains.

— Salut, Flix... hum !... Félix ! Tu veux des sacs-poubelles ?

L'air pantois, Félix tend une main impuissante pour en prendre un. De mon côté, je me sens terriblement maladroite. Je ne sais pas quoi dire, quoi faire. Je ne suis pas à ma place, ici. Je me sens indécente, voyeuse. C'est une histoire entre Laurie et Félix et je suis comme un chien dans un jeu de quilles. Mes pensées sont soudain interrompues par une Xbox qui vole au-dessus de nos têtes et va atterrir dans la rue, où elle éclate en un million de pièces. Une pile de CD et les espadrilles découpées suivent l'instant d'après.

— Tiens ! Prends ça, espèce de salaud ! Écœurant ! Chien sale ! Phallocrate ! hurle Laurie.

Félix a l'air plus abasourdi que jamais. Je pense que si Laurie s'était transformée en lutteur sumo enragé, il n'aurait pas réagi différemment. Avoir su, peut-être aurait-il décidé que c'était moins compliqué d'avoir un bébé.

— Bon... je pense que tout doit être là, hein ? lancé-je. Heu !... Bonne vie...

Je ramène prestement Laurie à l'intérieur de son appartement avant qu'elle ne s'en prenne à Félix et le transforme en bouillie pour les chats. Ce ne serait pas le moment avec un bambin en route !

Une fois à l'intérieur, Laurie s'écroule sur le divan et se met à pleurer à chaudes larmes. Ma pauvre petite Laurie, si vulnérable ! Et dire que d'avoir un enfant, avoir une petite vie qui grandit à l'intérieur de soi, devrait être un événement si heureux. Elle qui le souhaitait depuis si longtemps, quel gâchis. Et quelle ironie. Je m'assieds à ses côtés et la berce dans mes bras. Comment va-t-elle survivre à cette tempête ?

Dehors, Félix ramasse les morceaux de l'épave de ce qui était autrefois le fier navire de leur bonheur.

Demain est-il vraiment un autre jour ? Je ne pense pas que ce soit une consolation pour Félix et Laurie.

4

Un petit coup ?
(Novembre)

La santé, c'est d'avoir mal tous les jours
à un endroit différent.

Michel Chrestien

Première semaine de novembre. Température fraîche accompagnée d'une pluie fine d'automne. Néanmoins, on est encore très bien dehors. Les décorations de Noël sont déjà sorties un peu partout et brillent de mille feux, ce qui crée quand même un drôle de *look* au milieu des feuilles mortes. Et dire qu'il y a une semaine, c'était l'Halloween.

Me voilà au restaurant avec Laurie, qui m'a demandé de l'y rejoindre. Elle semble avoir repris le dessus, même si je l'ai déjà vue dans de meilleures dispositions. Elle n'est plus amorphe, mais il est évident qu'elle est encore soucieuse. Que va-t-elle faire avec son bébé ? Va-t-elle l'élever toute seule ?

— Je vais me faire avorter dans trois jours, lance-t-elle sans détour après que le serveur fut venu nous porter nos plats. J'avais pris rendez-vous il y a déjà quelque temps, au cas où.

Je suis bouche bée. J'avoue que je ne m'y attendais pas du tout. Je croyais qu'elle voulait le garder à tout prix. Elle qui a toujours tant désiré avoir des enfants… Et pourquoi avoir foutu Flix à la porte si, dans le fond, elle n'allait pas garder ce petit ?

— Ça n'a pas de bon sens d'élever un bébé toute seule, ajoute-t-elle. Je pensais en être capable, mais ce serait me leurrer. Et je me suis leurrée pendant assez longtemps. Dire que j'ai cru que Félix m'aimait assez pour accepter d'avoir un enfant avec moi. J'ai été si naïve ! En tout cas, je te jure que les histoires débiles de contes de fées avec une belle fin parfaite, je n'y croirai plus jamais ! Et puis, c'est déjà faire preuve de cruauté mentale que d'introduire un petit être humain dans un monde aussi pourri que le nôtre, alors si je suis pour lui gâcher l'existence en plus en le privant de père… ça ne vaut pas la peine.

Cruauté mentale, n'exagérons rien tout de même. Je trouve qu'elle charrie un peu, mais je comprends surtout qu'elle voit tout en noir en ce moment.

Songeuse, Laurie se tait et plonge les yeux dans son assiette. Soudain, je me demande : pourquoi m'a-t-elle fait venir ? Ma copine de toujours doit lire dans mes pensées, car elle m'apporte tout de suite la réponse.

— Je voudrais que tu m'accompagnes à la clinique, si ça ne te dérange pas. J'aurais bien demandé à ma mère, mais elle aurait pleuré comme une Madeleine tout le long. Quant à mon frère, on n'y pense pas, c'est un homme et il ne comprend rien là-dedans. Toi, tu as une tête sur les épaules et c'est de ça dont j'ai besoin.

Eh bien, dis donc… Je ne pensais pas que Laurie avait une si haute opinion de moi. Je suis flattée, même si j'aurais préféré recevoir un tel compliment dans des circonstances différentes. D'un autre côté, l'accompagner là-bas ne sera pas une partie de plaisir et je ne suis pas sûre d'être un bon soutien moral.

— Merci de me faire confiance. Je suis surprise que tu n'aies pas demandé à Gabrielle. Elle est toujours si organisée et à ses affaires.

— Parce qu'elle ne peut pas comprendre ! s'exclame Laurie. Elle est dans son cocon douillet, avec son mari parfait et sa petite vie parfaite ! Elle illumine tout avec son fichu bonheur de merde ! Elle m'énerve. Alors que toi et moi, on est pareilles. On se plaît à toujours tout gâcher quand on devrait être heureuses, et on est sinistres de nature. On est des ronces épineuses et tordues alors que Gabrielle est une belle fleur.

Je sourcille, un peu piquée. Moi, sinistre, épineuse et tordue ? Moi, je gâche toujours tout ? Si je m'attendais à ce qu'elle me balance mes quatre vérités au visage ! Je décide de mettre ça sur le compte des hormones et je lui pardonne.

Est-ce que j'attire le malheur à ce point ? Je sais bien que j'ai été malchanceuse en amour, mais bon. Est-ce vraiment l'image que je projette ? Si mes meilleurs amis ont cette vision de ma personne, je n'ose imaginer ce que pense le reste du monde. Qu'est-ce que j'ai ? Pourquoi je ne suis pas une belle fleur comme Gabrielle ? C'est mon attitude ? Ma personnalité ?

Voyons, pourquoi je me laisse toucher par ça ? Je file le presque parfait bonheur avec Samuel depuis des mois. Le vilain petit canard de l'amour, c'est fini. Ne pense pas à ça, Amélie. C'est juste parce que Laurie n'a pas remarqué que je suis devenue « lumineuse et heureuse Amélie ». Elle doit sûrement faire de la projection.

Bon, en dépit de toutes ces réflexions bizarres – que je décide de mettre sur le compte des hormones et du stress –, j'accepte d'accompagner Laurie à la clinique.

* * *

Trois jours plus tard, nous partons en taxi pour la clinique. Et pour être honnête, les circonstances sont pénibles. Laurie n'a pas cessé de sangloter depuis qu'on a quitté la maison. Dehors, il pleut à verse sous un ciel gris. Un vrai jour d'automne. Comme si la température s'était donné le mot pour s'harmoniser avec les émotions de Laurie.

— T'en fais pas, me rassure-t-elle en s'essuyant les yeux. Ces derniers temps, il suffit que je voie les chatons de Cotonnelle dans la circulaire de l'épicerie pour que je me mette à brailler comme un veau.

Pauvre Laurie ! Nous arrivons enfin. À ma grande surprise, la place est feutrée, presque chaleureuse. Je m'attendais à me retrouver dans un endroit sinistre et sale où l'eau coulerait sur les murs, comme on voit dans les films. Une patiente sort d'une pièce, vêtue d'un peignoir bleu et coiffée d'un genre de capuchon de plastique.

— Tu as vu ? On dirait qu'elle a un sac Ziploc sur la tête ! s'écrie Laurie avec autant de discrétion que si elle hurlait dans un porte-voix. Je vais avoir l'air de ça quand je vais être sur la table d'opération ?

Remarque que c'est approprié, car je m'en vais me faire charcuter comme un morceau de viande. Autant être prête à me faire emballer !

Je me tourne vers elle. Est-ce que son apparence, dans les circonstances actuelles, lui importe à ce point-là ? Et puis, « charcuter », c'est fort, non ? Elle ne va quand même pas se faire ouvrir en deux. Toujours le mot pour exagérer… Mais en pareille situation, je la comprends.

Nous nous avançons vers la secrétaire qui prend la carte d'assurance-maladie de Laurie et lui demande de remplir un questionnaire. Silencieuse, j'observe mon amie pendant qu'elle accomplit sa tâche ; elle pousse un soupir aux quinze secondes. J'ai envie de lui demander si elle est véritablement sûre, mais je ne veux pas l'influencer non plus. Elle va réellement renoncer à donner la vie ?

Soudain, Laurie arrête d'écrire et se remet à sangloter. Je lui prends la main et la serre de toutes mes forces. Je n'arrive pas à dire si ce sont encore les hormones ou si c'est juste la gravité du moment qui la met dans cet état, ou les deux, tout simplement.

— Ah ! Et puis merde ! lance-t-elle. Je ne suis pas capable ! Pas capable !

Elle se lève soudainement et se jette sur le comptoir de la réceptionniste. Elle paraît plus hystérique que jamais – ce qui est particulièrement terrifiant dans le cas de Laurie. Ma copine s'adresse à la secrétaire, lui arrache sa carte d'assurance-maladie des mains et se lance dans un monologue complètement survolté.

— Écoutez, je suis désolée, mais… je ne peux pas ! Vous comprenez ? Vous savez, je… je ne juge pas les femmes qui le font. Je comprends très bien, elles ont leurs raisons… Ça les regarde, c'est correct. On n'a pas à porter de jugements sur les autres… Je ne veux pas les en empêcher, je trouve que c'est très bien que la femme ait le choix, de nos jours. Les hommes nous ont trop souvent empêchées de faire ce qu'on voulait avec notre corps ! On a trop servi de manufacture à bébés, alors moi, je suis pro-choix à 100 milles à l'heure ! Mais… je n'en suis pas capable. Je… j'ai l'impression que je vais tuer la meilleure chose qui me soit arrivée dans ma vie... Je ne me le pardonnerais pas, je ne pourrais plus jamais me regarder dans un miroir. C'est... c'est mon enfant, vous comprenez, je...

— Laurie, viens, dis-je en la tirant par le bras. On sort, allez !

Je vois bien que la secrétaire en a vu d'autres et que des femmes qui changent d'idée à la dernière minute, il y en a sûrement plusieurs. La dame a l'air incroyablement blasée et, avec l'empathie d'une souffleuse à neige, c'est à peine si elle lève les yeux par-dessus ses lunettes pour regarder mon amie. Je suis en plein cliché vu cent fois à la télé. Je ne sais pas comment je réagirais à sa place. Mais mon rôle est d'être là pour Laurie.

Alors que nous sortons, Laurie se met à courir vers un taxi qui doit certainement rester dans le coin par habitude. On dirait qu'elle cherche à mettre la plus grande distance entre elle et la clinique, comme si elle craignait de changer encore d'idée et de se précipiter sur la table d'opération.

Elle ouvre la porte de la voiture, me prend par le bras et me jette à l'intérieur avec une force que je ne lui connaissais pas – me fracassant presque le crâne contre la vitre du même coup.

— Vite ! Décollez d'ici au plus sacrant ! hurle-t-elle.

Le pauvre chauffeur est bouche bée et comprend rapidement, en voyant les yeux exorbités de Laurie qui lancent des éclairs, qu'il a intérêt à ne pas la contrarier. Il démarre si brusquement qu'il manque d'emboutir une autre voiture. L'autre conducteur, furieux, se met à nous invectiver.

— Eh ! Ça va pas, le malade ? rugit ma copine en se penchant par-dessus moi pour s'approcher de la fenêtre et lui répondre. Regarde où tu vas, imbécile ! Tu vois pas que je suis enceinte, merde ?

Je suis sur le point de rétorquer à Laurie qu'elle n'en est qu'à son troisième mois de grossesse et que ça ne se voit pas tellement et qu'ensuite, puisqu'elle est assise dans l'auto, ça ne peut pas être évident. Mais étant donné qu'elle ressemble à une gorgone en furie capable de transformer n'importe qui en pierre par son regard, il vaut mieux me la fermer. Une fois l'autre voiture hors de notre chemin, notre chauffeur repart. Et nous voilà en route vers la maison.

J'adoooore ces petits après-midi *relax* ! Une amie hystérique et en panique à la clinique d'avortement, une quasi-commotion cérébrale dans le taxi et un bébé dans le fourneau – qui sera tout prêt dans six mois ! Même pas né encore et ce petit rejeton provoque déjà de sacrés remous. C'est bien ça qu'on appelle des rebondissements ?

* * *

Mi-novembre. Il y a deux jours, Samuel m'a fait une belle surprise. Il a décidé de me donner mon cadeau de Noël en avance, parce que, a-t-il prétendu, il ne pouvait plus attendre. Il m'a offert un collier en or, avec un pendentif ovale à saphir orné de trois minuscules diamants, de chez Birks. Il y a même mes initiales derrière le pendentif ! J'ignore le prix de ce présent – mon amoureux n'a pas voulu me le dévoiler, bien sûr –, mais je suis certaine que ce petit bijou vaut une fortune. Quelques milliers de dollars, à n'en pas douter. Je n'ose même pas le sortir de son écrin !

— J'ai pensé que ça te ferait plaisir… a commenté Samuel. Tu l'aimes ?

Aimer ? Le mot est faible ! Je ne sais même pas quand je vais le porter, tellement il est beau ! Au prochain Festival Mode et Design de Montréal, peut-être ? Wouaaahh ! je vais faire sensation, c'est certain ! Qui disait que la routine nous rentrait dedans, déjà ? Pas moi !

Et puis, voyons les choses du bon côté. Depuis un mois, mon budget se porte tellement mieux. Samuel a pris en charge la maisonnée de manière surprenante. Il a réparé mon robinet de cuisine qui fuyait depuis sept mois, changé la toilette qui débordait chaque semaine, arrangé trois luminaires défectueux, réparé les planches brisées du balcon, arrangé le tuyau troué dans la sécheuse, replâtré et repeint tout l'appartement – ce qui n'avait sans doute pas été fait depuis la guerre froide – et s'est occupé d'une quantité d'autres petits détails. Je ne le pensais pas si manuel. Quel changement !

C'est bête à dire, mais la présence de mon homme a eu un impact positif sur l'état de mon logement. Si Laurie m'entendait, elle crierait sûrement au scandale ; elle me dirait que je n'ai pas besoin d'un gars et qu'une femme peut faire des rénovations aussi bien qu'un homme.

Mais il y a des jours où j'ai un peu l'impression d'être une veuve du plombage. C'est le *rush* après l'Halloween – les enfants consomment plus de sucreries que je ne le croyais. Je ne pensais jamais dire ça, mais je les envie presque d'avoir des caries.

Je m'imaginais que Samuel était différent des autres gars et que la période « nuage » durerait plus longtemps. Qu'on irait au marché ensemble et au cinéma, qu'on prendrait le café dans le Vieux-Port, une crème glacée sur le mont Royal et qu'on promènerait Bingo dans le parc La Fontaine sous la pluie l'été. Bon, je savais que notre relation ne serait pas la reprise sans fin de la scène d'amour de *Top Gun* sur fond de *Take My Breath Away*, mais la vie est déjà en train de nous happer à une vitesse subliminale.

En revanche, j'ai encore la merveilleuse impression qu'on est faits l'un pour l'autre. Cette extraordinaire sensation qu'on est des âmes sœurs, les moitiés d'un tout. Que sur les sept milliards d'êtres humains sur la Terre, j'ai enfin trouvé celui qu'il me fallait, le positif de mon moule. Samuel et moi, on se comprend si bien qu'on parvient presque à deviner les intentions et les désirs de l'autre. Je lui parle et, une fois sur deux, il termine ma phrase. Ou, d'un simple regard, il me fait comprendre qu'il a saisi ce que je voulais exprimer. J'ai le sentiment qu'on est en parfaite communion. La passion a été remplacée par l'harmonie.

Et puis, je l'avoue, Samuel rapporte pas mal d'argent. Il paye l'épicerie – Laurie hurlerait encore au scandale en m'entendant raisonner de la sorte ! –, règle une bonne partie des comptes – il est vrai que je suis nulle pour m'occuper de cela et que j'ai tendance à les oublier – et acquitte les trois quarts du loyer. Bref, mon budget se porte beaucoup mieux.

Je peux me permettre des dépenses encore inaccessibles il y a un an. Je suis en train de renouveler ma garde-robe – qui en avait bien besoin –, j'ai commencé à redécorer mon appartement – heu !... notre appartement – et j'ai entrepris de remplacer certains électroménagers qui menaçaient de rendre l'âme. C'est pas mêlant : notre nid d'amour est transfiguré ! Finalement, malgré la routine qui s'installe et la lune de miel qui commence à s'étioler... on a une belle vie à deux ! La *vità* est toujours *bella* !

5

Adeste fideles... Venez, fidèles

(Décembre)

Le mariage, c'est une femme de plus,
et un homme de moins.

Francis de Croisset

Les vacances approchent. Le thermomètre est sous zéro. Qu'est-ce que j'adore ce moment de l'hiver ! Il fait juste assez froid pour se mettre dans l'ambiance des fêtes et juste assez chaud pour être à l'aise à l'extérieur. La neige scintille sous la lumière et on jurerait avoir une poudre de diamants sous les yeux. Cette atmosphère me donne envie de danser et de chanter. Et y a-t-il quelque chose de plus excitant que de compter les dodos avant la veillée de Noël ? Ô joie !

C'est la veille de Noël ! Le temps a passé si vite. Mon premier Noël dans la famille de Samuel. On franchit une nouvelle étape dans notre vie de couple. Je suis très nerveuse. Je vais me faire examiner par la famille élargie… En voilà enfin un qui n'a pas honte de me montrer à ses parents, au moins. Pas comme mon ex, Olivier, qui tenait mordicus à ce que nous passions les vacances chacun de notre côté. À croire que je lui inspirais autant d'amour qu'un poisson avarié.

Existe-t-il pire moment pour se faire envoyer un tel message qu'en plein temps des fêtes ? Déjà que je me sentais nerveuse à l'idée de tout ce que je devais faire pendant cette période – du magasinage de cadeaux en passant par l'organisation du *party* de bureau, les tenues à trouver pour chaque occasion, la bouffe à préparer – je n'avais pas besoin que mon copain me laisse tomber à la dernière minute.

Rencontrer l'entourage de mes copains, par le passé, fut chaque année le test ultime pour voir si je m'entendais bien avec tout le monde.

L'épreuve suprême. Heureusement, Samuel m'a assurée que je ne me ferais pas trop harceler par sa famille.

Bon, nous y voilà. Nous sommes devant la maison des Gagnon. Je prends une longue inspiration. Relaxe, Amélie. À moins que sa famille soit un clan entier de tarés dysfonctionnels qui bouffent de la viande pourrie pour dessert, de pro-nazis sanguinaires ou de vampires en cavale, ça ne peut pas être totalement catastrophique. Au pire, ce sera un moment un peu pénible où je me ferai examiner comme un rat de laboratoire. Tant que je ne termine pas la soirée avec un abat-jour sur la tête ou en train de danser dans les crevettes du buffet, ça devrait bien aller.

Samuel sonne. La porte s'ouvre. C'est Élodie, la sœur de Samuel, qui répond.

— Eeehhh ! Ça va ? lance-t-elle aussi fort qu'elle peut.

— Salut, ma puce ! lance Samuel. Comment ça va ?

— Sam ! Vas-tu arrêter de m'appeler comme ça ?

— Jamais de la vie ! rigole-t-il. Je t'aime bien trop pour ça, petite sœur.

— Venez, venez ! Ne restez pas à l'extérieur comme ça, vous allez refroidir la maison ! nous exhorte madame Gagnon.

— Faire refroidir la maison, commente Samuel avec un sourire en coin, c'est l'obsession de maman…

En m'aidant à enlever mon manteau, Élodie – qui ne semble pas juger pertinent de se débarrasser de sa coupe de vin –, renverse de l'alcool sur le plancher.

— Oups ! Oh là là ! qu'est-ce que je suis maladroite ! Encore beau que je ne t'en ai pas versé dessus… s'exclame-t-elle en pouffant. Ça aurait mal commencé la soirée !

Elle a déjà l'air paf et il est à peine dix-huit heures. Les Gagnon ont vraiment le sens du *party*. On va avoir du plaisir ce soir, finalement !

— Aaaah ! C'est notre journaliste préférée ! s'exclame le père de Samuel – qui est à peine plus sobre que sa fille. Celle qui essaie des vibrateurs pour des magazines ! ajoute-t-il fièrement à l'intention des autres invités. Est-ce que vous deviez regarder des films pornos aussi ?

Je manque de m'étouffer avec ma propre salive et rougis comme une tomate tant j'ai honte. Quelle horreur ! Que vont-ils penser de moi, maintenant ? Lors d'une de mes rares chroniques où j'avais pu faire à ma guise, j'avais décidé de tester toutes sortes d'objets sexuels. L'article fut d'ailleurs un grand succès. Mais avoir su, j'aurais pris un pseudonyme pour écrire cette satanée chronique ! Personne ne m'aurait emmerdée avec ça !

Je ne m'attendais pas à me faire rappeler ce soir cet élément glorieux de mon passé de chroniqueuse… Dire que je pensais avoir réussi à me défaire de ma réputation de testeuse d'objets du sexe, depuis le temps. Eh merde !

Leçon de vie : si jamais j'ai le malheur de faire la moindre activité professionnelle en lien avec le sexe, soit je n'en parle à personne, soit j'opère sous une fausse identité.

Comme monsieur Gagnon n'est sûrement pas un adepte des revues traitant de bas-culottes ou de mascara extra-allongeant – à moins qu'il ne soit secrètement un fétichiste, qui se promène seul dans la maison vêtu d'un boa de plumes et de souliers à talons aiguilles –, inutile de se demander d'où il tient son information. Samuel le lui a raconté. Il ne pourrait pas apprendre à se la fermer un peu, lui ?

Cet accueil vient de tuer dans l'œuf le peu de courage qui me restait pour affronter toute la belle-famille. Je pense que je préférerais avaler un gallon entier d'antigel plutôt que de devoir affronter les cousins, oncles et tantes de Samuel qui doivent tous s'imaginer que je suis une dépravée de la pire espèce.

Je fusille Samuel du regard. Il me fait un sourire en haussant les épaules, l'air de dire : « Désolé, je ne l'avais pas prévue, celle-là. » Il va falloir que je lui montre un peu à tenir sa langue. Tant pis, il faut assumer ses choix dans la vie. Et puis, se faire prendre pour une pro du sexe, ce n'est pas si mal que ça. Ça pourrait être bien pire.

— Ne t'en fais pas, murmure Samuel à mon oreille en me prenant le bras. Ils sont tous tellement chauds en ce moment que c'est à peine s'ils s'en souviendront demain. Et puis, tout le monde est très joyeux et blagueur, dans ma famille. Va falloir t'y faire, ma belle… ajoute-t-il avec un sourire qui s'allonge.

« Ma belle… » Je ferme les yeux. Comme ça sonne doux à mes oreilles. Mon homme a vraiment un don pour rattraper ses gaffes et me faire sentir bien. Bon, je suis prête à affronter la meute !

* * *

Après quelques heures et quelques cocktails – ouais ! j'avais promis de ne plus me soûler, mais il faut bien se plier aux traditions familiales –, je me sentais très à l'aise dans la famille Gagnon. Entre aider Diane, la mère de Samuel, à sortir la dinde du four, assister Élodie pour mettre la table et distribuer les boissons aux invités – assoiffés de tout ce qui contient plus de 0,5 % d'alcool –, je n'ai pas tellement eu le temps d'entendre ce qui se disait à mon sujet ou de m'en inquiéter.

L'un des oncles de Samuel m'a même complimentée sur mes habiletés de ménagère – s'il savait que je fais brûler un chaudron d'eau sur la cuisinière !

— Tu sais, je te préfère vraiment à Aryane, me lance soudain Élodie, sans aucune gêne, alors que nous sommes assises toutes les deux sur le sofa. Aryane n'était pas sociable et ça n'a jamais cliqué entre elle et moi. Je te l'avoue honnêtement, Amélie : de toutes les blondes de mon frère, tu es ma préférée.

Je suis surprise et flattée. On pouvait difficilement me faire plus beau compliment ! C'est un peu méchant à dire, mais savoir qu'on a détrôné la copine précédente – et qui plus est, celle qui avait eu droit à l'honneur suprême de mettre la bague au doigt de Samuel –, ça fait drôlement du bien. Chantez hautbois, résonnez, musetteeeeeeeees !

Wouhouuuuuuh ! Qui a dit que l'alcool, c'était mauvais ? Moi, je trouve que ça fait dire de très belles choses !

* * *

Une heure plus tard, la fête est finie. Les cadeaux ont été déballés, la bûche de Noël mangée – ça fait changement d'avoir un vrai dessert traditionnel plutôt que les pâtisseries aux herbes que ma grand-mère grano prépare chaque année –, les cafés avalés, les gens dégrisés et le signal du départ lancé. Alors que l'on échange encore des embrassades, qu'on rapatrie les manteaux et les bottes, je cherche Élodie. En montant à l'étage, je la trouve cachée dans une chambre, les yeux plongés dans un genre de cartable blanc et jaune. Elle a les sourcils froncés et paraît bien pensive. Je m'approche.

— Élodie ? Ça va ?

En m'entendant, Élodie referme brusquement le cartable et tente de le cacher dans un tiroir.

— Oui, oui ! ça va. Je regardais juste un vieil album de photos.

J'ai quand même le temps de voir le texte sur la couverture de l'album. *Mariage de Samuel et d'Aryane*. J'arrête de respirer deux secondes. Je me sens comme frappée par la foudre.

— Mais, c'est l'album de photos du mariage de Samuel ! Qu'est-ce qu'il fait ici ?

Élodie soupire et le ressort du tiroir.

— J'avais pensé le redonner à Sam ce soir, mais je crois que ce n'est pas une bonne idée. Il n'est pas encore prêt pour ça.

J'ai devant moi les photos du mariage, où l'on voit Samuel souriant, dans un état proche de l'extase, sa ravissante épouse à ses côtés vêtue d'une superbe robe en soie avec une crinoline géante digne d'une princesse de Walt Disney, un énorme bouquet de roses blanches à la main. Ses cheveux blonds, tout bouclés et remontés, tombent harmonieusement sur ses épaules.

Franchement, j'en suis verte de jalousie, même si je ne devrais peut-être pas. Pourquoi faut-il que ce soit les peaux de vache et les matrones qui obtiennent tout ? Les gentilles filles comme moi, on passe toujours en dernier. Non, non... Du calme, Amélie. Après tout, c'est toi qui célèbres Noël avec lui, cette année, non ? Et il vit chez toi... maintenant, c'est chez « nous ».

Mais ce n'est pas ça qui me trouble le plus sur les photos... Le sourire béat fendu jusqu'aux oreilles de Samuel, son regard pétillant et l'expression d'un bonheur totalement pur sont comme une gifle. Il semble si heureux ! Je ne pense pas, depuis que je le connais, l'avoir vu manifester une telle félicité, une telle euphorie. Comment a-t-il fait pour passer d'un tel bien-être à pareille désillusion ? Je veux bien croire qu'Aryane n'a pas un caractère facile, mais quand même.

Bon, je ne m'attendais pas à ce qu'il fasse la moue sur ses photos de mariage. À cette époque, c'était sans doute l'un des plus beaux jours de sa vie. C'est juste un peu dur à avaler de le voir si enchanté avec une autre, même si elle n'est plus dans le décor. Surtout qu'il n'a jamais eu un sourire aussi heureux avec moi. C'est comme si je n'avais pas encore été capable de lui procurer une joie égale à celle qu'Aryane lui a déjà donnée.

Il me semble qu'il y a encore tant de choses que j'ignore sur l'homme que j'aime. On dirait qu'il vit avec une gigantesque faille, une déchirure qu'il n'a pas réussi à guérir et qui empoisonne sa vie. Comme s'il traînait un lourd secret dont il ne parvient pas à se débarrasser, dont il n'arrive pas à me parler. Pourtant, peut-être que j'arriverais à comprendre ce qui se passe dans sa tête s'il voulait bien en discuter.

Presque toutes les informations que j'ai à propos de son ex viennent soit de son meilleur ami Charles, soit d'Élodie. On dirait qu'il ne veut pas parler d'Aryane ni de ce qui s'est passé avec elle. Depuis notre dernière longue conversation à ce sujet en mai dernier – alors que j'étais à l'hôpital –, pratiquement plus un mot. Comme si le sujet était clos.

Pour la première fois de ma vie, je me rends compte que lorsqu'on aime quelqu'un, cette personne vient avec son lot de souvenirs et son bagage émotif, en plus de sa famille, ses amis, ses relations antérieures qui portent tous leur part de cicatrices. Ensuite, on se met à traîner aussi ce bagage avec nous, on le fait sien. C'est pour ça qu'on veut en savoir le plus possible sur le passé et le présent de celui qu'on aime. Parce que ça risque de nous suivre pour le restant de nos jours.

Et Samuel a encore des cicatrices de cette relation, c'est évident. Autant il parle de certains sujets avec une aisance déconcertante, autant cette histoire semble être taboue. Il aime discuter de choses agréables, mais dès qu'on frôle un sujet sensible, il se referme comme une huître.

Son ami d'enfance, Charles, m'a donné quelques infos. Mais ce gars-là est presque un fantôme. C'est un grand ami de la nature qui, il y a quatre ans, a abandonné sa carrière de publicitaire pour s'acheter une ferme en Gaspésie, y élever des moutons et produire du fromage et de la laine. Il recycle tout, fait du compost sur son terrain, fabrique son propre savon et fait pousser ses fruits et légumes chez lui. Je crois que s'il le pouvait, il fabriquerait son papier hygiénique et ferait pousser ses propres sapins de Noël. Il ne mange pas de viande ou de céréales commerciales, même pas du musli, parce qu'il trouve ça trop sucré. À croire qu'il ne bouffe que du carton pour déjeuner.

Il fait parfois la navette entre la campagne et la grande ville, mais de plus en plus rarement. Samuel et lui entretiennent maintenant leur amitié à distance par l'intermédiaire du téléphone et du Web. Je ne l'ai donc jamais vu en chair et en os et n'ai eu que peu de contacts avec lui. S'il a des infos cruciales ou sensibles sur Samuel, je n'y ai jamais eu accès.

— Quand il a divorcé, Samuel a volé l'album de photos du mariage à Aryane, car elle tenait à le garder, explique Élodie. Je pense qu'en quelque sorte, il voulait se venger pour tout ce qu'elle lui avait fait subir, d'autant plus que c'est elle qui tenait à ce mariage coûteux. Quand je suis allée le voir après la rupture, Sam avait planifié de mettre le feu aux photos. Une façon de passer sa colère, je présume. Mais j'ai dit à Samuel que je garderais l'album… que si un jour il était prêt, je le lui redonnerais. Je crois que ça n'aurait pas été sain de le détruire. Pas à ce moment-là, en tout cas.

Je dois l'admettre, cet amour fraternel est touchant. Élodie tient à protéger son frère comme il l'a maintes fois protégée.

— Ça a été dur pour lui, toute cette affaire, soupire la maman de Samuel, qui vient juste de nous rejoindre. Si tu veux mon avis, c'est parce qu'il a pris son divorce comme un échec. Samuel a toujours été très fier. Il n'a jamais toléré l'idée d'échouer. À l'école, il devait être dans les meilleurs. Nous ne lui demandions rien, il posait ses propres exigences. Il est comme ça. Il n'a sans doute toujours pas digéré son divorce. Il n'en a jamais parlé, mais je sais que s'il s'est marié, c'est parce qu'il y croyait. Il n'admet pas l'idée de s'être trompé.

Hum !... Ça explique certaines choses que je soupçonnais déjà.

— Amélie ! lance Samuel du hall d'entrée. Tu viens ? Il faut y aller !

— J'arrive !

Je me retourne vers Élodie et Diane.

— Bon, bien... joyeuses fêtes !

Je rejoins Samuel qui a déjà un pied à l'extérieur. Après m'être habillée, je m'accroche à son bras et me colle autant que je peux contre lui. Je me sens envahie par une bouffée d'amour. J'aurais tant envie de le protéger, de le materner, d'en prendre soin pour qu'il cesse de souffrir. Parce que maintenant, je suis convaincue que très profondément, à l'intérieur, il a mal. Cette façon qu'il a de passer du plus charmant des hommes à un être silencieux, blessé, meurtri et susceptible dès qu'il est question d'Aryane, me le démontre bien. Un jour, je le jure, je vais percer sa coquille et le rendre heureux, malgré cette cicatrice émotionnelle.

Samuel me regarde, l'air surpris que je sois subitement si tendre.

— Qu'est-ce qui me vaut tant d'affection, tout à coup ? demande-t-il.

— Rien de particulier...

Il paraît ragaillardi par ma tendresse manifeste.

— Tu sais que tu es vraiment la meilleure ? Et à quel point je t'aime ? me dit-il en m'enlaçant, le sourire aux lèvres. Je crois que tu les as tous épatés, ma belle.

— Je l'ignorais, mais là, je le sais.

Il m'aime, je l'aime, il est fier de moi, il me trouve belle. Tout va bien, la vie est géniale. *Exit*, le souvenir malfaisant d'Aryane ! *Yes* !

* * *

Fin décembre. Mes parents nous invitent, Samuel et moi, à aller skier avec eux dans les Laurentides – leur nouveau *hobby* depuis qu'ils sont tombés tous les deux à la retraite il y a peu de temps. En quelque sorte, je les envie. Avoir soudain une telle liberté, pouvoir faire tout ce qu'on veut de ses journées, ça doit être réellement *cool*. D'un autre côté, maintenant que j'ai un emploi qui me passionne, je pense que je m'ennuierais un peu de mon boulot.

Depuis que je suis rédactrice en chef, je suis stimulée par mon travail. Il faut toujours être à l'affût de tout. Entre la recherche d'événements culturels, la gestion de *shootings* avec des vedettes – parfois sympathiques, parfois capricieuses –, les invitations aux différents défilés de mode, la prospection des mouvements sociaux de l'heure, je suis comblée. Alors, malgré les attraits de la retraite, *Liberté 55*, ce n'est pas pour tout de suite !

Nous arrivons au mont Saint-Sauveur. Quoi de mieux, comme sortie familiale, qu'une activité de plein air dans la neige ! Ouf !... je n'ai pas fait de ski depuis plus de vingt ans ! Mes parents, quant à eux, sont maintenant tout équipés. Skis et bâtons dernier cri, bottes d'enfer, casques aérodynamiques, lunettes rutilantes, bref, de vrais pros ! La retraite est dorée... Samuel, qui a non seulement fait des compétitions de ski, mais qui a aussi donné des cours pour payer ses études, est fort bien équipé aussi.

Quant à moi, j'ai dû prendre un vieil habit de neige de maman – qu'elle portait à l'époque où elle avait 20 livres de plus –, complètement démodé, tout bouffi, usé et dans des tons de rose fluo délavé. Avec ma tuque à pompons verts et mes grosses bottes datant sûrement des années

1970, je me sens ridicule. C'est pas mêlant, si j'étais venue déguisée en Télétubbies, je n'aurais pas eu l'air plus folle.

— Voyons, Amélie ! me dit Samuel. Si tu étais vêtue d'un sac-poubelle, tu serais toujours aussi belle.

Wow ! Bien que ça sonne plutôt cucul, difficile de ne pas fondre devant un aussi beau compliment. J'en viens presque à me dire que je ne mérite pas un gars aussi génial. Et ça n'a pas exactement le même effet que lorsque nos parents nous disent qu'ils nous aiment peu importe ce qu'on fait et qu'on peut juste leur répondre que c'est normal, puisqu'ils sont nos parents.

Nous montons au sommet de la piste. Il va falloir que je m'exerce un peu, car je suis très rouillée.

— As-tu besoin d'aide ? demande Samuel. Je peux te soutenir, si tu veux. On va y aller lentement, à ton rythme.

— Non, non, ça va aller. Va skier avec papa, amusez-vous. Ce n'est quand même pas la première fois que je skie, ça va revenir.

— Comme tu veux. Mais si tu as besoin de quoi que ce soit, n'hésite pas, dit Samuel avant de m'embrasser.

— Allez, beau brummel, va t'amuser !

— D'accord, fait-il. On se revoit tout à l'heure, alors. Je t'aime ! ajoute-t-il en m'envoyant la main.

— Moi aussi, je t'aime, mon bel athlète !

Ma mère m'aide à me remettre en piste pendant que Samuel et mon père prennent de l'avance. Ils sont déjà rendus loin.

Je descends lentement, les jambes écartées pour essayer de garder mon équilibre et pour ne pas me planter. Ma mère se tient près de moi pour me conseiller et m'attraper, au besoin. Et moi qui pensais que ça revenait tout seul comme le vélo !

Eh bien, je suis contente que ce soit maman qui reste derrière pour m'aider et non pas Samuel. Je me sens déjà inapte, je ne voudrais pas ajouter à l'humiliation que l'homme de ma vie me voit ainsi, dans une pose totalement inélégante, en déséquilibre constant, prête à me planter à la première occasion.

Après une longue période d'essai où j'ai dû tomber 12 000 fois et me rouler dans la neige encore et encore – ce qui me donne un *look* de bonhomme Michelin avec mon habit de neige couvert... de neige –, je finis par atteindre une vitesse potable et à acquérir une tenue acceptable. Je fais du ski ! Wouhou !

J'atteins enfin le bas de la piste, où Samuel et mon père nous attendent. Je suis fière de moi, même si ça m'a pris une éternité pour me rendre là.

— Bravo, ma chouette ! me félicite papa. Tu vois, ça revient.

— Vous nous avez attendues tout ce temps ? demande ma mère.

— Non, nous avons déjà fait trois descentes, répond Samuel.

Arrgggh ! Et dire que je viens juste de finir ma première descente. Un peu gênant. J'étais tellement concentrée sur ce que je faisais que je ne les ai même pas vus passer. J'espère que Samuel ne m'a pas trop regardée pendant que j'en arrachais. Il faut que je me rattrape plus vite que ça si je ne veux pas passer ma journée à traîner de la patte.

Nous repartons donc vers le sommet. Je suis bien décidée à m'améliorer plus rapidement et à retrouver une vitesse acceptable.

Encore une fois, mon père et Samuel nous devancent, à mon grand soulagement. Encouragée par maman, je commence à skier de mieux en mieux, mais ce n'est pas demain que je vais gagner la Coupe du monde. Je ne suis vraiment pas une athlète dans l'âme. Je pense que je suis surtout douée pour l'après-ski, au chalet de la montagne, où tout ce qu'il y a à faire, c'est siroter un bon chocolat chaud garni de crème fouettée devant un feu de foyer.

Après un certain temps à skier sans trop me casser la gueule, j'aperçois soudain Samuel, agenouillé dans la neige, aux côtés d'une jeune femme assise. Celle-ci – combinaison moulante de luxe blanche et aqua, skis dispendieux, chevelure de feu et *look* d'enfer – doit en faire tourner des têtes sur la piste. Elle est équipée comme une experte, elle ! Son manteau est grand ouvert sur un chandail ultra-moulant et Samuel semble l'examiner. Qu'est-ce que c'est que ça, encore ?

Je dévie de ma route et tente d'accélérer un peu – avec l'élégance d'une marmotte qui sort de sa période d'hibernation – pour m'approcher, tout en essayant de voir ce que mon homme fait. Mais... il est en train de lui toucher la poitrine ? Qu'est-ce qu'il fabrique là ?

— Amélie, attention !

Le cri de ma mère me ramène soudain à la réalité – c'est-à-dire à la piste de ski. Aaaahh ! Le canon à neige ! Je me dirige tout droit dessus ! En gardant mon regard rivé sur Samuel, j'avais cessé de regarder où j'allais – et à cette vitesse, je peux vous assurer que vous déviez très rapidement ! Je réussis, par un mouvement plus ou moins contrôlé, à éviter le canon d'un cheveu. Mais je tombe aussitôt sur une bosse qui me propulse dans les airs ! Et m'envoie valser tout droit dans un sapin !

J'atterris dans les branches pour me retrouver ensuite sur le dos, les quatre fers – les skis et les bâtons – en l'air. Aïe, aïe, aïe ! Immédiatement après, une pluie de neige glaciale et d'aiguilles de sapin me tombe dessus. Pouah ! C'est froid et ça pique de partout !

— Ma chérie, ça va ?

J'essaie de me dépêtrer de peine et de misère. Je suis prise dans la neige, les branches, les skis, les bâtons, les bottes et la tuque. Arrgggh !... L'humiliation totale ! Encore !

— Oui, maman, ça va. Je suis en un seul morceau.

Mon ego est en mille miettes, par contre. Je me relève péniblement, avec l'aide de ma mère. Pas trop de douleur, Dieu merci. Les branches, malgré leurs aiguilles, ont plutôt amorti le choc et la neige a fait le reste. Mon habit surdimensionné m'a aussi protégée, on dirait. Pas de mal, donc. Juste un intense sentiment de honte.

Je sors du bois et retourne sur la piste, assistée de maman. Quelques badauds nous observent, probablement témoins de mes « prouesses ».

— Tout va bien ? demande l'un d'eux.

— Oui, pas de casse, répond maman.

— C'est la journée des accidents, dites donc, commente un autre. Une dame, un peu plus bas, s'est blessée aussi. Une chance, un bon Samaritain qui avait des notions de secourisme s'en est occupé.

Je suis sûre qu'il parle de Samuel. Le connaissant, c'est bien son genre. Le grand défenseur de la veuve et de l'orphelin. Voyons, Amélie ! Peut-être cette femme s'est-elle blessée gravement, après tout. En tout cas, j'espère que ce n'est pas une tactique sournoise pour mettre la main sur Samuel. Sinon, elle n'est pas mieux que morte, celle-là.

— Je crois qu'il s'en va avec la blessée et les secours, justement, annonce le quidam. Voulez-vous qu'on lui dise de venir vous examiner aussi ?

— Non, ça va aller, répond ma mère. On va se débrouiller toutes seules.

Hein ? Mais pas du tout ! Ça ne va pas aller et on ne va pas se débrouiller toutes seules ! Moi aussi, je veux que Samuel m'ausculte, bon !

— D'accord. Bonne chance !

Sur ce, l'homme repart sur ses skis.

Quant à moi, je vais bien malgré ma mésaventure. Je vois alors Samuel s'éloigner effectivement avec la blessée et des employés de la station de ski. J'ai un pincement au cœur à l'idée qu'il était tellement occupé à prendre soin de l'autre femme qu'il n'a même pas remarqué que moi aussi, j'avais besoin d'aide.

— Que veux-tu faire, mon bébé ? Veux-tu continuer ou préfères-tu aller te reposer au chalet ?

Même si, généralement, je n'aime pas trop que ma mère m'appelle ainsi, aujourd'hui, ça me fait chaud au cœur. J'ai besoin de me faire remonter le moral et de me faire materner. Pfff!... Encore une belle sortie gâchée, on dirait.

Et puis non ! Ce n'est pas parce que j'ai eu l'air ridicule sur une piste de ski que ma vie est finie. Si ma vie était foutue chaque fois que je me casse la gueule, il y a longtemps que je boufferais du pissenlit par la racine ! Et puis, je vais sûrement retrouver Samuel en bas. Il n'a pas couché avec cette fille, quand même. Je ne laisserai pas ça ruiner ma journée, d'autant plus que je n'avais pas fait de sortie avec mes parents depuis un bout de temps. Alors, profitons-en et amusons-nous !

— On va continuer à skier encore quelque temps, maman. Et après, on ira se gâter avec une bonne boisson calorifique, chocolatée et sucrée au chalet.

— Excellente idée, ma chouette !

* * *

Le reste de l'avant-midi se déroule plutôt bien. Je commence à être pas mal du tout sur mes skis et je réussis à oublier l'incident du matin. Samuel et mon père ont fini par nous rattraper et nous expliquer ce qui était arrivé à la blessée.

La skieuse rousse aurait attrapé une bosse – comme moi –, perdu le contrôle et roulé sur la piste. Elle aurait joué de malchance en tombant : son plexus solaire aurait frappé le bout d'un de ses bâtons. Un peu plus et elle s'empalait dessus. Aouch ! C'est bien pire que mes acrobaties. Ça explique pourquoi Samuel lui auscultait la poitrine.

— Pour sa première fois, elle n'a pas été très chanceuse, dit Samuel. Elle n'avait jamais skié avant et ça paraissait.

Quoi ? Une débutante, elle ? Elle n'en avait pas l'air, pourtant.

— Mais elle était équipée comme une pro. Ses vêtements et ses skis ont dû coûter une fortune.

Samuel hausse les épaules.

— Il y en a qui ont absolument besoin de s'acheter l'équipement dernier cri même s'ils n'ont jamais pratiqué une activité de leur vie. Quand je donnais des cours, j'en voyais plein qui dépensaient des fortunes pour de l'équipement de luxe alors qu'ils commençaient et ne retourneraient même pas sur une piste de ski de leur vie.

Bien… tout s'explique, alors. Je m'en suis totalement fait pour rien.

Leçon de vie : laisser tomber les lunettes de parano !

* * *

Avant-dernier jour de décembre. J'entame ma tournée téléphonique pour faire part de mes bons vœux à mon entourage. J'en profite pour piquer une jasette avec Antoine, mon vieil ami de toujours, que je ne vois plus aussi souvent qu'avant et qui me manque un peu. Il y a quelque chose qui me tarabuste et je sais que, comme c'est souvent le cas, Antoine va m'aider à y voir plus clair.

— Dis, Antoine, toi qui es un gars, je peux te demander ton opinion ?

— *Boy* ! Quand tu commences une conversation comme ça, c'est qu'il y a une question à cent piastres sur les hommes qui s'en vient. Allez, *shoote* !

Comme d'habitude, Antoine voit à travers moi comme dans un livre ouvert qu'il aurait déjà consulté cent fois et même annoté dans les marges. Après environ 30 ans d'amitié, je lui ai sans doute livré tous mes secrets émotionnels – et le mode d'emploi des femmes, en général – alors qu'Antoine, sur plusieurs aspects, demeure encore une énigme pour moi. Par exemple, comment un grand séducteur qui avait une nouvelle blonde par semaine peut-il être avec la même femme depuis presque un an ? Métamorphose agréable, mais néanmoins mystérieuse.

— Est-ce que c'est normal que je sois un peu jalouse et peu sûre de moi à propos de Samuel ?

— Normal… répète lentement Antoine, l'air de réfléchir. Qu'est-ce qui est normal, au fond ?

— *Come on,* Antoine. Pas ça. C'est trop facile. Je n'ai pas envie d'entendre des trucs de psycho 101 que j'ai lus cent fois dans mon propre magazine.

— Bon, d'accord. Alors, tu es jalouse des autres filles, c'est ça ?

— Ben, un peu, oui. Je ressens comme un genre de pincement au cœur quand Samuel a l'air, disons, trop gentil avec une autre fille. J'ai comme peur de me le faire voler. C'est poche, hein ?

— Poche ? Pas vraiment, Amélie. S'il y a une chose positive, là-dedans, c'est que tu tiens réellement à lui.

— Oui, mais je n'aime pas avoir ces sentiments. Je trouve ça puéril et malsain. Je préférerais ne rien ressentir du tout, être parfaitement au-dessus de mes affaires et me dire qu'il n'y a rien là, que ça ne m'enlève rien qu'il soit aimable avec d'autres femmes. Pourquoi j'en suis incapable ?

Au bout du fil, j'entends Antoine soupirer. Comme je le connais, les rouages de son cerveau se font aller et il est en train de digérer mes réflexions. Je suis pendue au téléphone, attendant le diagnostic – et le traitement qui me guérira, si possible. Finalement, Antoine se décide à parler.

— La vérité est simple, Amélie. Tu n'as juste pas assez confiance en toi. C'est ça, ton problème. Tu crois que tu n'es pas assez bien pour Samuel, qu'il t'est supérieur, qu'il est trop bon pour toi. Tu le mets sur un piédestal. Tu t'imagines que tu n'as pas ce qu'il faut pour le retenir et qu'un jour, il ira chercher ailleurs ce qu'il ne peut trouver avec toi.

Bang ! En plein dans le mille, comme d'habitude. C'est exactement ça. Je savais bien qu'Antoine arriverait à mettre les mots justes sur mes émotions.

— T'as raison, Antoine. Je ne l'avais pas encore compris, mais c'est bien ça. Tu sais, je pense que je suis restée marquée par mon histoire avec Guillaume. Quand j'ai découvert qu'il m'avait trompée à tour de bras pendant deux ans, je crois que ça a brisé ma confiance en moi-même.

— Samuel n'est pas Guillaume, Amélie. Ce n'est pas parce que Guillaume t'a trompée que Samuel va le faire.

Encore vrai. Mais je remarque, pour la première fois, qu'ils ont certains traits en commun. Une capacité à manier les mots – même si Samuel n'est pas poète – et à charmer tous ceux qu'ils approchent. Peut-être est-ce à cause de cela que je fais un rapprochement entre les deux ?

Je m'interroge soudain : est-ce que je demande l'avis à la bonne personne ? Après tout, Antoine a couché avec la moitié de la population de Montréal qui porte une jupe. « Monsieur *Cool* » en chair et en os, qui doit voir la gent féminine comme un genre de buffet *all you can eat* – dans tous les sens du terme. Alors, bien sûr, il doit se dire que j'envisage beaucoup trop sérieusement la question du couple. En revanche, je ferais bien de prendre exemple sur lui et de relaxer un peu, au lieu de me faire des scénarios d'amours catastrophe.

— Je ne l'avais pas réalisé, Antoine, mais je crois que je projette sur Samuel ce qui m'est arrivé avec Guillaume.

— Arrête de te percevoir comme une moins que rien, Amélie. Tu es une fille super. Et puis, Samuel est fou de toi, ça crève les yeux. Pourquoi tu penses qu'il a voulu sortir avec toi alors qu'il venait à peine de divorcer et qu'il aurait pu se tenir loin des femmes pendant des années ? Pourquoi tu penses qu'il est venu te rescaper quand tu es tombée dans l'escalier, il y a six mois ? Pourquoi tu penses qu'il a voulu emménager avec toi si vite ?

Bon sang, encore dans le mille. Qu'est-ce que je suis bête ! Je suis si habituée à me voir comme une idiote lunatique que je n'avais jamais réfléchi à tout ça.

— Merci, Antoine. Je ne l'avais pas compris. Tu as vu juste, encore une fois. Merci de m'avoir rassurée.

— Ça me fait plaisir. On remet ça quand tu veux.

* * *

Dernier jour de décembre – et de l'année. J'ai parlé à Laurie pour lui souhaiter la bonne année. Disons qu'elle a besoin de toute la chance qu'elle peut avoir. Mais elle semble bien aller, étant donné les circonstances. Elle a fini par accepter sa situation, bien que ce ne soit pas facile. Je la trouve incroyablement courageuse d'élever seule son bébé. Sans rien demander à Félix, qui n'aurait peut-être rien voulu donner, de toute manière. Elle ne prend pas le chemin le plus facile, mais je suis fière d'elle.

— Mais que vas-tu dire à ton enfant plus tard ? lui ai-je demandé. Il va te poser une foule de questions sur son père, non ? Et pourquoi as-tu fait ce choix ? Ça ne te fait pas peur ?

— Elvis Presley a déclaré : « La vérité est comme le soleil. Vous pouvez l'empêcher d'entrer pour un temps, mais il ne partira pas. » Alors, il saura la vérité. Il va finir par la découvrir de toute façon. Je vais lui raconter que j'ai décidé de lui donner la vie, même si je savais qu'il n'aurait pas de père. Qu'une vie, même imparfaite, même avec un morceau de casse-tête qui manque au portrait, c'est mieux que pas de vie du tout. Je vais lui avouer que je savais que j'allais faire des erreurs, que ça n'allait pas être facile, mais que j'avais envie de le connaître, de le voir grandir, de l'avoir avec moi.

— C'est beau ce que tu dis, ai-je répondu, songeuse. Mais quand même, ce sera ardu.

— Je sais, mais je n'ai pas pris ça à la légère. J'ai bien réfléchi aux conséquences, même si ça ne paraissait pas quand je me suis sauvée de la clinique d'avortement. Ma décision est finale. De toute manière, je ne veux pas avoir de relation de couple compliquée, de problèmes de famille reconstituée ou de garde partagée, etc. Je ne demanderai pas de pension à Félix, je vais m'arranger par moi-même. Après tout, j'ai le droit d'être heureuse en étant seule.

— Ouf !... Je t'admire. Moi, je n'en serais pas capable.

— Tu sais, Amélie, je n'ai pas trop le choix d'être positive si je veux survivre. Et puis, j'ai décidé d'essayer d'être zen face à tout ça. Les Chinois disent : « Qui a beaucoup d'argent et pas d'enfants n'est pas riche ; qui a beaucoup d'enfants et pas d'argent n'est pas pauvre. »

Laurie a le don, avec ses satanés adages, d'en boucher un coin à n'importe qui.

Il n'y a plus rien à ajouter. Le sujet est clos. Laurie est convaincue, déterminée, et je sais qu'elle ne se laissera pas abattre. Si c'est un garçon, elle va probablement lui faire comprendre qu'il a intérêt à traiter les femmes avec décence et respect et qu'il n'y a pas de honte à se connecter à son côté féminin et à pleurer devant un film d'amour. Et si c'est une fille, elle va sûrement la pousser à avoir de l'ambition et à aller dans un domaine d'études typiquement masculin, juste pour montrer aux hommes de quoi une fille est capable. Je ne suis pas trop inquiète, malgré les difficultés. Laurie est une battante. Elle va rester fidèle à son idée, comme d'habitude, et elle va s'en tirer.

La nouvelle année va sûrement bien commencer.

6

La vie, c'est compliqué...

(Janvier)

Le bonheur est comme l'écho :
il vous répond, mais il ne vient pas.

Carmen Sylva

Début janvier. Retour au boulot, le congé des fêtes est terminé. Déjà. J'aurais aimé que ça dure plus longtemps. Arrgggh ! Je viens à peine de m'asseoir que David s'amène à mon bureau. J'espère qu'il ne va pas me tenir une interminable conversation sur les barreaux de chaise, sur les raisons qui font qu'Indiana Jones est la meilleure trilogie du cinéma contemporain – le quatrième film est une aberration et ne compte pas, selon lui – ou encore faire une séance de photographies improvisée. J'ai une réunion dans deux minutes avec les chroniqueurs et je n'ai pas de temps pour ça.

David cherche-t-il encore des idées de reportage ? Il est bien gentil et peu récalcitrant sur les sujets que je lui propose, mais j'aimerais qu'il ait un peu plus d'initiative. Après tout, c'est son travail de trouver des thèmes pour sa chronique ! Je n'ai pas envie de me triturer les méninges à la recherche de concepts pour lui chaque mois. C'était d'ailleurs l'une des raisons pour lesquelles j'étais heureuse de ne plus écrire les articles sur les tests. De plus, j'ai une tonne de responsabilités. Il y a des jours où je me dis que je devrais postuler pour le poste de la femme bionique.

Il va falloir que je lui fasse comprendre qu'il doit se débrouiller seul. Je ne suis pas sa mère, après tout. Hum !... Il s'approche avec les yeux piteux en sautillant d'un pied sur l'autre et en se tordant les mains. Il a envie et il veut que je l'aide à déboucler sa ceinture ou quoi ?

— Heu !... Amélie ?

— Oui, David ?

— Écoute, je termine mon reportage sur les voitures sport et les émissions de gaz à effet de serre dans deux semaines… On parle beaucoup des voitures, mais savais-tu que le méthane produit par les ruminants et les termites, ou encore par les marais, présente un forçage radiatif supérieur et donc un potentiel de réchauffement global accru ? Il paraît aussi que les centrales énergétiques et les processus industriels ont aussi un grand rôle à jouer.

Même si je ne comprends pas le quart de ce qu'il raconte, je sens que je vais avoir une révélation du tonnerre… Est-ce vraiment avec un tel sujet d'article que notre magazine sera propulsé dans la stratosphère des records de ventes inégalés au Québec ?

— Hum !… Et pourquoi viens-tu me voir ?

— J'aurais besoin d'un deuxième avis, pour terminer les tests. Et vu que tu as beaucoup d'expérience avec cette chronique… eh bien… je me demandais si tu ne pouvais pas m'aider un peu. Moi, je ne connais pas grand-chose là-dedans ; tout ce que mon père avait, c'était une vieille Pontiac Firebird 1974 ! Tu savais que ce genre d'autos-là s'appelait des *muscle cars* ? Drôle de nom, hein ? Bref, j'aimerais que quelqu'un regarde si je n'ai rien oublié, si je n'ai pas manqué quelque chose d'important…

Il ne pouvait pas plus mal tomber. Je m'y connais autant en voitures qu'un cordonnier en navigation aérospatiale. Tout ce que je sais, c'est qu'elles ont quatre roues et font « vroum vroum ». Me parler de suspension, de traction intégrale, de carburateur ou d'embrayage, c'est comme me tenir une conversation en yiddish. En fait, j'ai tellement peur de conduire que je n'ai jamais essayé d'obtenir mon permis. Je sais, c'est nul.

Je reste néanmoins convaincue que si jamais je posais mes mains sur un volant, je foncerais dans tout ce qui bouge jusqu'à ce que le réservoir d'essence soit vide et que j'aie commis un génocide. Bref, c'est mieux pour l'humanité que je n'en connaisse pas trop sur les voitures.

— Tu ferais mieux de te trouver une autre personne pour t'assister, David. Je suis nulle avec les autos. Je n'y connais tout simplement rien.

— Mais justement ! Tu aurais une vision tout à fait neutre, sans préjugés ou idées préconçues. Ce serait parfait !

Je regarde nerveusement ma montre. Je suis en retard. Eh merde ! Je n'ai pas envie de me taper des heures supplémentaires pour ça en plus du reste ! D'un autre côté, c'est tout à l'honneur de David de vouloir une seconde opinion pour s'assurer d'un bon contrôle de la qualité. Et en tant que rédactrice en chef, je suis responsable de ce qui se publie dans le magazine.

— Bon, c'est d'accord. Mais je t'accorde seulement une soirée. Je serais disponible après-demain. Après, peu importe où tu en seras rendu, tu devras te débrouiller tout seul.

David sautille et trépigne comme un enfant.

— Ça va être génial. Tu vas voir ! Et je te promets que ça ne sera pas long.

Génial ? Je n'en dirais pas tant, car je ne partage pas sa passion pour les machins en métal qui roulent. Mais en même temps, ça ne peut pas aller si mal que ça, non ? C'est juste une petite chronique, après tout. Et puis, peut-être que j'apprendrai quelque chose. Ça ne peut pas me faire de tort.

* * *

Arrgggh ! Je vais mouriiiiiiir ! Si j'avais su que de tester des voitures sport serait aussi pénible, j'aurais tout fait pour trouver une excuse et éviter d'aider David à terminer sa chronique. L'horreur totale ! N'importe quoi, plutôt que de subir cette torture ! J'aurais prétexté, je ne sais pas, moi… un tsunami, une invasion de sauterelles, n'importe quoi. On est en janvier et la mer se trouve à des kilomètres, ce qui nuirait à ma crédibilité, mais bon…

Je me trouve, en ce moment même, totalement paralysée par la peur, une main crispée sur la poignée de la porte, et l'autre s'agrippant aussi fermement que possible au bord du siège. David a eu l'immense bonheur – oui, oui, il faut insérer du cynisme, ici aussi – de trouver une route isolée où il peut s'amuser et pousser au maximum le véhicule, une BMW X6M moteur V8 TwinPower Turbo M, direction Servotronic M, traction intégrale xDrive M et bla-bla-bla, et qui vaut sûrement trois ou quatre fois mon salaire annuel. En ce moment, nous roulons à 250 km/h sur un chemin perdu dans une campagne sombre et lugubre. David éclate régulièrement d'un rire démentiel qui ressemble à un mélange entre celui de Dracula et de Willy Wonka dans *Charlie et la chocolaterie*. Un peu plus et il baverait sur le volant. Dieu que je hais les voitures !

Je commence à soupçonner David d'avoir utilisé le prétexte des essais de voitures sport et les émissions de gaz pour s'amuser avec des joujoux de luxe. Ou alors, il essaie peut-être de franchir le mur du son.

Moi, si ça continue, je pense que je vais tomber en hyperventilation ! Je parie que la sensation se rapproche de celle que les astronautes éprouvent quand ils décollent dans leur navette. Pour couronner le tout, afin de vérifier l'efficacité des freins, David arrête brusquement, ce qui me fait bondir vers l'avant pour ensuite m'étouffer avec ma ceinture de sécurité. Et il repart ensuite, atteignant 100 km/h en 4,7 secondes – tout comme mon système digestif, d'ailleurs, qui prie tous les saints du ciel en ce moment pour survivre. C'est aussi sans compter que la forte odeur des sièges en cuir de mérinos espagnol me donne de légères nausées depuis le début.

Mais qu'est-ce qu'ils ont, d'ailleurs, à parfumer leurs sièges de la sorte ? L'odeur âcre est écœurante et me fait penser à un magasin de souliers, ce qui, normalement, me ferait rêver à des dizaines de chaussures n'attendant que mon portefeuille, mais pas ce soir. Faut que je songe à en parler au concessionnaire et à le mentionner dans l'article. On n'a pas idée d'empoisonner les gens avec ces produits, sûrement à la limite du toxique. Et dire qu'il nous reste encore quarante-cinq minutes de ce petit manège. Génial…

* * *

Après quinze autres minutes à me faire brasser comme du *pop-corn* dans une casserole, l'inévitable arrive. Alors que David, après un énième coup de frein, entreprend de faire accélérer le bolide jusqu'à une vitesse quasi stratosphérique, je suis prise d'un subit et très, très intense mal de cœur. Pire que celui qui me taraude depuis le début.

Ça y est, je vais être malade ! Mon souper cherche à partir en voyage !

— David ! Arrête-toi, vite ! Je vais...

Trop tard. Mon repas est déjà parti en vacances pour un monde meilleur.

David freine brusquement, dans l'espoir vain de me permettre de sortir à temps. Manque de pot, c'est précisément à ce moment-là que je renvoie le contenu de mon estomac. Je suis projetée une nouvelle fois vers l'avant, propulsant du même coup mon dernier repas dans le pare-brise et sur le tableau de bord. Re-manque de pot, le recul continue de me ballotter comme une poupée de chiffon et projette les derniers restants du souper sur moi, mes vêtements, mon manteau, mes bottes, le tapis et les sièges en peau de mouton mort.

Oh mon Dieu ! La honte ! Sans compter que j'ai mis la voiture – et moi-même – dans un état des plus dégoûtants ! Je ne sais pas ce qui m'humilie le plus. Le fait d'avoir vomi, de l'avoir fait dans une voiture de luxe dont le magazine va devoir payer le nettoyage, de passer pour une femme chétive – et devant un employé, en plus –, ou tout ça à la fois.

Une odeur acide ressemblant à celle du lait caillé remplit l'habitacle et me soulève le cœur à nouveau. Mais vu que mon estomac est vide, il n'y a plus rien à renvoyer. Une chance, car je suis assez mortifiée comme ça. Je tremble de partout et baigne littéralement dans mes propres vomissures, qui forment des flaques sur le tapis et le siège. Ma seule chance, en quelque sorte, est que mon manteau en ait pris une bonne partie et qu'en dessous, je sois relativement propre.

J'ouvre la portière d'une main tremblotante et tente de m'extraire de la voiture. J'ai les jambes qui flageolent, la tête qui tourne et je tombe dans la neige. Je me sens si faible et honteuse. Mais qu'est-ce qui m'arrive ? J'ai dû manger quelque chose de pas frais ou alors, j'ai attrapé une saloperie. David sort à son tour pour me prêter main-forte. Mais même avec son aide, je ne suis pas en état de me relever.

— Veux-tu qu'on retourne chez le concessionnaire ? demande David.

— Non, non, je n'en suis pas capable…

Autant parce que je ne peux pas affronter le regard des employés du concessionnaire qui vont m'examiner comme une extraterrestre, que parce que je n'ai pas la force de retourner dans l'auto, dont l'odeur risque de me rendre encore malade.

Finalement, j'appelle Samuel pour qu'il vienne me chercher. Je suis vannée et je ne veux pas vraiment risquer de prendre un taxi – et de salir la voiture d'un inconnu. Je n'ai envie de voir qu'une seule personne, en ce moment, et c'est Samuel. Il est le seul – à part peut-être ma mère – qui peut s'occuper de moi, me chouchouter et devant lequel je suis parfaitement à l'aise, même souffrante.

De plus, je suis complètement fourbue. Je reste assise dans le fossé, sur le bord de la route, sous les sapins, les fesses dans la neige. David reste auprès de moi, en attendant que Samuel parvienne à se libérer de son dernier rendez-vous et arrive enfin. Après un certain temps, je finis par avoir le derrière complètement gelé et je grelotte de plus belle. Je me lève de temps à autre pour marcher. Mais la faiblesse de mon état m'empêche de me promener longtemps et je dois me rasseoir régulièrement.

Pendant ce temps, David, toujours aussi incapable de rester silencieux plus de trois secondes et demie, tente de me faire la conversation.

— As-tu bien fait cuire tes hamburgers ? me demande-t-il.

Je suis abasourdie par la question. C'est quoi, l'affaire des hamburgers ? Et d'abord, qu'est-ce qui lui fait croire que j'ai mangé ça ?

— Hein ? David, pourquoi me parles-tu de hamburger ?

— Ben… il paraît que la maladie du hamburger peut faire ça. Tu sais, quand ce n'est pas assez cuit. Ils en parlent régulièrement dans les médias.

— La maladie du hamburger survient l'été, quand les gens ne cuisent pas suffisamment leur viande sur le BBQ. On est en janvier, je te signale.

— C'est peut-être une labyrinthite. J'ai une amie qui avait ça et elle était étourdie et tombait tout le temps. Et parfois, elle vomissait.

— Je ne sais pas, je…

— Sinon, du poulet mal cuit cause la salmonellose. Ou alors des fruits de mer laissés trop longtemps…

— David, j'ai mangé une soupe et un sandwich avec des viandes froides pour souper. Et ce n'est sûrement pas le pain qui m'a rendue malade !

— Il paraît que des céréales mal lavées…

Bon sang, il ne décroche pas facilement quand il a une idée en tête…

Samuel arrive après environ une heure. Il était à peu près temps, car j'ai les fesses et les pieds en glaçons, les oreilles en chou-fleur d'avoir écouté David monologuer, et je dois être sur le point de me transformer en bonhomme de neige. J'ai essayé de retourner me réchauffer dans la BMW, mais la vue et l'odeur du dégât me répugnaient trop.

Je suis heureuse que Samuel soit enfin près de moi, mais je dois dire que le fait de me voir pratiquement à quatre pattes – trop mal pour rester debout –, puante, pleine de vomi et tellement dépeignée que j'ai l'air d'avoir un balai sur la tête, risque de ruiner à tout jamais mon image de femme *sexy*. Espérons au moins que mon ego va survivre, ce dont je ne suis même pas sûre.

— Mais qu'est-ce qui t'est arrivé, ma belle ? demande Samuel.

J'essaie de penser à une façon d'expliquer la chose sans passer pour une imbécile.

— Elle a vomi partout dans la BM ! lance David, incapable de tenir sa langue.

Merci, David. Ego définitivement pulvérisé en plus de mon *sex-appeal*. Amour-propre réduit à néant. Il ne me reste plus qu'à me faire un tas de neige et à me cacher en dessous jusqu'au printemps.

— Désolée de te déranger pour ça, Samuel. Je n'aurais peut-être pas dû t'appeler…

— C'est pas grave, mon amour. Allez, viens, je te ramène à la maison. Je vais m'occuper de toi. Tu vas voir, je vais te remettre sur pied.

Sur ce, il me prend dans ses bras et m'emmène à l'auto. Si je ne me sentais pas aussi mal, je trouverais ça d'un romantisme digne du film *Officier et gentleman*. Il va ensuite voir David et s'entretient avec lui quelques minutes. Sans doute pour apprendre ce qui s'est passé et si David peut se débrouiller pour ramener la BMW chez le concessionnaire sans moi. Cela me fait penser que c'est lui qui va devoir expliquer l'état de la voiture aux employés. Ouille ! Je suis gênée de le laisser dans une telle situation. Une chance, David est débrouillard. Et il a une carte de crédit corporative aussi ; le magazine paiera pour le nettoyage. Il s'arrangera, c'est un grand garçon.

Ouf ! Quelle affreuse journée ! Plus jamais, s'il vous plaît !

* * *

Après quelques jours de repos sous les soins de mon homme, je vais bien mieux. Pas à 100 %, mais il y a une nette amélioration. Je suis encore très fatiguée, ce qui n'a rien d'étonnant quand on vide son système digestif pendant une journée complète. Je vais quand même voir le médecin. J'avoue que c'est uniquement parce que je l'ai promis à Samuel. Et puis, je n'ai pas eu d'autres malaises. Mais mon homme est demeuré intraitable. Il veut être sûr à 110 % que je vais bien. C'est flatteur que mon amour se soucie autant de ma santé.

C'est juste que j'ai peur de ce que le docteur va m'annoncer. Qui sait, ça pourrait être le signe d'une maladie grave ? Car je n'avais jamais été aussi malade. Mais ne pas consulter serait peut-être un peu irresponsable.

Mi-janvier. Me voilà chez le médecin. Je suis nerveuse. Je passe une batterie d'examens : prises de sang, tension artérielle, taux de fer, analyse d'urine. Je retourne ensuite à la maison. J'aurai les résultats cette semaine, s'il y a quelque chose d'anormal. Mais le Dr Castonguay m'a apaisée. Je me sens déjà mieux.

* * *

Trois jours plus tard, au bureau, je reçois un appel de la clinique.

— Mademoiselle Tremblay ? Ici la secrétaire du Dr Castonguay. Pourriez-vous venir voir le médecin aujourd'hui ? Il aimerait vous parler de vos résultats.

Je déglutis avec peine. Mais qu'est-ce qui m'arrive ? Ce n'est pas de la paranoïa ; si tout allait bien, il ne m'aurait pas convoquée à son bureau. Ça y est, je peux me mettre à paniquer ! J'ai une tumeur au cerveau et il me reste trois semaines à vivre !

J'ai une puce extraterrestre implantée dans la nuque qui envoie des signaux aux habitants de la planète Mars ! Ou encore, j'ai de l'ADN de poisson qui m'a été injecté quand j'étais petite dans le cadre d'une expérience de la CIA et je suis sur le point de muter ! Non, là, franchement, c'est complètement ridicule ! Arrête tes scénarios débiles, Amélie !

— Heu !... vous avez trouvé quelque chose d'anormal ?

— Je ne suis pas au courant. C'est le docteur qui peut vous répondre.

— Bon, d'accord. Je vais quitter le travail plus tôt.

— C'est parfait.

Quelques heures plus tard, me voilà donc dans le bureau du Dr Castonguay. Je me tords les mains de nervosité.

— Alors ? Qu'avez-vous trouvé ?

— Une bonne et une mauvaise chose, on pourrait dire. D'abord, félicitations, mademoiselle Tremblay !

Quoi ? Il me félicite d'être malade ? Je suis tombée sur un *crackpot* ou quoi ?

— Vous êtes enceinte, m'annonce-t-il.

Le cœur m'arrête. Hein ? Ça ne se peut pas !

— Quoi ? Mais… ce n'est pas possible ! J'ai eu mes règles il y a deux semaines !

— Eh bien, c'est l'une des raisons pour lesquelles je voulais vous faire venir. Vous avez eu ce qu'on appelle des « règles anniversaires ». Ce n'est pas très répandu, mais ça arrive.

Des « règles anniversaires » ? Qu'est-ce que c'est que ça ? À l'école, dans les cours de sexualité, on nous enseignait que lorsqu'une femme tombe enceinte, l'un des premiers signes, c'est l'arrêt des menstruations. À quoi peut-on se fier si ce n'est pas là-dessus, je vous le demande ?

— Parfois, certaines femmes enceintes ont des saignements aux dates où elles devraient avoir leurs règles. Il peut aussi y avoir des saignements lors de la nidation. C'est facile de les confondre avec les règles. Il nous faudrait passer d'autres tests et vous poser d'autres questions pour savoir à quand remonte la conception. D'habitude, on calcule à partir des dernières règles et on se sert aussi du nombre de semaines d'aménorrhée. Mais si je me fie au taux d'œstrogènes, de progestérone et de HCG dans votre sang, vous pourriez en être à environ dix semaines de gestation.

Je saisis à peine la moitié de ce qu'il raconte. L'air me manque. C'est mauvais pour le bébé si j'arrête de respirer ? C'est quoi, du HCG ? Et des améno-quoi ? Comment ai-je pu passer à côté de quelque chose d'aussi essentiel ? Il me semblait que la plupart des femmes le sentaient lorsqu'elles étaient enceintes ! Suis-je si déconnectée de mon propre corps ?

Je réfléchis. Dix semaines, cela nous mène à la mi-novembre. Ah mon doux ! Je pense à tout l'alcool ingurgité à Noël ! Et à ma chute en ski ! Je vais sûrement donner naissance à un mutant avec un bras en plein milieu du front.

— Si ça peut vous rassurer, me dit le Dr Castonguay, j'ai déjà eu une patiente qui s'en est rendu compte à quatre mois ! Il y en a même – mais c'est rarissime et elles étaient obèses – qui s'en sont aperçues en accouchant ! ajoute-t-il en éclatant de rire.

Ah oui ? Ha, ha, ha ! c'est vraiment à mourir de rire. « Vous savez, vous pourriez accoucher sans même vous en apercevoir ! » Et quoi encore ? On voit bien que ce n'est pas lui qui va ressembler à une baleine dans quelques mois et voir son existence changer du tout au tout !

— Blague à part, je pense qu'il faudra regarder votre taux d'hormones plus en détail pour savoir où vous en êtes. Vous êtes suivie par un gynécologue ?

J'écoute distraitement ce qu'il dit. J'ai l'impression d'être tombée dans un trou noir. Une fois sortie du cabinet, j'appelle Samuel pour qu'il vienne me chercher. Il va trouver que je le dérange souvent, si ça continue. Je ne sais pas si c'est psychosomatique, mais il me semble que j'ai drôlement mal au cœur et que je ne me sens pas la force de prendre l'autobus pour rentrer à la maison. Un peu moins d'une heure plus tard, j'embarque dans la voiture avec lui. Avant même de démarrer, Samuel tente de mettre fin au suspense qui doit le tarauder, lui aussi.

— Alors ? me demande-t-il. Qu'est-ce qui se passe ? Qu'est-ce que le médecin a trouvé ?

Je le regarde d'un air hagard. Comment va-t-il réagir ? On a rarement parlé sérieusement d'enfants – on n'est ensemble que depuis sept mois, après tout – et on ne s'était pas tellement étendus sur le sujet. Je n'ai même pas eu le temps de digérer la nouvelle que je dois déjà la lui annoncer. Quelle idée stupide aussi, de lui avoir demandé de venir me chercher. J'aurais dû appeler un taxi. Ça m'aurait donné plus de temps pour réfléchir.

Je revois tous les problèmes de Laurie depuis ce jour fatidique où elle est tombée enceinte. Et si Samuel était incapable, lui aussi, de *dealer* avec l'idée d'avoir un enfant et me laissait ? Je ne veux pas que ça m'arrive. Je commençais à être heureuse, à me sentir bien dans ma peau, grâce à lui. Et je n'ai pas la force de caractère de Laurie ; je m'écroulerais à la première difficulté.

Je me sens comme dans une mauvaise comédie. Peut-être qu'on me joue un tour et que dans quelque minutes, le médecin va surgir de son bureau en criant « Surprise ! » ou m'annoncera, catastrophé, que sa secrétaire est une idiote qui a interverti les étiquettes des dossiers et qu'en fait, j'ai eu une simple intoxication alimentaire. Je ne peux pas choisir d'avoir un *burnout* à la place ?

— Ben quoi ? insiste Samuel. Parle, voyons !

— Samuel, je... je suis enceinte.

Si c'était physiquement possible, je pense que son menton toucherait le sol tant il semble tomber des nues. Réaction pas très rassurante, mais vu les circonstances, je le comprends.

— Quoi ? C'est pas vrai, tu rigoles ?

Parce que j'ai l'air d'avoir une tête à rire ? J'ai beau être une personne « épineuse et tordue », je ne suis pas si sadique que ça.

— Voyons, Samuel, je ne te ferais pas une blague de si mauvais goût ! Et selon les premiers examens, je serais à dix semaines de gestation. Aux trois quarts du premier trimestre.

Samuel me regarde avec de grands yeux ronds, pleins de points d'interrogation. Des yeux de chiot qui, normalement, me séduisent à mourir, mais m'observent en ce moment innocemment, comme si je venais d'annoncer que je détiens la formule mathématique de la vitesse de l'expansion de l'univers. D'ailleurs, je me sens comme si je venais justement d'avoir un big bang dans le mien. La vie vient d'exploser dans mon corps et c'est moi qui vais prendre de l'expansion à la vitesse de la lumière.

— Ça ressemble à quoi, un trimestre ? demande Samuel. Et y en a combien dans une grossesse ?

— J'en sais rien. Trimestre, ça veut pas dire trois ?

C'est en regardant Samuel et les points d'interrogation se multipliant dans ses yeux que je réalise que je ne sais absolument rien sur la grossesse, que je suis totalement nulle et ignorante en la matière, que je ne connais rien de plus que ce qu'on lisait dans les livres d'anatomie au primaire, avec des bonshommes aux organes bleus et verts parce que, de toute façon, ça ne m'intéressait pas. Bon sang, dans quel engrenage mon doigt s'est-il trouvé coincé ? Y a une marche arrière ?

— Mais comment ça a bien pu arriver ? demande Samuel. Comment est-ce possible ?

— Ben, le médecin suspecte que le crime aurait été commis avec ton pénis et mon vagin, dans la chambre à coucher, mon cher colonel Moutarde... Malheureusement, on n'a pas l'enveloppe contenant les cartes désignant les coupables.

Ce n'est sûrement pas par l'opération du Saint-Esprit, en tout cas. Et à voir Samuel s'interroger, on jurerait qu'il ne sait pas à quoi ça sert, des organes génitaux... Ça augure bien pour les changements de couches !

— On va vraiment avoir un bébé ? fait-il bêtement.

Heu !... non ! JE vais avoir un bébé. JE vais gonfler à mort, vomir à profusion, dormir partout et souffrir pendant 98 heures pour sortir un être humain entier de mon corps. Sans compter que je devrai aussi arrêter toute consommation d'alcool, de sushis, de fromage à pâte crue, de... quoi d'autre ? Merdouille, alors. Donc, chéri, JE vais avoir un bébé ; toi, tu vas me regarder hurler de douleur. Alors, laisse faire les « on » pour l'instant. « On » viendra après, quand la chose sera sortie de mon corps.

— Ben dis donc ! s'exclame Samuel. Qu'est-ce qu'on va faire ? Tu y connais quelque chose, aux bébés, toi ? J'ai gardé mon petit-cousin une fois, mais c'est tout.

Un afflux d'émotions me traverse. C'est trop tôt. C'est cliché à dire, mais je ne suis pas prête. J'ai l'impression que Samuel et moi, on est en train de se faire voler nos meilleures années, ce qui devrait être les meilleurs moments de notre relation. Et comment vais-je faire pour m'occuper d'un enfant, d'un être vivant à part entière alors que j'ai encore du mal à gérer mes heures de lunch ?

Et notre couple, alors ? On venait à peine de s'habituer à habiter ensemble. On vivait encore sur les restants de notre belle lune de miel et on commençait tout juste à s'apprivoiser pour de bon, à se comprendre dans la vie de tous les jours. Tout va être chamboulé. Je ne veux pas mettre mon existence en veilleuse.

Et je ne veux pas avoir la vie d'un bébé entre les mains ! C'est trop de responsabilités. Avec moi, il est sûr de mourir écrasé sous un pot de fleurs ou empalé par une fourchette. Je prends une grande respiration. Voyons, calme-toi ! Des millions de femmes donnent naissance chaque année dans des conditions bien plus rudes. Il y a des mères qui s'en sortent très bien malgré leur jeune âge. Respire par le nez. Ça ne peut pas être si terrible que ça.

Je me tourne vers Samuel et l'observe, à la recherche d'une réponse, d'un indice de ce qui se passe dans sa tête. Ou peut-être de quelque chose qui me rassurerait et ferait en sorte que, comme par magie, tout aille mieux.

— On fait quoi ? me demande-t-il. Tu tiens à le garder ?

Je regarde encore Samuel. C'est comme si je le voyais pour la première fois. Un court instant, c'est presque comme si j'avais un étranger devant moi. Il me semble que je le connais si peu, en réalité. Qui est-il vraiment ? Si je garde cet enfant, nous serons liés à jamais, *no matter what.* Pour le meilleur et pour le pire. Unis par un petit humain, qui héritera un peu de nous deux, du meilleur, espérons-le.

Mon cœur se serre. Je comprends soudain Laurie et sa crise dans la clinique d'avortement. Me débarrasser de mon bébé ? « Mon » enfant ?

L'idée m'apparaît brusquement insoutenable. Je n'en serais pas capable moi non plus, je n'en aurais pas la force.

Je ne peux pas faire ça, juste sous prétexte que ça ne *fitte* pas dans mon horaire, que ça va chambarder ma petite vie tranquille et que je vais perdre une partie de ma liberté. Et puis, la liberté de quoi, au juste ? D'aller au cinéma, de me payer une virée à Las Vegas, ou encore de faire des beuveries au bar ? Une vie humaine vaut plus que tous ces calculs égoïstes.

Même si mon existence sera complètement virée à l'envers par ce petit être, que rien ne sera plus jamais pareil, je ne peux m'imaginer sacrifier cette petite chose qui grandit en moi. C'est « notre » enfant, après tout. Sans que j'aie eu à prononcer le moindre mot, mon homme a compris. La décision est prise et il va me soutenir. Je pense qu'en ce moment, j'aime Samuel plus que jamais auparavant. On se comprend si bien.

— Tu te rends compte ? dit-il. On va avoir un bébé. Un véritable petit être humain…

Au secours ! On ne peut pas revenir en arrière ?

* * *

Une semaine plus tard, vendredi. J'ai quitté le bureau plus tôt. Je suis partie chez Noémie pour la fin de semaine. Je ne suis plus certaine de rien. Autant j'étais sûre de ce que je voulais il y a quelques jours – malgré toute ma peur –, autant je ne sais plus rien du tout maintenant. Je suis submergée par les émotions : l'appréhension, la peur, l'anxiété, la terreur et tous les synonymes qu'on peut leur trouver.

De plus, Samuel m'énerve. Il passe de l'angoisse à l'extase. Un jour, il ne cesse de se demander ce qu'on va faire, comment ça va changer notre vie, de s'interroger sur tous les bouleversements que ça va nous causer. Il s'imagine déjà que notre future fille va être confrontée à l'hypersexualisation, qu'elle va porter un *string* et un chandail bedaine à huit ans, qu'elle va faire des pipes à quinze ans, qu'elle va être couverte de *piercings* et de tatous ! Un peu plus et il parle de la faire enfermer jusqu'à quarante ans !

Ou alors, il s'imagine que notre futur garçon va être confronté aux revendeurs de drogue, qu'il va se faire recruter dans un gang de rue, va porter un mohawk, qu'il pourrait être victime d'intimidation à l'école et qu'il va sûrement échouer ses études parce que c'est un gars – et que les médias ne cessent de dire que les garçons réussissent moins bien à l'école – et qu'il va finir sans-abri, éboueur ou danseur nu au 281.

Le lendemain, il se demande comment on va appeler le bébé, quel genre de poussette on devrait avoir, de quelle couleur on devrait peindre la chambre, il fait des plans pour le baptême, il veut acheter des toutous et cherche des idées de prénoms dans les livres qu'il a achetés exprès.

En plus, c'est à peine s'il me laisse traverser la rue toute seule, de peur que je me fasse heurter. On jurerait que c'est lui qui est enceinte et qui a les hormones au plafond ! De mon côté, je ne peux m'empêcher de me poser mille et une questions. Je ne vous les énumérerai pas, il y en a trop. Et je suis certaine que vous pouvez les imaginer par vous-mêmes.

Les nausées et la fatigue, je connaissais depuis quelque temps et je pouvais *dealer* avec. Mais les montagnes russes émotionnelles qui, au choix, me donnent : 1) envie de tout casser à la moindre contrariété ; 2) envie de me mettre à brailler pour des niaiseries ridicules ; 3) l'impression que, comme Hulk, je vais virer verte, déchirer mes vêtements et me promener en bobettes dans la rue en lançant des voitures sur tout le monde. C'est très déconcertant et j'ai déjà l'impression d'avoir perdu le contrôle de mon corps. Qu'est-ce que ça va être à huit mois ?

Je n'ai encore parlé à personne de la grossesse. Je ne suis pas prête à partager la nouvelle. Ça bouge trop vite et Samuel ne fait rien pour m'aider. Il me fait tourner la tête et me donne la nausée. À moins que ce ne soit les hormones. Sans compter que je suis plus épuisée que jamais et que je perds l'appétit.

C'est étrange, mais il y a autre chose qui me déçoit. J'ignore totalement quand je suis tombée enceinte. Surtout, je ne pourrais dire, parmi les fois où l'on a couché ensemble, à quel moment précis c'est arrivé. J'ai toujours cru que je saurais exactement quand se produirait LA fameuse fois.

Comme si ça ne pouvait être autre chose qu'un moment magique, parfait, où tout ne serait qu'harmonie et où les planètes seraient sûrement alignées d'une manière spéciale pour permettre à la vie de se déposer dans mon ventre. Et que je m'en rappellerais toute mon existence. Mais non, rien de tout ça. C'était une fois sûrement bien – comme d'habitude –, mais qui ne se démarquait pas vraiment des autres fois. Et même si c'est trivial de s'inquiéter de ce genre de choses, ça me dépite.

J'ai donc décidé d'aller réfléchir un peu chez Noémie – alias Grande Sœur –, histoire d'avoir un peu de tranquillité. Je dois m'éloigner. S'il y a quelqu'un qui peut me comprendre et m'aider à y voir clair, c'est elle. Elle demeure, même après toutes ces années – où j'ai pourtant eu l'occasion 150 fois d'acquérir un peu de jugement, sans y parvenir –, la plus brillante de la famille. Et avec deux enfants, elle sait de quoi il retourne, quand même. Quant à moi, je n'aurai jamais le tiers de sa sagesse et je serai toujours l'écervelée.

Samuel paraît inquiet de me voir partir ainsi pour deux jours, mais il n'a pas tellement insisté. Il a dû sentir que j'avais besoin de réfléchir.

— Tu ne vas pas aller te faire avorter, hein ? dit Samuel.

— Ben non, voyons, espèce de grand niaiseux !

Tu parles d'une réflexion idiote. Comme si j'allais faire ça !

Me voilà donc, vendredi soir, devant la porte de Grande Sœur.

— Amélie ? s'écrie Noémie. Qu'est-ce que tu fais là ? Ça va ?

Elle remarque soudain mon petit sac de vêtements et ma mine déconfite.

— Tu ne t'es pas chicanée avec Samuel, toujours ? Qu'est-ce qui se passe ?

— Non, non… mais je suis enceinte !

Et j'éclate en sanglots comme un grand bébé en tombant dans ses bras.

— Mais c'est merveilleux ! s'écrie-t-elle.

Ah oui ? C'est merveilleux ? On ne doit pas porter la même paire de lunettes. Pourquoi ne suis-je pas toujours envahie d'une joie inexprimable ? Je dois avoir quelque chose d'anormal. Je me sens coupable.

* * *

Assise devant le feu qui crépitait dans le foyer de la salle familiale, un chocolat chaud entre les mains, j'ai longuement parlé avec Grande Sœur. Jusqu'aux petites heures du matin. Ça m'a fait tellement de bien. Noémie a toujours les mots pour rassurer. Elle est peut-être un peu infantilisante par moments et ses nombreux « tu devrais » prennent l'allure de commandements militaires à ne pas éviter sous peine de subir un châtiment corporel, mais elle a les pieds sur terre. Je l'aime, ma grande sœur, même si je ne la vois pas souvent et que je la critique un peu trop.

C'est exactement ce dont j'avais besoin. Comme je m'y attendais, elle m'a rassurée, m'a fait comprendre que mes craintes étaient tout à fait normales et justifiées. Qu'il était sain de m'en faire. Bref, que tout le monde passe par là.

On a beau lire dans les livres et les magazines – dont le mien en l'occurrence – que c'est correct, que c'est une situation exceptionnelle dans une vie et que nous avons le droit de ne pas être parfaitement heureux et paisibles sans que cela fasse de nous des monstres, ce n'est pas la même chose quand ça nous arrive personnellement. Je commence à être un peu plus sereine et à voir le bon côté des choses.

— Tu sais, personne n'est jamais réellement prêt à avoir un enfant, dit Noémie. Il y aura toujours des imprévus, des surprises. Ça fait partie de la vie. Eh oui, c'est bien vrai que ça change ton existence, que ça vire tout à l'envers. Évidemment, si tu en fais un drame, ça en sera un.

— Est-ce que c'est vraiment possible de ne pas être inquiète par cette perspective, Noémie ? J'ai tellement peur d'échouer dans mon rôle de mère. Et si je faisais tout complètement tout croche et que mon enfant était gâché par mon incompétence ? Que je foutais sa vie en l'air ? T'imagines les frais de thérapeute qu'il devra se taper pour guérir le traumatisme que j'aurai causé en le forçant à manger ses brocolis ?

— Tu peux juste faire de ton mieux, Amélie. Personne n'est parfait. Le reste appartient à la vie. Et puis, il y a aussi de la magie dans le fait d'être parent. Il y a des moments extraordinaires. Avoir un petit être qui t'aime inconditionnellement et te regarde comme si tu étais la huitième merveille du monde, c'est indescriptible. Tu sais ce que je vois quand je regarde mes enfants ? L'espoir. Parce qu'ils ont la vie devant eux et que j'ai l'impression que tout est possible. Et ce sentiment-là, en plus de tout l'amour que je ressens pour mes enfants, c'est tellement beau que ça compense pour toutes les emmerdes.

— Et tu ne regrettes rien ?

Noémie hausse les épaules et soupire.

— Bof !... C'est sûr qu'il y a des jours où je m'ennuie de l'époque où j'avais plus de temps à moi et que j'étais plus libre, mais ça ne dure pas.

— Et comment les choses ont-elles changé avec Jacob ? Vous n'avez pas trouvé ça difficile ?

— C'est sûr. Avoir des enfants, c'est exigeant, et le couple a un peu tendance à passer en second. Mais tu sais, je crois que lorsqu'on continue de s'aimer malgré tout, ça ne peut pas aller mal. Et puis, j'ai toujours su d'instinct que Jacob était l'homme de ma vie. Alors, malgré toutes les épreuves, les moments difficiles, je savais qu'on passerait au travers. Ce sera aussi comme ça pour Samuel et toi. Je ne t'ai jamais vue aussi heureuse que depuis que vous êtes ensemble. C'est clair que vous vous aimez et que vous êtes faits l'un pour l'autre. Alors, vous allez passer au travers, ensemble.

Noémie a raison. C'est normal de s'inquiéter, mais ça ne veut pas dire que tout sera catastrophique. Ça va bien aller, on va travailler en équipe. On s'aime, après tout, alors pourquoi s'en faire autant ? Moi aussi, je sais maintenant que Samuel est l'homme de ma vie. On va aimer cet enfant à la folie. Ne dit-on pas que l'amour donne des ailes ? Il est temps que je retourne auprès de Samuel et que je parle avec lui.

* * *

Dimanche soir, je suis retournée à la maison. J'ai discuté longuement avec Samuel. À ma grande surprise, il s'est excusé pour son comportement. Il a dit avoir réalisé que son attitude ne m'aidait pas beaucoup, mais qu'il était très angoissé. Qu'il allait faire plus attention à l'avenir.

— J'ai compris que j'étais plutôt maladroit, explique-t-il. Après tout, ta vie sera plus bouleversée que la mienne. C'est toi qui devrais angoisser, pas moi.

— Ne t'excuse pas. Je comprends.

Évidemment, je lui ai pardonné immédiatement. Je saisis maintenant que nous réagissons bien différemment face à tout ça. Samuel a besoin d'exprimer son inquiétude, ses questionnements à voix haute. Moi, au contraire, je réfléchis énormément – trop, sans doute –, mais sans jamais rien exprimer à voix haute. Ce qui fait que j'accumule tout et qu'à un moment donné, j'explose comme une bombe à retardement. Faudrait que j'apprenne à mieux gérer mes émotions.

Cesser d'agir comme une cocotte-minute, ce serait meilleur pour ma santé mentale. Et apparemment, Samuel et moi devrons nous mettre au diapason, si nous voulons éviter les malentendus et les conflits. Ouais ! j'ai encore des croûtes à manger avant d'avoir une attitude émotionnelle saine.

— Je t'aime, tu sais, me dit Samuel.

— Oui, je le sais.

— Tu penses que c'est une bonne idée que tu prennes un café ? Je ne pense pas que ce soit très bon pour...

— Samuel ?

— Quoi ?

— Je t'aime beaucoup, tu es l'homme de ma vie, et j'apprécie que tu te soucies de ma santé et de celle du bébé. Mais avant d'aller plus loin dans cette grossesse, si tu veux survivre, j'aurais un conseil à te donner tout de suite.

— Je t'écoute, mon amour.

— La ferme !

Il y a quand même des limites. C'est ça ou je finis par l'étrangler avec la laisse du chien. Le premier pas vers l'expression de mes émotions est fait. Yé !

— Bon, quand va-t-on annoncer la bonne nouvelle au reste du monde ?

7

La passion, ça dure combien de temps ? (Février)

Chaque homme a trois caractères :
celui qu'il a, celui qu'il montre, et celui qu'il croit avoir.

Alphonse Karr

Ouf ! Quand je parlais de se mettre au diapason et d'exprimer ce qu'on ressentait, ce n'est pas tout à fait ce que j'avais en tête. Je veux bien croire que de se « lâcher lousse » – comme le dit si bien mon ami Antoine – a du bon et évite le ressentiment et le trop-plein d'émotions, mais il y a quand même des limites. On dirait que le fait de retenir ses questionnements et ses inquiétudes sur notre enfant a fait en sorte que Samuel se retrouve avec un trop-plein d'énergie, lequel se déverse inévitablement sur moi et les objets qui peuplent notre appartement.

Samuel a commencé à se transformer en monstre *control freak*, tendance M. Net. C'est rendu qu'il refuse que je lave la maison – je pourrais être exposée à des virus nocifs au fœtus –, il commente ma façon de cuisiner – et si mon poulet était mal cuit et que je tombais malade ? –, il fait une fixation sur les tapis qui portent des germes – devinez pourquoi –, il replace compulsivement des meubles – pour trouver la configuration optimale alliant espace de rangement, surface de travail, espace de vie commune et espace pour les déplacements –, il replace les vêtements dans les tiroirs par types et par couleurs, place les CD en ordre alphabétique et style musical, replie les draps avec un soin maniaque et il range même la bouffe dans le frigo par groupe alimentaire.

Wow ! J'avais remarqué que sa profession exigeait qu'il soit un brin perfectionniste, mais là, la camisole de force n'est pas trop loin. Je commence à soupçonner Diane, sa mère, de l'avoir *brainwashé* – excusez le mauvais jeu de mots – avec des histoires horribles d'attaques massives de microbes exotiques mortels et de l'avoir peut-être lavé au Lysol dans son enfance. Pourtant, elle semblait normale quand je l'ai vue. Rien qui laissait présager une Walkyrie au plumeau qui aurait engendré un chevalier du désinfectant. Bref, Samuel commence à être un brin lourd et contrôlant, malgré ses bonnes intentions. Il me traite d'une manière si enfantine que j'ai l'impression d'avoir à nouveau cinq ans, quand ma mère me rappelait de ne pas mettre ma main sur le rond de poêle. J'espère qu'il se calmera après l'accouchement.

Ne nous inquiétons pas, ce n'est sans doute qu'une phase. Après tout, Samuel a encore six mois pour tout nettoyer et déplacer dans la maison – et s'assurer que tout est idéal pour notre enfant à venir –, et enfin se tranquilliser.

* * *

Mi-février, au soir. Samuel et moi dégustons une bouffe ultra-chic, concoctée par mon homme pour la Saint-Valentin et que je dévore avec l'appétit d'un T-Rex – mon appétit a sûrement quintuplé –, quand le téléphone sonne. On ose me déranger par une telle soirée de romance absolue, dans la mesure où romantique décrit un homme admirant, mi-amusé, mi-horrifié, sa femme s'empiffrer de foie gras comme un participant de concours de mangeurs de hot dogs !

Qui plus est, c'est le premier anniversaire de notre premier rendez-vous, qui s'était soldé par un fiasco total, à cause de l'apparition impromptue de l'ex de Samuel, mais bon, tout avait bien fini quand même. Je sais, ça peut sembler un peu pathétique de célébrer ça, mais on fête ce qu'on peut, et puis, c'était le début d'une belle histoire. Bref, le motif doit être sérieux pour qu'on m'interrompe, sous peine d'être condamné à la chaise électrique.

Je laisse mon souper à regret et je réponds. À l'autre bout de la ligne, je perçois un gémissement aigu entrecoupé de quelque chose qui ressemble à un reniflement. Quelqu'un est en train de mourir à l'autre bout de la ligne ? À moins que ce ne soit un maniaque qui s'ennuie pendant la fête des amoureux et qui tente de faire un appel érotique ?

— Heu !... Allo ? Qui est-ce ?

— Gnnnn... hmmm... Amélie...

Je reconnais soudain la voix de Laurie. Mais c'est qu'elle pleure comme une vraie Madeleine, ma parole ! Est-ce une crise d'angoisse passagère ou est-il arrivé quelque chose de grave ?

— Qu'est-ce qui se passe, Laurie ? Est-ce que tout va bien ?

Un hoquet suivi d'un genre de trémolo me répond.

— Prends une grande respiration, Laurie. Ça va aller, respire à fond.

En fait, je n'en sais rien du tout et je me sens vraiment bête de lui dire ça. J'ignore si Laurie est en larmes parce qu'elle vient d'avoir une nouvelle horrible sur la santé du bébé ou si elle a simplement vu un reportage sur des caniches sherpas vivant au Népal. Rendue à dix-neuf semaines – presque cinq mois – de grossesse, les hormones jouent des sacrés tours, parfois. La semaine dernière, Laurie a enfin appris qu'elle attendait une petite fille. Je pense qu'elle en a pleuré pendant trois jours tant elle était heureuse. Peut-être ne s'est-elle pas remise de la nouvelle encore ?

— Alors ? Ça va un peu mieux ?

Le bruit d'un nez qui se mouche me répond. Samuel me fixe, le regard inquiet.

— Qu'est-ce qui ne va pas ? demande-t-il.

— Je ne sais pas. C'est Laurie, et elle pleure. Elle n'arrive même pas à parler, lui réponds-je en couvrant d'une main le combiné.

Il vient me rejoindre. Déjà, je le sens prêt à m'appuyer ou à aider Laurie si besoin est. Un vrai surhomme au cœur tendre... Pas de question, pas de commentaire, pas de roulement d'yeux excédés – comme certains de mes ex avaient l'habitude de me gratifier. Il est toujours prêt à nous soutenir, moi et mes amis. Ça me fait craquer chaque fois.

— Félix... parvient à articuler Laurie... Il est venu...

Félix ! Il est allé chez elle ? Qu'est-ce qu'il lui a dit encore, ce salaud ? S'il fait le moindre tort à ma copine, je l'étripe !

— Est-ce qu'il t'a fait mal ? Est-ce qu'il t'a touchée ? Qu'est-ce qui se passe ? Il va te poursuivre pour les dommages causés à ses effets personnels, c'est ça ? Si c'est à cause de son maudit Xbox, je jure qu'il va m'entendre, celui-là !

— Non, non... bafouille Laurie avec peine. Pas ça...

— Tu veux qu'on aille chez elle ? demande Samuel.

— Laurie, tu veux qu'on vienne te rejoindre ? On peut partir tout de suite, on sera là dans quelques minutes.

— Non... Pas besoin... Félix... veut rester.

Hein ? Il est encore chez elle ? Mais qu'est-ce qu'il fiche là, cet idiot ?

— Heu !... Laurie, je ne comprends pas.

— Il veut rester avec moi... finit-elle par lancer.

J'avoue que je saisis de moins en moins.

— Pour quoi faire ?

— Mais... pour élever le bébé, voyons !

Je reste interdite, hébétée par ma propre stupidité. Bien sûr, bougre d'idiote ! Je n'avais pas compris que Félix était revenu chez Laurie dans l'intention d'y rester pour TOUJOURS. J'étais tellement sûre qu'il s'enfuirait jusqu'à Madagascar après la réaction de Laurie et qu'on ne le reverrait jamais que je n'avais même pas envisagé cette possibilité.

Comme quoi on peut se tromper, des fois.

— Et... comment as-tu accueilli sa proposition ?

Je me doute bien que ça a dû barder quand Félix s'est pointé chez elle. Connaissant le caractère bouillant de Laurie – les effets personnels de

Félix peuvent d'ailleurs en témoigner –, elle ne l'a sûrement pas épargné. Il a dû en prendre plein la gueule en frais de reproches. Je ne serais pas étonnée qu'elle lui ait attribué tous les défauts des hommes, ces sales êtres esclavagistes, misogynes, pollueurs, impérialistes et phallocrates. Alors pourquoi pleure-t-elle ? Ce n'est pas la Laurie combative que je connais, que j'ai au bout du fil.

— J'ai dit oui. Il m'a confié qu'il m'aimait, qu'il regrettait, qu'il avait commis l'erreur de sa vie et qu'il voulait rester avec moi pour qu'on forme une famille. Alors, j'ai accepté. Tu sais, je suis tellement contente qu'il soit revenu, je serais prête à faire n'importe quoi pour qu'on soit heureux ensemble.

Je suis sciée en deux. C'est clair, les hormones ont fait des ravages chez Laurie. Est-ce qu'un trop-plein de progestérone peut amollir le cerveau et enlever toute forme d'agressivité ? Elle est passée d'une tigresse fière, et prête à faire face à la vie entièrement seule, à un minet inoffensif et douillet.

Comment peut-elle accepter qu'après l'avoir abandonnée pendant deux mois comme un vieux mouchoir, la laissant dans un état de délabrement émotif, la poussant presque à se faire avorter, il se pointe à l'improviste, en demandant qu'elle le reprenne comme si de rien n'était ? Surtout que ce cher Flix, d'aussi loin que je m'en souvienne, a autant de souplesse qu'un réfrigérateur. D'un autre côté, l'amour est complexe et nous fait faire tellement de choses qui peuvent sembler contraires au bon sens. « Le cœur a ses raisons que la raison ne connaît pas. »

Et puis, Laurie est enceinte par-dessus les oreilles, elle est en quasi-détresse psychologique et le père de l'enfant qu'elle porte vient d'avouer avoir fait l'erreur de sa vie. Si Félix veut effectivement fonder une famille avec elle, pourquoi refuser ? C'est digne d'un revirement hollywoodien parfait, que l'on verrait dans une comédie romantique ou un téléroman. Laurie serait bien folle de répondre non à ça.

En fait, la seule chose qui me déplaise dans cette histoire – puisque le dénouement est heureux, cette fois –, c'est que Flix lui fasse mal encore. C'est moi qui me suis occupée de Laurie et l'ai ramassée à la petite cuillère lorsqu'elle avait le moral à plat, et je ne veux pas qu'elle souffre encore. J'espère donc que cette fois, c'est pour de bon. Sinon, gare à Félix, il va avoir de mes nouvelles !

Je fais signe à Samuel, suspendu à mes lèvres depuis tout à l'heure, que tout va bien et qu'il n'a pas à s'inquiéter. Il acquiesce et retourne manger son foie gras avant que Bingo ne trouve le moyen d'aller mettre le nez dedans. Il ne me reste plus qu'une chose à dire.

— Eh bien, félicitations ! C'est super, je suis contente pour toi ! Vous avez parlé d'un nom ?

* * *

Troisième semaine de février. Dans sa grande générosité – et, avouons-le, pour se payer son premier après-midi romantique avec Jacob en dix ans –, Grande Sœur a proposé que Samuel et moi gardions ses enfants : Chloé, huit ans, et Mathieu, six ans. Le tout, dans le but très noble et avoué de « s'exercer » à être parents. Même si ça prendra un bon bout avant que notre enfant atteigne le même âge, ça ne peut pas nuire de s'entraîner un peu, non ?

Mon neveu et ma nièce se précipitent tous les deux vers moi en entrant dans la maison. Connaissant leur propension à m'écraser un pied ou à me donner un coup de tête dans le ventre dans un élan irrépressible de frénésie typique de l'enfance – ou des gens sur la coke ou l'héroïne –, je me protège illico en portant mes mains sur mon nouveau minibedon de 15 semaines et le petit Junior qui y crèche.

Précaution inutile, car Grande Sœur s'est chargée de les informer de mon état et de leur donner, j'en suis sûre, des consignes strictes à respecter sous peine d'une punition que j'ignore, mais qui ferait trembler même les petits *toughs* de l'école. Elle n'a pas juste les deux pieds sur terre, Noémie. Elle sait tenir une famille en ordre. Comme maman. Il me semble que je n'arrive pas à me voir dans le même rôle.

Parviendrai-je à imposer une discipline saine à mes enfants, doublée de la dose juste d'affection et de liberté ?

— Bon, vous faites attention à tante Mélie, hein ? répète-t-elle sûrement pour la douzième fois.

— Oui, maman !

Ils sont adorables, quand même. Deux tornades, mais on aime se faire brasser et souffler un peu par ces deux amours. Je suis quand même surprise de voir à quel point ils ont grandi et changé.

Je suis particulièrement frappée par Chloé, qui a passé la phase « princesse » et « rose *power* ». Elle porte des souliers à talons hauts et s'habille presque comme une femme : jeans serré à paillettes, chandail moulant, bracelets, bagues et boucles d'oreilles. Une vraie préado. Il ne manque que le *piercing* au nombril dévoilé par un chandail bedaine et un *G-string* et le portrait serait complet.

C'est étrange, je ne l'ai pas vue beaucoup quand je suis allée chez Noémie il y a un mois, mais que s'est-il passé dans les quatre dernières semaines ? Elle avait encore huit ans, aux dernières nouvelles. À moins que huit ans soient le nouveau treize ans, comme le soixante ans est devenu le nouveau quarante ans, selon la revue du *Bel Âge*.

Alors que Noémie et Jacob – ce dernier, toujours aussi expressif qu'un pot de fleurs – s'apprêtent à partir, Bingo choisit ce moment pour arriver, avec dans la gueule ce qui a déjà été mon soutien-gorge Victoria's Secret – le rarissime luxe que je me permets, de temps à autre, quand Samuel et moi prévoyons une soirée torride et passionnée. Une bretelle est déchirée, la doublure pendouille lamentablement par les trous et une baleine s'apprête à tomber. Ma brassière la plus chère exhibée en lambeaux et dégoulinante de bave devant la famille. Bonjour, le malaise...

— Eh ! j'en ai une presque pareille ! lance Chloé.

Oh mon Dieu ! Ai-je bien entendu ? Depuis quand les petites filles portent-elles de tels machins ? Quand j'étais jeune, il était pratiquement interdit d'avoir ça avant quatorze ans et pas question de trucs *fancy* comme de la dentelle. Arrgggh !... Je me sens soudain vieille et plutôt mal à l'aise.

* * *

Après quelques heures, Samuel et moi sommes durement frappés par notre incompétence à nous occuper des enfants. Chloé a cultivé la moue blasée comme une vedette d'Hollywood une bonne partie de la journée et a à peine daigné lever les yeux de sa DS avec laquelle elle joue constamment.

Qui plus est, les quelques conversations que j'ai réussi à avoir avec elle se rapprochent de celles que je tenais avec Gabrielle et Laurie, à l'époque où je découvrais que j'avais une poitrine – ô joie ! – et aussi mes premiers boutons d'acné – ô horreur !

Chloé m'a parlé un peu de ses préoccupations, lesquelles confirment qu'effectivement, d'une manière qui m'échappe encore, elle s'approche du stade préado. Elle m'a raconté être perturbée, car elle doit porter des lunettes pour lire – ce qui, selon ses dires, la rendra laide et lui donnera un air de *geek* –, et qu'une de ses copines s'est moquée d'elle, parce qu'elle n'a pas de téléphone cellulaire. *Boy !* À son âge, mes inquiétudes se résumaient à savoir si j'allais colorier ou pas les cheveux de ma Barbie avec mon feutre rose.

J'aimerais bien sortir un cours « Psychologie préado 101 » de ma poche pour savoir quoi lui répondre sans avoir l'air de la matante quétaine, mais j'ai bien peur que mes connaissances en la matière s'apparentent à celles de la grossesse, c'est-à-dire le manuel d'école aux bonshommes avec des organes bleus et verts.

Lorsque je lui ai proposé de regarder son DVD de *Shrek* que Noémie avait apporté, Chloé m'a gratifiée du même regard que si je lui avais demandé de pelleter du crottin de cheval.

— Ark ! C'est super bébé, ça.

Pendant ce temps, Mathieu, toujours aussi hyperactif, demande constamment de l'attention. Quand il n'est pas en train de s'accrocher – littéralement – à mes jambes, il saute sur Bingo, tire ses oreilles, sa queue, lui court après dans l'appartement. Ou alors, il grimpe sur le dossier du sofa pour se lancer en bas, faisant un vacarme d'enfer.

Une chance qu'on est au rez-de-chaussée et qu'on n'a pas de voisins en dessous.

Et moi qui disais que Noémie savait tenir une famille ! Est-ce qu'ils sont comme ça chez eux aussi, ou est-ce seulement moi qui suis inapte avec les enfants ? Est-ce que tous les enfants se comportent ainsi ? Comment vais-je faire, pour garder le contrôle ?

— T'as assez joué avec la DS ! C'est mon tour ! s'écrie soudain Mathieu en tentant d'arracher le jouet des mains de sa sœur.

— T'es trop jeune pour ça ! répond Chloé en le poussant. Pis en plus, t'es même pas bon !

— C'est pas vrai ! Tante Méliiiiiiie !

C'est à ce moment que Samuel, en homme viril, décide de s'interposer et de prendre la situation en main.

— Mathieu, qu'est-ce que tu dirais d'aller jouer dehors dans la neige et de construire un igloo ?

Excellente idée ! Ça le fera sortir et dépenser de l'énergie avant qu'il se mette à gruger les barreaux de chaise.

Il lance, lui aussi, un regard dégoûté comme si on lui avait demandé de pelleter du crottin de cheval. Est-ce que tous les enfants, de nos jours, cultivent les moues méprisantes comme on cultive des tomates ?

— C'est pour les bébés, pédale ! répond bêtement Mathieu.

Mon pauvre Samuel affiche un air plutôt pantois devant la réponse, le gros mot employé et le ton de mon neveu. Où celui-ci a-t-il appris ce langage, d'ailleurs ?

Comment est-ce que je réagirais si mon enfant arrivait à la maison en proférant de telles grossièretés et que je devais gérer cela en tant que parent ? Bon sang que je n'ai pas hâte d'en arriver là.

Le reste de la journée s'est déroulé pas mal dans le même ton. Mathieu voulait savoir si on avait une *piñata* – son ami en avait une à sa fête –, et il a fallu lui expliquer que ce n'était que pour les occasions spéciales et qu'on ne gardait pas ça dans notre garde-robe. Chloé a eu l'air de s'emmerder comme si elle était à la morgue une bonne partie de l'après-midi.

Le moment le plus attendrissant fut probablement quand Chloé et Mathieu se sont battus – Mathieu a tiré les cheveux de sa sœur pendant que cette dernière lui mordait le bras – pour toucher mon ventre parce que j'ai cru que le bébé bougeait.

Ouf ! Ça semble donc bien compliqué de s'occuper d'enfants !

* * *

Fin février. Samuel et moi, nous nous sommes remis de notre choc, à la suite de notre journée de gardiennage. Ça va de mieux en mieux. L'angoisse est passée, pour l'instant, et je me sens optimiste.

En ce moment, je suis à seize semaines de grossesse – un peu plus de trois mois et demi –, le premier trimestre est terminé et je commence à me sentir mieux. J'ai annoncé ma grossesse à Justin, mon patron. Il est un peu déçu à l'idée de me voir partir pour un an, mais il va s'y faire.

Depuis que tous mes proches sont au courant, toutes les mamans du bureau m'abreuvent de leurs conseils. C'est bien gentil de leur part, mais il y a des moments où je me sens envahie dans mon espace vital. Quand vos employées vous demandent ce qu'il y a dans le fond de votre culotte, c'est qu'on a dépassé une limite qui ne devait pas être franchie !

J'ai déjà l'impression que ma vie a changé du tout au tout. Et le bébé n'est même pas encore né ! Hier, Laurie m'a cité une phrase, d'un certain Abbie Hoffman, révolutionnaire de son état, qui m'a fait réfléchir : *« Today is the first day of the rest of your life »*. Nonobstant le fait que cela vienne d'un activiste, je trouve que ça illustre bien ma situation.

Comme je m'y attendais, Laurie a sauté au plafond et était extatique quand elle a été mise au courant. Me voilà dans la grande et ancestrale confrérie des mamans. Gabrielle va commencer à se sentir en minorité. Néanmoins, je lui ai promis que si je me mettais à babiller comme un bébé, à ne discuter que de coliques, de biberons, de suces ou d'hormones, elle avait officiellement le droit de me taper dessus, à grands coups de couches souillées s'il le fallait.

Je commence à avoir un beau petit bedon. J'ai même une nouvelle garde-robe de maternité. Je n'entre plus dans mes vêtements depuis un certain temps déjà. Dans six semaines, nous saurons le sexe du bébé. C'est étrange, cette nouvelle façon de compter le temps en semaines. Je n'arrive pas à m'y faire.

Samuel est encore comme un ouragan, mais je m'y habitue. Je passe mon temps à le tranquilliser, ça me fait sourire. J'ai développé des aptitudes maternelles que je ne me soupçonnais pas. Grâce aux employés de la revue dont j'ai dû m'occuper dans la dernière année, je suis devenue douée pour apaiser les gens et les rassurer. Finalement, je serai peut-être une bonne mère. Qui l'aurait cru ?

Oh ! j'ai encore des accès de nervosité, des moments où je me demande ce que je vais faire avec un bébé, comment je vais me débrouiller, si tout est normal avec mon corps, si je fais une bonne chose en amenant un enfant dans ce monde de fous. Mais je finis toujours par passer par-dessus. Et ce ne sont plus des attaques de panique totale comme il y a un mois. De plus, Samuel s'annonce pour être un très bon père.

Il voulait prendre des photos de l'accouchement, mais je le lui ai formellement interdit. S'il y a le moindre appareil photo ou vidéo qui entre dans la salle d'accouchement, je le lance sur le mur. Pas l'appareil, celui qui le tiendra !

— Mais tu auras des souvenirs impérissables de ce jour-là si tu as des photos !

— T'en fais pas, j'aurai déjà des souvenirs impérissables de ce jour-là, avec ou sans photos.

— Bon, d'accord.

Je sens qu'il va falloir dialoguer et négocier comme jamais. Bienvenue dans le merveilleux monde de la famille !

La semaine prochaine, je dois aller chez Grande Sœur. Elle s'est mise en tête de m'organiser un *shower* de bébé dans quelques mois. Bien sûr, maman a 200 idées pour le projet ! C'est drôle, j'ai l'impression de m'être rapprochée de Noémie et de maman depuis que je suis enceinte. Il me semble que Grande Sœur ne me regarde plus du tout de la même façon, comme si elle me prenait maintenant au sérieux. Ça a déjà commencé à changer ma vie.

J'ai revu le médecin et je commence la ronde des tests. En ce moment, je me dirige vers l'hôpital pour ma première échographie. En chemin, je passe à côté d'un parc où des enfants jouent. Je m'arrête un moment pour les observer. Dire que dans quelques années, je serai là aussi avec le mien, qui ressemblera à l'un d'eux. Je prends une grande respiration.

Une nouvelle existence commence pour nous deux. Bref, la vie est belle en ce moment, et bientôt, je sentirai vraiment une petite chose bouger dans mon ventre. Alors, que demander de plus ?

Samuel m'attend à l'entrée de l'hôpital. Nous passons à l'échographie. On va enfin voir la petite crevette qui pousse dans mon bedon. Je commence à avoir hâte. Surtout qu'on m'a demandé d'avaler l'équivalent de trois piscines d'eau. Pas la peine de vous dire que Samuel doit me retenir à deux mains dès que j'aperçois le logo des toilettes.

Enfin, l'attente est terminée. L'échographiste commence à passer le *doppler* sur mon ventre, où il a appliqué un gel chaud.

— Félicitations à tous les deux ! nous lance-t-il en souriant.

Félicitations ? Heu !… Vous savez, monsieur, vous ne m'apprenez rien. Si je suis ici, c'est précisément parce que je suis enceinte.

— Vous allez avoir deux fois plus de bonheur, on dirait. Je vois deux fœtus : ce sont des jumeaux !

Quoi ? Samuel et moi regardons l'écran sur lequel flottent deux petites silhouettes blanches sur fond noir. L'échographiste a raison : il y a bel et bien deux bébés ! Oh mon Dieu !

8

Reality check

(Juin)

Le chagrin est comme un grand trésor :
on ne s'en ouvre qu'à ses intimes.

Proverbe malgache

Début juin. Il fait chaud et ça sent les vacances, c'est-à-dire très bon ! C'est la canicule et si on entendait des mariachis, on se croirait au Mexique. Dans cette ambiance digne de la jungle amazonienne, Laurie a enfin accouché de sa petite fille il y a deux jours – après que les médecins eurent songé à la provoquer.

Il était temps, tant pour elle que pour Félix, sur qui Laurie s'est un peu vengée et est tombée à bras raccourcis pour passer sa frustration. Quand même, je mentirais si je disais qu'il n'a pas mérité de souffrir un peu, après tout ce qu'il lui a fait endurer.

Pauvre Laurie, l'accouchement a été assez pénible – remarquez bien que c'est rarement le *party*. D'abord, elle a eu une fausse alerte lorsqu'une première série de contractions s'est déclenchée, mais a cessé après quelques heures. Le lendemain, une nouvelle série de contractions a commencé, mais puisqu'elles n'étaient pas aux cinq minutes et duraient moins d'une minute chacune, le personnel de l'hôpital lui a recommandé de rester à la maison. Elle a donc enduré ces contractions irrégulières – mais néanmoins douloureuses – pendant près de quatorze heures.

Ensuite, le travail, à partir du moment où elle est entrée à l'hôpital, a duré plus de 16 heures. Bref, si on additionne tout ça, le supplice a duré près de 30 heures au total ! Presque une journée et demie ! Qui plus est, mon amie a eu plusieurs complications.

À cause d'une erreur, Laurie n'a pu avoir de péridurale. On lui avait d'abord dit qu'il était trop tôt pour la lui donner. Quand elle l'a redemandée, on lui a répondu qu'il était trop tard. Elle a donc accouché à froid ! Mon amie a dû vouloir arracher les yeux de l'infirmière qui lui avait annoncé qu'une péridurale était impossible...

Finalement, elle a eu droit aux forceps. Et malgré l'épisiotomie pratiquée par le médecin, elle a déchiré au troisième degré – sur quatre degrés possibles. Sa paroi vaginale et son périnée ont cédé lors de l'accouchement. Elle a eu besoin de nombreux points de suture. Ouch !

On jurerait le récit parfait d'un cours d'anatomie pour de futurs obstétriciens, du genre : « voici le pire accouchement que vous pourriez imaginer si absolument tout se détraquait, mais que vous ne verrez probablement jamais en carrière ». Mais Laurie ne fait jamais rien comme tout le monde, même quand elle accouche. Un peu plus et on jurerait qu'elle a fait exprès, mais elle n'est pas assez cinglée pour ça, Dieu merci.

En tout cas, son accouchement a de quoi donner froid dans le dos. Je sais bien que les chances d'avoir autant de problèmes lors d'un accouchement sont faibles, mais ce n'est pas très encourageant pour moi – pour ne pas dire carrément traumatisant.

Je dois donner naissance dans deux mois et j'angoisse à mesure que la date fatidique approche et que mon vendre grossit, c'est-à-dire à vue d'œil. Ventre où, soit dit en passant, se cachent un garçon et une fille !

J'ai réussi à passer à travers les nausées, les étourdissements et la fatigue du premier trimestre, l'impression d'être une patate vêtue d'un sac-poubelle ou une ado boutonneuse constamment en SPM, les envies de manger des toasts moutarde-Nutella, et les crises de larmes quand je vois une pub avec des écureuils qui chantent.

Maintenant, je suis plongée dans la lourdeur, la fatigue, l'essoufflement digne d'une vieille fumeuse, les coups de pied des bébés qui se tapent des marathons dans mon ventre, la sensibilité à la chaleur – en plein mois de juin, en plus ! –, le surplus de poids de plus en plus accablant du troisième trimestre. Rien à dire sur le deuxième, c'est de loin la période la plus facile de la grossesse !

En attendant, je songe à demander la césarienne préprogrammée. Ou alors, la péridurale, l'anesthésie générale, la morphine, la bouteille de gin, le coup de massue derrière la tête, peut-être ? N'importe quoi pour éviter de souffrir. Et dire que j'ai deux bébés à expulser ! Au secours ! Personne ne peut faire ça à ma place ?

Nous voilà donc tous à l'hôpital, pour voir enfin la minuscule chose qui a créé tant de remous ces derniers mois et mis le couple de Laurie et de Flix à l'envers. Jusqu'à présent, ils ont toujours refusé de dévoiler le nom choisi pour la petite. En fait, je soupçonne qu'ils ne le savaient pas eux-mêmes. Peut-être voulaient-ils ne rien dire tant qu'ils ne lui auraient pas vu la binette.

C'est donc encore un pur mystère lorsque nous entrons dans la chambre. Nous sommes tous là : Samuel et moi, Gabrielle et Alexandre et la famille de Laurie et de Félix. Laurie tient une petite boule enveloppée dans une couverture rose – oui, malgré l'aversion de Laurie pour cette couleur infâme –, blottie entre ses bras et qui dort à poings fermés, le visage tout fripé.

— Alors ? C'est quoi le nom de cette jeune beauté ? demande Alexandre.

— Elle va s'appeler Amidala-Soleil Côté-Lavoie ! annonce fièrement Flix.

Tout le monde se regarde avec des points d'interrogation dans les yeux. Amidala-Soleil ? Pourquoi pas Princesse-Leïa-la-lune ? C'est une blague ou ils sont sérieux ? Et avec les deux noms de famille en plus ? Ils n'arrivaient pas à se décider ? Ils essaient de se qualifier pour le concours des noms les plus longs du Québec ?

— Hem !... Original, dit Gabrielle.

— Une chose est sûre : elle sera la seule de sa classe à porter ce nom-là, rigole Samuel.

Je souris. Il a toujours le mot pour détendre l'atmosphère…

— Qu'est-ce qui vous a motivé à choisir ce nom ? demandé-je.

— Félix est un *fan* de *La guerre des étoiles* et je voulais un élément qui rappelle la nature, explique Laurie.

Bon, bien, ça explique tout. Et c'est quand même moins pire que Chastity.

— Quand rentres-tu à la maison ? demande Gabrielle.

— Je ne sais pas encore. Mais je peux te dire que j'ai hâte ! Dès que je me retrouverai à la maison, je me mettrai aux couches lavables et je me débarrasserai de ces horreurs chimiques qui nuisent à l'environnement ! J'aurais dû en apporter, d'ailleurs… Et on peut oublier le biberon aussi ! Vous saviez que les biberons de plastique dégageaient autrefois des taux significatifs de bisphénol A lorsqu'ils étaient chauffés ? Il paraît que ça peut causer un dérèglement hormonal associé à diverses maladies comme le cancer. Ils ont peut-être changé ça, mais qui sait quelle autre cochonnerie on peut y trouver ?

Sacrée Laurie ! Elle ne changera jamais !

* * *

Entre-temps, j'ai fait une femme de moi-même – comme dirait Samuel quand il veut m'encourager. J'ai réussi à passer par-dessus ma terreur des voitures il y a quelques mois – frayeur qui ne s'était pas améliorée après mon incident dans la BMW –, et j'ai pris une grande décision. J'ai décidé de joindre la confrérie des automobilistes et je me suis inscrite à des cours de conduite !

Je dois absolument être autonome une fois devenue maman. Je dois me débrouiller seule et ne pas compter constamment sur Samuel. C'est Grande Sœur qui est fière de moi.

Enfin, je commence à acquérir de l'indépendance, à ne plus compter continuellement sur un homme, à prendre les choses en main, comme une adulte. Laurie aussi doit être fière de ma nouvelle autonomie –

même si je pollue la planète à grands coups de gaz à effet de serre. Je vis une véritable révolution et mon estime de moi-même monte en flèche. Ouais !

J'ai réussi à passer par-dessus cette satanée certitude que si jamais je posais mes mains sur un volant, j'allais foncer dans tout ce qui bouge jusqu'à l'hécatombe. Grâce aux nombreux encouragements de Samuel – qui a été d'une patience d'ange –, aux nombreuses heures de pratique et aux cours intenses des derniers mois, j'achève enfin ma formation et dois passer mon examen bientôt. Il semblerait donc que l'humanité va survivre à ma graduation dans le monde de l'auto.

En revanche, ma fin de grossesse commence à me peser. Au septième mois, on commence à prier pour survivre et malgré la peur de l'accouchement, on se demande si le calvaire de la grossesse aura une fin ou si on va rester enceinte pour le restant de ses jours.

Rendue énorme avec mes 14 kilos de plus, je ressemble à une baleine. J'ai l'impression d'avoir autant de *sex-appeal* qu'un jambon auprès de Samuel, qui n'est plus très enclin à me toucher depuis quelque temps. En plus, il m'embrasse maintenant comme un moineau. Je peux difficilement le blâmer : une femme qui ressemble à une grosse pastèque avec des pattes ne doit pas être un objet de désir super-inspirant.

Il essaie, tant bien que mal, de ne plus être *control freak* sur la propreté et l'ordre, mais il y parvient difficilement. Il fait des efforts louables, remarquez bien, pour tolérer ma propension au désordre et résister à l'envie de nettoyer systématiquement la traînée de détritus que je laisse derrière moi. S'il me cherche dans l'appartement – comme si on pouvait perdre une personne rendue large comme un tracteur –, il n'a qu'à suivre la trace d'emballages de nourriture vides.

Il m'a au moins laissé ma table de chevet pour épancher mon sevrage de bordélisme. Ce n'est plus Dr Torride qu'on devrait l'appeler, mais plutôt monsieur Blancheville.

Je me répète les paroles de Grande Sœur, pour me calmer. Samuel et moi, on s'aime, on est faits l'un pour l'autre. Alors, on va passer au travers, ensemble. Encore une fois…

* * *

Mi-juin. Gabrielle et moi allons chez Laurie après avoir pris une journée de congé. La semaine dernière, la pauvre nous a appelées, à bout de nerfs. Dès l'instant où j'avais décroché le téléphone, j'avais été assaillie par la voix du bébé qui hurlait à pleins poumons. Laurie tentait tant bien que mal de parler plus fort et de couvrir les beuglements de l'animal en furie, mais j'entendais à peine ce qu'elle disait, à travers ses sanglots étouffés – en plus des cris de la petite.

— Amélie, j'en peux plus, pleurnichait-elle. J'ai besoin de repos et je ne sais pas vers qui me tourner. J'ai besoin de votre aide. Juste pour une journée. S'il te plaît…

Nous irons donc chez elle pour lui permettre de souffler un peu. Je ne sais pas encore comment nous allons l'assister – faire la lessive, la vaisselle ou le ménage, peut-être –, mais même si je ne pourrai pas faire beaucoup de travaux physiques et que Gabrielle risque de se taper une bonne partie du travail, je vais sûrement trouver un moyen de me rendre utile. Dans le pire des cas, je servirai de soutien moral. Une autre bonne action pour mon karma !

Nous arrivons chez Laurie. Ça faisait un bon bout de temps que nous n'y étions pas allées. Laurie nous ouvre la porte. Et là, c'est le choc. Qu'est-ce qu'elle a changé !

Elle a le teint blafard, presque verdâtre, et les cheveux gras, en bataille. Je me demande si, depuis l'accouchement, elle a oublié comment utiliser du shampoing. Ses yeux sont bouffis et rouges, ses traits sont tirés. D'abord, j'ai presque cru qu'une poche de patates m'avait ouvert la porte, mais après observation, j'ai constaté que c'était bel et bien un être humain. Mon amie est vêtue uniquement de sa robe de chambre – entrouverte sur son soutien-gorge assorti aux taches de lait caillé.

Bon, Laurie n'a jamais été une *fashion victim*. Elle était plus le genre à se bricoler des vêtements avec de vieilles chaussettes ou à les acheter dans des friperies. Mais là, elle fait carrément pitié. J'ai croisé des clochards plus élégants. Dans ses bras, la petite Amidala-Soleil, âgée de six semaines, dort à poings fermés.

— Enfin, vous voilà ! dit Laurie. Je lui ai fait faire son rot tout à l'heure après son boire, alors elle devrait dormir pour quelque temps. Allez, entrez.

Nous suivons Laurie dans la maison. C'est là que j'ai un deuxième choc. Qu'est-ce que l'appartement a changé ! On ne s'y reconnaît plus. Le salon est envahi par un parc, une balançoire, un siège d'auto et une gigantesque poussette qui ressemble à un char d'assaut. La table à café ainsi qu'un fauteuil, une bibliothèque et une tour à CD ont disparu. Dans la salle à manger trône une chaise haute et sur la table où l'on mange habituellement, se trouvent un bain pour bébé ainsi qu'une petite chaise vibrante.

L'ancien bureau, où Félix passait ses soirées à s'amuser sur l'ordinateur, est maintenant la chambre du bébé ; dans la pièce s'entassent le lit, la table à langer, une commode et une chaise berçante. L'ordinateur de Flix est maintenant dans la chambre des maîtres, coincé entre le lit et un moïse pour le bébé. La console de jeux qu'il avait achetée pour remplacer l'autre ayant fait le fameux vol plané sur le trottoir a même disparu.

De nombreuses décorations ou de petits meubles se sont volatilisés. Les assiettes en bambou, vases artisanaux et paniers de pot-pourri que Laurie aimait tant ont pris la direction du marché aux puces – Laurie n'aurait jamais rien jeté à la poubelle – pour faire place à des toutous, un sac à couches, des hochets, des piqués en molleton, un porte-bébé, des jouets, un tapis d'éveil, et j'en passe. Ici et là traînent encore quelques trucs brunâtres et secs qui pendouillent dans des pots – jadis des plantes, je crois.

La maison, autrefois si bien rangée – Laurie et Félix ont toujours été très à cheval sur l'organisation – est un véritable capharnaüm. De la literie de bébé traîne dans le couloir, les vêtements sales s'entassent sur leur lit, le comptoir est recouvert de vaisselle crottée, un seau rempli de couches souillées – et « très » prêtes à être lavées – prend l'espace autrefois réservé au porte-serviettes dans la salle de bain. Une odeur atroce d'ammoniac s'en dégage… Pouah !

Gabrielle et moi restons sans voix, en état de quasi-catatonie. On jurerait qu'un ouragan est passé ici. Cet endroit devrait être déclaré « zone sinistrée ». Je ne pensais pas que l'arrivée d'un enfant pouvait perturber un foyer à ce point. Je m'assois sur le divan, entre un coussin d'allaitement et un paquet de lingettes humides pour les fesses.

— Ça vous dérangerait si j'allais prendre une douche ? demande Laurie. Ça fait des jours que je n'ai pas pu me laver. La petite pleure pratiquement dès qu'elle n'est pas dans mes bras. Elle n'a presque pas dormi, cette nuit. J'ai dû la bercer je ne sais plus combien de temps… Je crois que j'ai eu trois heures de sommeil, dans le dernier mois. Ah ! personne ne nous prévient de tout ça avant qu'il soit trop tard ! Avoir su…

Je ne veux pas lui dire que j'ignore comment prendre un bébé, que je n'ai jamais fait ça de ma vie et que j'ai peur de briser la petite en deux. Gabrielle est aussi mortifiée que moi. Moi qui pensais aider en faisant du ménage et du soutien moral…

J'ai beau savoir que la date de mon accouchement approche à très grands pas, j'ai l'impression que je ne connais toujours rien aux enfants et encore moins aux bébés.

— Heu !… OK, dit Gabrielle, probablement trop gênée pour refuser. Qu'est-ce que… comment je fais ?

Laurie nous montre comment tenir le bébé en soutenant sa tête. À la seconde où Amidala-Soleil est dans les bras de Gabrielle, Laurie disparaît dans la salle de bain. Nous restons là un moment, totalement immobiles. Je n'ose ni bouger ni respirer. Et si la petite ressentait nos mauvaises vibrations ?

— J'ai une peur bleue de la réveiller, de l'échapper ou de la blesser, chuchote Gabrielle.

Après environ dix minutes à nous tenir droites comme deux I sur le sofa, nous commençons à avoir mal un peu partout. Le dos m'élance et j'ai mal aux fesses. Gabrielle doit avoir les bras en compote. Je me risque à bouger un peu, très lentement, pour me mettre un peu plus à l'aise. Gabrielle finit par m'imiter. C'est alors qu'Amidala-Soleil commence à se réveiller.

Dès qu'elle nous voit – et qu'elle aperçoit la panique sur nos visages –, elle se met à pleurer. Son visage est crispé, ses yeux plissés et elle vire au rouge tomate en nous envoyant dans les oreilles l'équivalent en décibels d'une sirène de pompier. Comment une si petite chose peut-elle crier si fort ?

Gabrielle a beau essayer de la bercer de haut en bas, de gauche à droite, rien à faire. De désespoir – et en me prenant totalement par surprise –, elle me dépose le bébé dans les bras. J'essaie en vain de chanter une comptine avec ma voix de canard. Si ça continue, les voisins vont appeler la police à force d'entendre hurler la petite. Laurie finit par sortir de la salle de bain, pendant que le bébé est littéralement en train de crever nos tympans.

— Attends, je vais la prendre, me dit-elle.

Dès que la petite se retrouve dans ses bras, les pleurs cessent instantanément. Bon, je suis si pourrie que ça ? C'est encourageant ! Rien de tel pour se remonter l'ego que de s'occuper d'un bébé pour la première fois. Qu'est-ce que ce sera avec mes propres enfants ? Angoisse totale. La DPJ va débarquer deux jours après mon accouchement…

Après quelques minutes, le bébé se rendort. Ben dis donc ! Je ne pensais pas Laurie aussi douée.

— Ça dérangerait si j'allais faire une petite sieste ? Je suis vraiment crevée. Ça fait des semaines que j'ai pas eu une nuit décente.

— D'accord… Mais qu'est-ce qu'on fait en attendant ? Du ménage, de la lessive ?

— Oui, ça m'aiderait beaucoup. Vous êtes gentilles.

— Et pour le bébé ? On fait quoi ?

— Vous en faites pas, le plus dur, c'est de lui donner le sein. Si vous saviez à quel point c'est difficile, l'allaitement ! C'est pas comme dans les livres où tout ce que tu as à faire, c'est brancher le bébé à la source comme un hamster. Ça fait trois semaines que j'ai les mamelons en sang.

Elle sort alors un sein pour faire boire le bébé une dernière fois avant d'aller se coucher. Troisième choc de la journée : son sein est strié de grosses veines bleues. Imaginez-vous un cantaloup avec un petit chapeau sur le dessus, comme un muffin au son desséché. Monstrueux ! Euh ! non merci, ce n'était pas nécessaire ! *Too much information.* On perd toute inhibition, une fois maman ?

— Tiens, voilà, dit-elle en tendant la petite qui dort à Gabrielle. Je vais piquer un somme. Vous allez voir, vous n'aurez pas grand-chose à faire, ça va être *relax.* Merci encore pour votre aide.

* * *

Relax ? Je ne voudrais pas voir à quoi ressemble une journée épuisante ! Nous avons nettoyé toute la maison. Le reste du temps, nous avons essayé – tant bien que mal – de nous occuper du bébé. Un vrai paquet hurlant. Si je souffre de surdité prématurée, ce sera certainement à cause de cette enfant. Nous avons dû la prendre dans nos bras 200 fois, Laurie ne s'est jamais réveillée ! Le reste du temps, Amidala-Soleil somnolait en sanglotant dans sa balançoire. Il faut le faire : avant, Laurie ouvrait l'œil dès qu'une mouche entrait dans la maison. Finalement, elle s'est réveillée seulement lorsque la petite s'est mise à réclamer le sein.

Dire qu'à deux, Gabrielle et moi ne sommes même pas parvenues à remplacer Laurie adéquatement dans son travail de maman. Complètement désespérées et démunies, nous avons même dû aller sur Internet pour savoir comment changer un bébé. Pathétique ? Oui, c'est bien le mot ! Lorsque nous avons enfin réussi – après trois tentatives –, la petite s'était tellement tortillée que la couche s'est déplacée.

Nous avons donc été aspergées d'urine et d'une substance brune et malodorante, en la sortant de sa chaise vibrante. Horreur ! Bon, comment on donne le bain, maintenant ? C'est peut-être avec de l'eau pas trop chaude et une débarbouillette ? Ressaisis-toi, Amélie, c'est peut-être un bébé, mais ça demeure un être humain !

Trop incultes – et peureuses – pour oser lui donner le bain, nous avons lavé Amidala-Soleil à la débarbouillette, sous les pleurs insistants de la petite, qui semblait sur le bord de l'apoplexie. Est-ce que ça se peut, un bébé qui s'étouffe en pleurant ?

Quand je suis partie de chez Laurie, après que Félix fut rentré du travail, j'avais les oreilles qui cillaient et une migraine carabinée, j'avais les vêtements souillés de lait, de pipi et de caca, je ne sentais plus mes bras, j'avais le dos en compote et j'étais vannée. Sans compter que je me sentais parfaitement inapte à endosser le rôle de mère.

En tout cas, j'ai maintenant une admiration sans faille pour celles qui en ont quatre ou cinq et qui, en plus, parviennent à garder le sourire tout en concoctant un *shortcake* aux fraises d'une seule main. Ce sont vraiment des super, hyper, *superwomen*. De son côté, Gabrielle est plus que jamais convaincue qu'elle ne veut pas d'enfants et me plaint déjà. Méchant soutien pour le moral.

Moi qui trouvais mon emploi de rédactrice en chef parfois épuisant... Ce sont de vraies vacances en comparaison ! Laurie avait raison quand elle disait que personne ne nous informait des moins bons côtés avant qu'il soit trop tard. Sinon, personne n'aurait d'enfants.

Leçon à retenir : réaliser à quel point ma vie – pour le peu de liberté qui me reste – est magnifique et que je suis privilégiée.

* * *

Sur une autre note, Samuel et moi avons décidé, il y a quelques semaines, de nous lancer dans la recherche très intensive d'une maison. Oui, ça peut sembler un peu tard, à seulement deux mois de mon accouchement. On aurait pu y penser avant. C'est qu'après avoir vu mon homme se fendre en quatre pendant des mois, à tenter désespérément de rentabiliser le moindre millimètre carré de notre minuscule logement et à essayer d'instaurer un ordre digne de Mussolini, j'ai décidé qu'il était temps de prendre le taureau par les cornes.

Le constat est clair : notre appartement est tout simplement devenu trop petit pour nos besoins. Alors, pour la santé mentale de Samuel – et pour la mienne également –, j'ai retenu l'option la plus simple : acheter une maison. Un autre grand pas dans notre vie. Ouf !...

On va devenir propriétaires ! Wouah !

Après concertation, Samuel et moi avons décidé de visiter des maisons... à Laval ! Eh oui ! Nous allons déménager en banlieue, là où les voisins font des *shows* de tondeuse, l'été, et de souffleuse, l'hiver.

Oui, je vais quitter mon mignon quartier du Mile-End qui a tant de charme pour devenir une banlieusarde. Mais étant donné nos nouveaux besoins en espace et le prix exorbitant des maisons à Montréal, notre exode s'imposait.

Malheureusement, je dois dire que pour l'instant, les visites sont décevantes. Tout ce que nous avons vu, ce sont des maisons qui ressemblent à des boîtes de céréales et des quartiers plus ou moins miteux, aux trottoirs couverts de déchets et de merde de chiens. Décourageant.

De plus, il y en a qui vivent dans un monde de papillons et de magiciens. Ils tentent de vendre des clapiers à lapins en s'imaginant qu'ils ont des châteaux luxueux. La semaine dernière, nous avons visité un bungalow avec une salle de bain jaune caca, des tapis psychédéliques, des murs en préfini brun et un minibar en pierre des champs. Ouf ! on se serait presque cru au Studio 54. Il manquait juste la boule disco au plafond.

Patience, le petit bijou à juste prix va croiser notre chemin un de ces jours...

* * *

Troisième semaine de juin. Ce soir, nous allons manger chez Noémie. Ma sœur et son mari habitent depuis quelques années à Laval.

Le clan Beaulieu-Tremblay, comme je les surnomme, est revenu d'une semaine passée dans la famille de Jacob, en Gaspésie. Nous aurons sûrement bien des choses à nous raconter.

— Entrez, entrez ! me crie Grande Sœur par-dessus la clôture Frost. Nous sommes en arrière !

Nous entrons dans la cour. La maison de Jacob et Noémie représente la résidence de banlieue typique, une construction de plain-pied, avec un grand terrain clôturé, une piscine, un patio, un barbecue, une balançoire pour les enfants et quelques fleurs pour agrémenter le tout.

Les enfants nous accueillent avec enthousiasme, c'est-à-dire que Chloé ose lever les yeux de sa DS pour nous saluer et que Mathieu nous envoie distraitement la main du fond de la piscine. Les rares fois où ils ont vu Samuel, ils l'ont tout de suite adopté. En quelque sorte, cela me rassure, car j'ai toujours eu l'impression que les enfants peuvent voir certaines choses qui nous échappent, à nous, les adultes.

Bientôt, nous voilà tous attablés, car avec des enfants, on ne peut attendre bien longtemps avant de manger.

— Bon, les enfants, asseyez-vous là, de l'autre côté de la table, ordonne Noémie.

— Nooon ! beugle Chloé. Moi, je veux être assise à côté de tante Mélie, pas à côté de toi !

— Chloé, ça fait un, intervient Jacob.

Samuel et moi, nous nous jetons un coup d'œil perplexe. Ça fait un quoi ?

— Ça veut dire que c'est son premier avertissement, me dit Noémie, qui a vu notre regard interrogatif. À trois, elle va réfléchir dans sa chambre.

Chloé soupire, croise les bras, s'assoit sur une chaise et boude en balançant ses jambes violemment.

— Si tu acceptes de faire tes devoirs, argumente Jacob, tu peux t'asseoir à côté de Mélie.

— J'aime pas les maths ! clame-t-elle.

— Des devoirs ? s'étonne Samuel. Mais on est en juin ? Les examens sont finis.

— Elle n'a pas eu de très bonnes notes en mathématiques cette année, répond Jacob. Alors, je la fais s'exercer avec des cahiers spéciaux en prévision de l'année prochaine.

Pauvre chouette ! Je trouve qu'elle fait pitié. Ils ne pourraient pas la laisser tranquille, avec ses notes ? C'est l'été, quand même, et elle vient juste de commencer ses vacances ! Et ça, c'est sans compter les cours de natation, de soccer et de karaté auxquels Grande Sœur a probablement inscrit Chloé et Mathieu. Ces derniers ont pratiquement des horaires d'athlètes olympiques.

— C'est pas juste ! crie la petite. Et en plus, vous m'envoyez dans un camp de vacances pendant deux semaines ! C'est de la cruauté !

— Chloé ! On t'envoie dans un camp de vacances, pas un camp de concentration, franchement ! proteste Noémie.

— Si Chloé s'assoit à côté de tante Mélie, moi aussi je veux le faire ! interrompt Mathieu.

— Bon, vous serez de chaque côté de Mélie et Samuel sera au bout de la table, à côté de papa. Ça vous va, ça ?

La proposition est acceptée à l'unanimité. Je suis donc assise entre mon neveu et ma nièce. On peut enfin manger. Je meurs de faim et je dévorerais un camion de steaks.

— Alors ? Ces vacances en Gaspésie ? C'était bien ? demande Samuel.

— Oui, c'était...

— Mamaaaan ! hurle Mathieu, juste à côté de moi. Je veux pas de pois verts ! Ça va pas avec les hot dogs, les pois verts !

— Mathieu, je t'ai déjà expliqué cent fois que le médecin a dit que tu avais besoin de fer. Alors, tu vas en manger, que ça te plaise ou non. Ne profite pas du fait qu'on a de la visite pour t'imaginer que tu vas avoir des passe-droits.

— Noémie, n'oublie pas de servir les pains à hot dogs sans gluten et les végé-saucisses à Chloé.

— Jacob, je ne suis pas stupide ! Pas besoin de me le rappeler tout le temps !

Y a de la joiiiiiiiiiiiiie, bonjour, bonjour les hirondelles ! Les soupers ont l'air vraiment joyeux, par ici. Samuel et moi échangeons un regard qui en dit long. Je n'ai pas encore avalé une bouchée et je me sens déjà de trop.

— Moi, j'aime pas ça, les végé-saucisses, marmonne Chloé.

— Allons, Chloé, ce n'est pas si mal, rétorque Jacob.

— Et ils ont drôlement amélioré les produits, fait Noémie. Ce n'est plus fade et sec comme avant. C'est à peine si on voit la différence avec des « vraies » saucisses.

Une chance, parce que les premières fois où j'ai mangé des végé-burgers, il y a une quinzaine d'années, c'était à peu près aussi agréable que de bouffer du tapis.

— Pourquoi doit-elle manger ça ?

— Chloé souffre de la maladie cœliaque.

De quoi ? On dirait le nom d'un primate d'Afrique du Sud. Quand j'étais jeune, même les maladies étaient plus simples qu'aujourd'hui. On se contentait d'avoir la picote, la rougeole, deux ou trois otites et une amygdalite de temps à autre. Presque tout se soignait avec de l'aspirine, de l'alcool à friction ou des diachylons à motifs de Walt Disney. Maintenant, même les maux sont trop compliqués à suivre.

— C'est une intolérance au gluten, explique Jacob. Et le gluten se retrouve dans plusieurs céréales.

Bon… après l'allergie de Samuel aux abeilles, voilà l'intolérance au gluten de Chloé. C'est moi, ou les allergies et les intolérances se multiplient ?

— Le plus incroyable, c'est que les trois quarts des aliments sur le marché en contiennent ! s'exclame Noémie. Même certaines viandes… d'où les végé-saucisses.

— C'est un véritable régime draconien ! Pauvre chouette, dis-je à Chloé en lui caressant une tresse. Ça ne doit pas être drôle.

— Ouais ! C'est pas juste…

— Chérie, tu sais qu'on fait ça pour ton bien, dit Noémie. Tu veux être malade comme la dernière fois ?

— Chloé a été maladeeeee ! chantonne le petit Mathieu.

Chloé lui fait alors la grimace. Pour se venger, Mathieu lui lance une poignée de petits pois… qui atterrissent plutôt sur ma figure ! Chloé essaie de répliquer, mais puisque je suis assise entre les deux, elle m'accroche avec sa fourchette au passage.

— Les enfants, ça suffit ! hurle Noémie.

Et la soirée s'est poursuivie dans la même ambiance festive… Vraiment, la vie de famille, c'est pas de tout repos. Entre ça et embrasser le derrière d'un putois, je ne sais pas ce que je préférerais…

* * *

Fin juin. Hourra ! Après des semaines de recherche intense, nous avons enfin trouvé la maison de nos rêves. Elle est apparue de derrière une magnifique haie de cèdres taillée, comme dans un film. Brique rouge, superbe galerie à l'avant, jardin enchanteur, fenêtres neuves, plein de grandes pièces, salle de bain modernisée, beau foyer en pierre, grande cour à l'arrière. Les propriétaires en ont pris soin. Lorsque nous l'avons vue, on entendait presque les oiseaux chanter et il ne manquait plus que la pluie de confettis pour créer l'ambiance parfaite.

C'est un superbe cottage des années 1960, qui a gardé une petite touche ancienne, mais a été actualisé par son propriétaire, qui en a hérité de sa mère à son décès et a décidé de le rénover pour le revendre. La maison se trouve dans un quartier coquet de Laval, rempli d'arbres et de fleurs, avec des enfants qui courent partout, une piste cyclable et des petits commerces charmants juste à côté. Un vrai conte de fées !

Ne reste plus qu'à passer chez le notaire dans un mois et à préparer le déménagement à toute vitesse, car nous avons sous-loué notre appartement et le prochain locataire arrive dans deux mois.

Joie totale !

9

Les choses se corsent un peu
(Juillet)

Être heureux, ce n'est pas bon signe,
c'est que le malheur a manqué le coche, il arrivera par le suivant.

Marcel Aymé

Début juillet. Dieu merci, une série de nuages bienfaisants est venue éclater en millions de gouttes, mettant fin à la canicule qui me pesait dessus comme une chape de plomb. Tout le monde râle autour de moi que le mois de juillet est à l'eau, mais moi, je m'en fiche, je suis très heureuse. Huit mois de grossesse terminés ! Plus qu'un mois et je serai enfin libérée.

Je suis dans un tel état que je peine à marcher. Par chance, j'avais gardé des semaines de vacances qui m'ont permis de commencer mon congé plus tôt. Je n'en pouvais tout simplement plus. Et étant donné ma mobilité réduite et ma propension à uriner aux cinq minutes, je me tiens constamment à deux pas de la salle de bain.

Entre-temps, mes parents ainsi que Grande Sœur et Jacob sont venus donner un coup de main pour l'empaquetage de l'appartement. Heureusement, car malgré la productivité de Samuel digne d'un Taïwanais, il n'aurait pas fourni. Quant à moi, c'est à peine si je parviens à lever un crayon, alors on oublie les boîtes.

Nous sommes presque prêts à déménager. Youpi !

En attendant, Samuel est parti pour deux jours à son colloque annuel de dentistes, à Anchorage, Alaska, cette fois – colloque où nous nous étions rencontrés, il y a deux ans, à Toronto, alors que moi j'y allais pour un salon sur les métamorphoses extrêmes où des gens se font refaire le portrait. Si l'on m'avait annoncé que ce jour-là, en montant dans le train en direction de la Ville Reine, j'y rencontrerais l'amour de ma vie, j'aurais ri tout mon soûl. Comme quoi la vie peut nous surprendre.

Aujourd'hui, j'envie Samuel d'aller dans un endroit frais. Même si cela m'inquiétait un peu – la date fatidique n'étant plus très loin –, je savais que son absence ne durerait pas longtemps. Et ma mère se tient tout près, prête à bondir au moindre appel.

De plus, après mon fameux cours de conduite – où, durant ces semaines intenses, j'ai failli foncer dans un mur, confondu le frein et l'accélérateur, mis de l'huile dans le réservoir de lave-glace et oublié mon café sur le toit de l'auto –, je viens de passer avec succès mon examen de conduite. Je suis super fière de moi. Me voilà devenue une adulte pour vrai !

* * *

Une sensation d'humidité soudaine, suivie d'une douleur au bas-ventre me réveille pendant la nuit. Aïe ! Qu'est-ce que c'est que ça ? Pas une contraction ? Ça ne se peut pas ! Il est trop tôt. Et en plus, Samuel qui n'est pas là ! Et il est deux heures du matin, merde. Je veux dormir…

Une deuxième douleur me traverse le ventre, comme un éclair. Ça ressemble à ce que je ressens quand j'ai des crampes intestinales, mais à la puissance mille. Bon Dieu que ça fait mal !

Ça doit sûrement être une fausse alerte. C'est commun, à ce stade-ci. Je respire à fond. Ça va sûrement passer dans cinq minutes. Pas de panique.

* * *

Deux heures plus tard. Arrgggh ! Ça n'a pas passé du tout. Ça fait exactement 120 minutes que je souffre le martyre. Ce n'est pas une fausse alerte ! Au secours ! Pourquoi faut-il que dans les 280 jours que dure une grossesse, l'accouchement doive se déclencher durant l'une des deux seules journées où Samuel s'est absenté ? Zut de zut !

L'infirmière a gentiment ri de moi lorsque je lui ai demandé : « On ne pourrait pas retarder le travail et le remettre à un peu plus tard, pour permettre à mon copain d'arriver ? »

Une chance, ma mère est là, avec moi. Je ne serai pas seule durant cette épreuve. Elle a également appelé Samuel pour le prévenir de ce qui se passait. Le pauvre est dans un état d'affolement total. Il a dit qu'il tenterait d'obtenir un vol pour arriver le plus vite possible, mais vu qu'il est dans un village perdu dans les montagnes enneigées de l'Alaska, il n'y en a aucun qui soit direct. J'ai bien peur que les jumeaux se montrent le portrait avant qu'il arrive.

* * *

Onze heures plus tard. Aïe ! Au secours ! Après 660 minutes de travail, de souffrance soutenue, de contractions me faisant vomir, de fatigue extrême et de sacres bien sentis – désolée pour tes chastes oreilles, maman ! –, je sens que c'est le temps de pousser.

J'hésite entre : « Enfin ! Je veux que ça sorte de moi tout de suite ! » et « Oh non ! Leur père n'est pas encore là ! Il n'y a « vraiment » pas moyen d'attendre ? »

Maman, grâce à sa débrouillardise sans faille et un sens aigu du *timing*, a réussi à avoir Samuel sur son iPhone. Mon homme est actuellement coincé dans une escale, à Chicago. Je le vois vaguement – je commence à être plutôt dans les vapes – trépigner sur une chaise en plastique orange d'une salle d'attente.

— Voilà, comme ça, Samuel ne manquera rien, dit fièrement maman en pointant son iPhone en plein sur mes parties intimes.

Espérons que les gens autour de Samuel ne verront pas ce qui se passe sur son écran. C'est un peu gênant de savoir que des personnes à des kilomètres de vous ont une vue prenante sur votre origine du monde, si vous voyez ce que je veux dire. Je me sens comme une candidate qui accoucherait dans une émission de téléréalité à TVA en échange d'un paquet de couches en cadeau.

— Alors, on est prête à pousser ? lance le docteur en entrant dans la salle.

On n'est pas vraiment prête, mais il semblerait que ce ne soit pas la maman qui décide. Quel monde injuste, tout de même...

Après les préparations d'usage, je commence à pousser, en synchronisation avec les contractions. Mais j'ai l'impression que ce ne sont pas des bébés, mais bien des billots de bois que je tente d'expulser de mon corps. C'est interminable, je suis rouge comme une tomate et j'ai du mal à respirer. Et dire qu'avant, j'avais du mal à souffler des ballons...

Dans un état de plus en plus second, j'entends indistinctement ma mère et Samuel qui m'encouragent à pousser. Il me semble qu'un daïquiri aux fraises me ferait un bien immense en ce moment. Je me jure qu'à la première occasion, je me précipite sur le minibar à la maison pour me récompenser.

— Oh mon Dieu ! Il y en a un qui est presque sorti ! crie maman.

— Une dernière poussée, madame Tremblay ! dit l'infirmière d'un ton autoritaire, comme un caporal de l'armée.

Si j'étais dans mon état normal, je lui dirais que c'est « mademoiselle », parce que mon idiot de copain – celui-là même qui a osé me faire deux bébés à un moment vraiment pourri – n'a pas voulu m'épouser, et qu'on ne devrait jamais assumer qu'une femme est mariée, et... euh !... où suis-je, déjà ?

— Poussez, madame Tremblay !

Au diable, les considérations maritales ! Je pousse encore, en criant pour me donner du courage. J'ai l'impression d'être aux Olympiques et de lever des haltères de 3 000 kilos – mais pas avec mes bras.

— Qu'est-ce qui se passe ? Pourquoi ça crie comme ça ? dit une petite voix dans le iPhone de maman.

Des badauds se sont attroupés autour de Samuel, sans doute attirés par mes hurlements, se demandant si on n'est pas en train d'égorger un cochon, ce qui est presque le cas. Bon sang, est-ce que le monde entier doit avoir une vue sur mon vagin ?

— C'est ma femme qui accouche !

— Ah oui ? Félicitations !

Merde, mais je ne peux pas donner naissance en paix ? C'est censé être un acte intime, merveilleux et privilégié, pas un *freak show*. Pourquoi vous ne sortez pas le *pop-corn*, tant qu'à y être ? Et dire que je ne voulais pas que Samuel prenne des photos. C'est rien, à côté de tout ça.

— Poussez, madame Tremblay ! crie l'infirmière militaire en puissance. Une autre contraction arrive !

Elle, je vais lui pousser mon pied dans la figure, si elle continue de me parler comme si j'avais trois ans. Je fais un effort monumental et il me semble sentir mon ventre se délester soudain, comme s'il s'était dégonflé d'un coup.

— En voilà un !

Un petit pleur timide remplit la salle. Le premier bébé est sorti ! Il est vivant et il respire. Il ne reste que le deuxième ! Au même moment, j'entends un bruit sourd, suivi d'un fracas, comme si un objet de plastique était tombé sur le sol.

J'aperçois alors ma mère étendue sur le sol, le iPhone gisant à ses côtés. La vue est si horrible que ça ? C'est rassurant. Ben dis donc, je ne savais pas que ma mère était si sensible. Pourtant, elle a accouché deux fois. Et moi qui croyais que ça l'aurait préparée à ça.

— Hé ! Qu'est-ce qui se passe ? Je ne vois plus rien ! beugle Samuel, à travers le téléphone.

— On a besoin d'une équipe de réanimation ici ! hurle l'infirmière.

— Amélie ! Amélie ! s'égosille Samuel. Qu'est-ce qu'elle a ? Est-ce que tout va bien ?

— Ça va, mon amour. C'est maman qui a perdu connaissance. Trop d'émotions, je crois.

— Ah ! c'est pour ça que j'ai un gros plan sur son nez…

Ouille ! Il y a un peu trop de rebondissements dans cet accouchement.

* * *

Après quelques minutes, tout est réglé. Comprendre ici que ma mère est revenue à elle et que le deuxième bébé est sorti. Ouf ! Je suis vannée, essoufflée, étourdie et je tremble comme une feuille. Je me sens comme si j'avais couru le super marathon et que, rendue au fil d'arrivée, un cortège de camions m'avait roulé dessus.

Nos deux enfants – un garçon que nous avons décidé d'appeler Maxime et une fille dénommée Daphnée – ont été emmenés à la pouponnière, où ils seront surveillés de près. Étant prématurés de près d'un mois – en plus d'être jumeaux – ils sont si minuscules, si fragiles. On dirait deux petites poupées roses et toutes fripées qui risquent de se casser dans nos bras à la moindre occasion. De vraies faces de poupées Bout d'chou.

Je suis si émue. C'est vraiment moi qui ai fait ça ? Faut croire que je suis assez douée et que les banques d'ADN de Samuel et moi mélangées, ça donne de jolis résultats, au fond. Mais Maxime et Daphnée devront rester deux semaines à l'hôpital, afin de prendre assez de poids – car ils ne sont pas assez en chair au goût des médecins – avant de recevoir leur congé.

Je suis tout de même si heureuse d'être débarrassée de tout ce poids et que la souffrance de l'accouchement soit enfin terminée.

Ne reste plus qu'à commencer ma nouvelle vie de maman, avec Samuel et nos deux adorables nouveau-nés. Allez, tu es capable, Amélie !

* * *

Deux semaines plus tard, Samuel et moi ramenons enfin les enfants à la maison. Samuel a pris quelques jours de son congé de paternité, mais a dû retourner rapidement plomber les dents de quelques patients. Sa sœur est venue faire un petit tour pour tenter de m'aider, mais vu qu'elle s'y connaît encore moins que moi en la matière – ce qui est un record, étant donné mon ignorance –, elle n'a pas été d'un grand secours.

Diane, la mère de Samuel, serait trop occupée à gérer d'une main de fer sa *business* – une entreprise qui fait des ménages dans des entreprises, ce qui explique son obsession de la propreté – pour s'occuper de ses petits-enfants. Samuel me dit qu'elle est une *workaholic* depuis longtemps et n'est pas étonné. Il n'en fait pas un plat. Elle nous a acheté un aspirateur en cadeau par Internet, soi-disant pour se faire pardonner. Hem !... Sans commentaire. Le père de Samuel, lui, ne semble pas porter beaucoup d'intérêt aux enfants – ou se sent trop maladroit.

Par chance, maman est venue me donner un sacré coup de main. Cela a des bons et des mauvais côtés. Le bon : ça me permet de me reposer et de respirer un peu. Le mauvais : après quelques jours, je suis envahie par un sentiment intense d'inaptitude à côté de ma mère qui réussit à tenir la maison impeccable, jardiner, faire trois repas par jour, cuisiner un rôti, préparer un gâteau à la meringue et s'occuper des enfants dix fois mieux que moi en les habillant, les lavant, les berçant, leur chantant des chansons et en leur faisant des risettes. Alors que de mon côté, j'ai encore du mal à leur mettre une couche et à les allaiter sans qu'ils s'étouffent ou attrapent le hoquet.

C'est pourtant moi, la mère, qui devrais être la grande experte et être en mesure de m'occuper de mes enfants mieux que personne, non ? Je croyais que l'instinct maternel me dicterait tout ce qu'il y aurait à faire avec mes enfants. Si je n'avais qu'un seul mot à utiliser pour décrire mon état en ce moment, ce serait : démunie.

J'ai l'impression de ne rien savoir, malgré toutes mes lectures sur la maternité. Mais vraiment rien. Je n'arrive pas à décoder les pleurs de mes bébés, je ne sais pas trop à quel intervalle on doit changer des couches, comment endormir mes enfants, quel genre de routine ils devraient avoir. Et tout ce qu'ils sont capables de produire, c'est des *ballounes*, des rots et du vomi.

D'ailleurs, qu'est-ce qu'on fait, exactement, avec deux êtres humains qui sont pratiquement à l'état de larves ? Les chansons et les grimaces ne semblent avoir aucun effet. Suis-je censée les amuser, les occuper, leur parler sans arrêt en faisant la vaisselle ? J'ai l'impression de converser avec des aubergines. Je ne sais pas quoi faire avec eux pendant la journée. C'est cliché à dire, mais c'est vrai que rien ne peut « vraiment » vous préparer à être mère.

Est-ce que ça va s'améliorer, un jour ? Est-ce que je peux réellement espérer arriver à la cheville de ma mère, qui semble tellement au-dessus de ses affaires avec les enfants et toutes les tâches ménagères ?

Allez, Amélie, retrousse-toi les manches et sois un peu indulgente avec toi-même. Avec un peu de travail, tu vas devenir une vraie super maman, toi aussi !

* * *

Samedi midi. Samuel et moi sommes en train de relaxer en prenant un bon café, dans la mesure où relaxer signifie essayer de boire son café et avaler son croissant le plus vite et le plus silencieusement possible pendant que les bébés – qui ont déjà trois semaines – dorment dans leur parc, dans le salon. En ce moment, le parc est le seul endroit – à part mes genoux – où ils acceptent de dormir, et ensemble, s'il vous plaît !

Soudain, la sonnette retentit. Je sursaute. Bon Dieu ! les enfants ! Qui est le malotru qui ose faire du bruit alors que mes enfants font enfin la sieste – au prix d'efforts dignes de la compétition *Man of Steel*.

Vous ai-je dit que le téléphone, la sonnette d'entrée et les voisins qui ont une moto sont devenus mes pires ennemis ? Parce que évidemment, on les entend seulement quand on vient tout juste d'endormir les enfants. Je devrais mettre du papier bulle partout sur les murs de leur chambre pour les isoler du bruit. Je songe aussi à emballer tous les meubles et les objets de la maison avec de la ouate pour éviter tout bruit indésirable.

Ouf ! Daphnée et Maxime sont endormis si profondément qu'ils n'ont aucune réaction. J'espère que ce ne sont pas des témoins de Jéhovah. Sûrement pas, car madame Picolli leur aurait déjà lancé des tripes de canard ou je ne sais trop quelle autre horreur. Ouais ! elle va me manquer, cette vieille dame.

Je vais ouvrir. Je mets quelques secondes à reconnaître la personne qui se trouve devant moi. Quoi ? C'est Aryane Bergeron ! L'ex-femme de Samuel ! Je suis littéralement pétrifiée. Mais qu'est-ce qu'elle fiche ici, cette emmerdeuse ? Dommage que madame Picolli ne lui ait pas balancé des excréments de lapin sur la tête.

Pendant un instant, l'envie de la renvoyer à coups de pied dans le derrière me vient en tête. C'est elle qui a gâché la vie de Samuel. C'est à cause d'elle qu'il a traîné une cicatrice émotionnelle qui commence à peine à se refermer et qu'il a encore du mal à se confier.

Je remarque alors qu'elle est en béquilles et qu'elle a une jambe dans le plâtre, des orteils à la mi-cuisse. Mais qu'est-ce qui lui est arrivé ? Et à voir sa mine, on devine qu'elle a dû connaître des jours meilleurs. Ses traits sont tirés et elle semble épuisée. La femme fatale que j'ai vue il y a un an et demi chez Samuel a bien changé et fait plutôt pitié.

Elle est néanmoins vêtue de manière toujours aussi provocante : un chandail moulant avec un imprimé léopard et une jupe jaune au motif tigré noir – probablement en fourrure d'un animal en voie d'extinction –, le tout accompagné d'un collier massif fait de grosses pierres d'ambre. Elle a des goûts de luxe, la madame.

Même en faisant pitié, Aryane a encore une taille de guêpe et paraît prête à poser pour la couverture de *Playboy*. Ce n'est vraiment pas juste ! Vêtue de mon peignoir en minou effiloché, mes cheveux arrangés comme une vadrouille, j'ai l'air de madame Bougon à côté d'elle. Sans parler de mon ventre tout mou, plein de vergetures et qui ressemble à une méduse.

Bingo, qui se trouve à mes côtés, se met tout à coup à grogner en examinant la visiteuse d'un air suspicieux. J'ai bien envie de féliciter ma chienne pour cette belle démonstration d'affection – la preuve que l'instinct des animaux, c'est génial –, mais je me charge plutôt de la chicaner doucement pour la faire taire.

— Heu !... est-ce que je peux voir Samuel ? demande Aryane en affichant un air piteux.

— Oui. Attends, je vais le chercher.

Pendant qu'elle tente, tant bien que mal, de monter la seule marche qui mène à mon hall d'entrée, je la regarde forcer sur ses deux longs bouts de métal. Comment va réagir Samuel en la voyant ? Sûrement pas très bien. Il commence à peine à se remettre de tout le mal qu'elle lui a fait. Elle ne pouvait pas nous laisser en paix ? Elle et Samuel ont réglé leur divorce il y a un an et demi, elle ne l'aura pas laissé tranquille bien longtemps. J'espère qu'elle ne s'attend pas à reconquérir Samuel, parce qu'elle est assez mal barrée, merci.

Et d'abord, comment a-t-elle réussi à le retracer puisqu'il a déménagé ici il y a un an ? À moins qu'il soit resté en contact avec elle sans me le dire ? Lui aurait-il donné notre adresse ? Mais non, impossible ! C'est encore beau qu'il ne soit pas parti en Sibérie pour se sauver d'elle, alors lui donner son adresse…

— Hum !… Samuel…

— Oui ? Qui c'était ?

— Ben… c'est Aryane…

— QUOI ? dit-il en bondissant sur ses jambes. Qu'est-ce qu'elle fait ici ?

— Chut ! tu vas réveiller les enfants ! Je ne sais pas exactement, elle veut te parler.

Samuel fronce les sourcils. Il paraît plus embêté que jamais. Il a un peu la même expression paniquée que lorsqu'Aryane était venue interrompre notre première soirée romantique. Dieu que je n'aime pas le voir dans cet état ! Quand cette garce va-t-elle le laisser tranquille ?

— Tu veux que je lui dise de partir ?

— Non, ça pourrait être pire. Il vaut mieux savoir tout de suite de quoi il retourne. Peut-être que je m'inquiète pour rien.

— Tu veux que je reste avec toi ?

Samuel me regarde et me prend par les épaules. Un sourire un peu triste se dessine sur son visage.

— Oui, j'aimerais bien. Tout ce qui me concerne te concerne aussi. On doit se soutenir et apprendre à régler les problèmes ensemble.

Wow ! Je fonds littéralement sur place. Mon amoureux a le don de faire des déclarations qu'on n'entend que dans les *Feux de l'amour*. Ça pourrait sonner super débile, mais dans sa bouche, ça semble toujours si… vrai. Et c'est le bienvenu, après tout ce qui m'est arrivé, ces derniers mois. Exactement ce que j'avais besoin d'entendre pour me faire oublier que je ressemble à Bonemine en ce moment.

Je me sens plus forte que jamais. Samuel a raison : malgré nos difficultés, nous sommes un couple uni. On va lui montrer qu'elle ne nous fait pas peur. Samuel et moi allons à la porte d'entrée, où se trouve toujours Aryane, main dans la main – en robes de chambre, s'il vous plaît ! Ça fait un bel effet, tout de même.

Alors que nous l'emmenons à la salle à manger, nous passons avec elle devant le salon où Maxime et Daphnée dorment. Aryane s'arrête net et fixe les jumeaux en affichant une expression mi-stupéfiée, mi-dégoûtée, comme si c'était des petits gremlins.

— Qu'est-ce que c'est que ça ? demande-t-elle. Des bébés ?

Ben non, ce sont des farfadets. Bien sûr que ce sont des bébés !

— Ils sont à vous ?

À nous ? Quelle drôle de façon de parler d'enfants comme s'il s'agissait de possessions.

— Mais oui, ce sont nos enfants, répond fièrement Samuel. Maxime et Daphnée. Nos deux merveilles.

Aryane semble trop soufflée pour répondre quoi que ce soit, ce qui est assez rare. Je savoure le moment et je suis sûre que mon homme en fait autant. Je crois qu'Aryane ne s'attendait pas à ce que Samuel ait refait sa vie si vite. Jouissance…

Nous nous asseyons tous les deux à la table. Aryane s'assoit avec difficulté. Malgré l'envie qui me taraude de la foutre dehors, je ne veux pas me laisser emporter par mes émotions. Je lui propose un café, que j'aimerais bien verser sur sa jambe valide. Je préfère la rendre verte de jalousie par mon attitude digne de Martha Stewart. Elle refuse mon offre.

— Qu'est-ce qui se passe ? demande Samuel.

— Bien, comme tu peux le voir, je me suis blessée.

— J'ai bien vu ça, oui.

Je constate que, comme moi, Samuel reste très poli, mais qu'il n'a pas tellement envie de s'entretenir avec son ex. Il s'efforce de sourire un peu, mais rien de très naturel... C'est à la limite de la grimace.

— J'ai fait du saut en parachute récemment et il y a eu un petit problème technique. J'ai atterri dans un arbre.

Samuel pouffe de rire et met sa main devant sa bouche. Aryane lui lance immédiatement un regard glacial. Il a du mal à se retenir. J'essaie de mon côté de rester impassible, mais je n'y arrive pas ; je regarde Samuel et j'éclate de rire. Sans doute la pression du moment qui retombe.

— Ce n'est pas drôle. Je me suis blessée...

— Désolé, répond Samuel en reprenant son sérieux. Continue.

Il doit être en train de l'imaginer, avec délectation, en train de souffrir perchée dans son arbre. L'image, en plus d'être comique, est des plus libératrices. On aurait presque aimé être sur place.

— Je me suis cassé la jambe à six endroits, ma cheville est en morceaux et ma hanche s'est déboîtée, explique Aryane. On a dû m'opérer et me mettre des tiges de métal et des vis un peu partout.

Aïe, aïe, aïe ! Ça a dû être drôlement douloureux. Toutefois, je ne peux m'empêcher de ressentir une petite joie intérieure à l'idée de sa souffrance... Bon, c'est quoi le rapport avec nous ? Pourquoi vient-elle nous raconter tout ça ? Pour qu'on la plaigne ?

— Écoute, Aryane, dit Samuel, je suis navré pour toi, mais... pourquoi viens-tu me voir ?

Nous sommes sur la même longueur d'onde. Aryane penche la tête et déglutit avec peine. Non ! Elle ne va pas nous jouer la scène de l'ex éclatant en sanglots ? Elle n'a personne d'autre dans son entourage pour la consoler ? À moins qu'elle ne se soit mis tous ses proches à dos, ce qui ne serait pas étonnant, vu son attitude.

— Il y a un peu moins d'un an, au mois de mai, j'ai rencontré quelqu'un, confie-t-elle. Il s'appelait Francis...

Mais où ça s'en va, cette histoire ? Si Aryane est venue simplement pour nous raconter ses déboires et se faire plaindre, elle a frappé à la mauvaise porte. Sans prêter attention aux regards interrogateurs et sceptiques que Samuel et moi lui jetons, elle poursuit sur sa lancée :

— En octobre, après cinq mois de relation, nous avons décidé de chercher un condo. C'était l'amour fou et ça allait si bien à ce moment-là ! Deux mois plus tard, nous avons fait une offre d'achat à l'Île-des-Sœurs. Le mois suivant, en janvier, nous sommes passés chez le notaire et nous avons emménagé. On parlait même de se marier l'année suivante...

Bien, dis donc ! Il y en a qui sont vites en affaires ! Ils n'étaient même pas ensemble depuis un an qu'ils s'engageaient déjà en se passant l'hypothèque au doigt ! Faut être sacrément optimiste ! Si Aryane embobine tous les hommes comme ça, pas étonnant que Samuel n'ait rien vu venir. Dire que je trouvais que Samuel et moi battions des records parce que nous avions emménagé ensemble cinq mois après le début de notre relation.

— Mais en juillet dernier, j'ai eu mon accident de parachute et je suis tombée en congé de maladie, parce que je ne peux plus servir ma clientèle.

— Aryane est représentante pharmaceutique, me précise Samuel.

— Puisque cette blessure ne découle pas de mon emploi, je ne peux toucher de CSST, juste le chômage pour un temps. Mon revenu a baissé de près de 50 %. Je ne sais pas si je pourrai retourner travailler, ma jambe pourrait garder des séquelles.

Elle semble sur le point de s'effondrer. Et merde ! je ne sais pas si je pourrai gérer ça.

— Un mois plus tard, Francis m'a laissée. Il m'a simplement dit qu'il ne voulait pas d'une femme qui reste à la maison et il est parti. Maintenant, il réclame la valeur de la moitié du condo, parce que nous l'avons acheté à deux. Il faut que je le vende parce que je n'ai plus les moyens de le payer et que je lui donne 50 % du montant de la transaction.

Wow ! Ce gars-là est un salaud fini et un sans-cœur. D'un côté, je ressens un peu de compassion à l'égard d'Aryane – un minuscule iota – ; d'un autre côté, je remercie la vie d'être juste. Après tout ce qu'Aryane a fait, elle mérite un peu de souffrir, je trouve.

— Il ne me reste plus qu'une solution si je ne veux pas couler, ajoute Aryane. Je suis très endettée. J'ai besoin de toi, Samuel.

Quoi ? Mon cœur est en train de compléter son troisième tour sur lui-même. Je retire le peu de compassion que j'ai pu avoir précédemment. Je le savais bien, qu'il y avait anguille sous roche ! Mais à quel genre de soutien s'attend-elle ? Elle ne s'imagine tout de même pas qu'on va l'aider en l'hébergeant chez nous ? À voir les yeux exorbités et la bouche grande ouverte de Samuel, je suis soulagée de voir qu'il pense comme moi.

— J'aurais besoin d'une pension alimentaire, pour quelque temps, conclut-elle.

Je tombe une deuxième fois des nues. Pas possible ! Mais elle est complètement sautée, cette fille ! En plus, elle doit faire plus d'argent que moi, même au chômage. Et pour l'orgueil, on repassera ! Et puis, on a des enfants, maintenant.

— J'espère que tu veux rire ! s'écrie Samuel. Tu as le culot de venir me demander une telle chose ?

— Écoute, ça ne me plaît pas, se défend-elle, mais je n'ai pas le choix...

— Mais si, tu as le choix, répond Samuel, excédé. Diminue ton train de vie, cesse d'aller au resto dix fois par semaine, prends une voiture économique, vends quelques paires de chaussures Louis Vuitton et tu devrais pouvoir survivre dans cet état encore une bonne dizaine d'années, sans avoir à travailler. Ce ne sont pas les solutions qui manquent, Aryane.

Aryane se renfrogne. Son air dépité fait place à une expression plus dure.

— Tu sais, je peux légalement t'obliger à me payer une pension d'invalidité, menace-t-elle. Je n'ai pas envie de le faire, mais si c'est nécessaire, je ne m'en priverai pas. Ce sera au juge de décider.

Wow ! Aryane a vraiment la gentillesse d'une motoneige. Samuel éclate de rire.

— T'entends-tu parler ? Réalises-tu ce que tu me demandes ? s'exclame-t-il. Chaque fois, c'est la même chose avec toi. Tu es incapable de régler tes problèmes, tu t'arranges toujours pour que les autres le fassent pour toi. Tu me demandes de faire des sacrifices à ta place ? Veux-tu tout de suite que je te donne ma carte bancaire et mon NIP ? Pourquoi ne vas-tu pas vampiriser ton Francis, plutôt ? C'est lui qui t'a laissé tomber, pas moi !

— C'est évident que si nous avions été mariés, c'est à lui que j'aurais demandé...

— Eh bien, il a été assez brillant pour éviter le piège à ours, lui, coupe Samuel. Je peux avoir son numéro ? J'aimerais ça le féliciter de vive voix.

Oh là là ! Ça commence à dégénérer. La scène me rappelle celle à laquelle j'avais assisté à la Saint-Valentin, alors que Samuel et Aryane étaient sur le point de se lancer des chaises par la tête.

— Tu ne veux vraiment pas m'aider ? demande Aryane, furieuse.

— Non, je ne veux vraiment pas t'aider ! Poursuis-moi en justice, on verra qui est le plus décidé.

— Tu le regretteras, dit-elle en se levant, claudiquant avec ses béquilles jusqu'à la porte d'entrée. Je suis venue pour te le demander gentiment et ne pas faire d'histoires, mais je vois bien que tu ne veux pas coopérer. Ce n'est pas grave, j'aurai ce que je veux tôt ou tard.

Je déglutis avec peine. Madame-la-folle en béquilles est loin de rigoler…

Aryane nous jette un dernier regard méprisant, comme si on était des crottes de chat, puis nous tourne le dos. Au moment où elle se dirige vers la sortie, claudiquant dans sa jupe tigrée, j'ai la vision de Cruella De Vil dans *Les 101 dalmatiens*. Je viens de trouver son nouveau surnom.

— Tu vois, je le savais que le mariage, c'était une mauvaise idée ! me lance Samuel après avoir fermé la porte derrière elle. Ça n'apporte que des emmerdes, surtout quand on est divorcés !

* * *

Ça va plutôt mal. Depuis la visite de Cruella, nous n'avons eu aucune nouvelle, c'est-à-dire aucune mise en demeure. Mais Samuel et moi ne dormons pas sur nos deux oreilles – en plus des nuits blanches que Maxime et Daphnée me font passer. Lorsqu'ils n'ont pas des coliques, je dois me tirer du lait constamment pour fournir mes deux petits ogres. C'est que deux bébés, même minuscules, ça boit comme un Irlandais alcoolique. Je suis sur le point de me brancher au tire-lait en permanence.

Je suis tellement habituée à les entendre s'époumoner, que même lorsqu'ils sont silencieux, j'entends régulièrement des pleurs imaginaires. Daphnée, en particulier, est très en voix. Elle hurle tellement fort, on jurerait qu'elle a quatre paires de poumons.

En ce moment, chaque coup de téléphone, chaque lettre que nous recevons nous mettent dans un état s'apparentant dangereusement à la paranoïa. Samuel est convaincu que tôt ou tard, nous allons entendre parler de Cruella à nouveau. Il m'assure qu'elle ne laissera pas tomber si facilement.

— Quand elle tient un os, elle ne le lâche pas, m'a-t-il dit à quelques reprises.

Génial…

— Comment as-tu fait pour l'endurer tout ce temps ? n'ai-je pu m'empêcher de demander à Samuel.

— Je me console toujours en me disant que, selon mes calculs, elle est à -72 sur l'échelle de son karma et que, dans sa prochaine vie, elle va se réincarner en poisson rouge.

Je rigole de voir que Samuel croit en un tel système. Je ne pensais pas qu'une personne aussi cartésienne pouvait se remonter le moral ainsi. Je crois que je vais m'y mettre, moi aussi.

10

Apparence, tout n'est qu'apparence... (Août)

Le drame réel et insoutenable est que la femme épouse l'homme
en espérant qu'il va changer, et il ne change pas,
alors que l'homme épouse la femme
en espérant qu'elle ne changera pas, et elle change.

Jean Dion

Début août. Les journées commencent à raccourcir, les nuits se font plus fraîches – ce qui me permet de respirer –, le temps est doux et on sent que l'été tire lentement à sa fin. Maxime et Daphnée célèbrent l'anniversaire de leur premier mois. Enfin, ils n'accomplissent pas grand-chose, mais aux rots et aux *ballounes* se sont ajoutés les « oh ! » et les « ah ! », ce qui marque un certain progrès. J'ai essayé de leur chanter des berceuses, mais ils ont mis fin à ma carrière musicale en éclatant en sanglots à cause de ma voix de crécelle.

J'ai encore du mal à les faire dormir et je suis si épuisée que j'ai mis mon café au frigo et jeté une casserole à la poubelle. J'ai tellement de problèmes de mémoire que je suis sur le point d'oublier comment utiliser une fourchette. J'ai l'impression d'avoir l'intelligence d'un poisson gobie.

Je perds mes cheveux à un rythme tellement alarmant que je songe à m'acheter une perruque avant de ressembler à M. Net. Et ma taille ne cessant de diminuer – sans avoir atteint mon poids prégrossesse –, je ne sais plus comment me vêtir. Mes anciens vêtements sont trop serrés et ceux de maternité me flottent sur le corps comme un sac de patates.

Sur une autre note, LA lettre de l'avocat d'Aryane est arrivée hier.

Maudite Cruella ! Comment Samuel a-t-il pu se marier avec une sangsue pareille ? À sa place, j'aurais pété les plombs il y a longtemps et je me serais transformée en maniaque de *Massacre à la tronçonneuse* pour la découper en morceaux. Elle a dû cacher son petit jeu assez longtemps pour que Samuel n'ait rien vu venir. Il est pourtant assez doué pour deviner ce qui se passe dans la tête des gens, d'habitude.

Comment se peut-il qu'aujourd'hui, au XXIe siècle, dans un pays comme le nôtre, on permette une telle aberration ? On ne parle pas d'une personne qui a cessé de travailler pendant 20 ans, a sacrifié sa carrière pour élever des enfants et dépend complètement de son époux. On parle d'une personne autonome, qui fait pas mal d'argent et qui devrait pouvoir se débrouiller sans empoisonner la vie de son ex – qui ne veut plus avoir de liens avec elle – et de la nouvelle blonde de ce dernier, par la même occasion.

Le comble : elle a réussi à obtenir du juge une pension alimentaire provisoire immédiate et que Samuel paye une partie de ses frais médicaux, car elle doit encore suivre des traitements de physiothérapie et doit prendre des médicaments – la situation demandait soi-disant « une assistance de toute urgence ». Mon œil ! Je suis sûre qu'elle est encore assez riche pour prendre des bains de champagne. Et nous, alors ? Avec ma réduction de revenu et les dépenses pour les enfants, ça ne compte pas ? Pourtant, il semble que Samuel soit assez riche, selon le juge, pour se permettre de verser de l'argent à Aryane, même si c'est peut-être temporaire.

Bon, nous verrons le juge dans quelques mois, et il paraît que la situation pourrait changer du tout au tout. Espérons-le !

* * *

Trois jours plus tard. Nous achevons les dernières boîtes pour le déménagement et devons rencontrer notre notaire dans quelques jours pour finaliser la vente. Enfin ! J'ai tellement hâte de m'installer dans notre coquet petit château. C'est bien l'une des rares choses positives à être arrivée récemment. Alors que je profite d'une sieste des jumeaux – qui ne dorment pratiquement que dans leur balançoire – pour fermer les derniers cartons, Samuel vient me voir. Il affiche une mine déconfite.

— Amélie, il faut que je te parle.

Oh là là ! Le ton de sa voix ne me dit rien qui vaille. Je suis inquiète. Il a une vraie tête d'enterrement. Que va-t-il m'annoncer ? Qu'il veut me quitter, se sauver pour rejoindre Dentistes sans frontières et faire des traitements de canal à des Kenyans ?

— J'ai refait le budget en tenant compte de la pension d'Aryane…

J'attends la tonne de briques qui va me tomber sur la tête. La vague va s'abattre sur moi, je le sens. Samuel pousse un long soupir – ce qu'il fait toujours quand ça va très mal.

— Avec la pension d'urgence d'Aryane, ses dépenses médicales à assumer et les honoraires d'avocat pour nous défendre, ça va me coûter quelques milliers de dollars par mois. On n'aura pas les moyens de payer l'hypothèque pour la maison.

Ça y est. La super méga tuile vient de me dégringoler dessus. Non, non et non ! Renoncer à la maison de nos rêves ? Je ne peux pas faire ça ! C'est presque la seule chose qui me gardait la tête hors de l'eau, en ce moment. C'était devenu ma consolation. Mon espoir d'une vie meilleure, la preuve que je n'étais pas une fille désespérée, cantonnée à vivre pour toujours dans un taudis qui tombe en ruine. Tout, mais pas ça !

— Mais… notre prêt a été préapprouvé à la banque. Ça ne compte pas ?

— La banque nous prêterait quand même, mais ça ne change pas notre capacité réelle de payer. On serait rapidement pris à la gorge.

Je prends le budget que Samuel tient entre ses mains. J'ai l'impression de tenir l'acte annonçant une condamnation à mort. J'examine, je révise tous les chiffres inscrits, les dépenses, les revenus, tout. Mais je constate rapidement qu'il a raison. Aucun doute possible. Nous étions déjà serrés dans nos finances – cette maison était le luxe que nous avions décidé de nous accorder, malgré tout. Mais là, en moins de six mois, nous serions dans le rouge. Pas moyen de payer une hypothèque aussi élevée avec les milliers de dollars qui viennent d'alourdir nos dépenses. Il faudrait vendre en moins d'un an, pour éviter la faillite.

J'ai les larmes aux yeux. Ça ne se peut pas. Pourquoi ça nous arrive à nous ? Les emmerdes vont-elles avoir une fin ? Je nous vois annoncer au vendeur qu'on ne peut plus acheter sa maison. La tête qu'il va faire ! Il va nous détester à mort, c'est sûr ! Mon beau rêve qui s'écroule...

Adieu, jardin bucolique, grand foyer en pierre, galerie enchanteresse où viennent chanter les oiseaux. Adieu, grand salon illuminé par la lumière du soleil, cuisine moderne et baignoire à remous.

Et en plus, nous sommes obligés de quitter le logement dans très peu de temps. Qu'allons-nous faire ? Je nous vois déjà à la rue, ou alors, dans le sous-sol de mes parents, avec les enfants...

— Qu'est-ce qu'on va faire ? demandé-je, la mort dans l'âme. Où va-t-on habiter ?

— On peut chercher des maisons moins grandes ou des appartements. Gardons l'esprit ouvert pour trouver quelque chose rapidement. Quand la situation se sera replacée avec Aryane, on pourra dénicher la maison de nos rêves.

Je soupire. Allez, Amélie ! Quand on atteint le fond du baril, on ne peut que remonter !

* * *

Finalement, grâce à mes parents, nous avons pu faire des recherches intensives. Nous avons dégoté à la dernière minute une autre maison, dans le même coin. Elle se trouve à trois pâtés de maisons de notre demeure de rêve. Au moins, nous serons dans le même joli quartier. Petite consolation.

Par contre, la nouvelle maison a beaucoup moins de charme. Elle a été bâtie à la même époque, mais celle-ci n'a subi aucune rénovation depuis sa construction. Elle est un peu déglinguée et a un *look* un peu « ancestral ». La moitié des pièces ont du tapis à motifs psychédéliques, le plafond du sous-sol est en stucco, la salle de bain est tellement petite que lorsqu'on va aux toilettes, on a le front presque collé à la tuile jaune caca. La cour arrière est envahie de mauvaises herbes, dont certaines sont probablement sur le point de devenir des arbres centenaires.

Mais cette maison est disponible immédiatement et se trouve dans notre quartier favori. Au pire, on pourra la retaper avec les années ou la revendre, quand nous aurons les moyens d'acheter plus gros. On va quitter un logement qui tombe en ruine pour aller habiter dans une maison qui tombe en ruine. Super…

En attendant, Samuel est obligé de faire plus d'heures de travail pour payer les dépenses liées au déménagement – ainsi que les honoraires de son avocat déjà élevés, alors que la poursuite ne fait que commencer – et n'est presque plus à la maison, le soir. Maintenant qu'il est moins présent, il s'occupe moins de petits détails, tels que l'épicerie. Et vu que je suis toujours aussi nulle en cuisine, je ne sais pas quoi faire pour souper : entre un concombre noirci, des fraises couvertes de mousse, du poulet vert ou des tomates liquéfiées, rien n'est très appétissant.

Par chance, je suis moins perdue qu'avant pour m'occuper des jumeaux, même si j'ai encore 12 000 questions sans réponses. C'est dur, s'occuper de petits êtres humains. On a toujours peur de faire des conneries et de gâcher les enfants pour la vie. En tout cas, je suis en train de devenir une *superwoman* par obligation, car je n'ai plus le choix d'atteindre des records de productivité.

En ce moment, aller aux toilettes prend des allures de *sprint* olympique et la douche est devenue une destination exotique. Je comprends maintenant l'allure de Laurie, digne d'un film postapocalyptique. De mon côté, je me promène le soutien-gorge à l'air la plupart du temps, parce que j'oublie de refermer mon chandail une fois sur deux après avoir allaité. Et le port des cernes est rendu permanent – pas besoin de permis pour ça.

En revanche, je me suis découvert de nouveaux talents. Je me suis aperçue non seulement que j'étais devenue ambidextre – je peux taper sur un clavier d'ordinateur d'une main pendant que j'allaite –, mais aussi qu'un pied, ça peut servir de troisième bras.

Mais en ce moment, je ne vois même plus le plancher ni le comptoir de cuisine, tellement il y a du stock dessus. Je ne parviens simplement pas à tout ramasser. Par chance, Samuel a compris qu'il avait intérêt à ne pas faire de remarques à ce sujet, sous peine de se retrouver sur le trottoir avec une pancarte « *Chum* à donner ». Et j'ai oublié c'était quoi, un souper chaud. Tout ce que j'ai le temps de manger, c'est un rouleau de *baloney* et une poignée de bonbons d'Halloween.

Consolons-nous : ça pourrait sûrement être pire, même si je ne sais pas comment.

* * *

Mi-août. Grrr !... J'ai dit que ça aurait pu être pire, et ça l'est devenu. Mais il semblerait que je manque d'imagination pour ce qui est d'inventer des scénarios catastrophe. Moi qui croyais pourtant avoir un talent naturel dans ce domaine.

Maintenant, voilà qu'Aryane, par l'intermédiaire de son avocat, propose que Samuel acquitte directement certaines dépenses, comme les versements hypothécaires de son condo, et compense près de la moitié de sa perte de salaire, en plus de lui verser une pension. Encore une combine pour venir nous soutirer le plus d'argent possible ! Et encore des rencontres avec Me Saint-Pierre, notre avocat, pour discuter de stratégies, monter une argumentation, fournir des papiers, etc. Y en a marre !

Le pire, c'est qu'en ajoutant les frais d'avocat, c'est sûrement plus de la moitié – voire les trois quarts – de la paye de Samuel qui part en fumée !

Relaxe, Amélie. Pense au karma. Je suis sûre qu'Aryane est à -88 et qu'elle va se réincarner en conserve de jus de tomate. Non... Du jus de tomate, c'est encore trop bon pour elle. Disons plutôt en boîte de sardines ou en pâtée pour chats ?

La proposition d'Aryane sera portée devant le juge. Mais on ne passera pas en cour avant quelques mois. Bon sang que c'est long ! Et en attendant, Cruella ne fait qu'accumuler les arguments pour nous saigner à blanc. Super…

* * *

Fin août. Le déménagement vers la nouvelle – ou plutôt vieille – maison arrive enfin. Nous ne devons pas trop traîner pour laisser la place aux nouveaux locataires. Une chance, tout est prêt, l'organisation a été menée d'une main de fer.

J'ai réussi – entre deux tétées – à dénicher des déménageurs pas chers. Une chance, parce qu'on commence à être de plus en plus serrés dans nos finances. Nos amis vont aussi venir nous aider. C'est qu'avec tout le matériel de bébé qui s'est ajouté dans les derniers mois, les meubles et tout le tralala, il y a beaucoup de choses. Rien d'étonnant dans le fait qu'on était tassés comme des sardines et qu'on se marchait sur les pieds, surtout qu'on avait des placards et des garde-robes dignes d'une maison de schtroumpf.

Nos amis sont là : Antoine, Gabrielle et le fameux Charles – l'ami grano de Samuel –, descendu exprès de Gaspésie.

Enfin, les déménageurs arrivent avec leur camion. J'ai un choc en apercevant leur véhicule. Ce dernier est clairement trop petit pour tout déménager en un seul voyage. Merde, alors ! Je commence à comprendre pourquoi faire affaire avec eux semblait si économique. Mais là, ça change tout. Avec les voyages qui vont se multiplier, le nombre d'heures et le kilométrage vont grimper en flèche ! Et la facture aussi !

Trop tard pour les décommander sans risquer de faire crever nos pneus ou de recevoir des rats morts en guise de représailles. Il faudra faire avec et se serrer encore la ceinture, pour les payer. Aïe, aïe, aïe !

* * *

Après plusieurs voyages et avoir fait un détour pour aller chez ma tante Alicia – qui tenait absolument à nous donner un jouet pour les enfants, c'est-à-dire un tricycle quasi antique, rouge à cause de la rouille et dont le guidon tient à l'aide d'un bout de *Duct tape* –, avoir été pris dans le trafic pendant deux heures, nous avons terminé de tout apporter dans notre nouvelle maison. Ouf! Il ne reste plus qu'à tout dépaqueter et à s'installer. Mais enfin... l'épreuve est finie et on peut célébrer avec de la pizza. Voyons ça comme un nouveau départ.

11

L'amour, c'est complexe...
(Décembre)

Quand on est aimé, on ne doute de rien.
Quand on aime, on doute de tout.

Colette

Début décembre. Mon congé de maternité se passe un peu mieux. Maxime et Daphnée, maintenant âgés de cinq mois, ont dépassé depuis longtemps le stade larvaire. Ils sont loin de courir partout – une chance –, mais ils s'amusent bien sur leurs tapis d'éveil ou dans leurs soucoupes, avec leurs hochets et leurs toutous, prennent des objets – y compris leurs doigts et leurs pieds – qu'ils envoient dans leur nez ou sur leur front en tentant de les mettre dans leur bouche, et sont de plus en plus réceptifs à leur environnement. De plus, le nombre de boires a diminué et je ne dois plus me lever qu'une seule fois par nuit pour les nourrir. Un vrai luxe !

J'ai dû me résigner à placer Maxime et Daphnée dans des lits différents, car ils gigotent tellement qu'ils finissent les jambes emmêlées ou alors Daphnée passe son temps à donner des coups dans la figure de son frère. Mon cœur de maman a saigné, mais mes deux bébés ont passé au travers comme des grands.

De plus, ma mère profite de sa super retraite pour venir, une fois par semaine, me donner un coup de main. J'adore ma mère, elle est géniale. Elle me permet non seulement de surnager, mais aussi de respirer. Je ne sais pas ce que je ferais sans elle ! Je me sens moins démunie qu'avant, même s'il y a encore nombre de questions qui se bousculent dans ma tête. Bientôt, ce sera le temps des céréales et des purées. J'appréhende et j'ai hâte à la fois. Une autre étape, un autre univers.

Aujourd'hui, j'entre avec Gabrielle dans le centre sportif auquel nous nous sommes inscrites il y a quelques jours à peine. Après m'avoir harcelée pendant des semaines pour que j'aille m'entraîner avec elle – et me faire perdre les quelques bourrelets qu'il me reste –, Gabrielle a fini par me convaincre de l'accompagner et de me remettre en forme.

J'ai négocié avec Samuel pour avoir une soirée pour moi, histoire de ne pas déprimer, par manque de stimulation intellectuelle et d'avoir le cerveau comme celui d'une anémone. Gabrielle voulait tellement que je l'accompagne qu'elle a décidé de me payer le gym, vu que je n'ai même pas les moyens. Un peu humiliant, mais pour le bien que ça va me faire, ça vaut la peine.

Même si c'est déjà une très belle femme – surtout selon mes critères de beauté, qui sont devenus très indulgents –, elle a décidé de se prendre en main et de se débarrasser de son « gras de matante » – vous savez, celui qui gambade gaiement à droite et à gauche lorsqu'on salue de la main. Son plan : couper la cigarette, les sucreries et faire de l'exercice.

— Et je suis fatiguée de devoir me cacher pour fumer, déplore-t-elle. C'est devenu honteux d'être fumeur. Les gens nous fusillent du regard comme si on avait la lèpre. Je ne suis quand même pas une meurtrière en série. Je déteste me faire juger comme ça…

Il y a un mois, Antoine et elle ont fait un pacte et ont décidé de cesser de fumer ensemble. Et maintenant, elle a réussi à me convaincre de faire de l'exercice avec elle dans un gym près du centre-ville. Son lavage de cerveau a eu l'effet escompté : je vais moi aussi « me prendre en main ».

En fait, ce n'est pas la seule chose qui m'ait convaincue… Je devrais raconter ce qui s'est réellement passé. C'est mon balcon qui m'a persuadée que j'avais sérieusement besoin de perdre du poids. Notre stupide maison pourrie tombe toujours en ruine, mais elle n'a pas tous les torts.

Il y a un peu moins de deux mois, alors que j'avais, pour la première fois de ma vie, réussi à confectionner une citrouille d'Halloween convenable, à la mettre sur mon perron et à m'acheter des bonbons sans les manger en entier avant le 31 octobre, la tuile m'est tombée dessus. En fait, pour être plus juste, c'est moi qui suis tombée « dans » la tuile !

Alors que je m'amusais à distribuer des friandises aux enfants, une des planches du balcon a littéralement cédé sous mon poids ! Et je ne parle pas d'une simple petite craque dans le bois. Non. La latte s'est brisée dans un craquement horrible et ma jambe s'est enfoncée dans le trou jusqu'au genou, où elle s'est arrêtée parce que, de toute façon, le reste de ma jambe était trop large pour passer. Ce qui m'a empêchée de sombrer complètement dans la cavité béante sous les yeux horrifiés des pauvres petits monstres. Ouf ! sauvée par ma propre graisse !

J'avais beau tirer et pousser de toutes mes forces, impossible de sortir de là ! Humiliation totale ! J'étais bien enfoncée. Puisque Samuel était encore au travail – dans son « costume » de dentiste –, un des papas, déguisé en vampire et empêtré dans sa cape et ses fausses dents, a été obligé de m'aider à me tirer de ce mauvais pas. Il y avait une éternité que je ne m'étais sentie aussi cruche... Une chance que le ridicule ne tue pas, car je serais six pieds sous terre depuis un sacré bout de temps !

Un bref instant, j'ai eu une mauvaise pensée à l'égard de mon homme, qui aurait dû être à mes côtés pour m'aider plutôt que d'être en train de plomber une dent, le soir de l'Halloween par-dessus le marché. Pourtant, Dieu sait que c'est APRÈS cette fête que les caries abondent...

Ça faisait un certain moment que mon embonpoint était stagnant, que les kilos avaient cessé de baisser, sur ma balance. Je ne pouvais toujours pas porter mes vêtements prématernité, mais je préférais ignorer les signes. Jusqu'à cet incident.

C'est pourquoi, à la suite de cette terrible humiliation de la scène du balcon – mettant en scène le popotin de Juliette sans son Roméo –, je me suis décidée à céder à la pression de Madame-la-Mariée et à perdre quelques kilos. Pas question de me laisser dépérir. Je n'ai pas l'intention d'arriver à 50 ans et d'avoir l'air d'une baleine. Je vais m'entraîner au moins une fois par semaine, retrouver ma taille de guêpe – comme si j'en avais déjà eu une – et être plus en forme.

Après avoir été enfermée dans la maison pendant tout l'automne, c'est le moment parfait pour sortir un peu et reprendre de bonnes habitudes.

Je me vois mal essayer de retrouver un poids santé dans 20 ans, après trois grossesses, deux crises d'angine et un *burnout*.

Attention, tapis roulant, bicyclette stationnaire et elliptique, j'arrive !

Bon, par où je commence ? Musculaire ou cardio ? Difficile de se décider, il y a pas mal de choix et je ne sais trop quelle partie de mon corps est à traiter en priorité. Elles en ont toutes besoin ! Fesses, cuisses, ventre ? Je suis une parfaite incompétente en la matière.

J'hésite. Ces machines, toutes de métal et de plastique, avec leurs leviers et leurs pédales, ressemblent à de véritables monstres dignes des *Transformers*. Gabrielle, de son côté, s'est déjà attelée à un tapis roulant et est en train de suivre son rythme cardiaque sur sa montre-bracelet. C'est presque surréel de la voir vêtue d'une combinaison de sport – depuis la sortie de l'université, je ne l'ai jamais vue autrement qu'en tailleur ou en robe chic – et en sueur, par-dessus le marché.

Je pourrais me joindre à elle, mais je préférerais quelque chose d'un peu plus « exotique ». C'est sans doute la première fois qu'on associe le mot « exotique » à « machine d'entraînement ».

Bon, allez, faisons un petit tour rapide des lieux. Tout le monde, ici, a l'air de savoir quoi faire et où être. Il n'y a personne qui poireaute ou qui semble hésiter. En plus, je suis entourée d'hommes et de femmes musclés, minces, huilés et bronzés comme des pogos. Avec mon teint verdâtre et mon absence de muscles – à l'exception de mes bras, qui commencent à ressembler à ceux d'une culturiste –, j'ai l'air d'un céleri. Rien pour remonter mon estime de soi. Tant pis, je jetterai mon dévolu sur n'importe quel appareil. « L'important, c'est de bouger », me lance joyeusement la Josée Lavigueur qui sommeille en moi. En voilà au moins une de motivée…

Tiens, il y a aussi des salles d'entraînement. On dirait qu'on y donne des cours d'aérobie… Peut-être y a-t-il des cours de sumo pour les grassouillettes comme moi ? Je m'approche de la porte et me hisse sur la pointe des pieds afin de jeter un petit coup d'œil par la fenêtre… juste avant de la recevoir en plein front !

Je me retrouve allongée sur le dos, avec le crâne qui résonne comme une cloche, le front et la nuque qui me font mal comme si on m'avait assommée d'un coup de marteau, et la tête qui tourne à me donner la nausée.

Tout est flou autour de moi, mes oreilles bourdonnent et je me sens comme dans un trou noir. Je vois des formes embrouillées, des points multicolores clignoter partout et il me semble que j'entends des voix, mais tout cela est tellement lointain. Est-ce des chandelles, des étoiles ou des petits oiseaux des Looney Tunes qui dansent devant mes yeux ?

— ... pourriez pas faire attention ?... Regardez où vous allez, merde ! Amélie ? Est-ce que tu m'entends ? Réponds-moi...

Hum ! Il me semble entendre la voix harmonieuse et doucereuse de Gabrielle qui engueule quelqu'un. J'essaie de regarder autour de moi. Les traits se précisent et les points multicolores s'estompent. Je commence à voir un peu plus clair. Qu'est-ce que j'ai à toujours me blesser comme ça ? C'est vraiment une manie !

Il y a deux ans, je me suis tordu une cheville en glissant sur une flaque de café, devant tous les employés de l'édifice de *Féminine.com,* et j'ai fait une chute dans l'escalier de la cave. Dernièrement, j'ai presque traversé mon balcon et voilà maintenant que je viens de recevoir une porte en plein front ! Et ça, en seulement deux semaines... Les statistiques ne vont pas en s'améliorant.

Je commence à croire que c'est d'une visite chez le psychologue dont j'aurais besoin. Il doit y avoir quelque bibitte malfaisante dans mon cerveau qui grignote l'hémisphère responsable de ma motricité. Il faudra que je trouve l'explication un jour si je ne veux pas me tuer de manière stupide, en m'étouffant avec du Jell-O, par exemple.

Je vois enfin le visage de Gabrielle, penché au-dessus de moi, rongé d'angoisse. Je devine des silhouettes inconnues derrière ma copine. Mon Dieu ! Tout le monde dans le gym doit m'avoir vu tomber sur le dos ! Quelle horreur ! Pour une première journée, c'est réussi... J'ai envie de pleurer à la fois de douleur et de désespoir et je sens une boule prendre de l'ampleur dans ma gorge.

Au moment où je m'apprête à éclater en sanglots et à laisser libre cours à ma peine, j'aperçois un homme, juste à côté de Gabrielle, qui ressemble à s'y méprendre à l'acteur Peter Miller, le beau brummel du film *Mambo Italiano* et de *Lance et compte*, qui m'observe. Pendant un instant, je suis convaincue d'être en train d'halluciner. Peut-être que le coup sur ma tête a été plus fort que je ne l'avais soupçonné ?

Je ravale mes larmes, juste à temps. Je dois déjà avoir l'air d'une parfaite empotée ; je n'ai pas envie de passer pour une braillarde, en plus. En temps normal, je me lèverais d'un coup sec, rirais très fort pour faire distraction et partirais aussi vite que mes pieds me le permettent. Mais là, je ne me sens pas bien et si je me lève trop vite, je risque de peinturer les chaussures du beau gosse avec mon souper.

« Mambo Italiano » met sa main au-dessus de mon visage et fait le signe de la paix avec son index et son majeur.

— Vous voyez combien de doigts ? m'interroge-t-il.

Je me racle la gorge pour éviter d'avoir la voix chevrotante.

— Deux.

— Tant mieux, lâche-t-il, soulagé. Ça devrait aller, alors.

C'est prouvé : quand vous avez frôlé la commotion cérébrale, mais que vous êtes en mesure de compter des doigts au-dessus de votre visage, vous êtes hors de danger. « Mambo Italiano » est-il médecin maintenant ?

— Oui, tant mieux pour vous, rétorque sèchement ma copine. Vous devriez faire attention la prochaine fois !

Seigneur ! Bien que j'apprécie que mon amie veuille me défendre, je ne voudrais pas qu'elle s'en prenne trop violemment au beau gars qui est toujours penché au-dessus de moi. Il a les cheveux bruns, raides, coupés court, des yeux noirs ténébreux et des traits totalement virils, avec de grands sourcils et un nez aquilin. Et un parfum qui me rappelle l'eau de toilette de Samuel.

Hum ! Je suis encore capable de remarquer les beaux gars. C'est bon signe, mon cerveau n'est peut-être pas si affecté que ça, en fin de compte. Et puis, ce qui vient d'arriver n'est pas entièrement sa faute. Je n'avais qu'à ne pas faire de voyeurisme.

La leçon du mois à retenir : me tenir loin des portes, on ne sait jamais.

— J'aimerais bien me relever...

Assistée du sosie de Peter Miller, Gabrielle m'aide à me redresser tranquillement. Je commence par m'asseoir sur le sol. Oh là là ! Je m'aperçois alors que toute la population du gym doit être rassemblée autour de moi et m'observe. Pas de doute, tous vont se souvenir de ma pauvre personne.

Je réussis à me mettre debout. Aucun signe de vertige, de petits points colorés ou de perte de conscience. Tout baigne, mis à part cette douleur lancinante au crâne.

— Suivez-moi dans mon bureau, on va vous faire examiner, me dit une entraîneuse au physique et au sexe quelque peu ambivalents. Ça tombe bien qu'on ait des médecins sportifs sur place, pas vrai ?

Wow ! c'est une si bonne nouvelle !... Gabrielle et moi suivons la dame en question pendant que les curieux retournent à leur cours ou à leur machine. Nous sommes rattrapées par l'Adonis qui m'a jetée par terre.

— Écoutez, je suis vraiment désolé de ce qui vous est arrivé et je tiens sincèrement à m'excuser. Si vous avez besoin de quoi que ce soit, si je peux vous aider, n'hésitez pas à me contacter, d'accord ? Je m'appelle Cédric Landry, ajoute-t-il en me donnant une carte professionnelle, attrapée au vol par Gabrielle.

— Si vous êtes toujours aussi maladroit, vous pouvez laisser tomber, répond-elle assez sèchement.

— Gabrielle, arrête, il ne l'a pas fait exprès.

Après tout, je ne voudrais pas qu'elle le fasse fuir, il n'a pas l'air bien méchant. Il semble même plutôt sympathique. Je me tourne vers Cédric.

— Moi, c'est Amélie Tremblay.

— Bon, eh bien... bonne soirée malgré tout, dit Cédric en s'éloignant pour rejoindre sa bande d'amis.

— Eh ben, dis donc ! s'exclame soudain ma copine après le départ de ce dernier.

— Quoi ? Qu'est-ce qu'il y a encore ?

Gabrielle me colle la carte de Cédric à deux centimètres du nez, la bouche grande ouverte.

— Le gars... Cédric chose... il est avocat.

Je regarde la fameuse carte. En effet, il est écrit : *Me Cédric Landry, Avocat. Droit des affaires.* Je crois que Madame-la-Mariée ne s'y attendait pas, à celle-là ! Elle semble tout à coup l'observer avec un œil bien plus intéressé et indulgent. Gabrielle a beau être casée, on jurerait qu'elle reprendrait la chasse n'importe quand. Tsss !

Quant à moi, je songe que je le prendrais bien comme avocat pour me défendre contre Aryane, qui continue de nous saigner à blanc avec sa fichue pension, toujours en vigueur.

* * *

Deuxième semaine de décembre. Nos finances sont toujours très basses, à cause d'Aryane. Je suis découragée et écœurée de cette situation. Combien de temps cela peut-il encore durer ? Que c'est long, des procédures judiciaires !

En ce moment, j'essaie tant bien que mal de faire des emplettes pour Noël et d'acheter des vêtements « postaccouchement » pour moi et quelques trucs pour les enfants. Mes moyens sont si ridicules – merci Cruella – que je suis obligée de magasiner dans un sous-sol d'église où je peux me procurer des vêtements usagés à deux dollars et protéger notre minicoussin financier qui n'en finit plus de fondre. Remarquez bien, je n'ai rien contre les trucs de seconde main, on déniche parfois des machins pas mal. Mais certains vêtements semblent littéralement dater de la guerre froide.

J'ai encore un peu d'orgueil, tout de même – Dieu merci, il n'a pas été totalement pulvérisé par la maternité –, et j'aimerais porter des choses avec lesquelles je n'aurais pas l'air de sortir d'un film d'époque.

— Oh ! Comme ils sont mignons, ces tout-petits ! s'exclame une voix derrière moi.

Je me raidis. Je ne suis pas une inadaptée sociale, mais depuis que j'ai des jumeaux, chaque fois que je sors avec mes amours, je me fais aborder 18 fois pour subir un interrogatoire en règle et de nature parfois douteuse. Par exemple : « Est-ce qu'ils sont identiques ? » Depuis quand un garçon et une fille sont-ils identiques ? « Est-ce qu'ils sont nés la même date ? » Non, à trois semaines d'intervalles, je n'étais pas pressée. « Est-ce qu'ils ont le même père ? » Sans commentaires...

Bref, un trajet qui devrait me prendre une heure en prend trois et je suis sur le point de traîner une pancarte avec les réponses que je donne le plus fréquemment et peut-être de cacher Maxime et Daphnée dans des scaphandres pour avoir la paix. Bien que ça attirerait autant l'attention. Je suis donc devenue un peu allergique aux humains en général.

Je me retourne pour tomber nez à nez avec une femme au *look* sublime : manteau Yves Saint-Laurent, jeans Gucci, chemisier Dior, ceinture Dolce & Gabbana, sac à main Louis Vuitton. Sans parler de sa coiffure impeccable – cheveux brun cuivré parfaitement lissés – et de sa fragrance – du Chanel N° 5. Wow ! Elle ne doit pas s'habiller ici, celle-là. À moins qu'il n'y ait un club VIP des bazars, dont j'aimerais bien faire partie.

— Merci ! Je les ai fabriqués moi-même, réponds-je.

Mon éternelle blague, qui a toujours autant de succès, d'ailleurs, auprès des dames.

— Beau travail. Je m'appelle madame Rochefort, dit-elle en me tendant la main.

— Enchantée. Moi, c'est Amélie Tremblay.

— Vous venez souvent ici ?

Je ne sais pas pourquoi, mais je n'ai pas trop envie de lui avouer que je fais une bonne partie de mes achats ici en ce moment. Fierté mal placée, sans doute.

— Heu !... non, pas vraiment. Juste de temps en temps. Et vous ?

— Je fais du bénévolat régulièrement ici.

Ça explique tout. J'aurais envie de lui demander si elle fait des dons en vêtements aussi pour sauter dessus. Mais de toute manière, je vois bien qu'elle est beaucoup plus svelte que moi et que les chances que j'entre dans ses vêtements sont aussi minces que la taille de Victoria Beckham.

— Dites-moi, quelques copines et moi faisons de petites rencontres matinales de jeunes mères chez moi, pour échanger, sortir de notre isolement, donner du soutien aux autres. Ça vous dirait de vous joindre à nous ?

Wo ! Je tombe en bas de ma chaise. Je ne m'attendais pas à tant de spontanéité. Dire que j'étais prête à la classer dans la catégorie des mères riches qui font élever leurs enfants par des nounous et regardent de haut les autres mères qui se rabaissent à tout faire elles-mêmes.

Surtout que ça va me faire du bien. Actuellement, mon moment le plus palpitant de la semaine est lorsque je me jette sur la circulaire Toys R Us quand arrive le Publisac. Me rendre ensuite au dit Toys R Us est le point culminant de la semaine. De plus, une bonne partie de mes sujets de conversation tourne autour du contenu des couches de mes bébés. Changer d'air me fera du bien.

— Oui, bonne idée. J'en serais honorée.

Madame Rochefort me donne ses coordonnées. Je la verrai la semaine prochaine. Voilà la preuve qu'il faut rester positif dans la vie. On ne sait jamais ce qu'elle nous apportera.

* * *

Mi-décembre. Je me rends chez madame Rochefort, qui habite à quelques pâtés de maisons de chez moi, avec Maxime et Daphnée bien emmitouflés dans leurs coquilles. Ils sont rendus de vrais anges, maintenant. Il suffit d'accrocher des jouets qui font « cling-cling ! » après la poignée de leur siège d'auto, et ils en ont pour une heure à s'amuser.

Lorsque j'arrive devant la demeure, j'ai un choc. Je me doutais que madame Rochefort était fortunée, mais pas à ce point-là. La maison est un véritable manoir, fait de grosses pierres grises. Garage triple, Mercedes-Benz de luxe dans l'entrée en pavé uni, fenestration gigantesque, terrain énorme, fontaine avec sculpture de bronze, balcon de fer forgé. Cette maison vaut certainement près de deux millions de dollars !

Je déglutis avec peine. Je ne suis plus certaine de vouloir y aller, finalement. Je me sens si complexée, tout à coup. Au moment où je m'apprête à tourner les talons, la porte d'entrée s'ouvre.

— Amélie ! s'exclame madame Rochefort. Ne restez pas dehors, venez !

J'entre à reculons. À peine ai-je pénétré dans le hall que je ne me sens pas à ma place. De grandes portes vitrées, un plancher de marbre et de granit, un vaste escalier en fer forgé et des moulures en bois brésilien m'accueillent. Le vestibule est plus grand que mon salon. Je me sens si minuscule. Est-ce qu'il y a une fontaine avec des cygnes pas loin ?

Dans l'entrée, madame Rochefort charge une domestique noire – que je plains déjà – de me débarrasser de mon manteau. Une bonne chose, car avec ce truc rouge et jaune fluo acheté au bazar et datant des années 1980, j'ai l'air d'une bouée de sauvetage. C'est alors que madame Rochefort remarque la présence de la poussette – et incidemment, des jumeaux qui se trouvent dedans.

— Vous avez emmené vos enfants ? demande-t-elle, surprise.

— Heu !... oui. Je... je croyais que l'on devait emmener nos enfants aux rencontres.

— Nous les faisons garder, cela nous permet d'avoir du temps pour nous, dit-elle, un peu mal à l'aise. Vous ne les faites jamais garder ?

Je n'ose lui dire que je n'en ai pas les moyens. Je suis de plus en plus mal et visiblement, elle aussi. Je le savais que j'aurais dû me décommander.

— Bon... ce n'est pas grave. On s'arrangera. Suivez-moi.

Madame Rochefort me conduit dans le boudoir. Je la suis péniblement avec ma poussette-char d'assaut. Deux autres femmes, à l'allure semblable à celle de madame Rochefort, s'y trouvent. Dès que j'entre dans la pièce, elles s'arrêtent net de parler. Elles jettent un œil aux bébés, l'air de se demander ce qu'ils font là.

J'ai soudain très honte de mes vêtements, même si j'ai essayé de retrouver ceux qui étaient les moins moches – et dans lesquels je pouvais entrer. Un col roulé usé, trop serré qui remonte et exhibe mon nombril encore tout étiré et un jeans troué. Finalement, je crois que j'aurais dû garder mon manteau bouée de sauvetage, j'aurais au moins pu le refermer sur mes fringues mal foutues.

Je m'aperçois tout de suite que je ne vis pas dans le même monde que ces femmes et que je n'ai pas du tout le même train de vie. Ces « jeunes mamans » sont des femmes très aisées, vivant sûrement, elles aussi, dans des manoirs somptueux, vêtues de vêtements luxueux, qui se promènent en Porsche, passent leur vie entre le coiffeur, le spa et la bibliothèque où elles font leur bénévolat, font garder leurs bébés par des nounous à domicile, les habillent de pyjamas griffés et ignorent l'emplacement de leur propre laveuse – tout comme le mode d'emploi.

L'une d'elles – une blonde cendrée qui a certainement eu une injection de Botox récemment – éclate soudain de rire en regardant Maxime et Daphnée.

— Ha, ha, ha ! Je n'avais rien vu d'aussi sale depuis que notre caniche royal s'est roulé dans la boue au printemps dernier. C'est tout drôle !

Quoi ? Grrr ! Non mais, pour qui elle se prend, celle-là ? D'accord, ils ont un peu de lait sur le visage, mais de là à les comparer à un cabot plein de boue, il y a une marge. Celle-là, je ne sais pas comment elle s'appelle, mais je lui ai déjà trouvé son surnom : Super pouffiasse.

* * *

Ouf ! Après une heure, je me sens définitivement de trop et je commence à sérieusement avoir hâte de partir, mais je ne veux pas froisser madame Rochefort et ses deux comparses. Déjà que j'ai l'impression d'être un animal exotique à leurs yeux, je ne voudrais pas en rajouter. On ne vit clairement pas dans le même monde et on n'a pas le même rythme de vie.

— L'autre jour, raconte Super pouffiasse, ma nounou m'a demandé de prendre le samedi soir de congé. Non mais, vous imaginez ? Mes samedis soir de spa, c'est sacré ! Comment peut-elle me demander cela ? Je vous le dis, ces gens-là ne respectent rien et on ne peut pas se fier à nos gardiennes. Surtout quand elles viennent de l'étranger. Il faut leur tenir la bride serrée.

Je déglutis et me retiens à deux mains à ma tasse de thé – probablement en porcelaine de Chine et tournée à la main pendant trois jours, en haut d'une montagne du Hunan, par des enfants attachés de force à des fours à céramique – pour ne pas faire éclater ma colère et lui dire à quel point elle me répugne. On jurerait une esclavagiste du sud des États-Unis. Et son racisme si flagrant est dégoûtant.

C'est alors que l'autre – une supposée vraie fausse rousse – se tourne vers moi, avec un sourire mi-candide, mi-grimace – probablement à cause du Botox.

— N'est-ce pas que c'est parfois une plaie, ces *nannies* ? me dit-elle (elle ajoute des mots anglais partout, ça fait plus chic). Avez-vous des ennuis avec votre gardienne ou est-elle fiable ?

Ma fureur fait place à l'embarras. Je n'ose avouer que je n'en ai pas. Est-ce qu'on peut dire, en quelque sorte, que ma mère fait office de nounou ? Après tout, elle profite de sa retraite pour venir garder les enfants au moins deux fois par mois. Ce n'est pas tout à fait un mensonge, non ?

— Heu !... non, non. Ma gardienne est très fiable.

— Eh bien, assurez-vous qu'elle n'aille pas travailler ailleurs. C'est si rare, une bonne nounou, de nos jours.

En tout cas, après 60 minutes de conversation, je peux déjà faire le portrait de ces dames. Prenez un soupçon de mépris, une pincée d'arrogance, une demi-tasse d'hypocrisie et mixez avec une tonne de snobisme, et vous aurez la recette parfaite de Super pouffiasse.

L'autre, je l'ai surnommée la Reine du gâteau. Elle passe son évidente frustration sexuelle – causée par un mari PDG encore plus absent que Samuel – dans la confection de pâtisseries haut de gamme qui feraient rougir Martha Stewart de honte. L'album de photos de pièces tout aussi complexes qu'artistiques qu'elle traîne en permanence en témoigne. C'est un peu triste de voir que toute son identité et sa fierté tiennent à des gâteaux, quand même.

Rapidement, j'ai senti la pression des autres mères parce que Maxime et Daphnée ne parlent pas et ne marchent pas – même s'ils ne sont âgés que de cinq mois et sont des prématurés –, ne suivent pas de programme éducatif et qu'en plus, je ne leur fais pas la lecture de classiques français, tels que Racine et Corneille. In-con-ce-va-ble !

J'ai finalement prétexté la nécessité de changer les couches de Maxime et Daphnée pour me sauver et me retrouver seule avec Jing, une autre domestique – une sorte d'esclave thaïlandaise parlant à peine français – dans la salle de jeu avec les autres enfants, où j'ai joué avec des installations de bébé qui valent plus cher que ma propre maison.

Ouf !... Pas sûr que je reviendrai.

* * *

Troisième semaine de décembre. Depuis un mois, Samuel travaille encore plus qu'auparavant – je ne croyais même pas que c'était possible. Quand il n'est pas au cabinet, il rencontre notre avocat à son bureau. Si j'étais paranoïaque – comme une certaine personne qu'on ne nommera pas –, je trouverais ça louche. Mais étant donné notre situation, je sais fort bien qu'il ne passe pas ses soirées dans un motel sur le bord de l'autoroute avec des danseuses exotiques.

— Je m'ennuie de toi et des enfants, se plaint-il.

Moi aussi, je m'ennuie. Et lorsque Samuel est là, le pauvre est tellement épuisé qu'il ne fait que dormir sur le sofa, la bouche grande ouverte, prêt à engouffrer toutes les mouches de l'univers – enfin, si c'était l'été et que les mouches étaient sorties. Toute cette histoire avec Cruella va-t-elle l'achever ?

Sans vouloir jouer les pessimistes, je me demande parfois quelle est la différence entre ma relation de couple et le célibat. À part les enfants qui sont entrés dans ma vie, bien sûr. Peut-être que je devrais mettre une annonce dans le journal pour retrouver l'homme que j'ai connu au tout début ?

> *Homme porté disparu activement recherché par sa blonde. Possiblement inondé de travail, peut-être enterré sous une tonne de caries, ou fusionné sur une chaise avec une fraise collée dans la main. L'individu en question répond au nom de Samuel Gagnon. Il mesure près de 1,80 mètre, a les cheveux frisés couleur châtain et des yeux gris turquoise. Il doit être considéré comme dangereusement* sexy *et doit être appréhendé avec beaucoup de prudence.*

* * *

Fin décembre. Nous avons survécu à la folie des fêtes. Diane, la mère de Samuel, ne se libère qu'un jour par année de son travail – c'est-à-dire le 25 décembre, entre 18 et 24 heures – et exige qu'on soit tous présents. Elle n'a jamais manifesté d'intérêt pour ses petits-enfants et, tout à coup, il faut tout arrêter pour elle. Un peu plus, c'était la chicane entre les familles pour profiter des enfants. J'ignorais que lorsqu'on devenait parent, notre existence et notre agenda ne nous appartenaient plus, mais devenaient la propriété du clan élargi. Et que le non-respect des horaires imposés risquait de provoquer une guerre mondiale.

— Je sais que maman a l'air intraitable, comme ça, dit Samuel, mais il ne faut pas trop lui en vouloir. Ma mère a été femme au foyer pendant 15 ans et a mis sa carrière de côté, pour ma sœur et moi. Ça n'a peut-être pas été le meilleur choix pour elle, car je pense qu'elle n'avait pas l'âme d'une mère à la maison, même si elle nous adulait. Tu sais, elle n'a recommencé à travailler qu'à 40 ans et c'est là qu'elle a créé sa petite entreprise. Depuis, c'est devenu toute sa vie et elle est vraiment impliquée à fond. Je pense qu'elle essaie de compenser pour les années qu'elle a perdues en restant à la maison. C'est pour ça qu'elle a l'air si maniaque. Cette compagnie, c'est tout pour elle, c'est sa deuxième famille, son âme, son identité.

Hum !... Bon, j'avoue que je comprends effectivement un peu mieux. Moi-même, je m'ennuie déjà après six mois passés à m'occuper de mes bébés. J'imagine que 15 ans d'une telle vie, ça n'a pas dû être rigolo tous les jours.

Diane en a donc profité pour nous abreuver de cadeaux franchement insolites : un décapeur, un bol à punch qui fait de la lumière et un grille-sandwich qui « toaste » des faces de *Sesame Street* dans des tranches de pain. Sans commentaire.

De son côté, Élodie essayait de faire faire des mises en scène à Maxime et Daphnée pendant que le père de Samuel tentait de les faire jouer aux Lego. Hem !... Bien essayé, mais ils n'ont que six mois et ils ont encore du mal à viser leur bouche quand ils tiennent une suce.

Ma mère, fidèle à son habitude, a organisé un gigantesque *party* familial qui a presque duré trois jours, pendant lequel Maxime et Daphnée ont été balancés, soupesés, examinés et bécotés à mort et au bout duquel nous étions tous épuisés.

Nous avons terminé les fêtes avec une maison de poupées de luxe, un Laptop pour enfants et un énorme centre de jeux avec balançoires, grande glissade, échelle de corde, mur d'escalade et anneaux suspendus – et qui sera sûrement pris entre la clôture et la maison. Bien… mais les enfants ne pourront pas utiliser ça avant une année ou deux. Il faudra que je songe à donner des suggestions, les prochaines fois.

En tout cas, espérons que la nouvelle année sera moins riche en rebondissements !

12

Tension, attention...

(Janvier)

Ne me dites pas que ce problème est difficile.
S'il n'était pas difficile, ce ne serait pas un problème.

Ferdinand Foch

Début janvier. Je savoure les dernières gouttes de mon cappuccino matinal quand Samuel claque la porte d'entrée. Oh, oh ! on dirait que quelque chose ne va pas. Il semble furieux, ce qui n'est pas commun. Je crois deviner la cause de cette colère.

— Qu'est-ce qui se passe ?

— Il se passe qu'Aryane me fait chier ! dit-il en me tendant un bout de papier.

Mon bonheur a duré dix minutes. C'était trop beau. Cruella n'avait pas donné signe de vie depuis plusieurs mois. Moi qui espérais qu'elle en resterait là... Ça devient périodique. Elle nous envoie des rappels réguliers, comme si elle avait peur qu'on l'oublie. On jurerait qu'elle s'assoit dans un bureau avec son avocat et que les deux passent des journées entières à comploter pour savoir comment nous emmerder.

Je prends la lettre. Encore un papier de son avocat. Si ses autres clients sont aussi fous que celle qui nous concerne, il doit être riche ce gars-là !

Je parcours la missive en diagonale. Quoi ? Mais qu'est-ce que... ? Aryane réclame de Samuel qu'il lui restitue un bijou qu'il lui aurait soi-disant offert en cadeau il y a quelques années, lors de leur mariage, et qu'il lui aurait dérobé. C'est quoi, cette histoire ? Sa pension ne lui suffit plus ?

Je continue ma lecture. On y parle d'un collier en or à pendentif ovale à saphir orné de trois minuscules diamants, acheté chez Birks.

Et, semble-t-il, ses initiales auraient été gravées derrière le pendentif. Mais… c'est le bijou que Samuel m'a offert il y a plus d'un an ! Et ce sont MES initiales qui y sont gravées ! Quel front de bœuf ! Comment sait-elle ça ?

— Mais… comment est-elle au courant du cadeau que tu m'as fait ?

Samuel, qui tourne en rond depuis qu'il est arrivé, soupire et passe sa main dans ses cheveux.

— Parce que c'est vrai. Je lui avais effectivement donné ce collier !

Quoi ? Alors… il m'a donné un bijou porté par Aryane ? Ark ! Je me sens soudain trahie et sale. C'est comme si on m'avait refilé des restes. Bon, des restes qui valent leur pesant d'or, mais quand même. Je ne sais pas ce qui me choque le plus. Le fait qu'au fond, il ne m'était pas destiné, ou le fait qu'Aryane veuille le récupérer même si Samuel et elle ne sont plus ensemble.

— Est-ce que tu l'as vraiment volé comme elle le prétend ?

Samuel vient s'asseoir à mes côtés et se tient la tête à deux mains. Il a l'air plus abattu que jamais. Le passé, dont il pensait s'être débarrassé pour toujours, est non seulement en train de le rattraper, mais de lui empoisonner la vie. Comment Aryane peut-elle être aussi hargneuse ?

— Non, je ne l'ai pas volé. Je le lui avais effectivement donné, peu après notre mariage, mais Aryane m'avait demandé de faire graver ses initiales derrière le pendentif. Je l'avais alors rapporté chez Birks. Je n'ai même pas eu le temps de retourner le chercher que, quelques mois plus tard, je demandais le divorce. Le collier est donc resté en dépôt au magasin. À notre premier Noël, j'ai eu l'idée de t'en faire cadeau. J'ai facilement pu faire modifier les initiales, car vos prénoms commencent par la même lettre : le B fut changé pour un T. Aryane ne s'était plus manifestée à ce sujet et je croyais que je n'entendrais plus jamais parler de ce collier.

Ahhh !... Voilà le fond de l'histoire. La situation est plus délicate que je le croyais. D'accord, je suis un peu moins insultée. Mais tout de même. J'aurais aimé le savoir avant.

— Techniquement, le bijou m'appartient, car la facture est à mon nom. Mais je le lui avais bel et bien offert. Et la date de la facture prouvera que c'était avant le divorce. Le juge décidera, je suppose. Je suis désolé, Amélie. Si j'avais su...

Je soupire à mon tour. Je suis déçue et en colère, mais qu'y puis-je ? Il est trop tard pour me plaindre. Je déteste être informée la dernière ! Mais je suppose que si Samuel pensait ne jamais revoir son ex...

Pour la première fois, je me rends compte que la vérité, c'est comme une mine. Quand on pile dessus, elle explose. Mais après qu'elle a éclaté, au moins, elle ne peut plus faire de mal.

— Ce n'est pas ta faute, tu ne pouvais pas savoir qu'elle reviendrait dans ta vie. Tu ne croyais pas mal faire. Alors, à quel stade Aryane est-elle rendue dans son karma, d'après toi ?

— Hum ! Je dirais... à -102, ce qui la place dans la catégorie des scarabées.

Une vraie plaie d'Égypte, cette femme ! Si le moment était mieux choisi, je m'époumonerais à crier « Merci la vie ! » d'avoir fait en sorte que Samuel n'ait pas d'enfants avec cette cinglée. La nouvelle année commence super bien...

* * *

Par chance, il y a du positif dans ma vie. Le fait de m'entraîner depuis un mois m'a mise en forme. Je ne peux pas dire que cela m'ait fait perdre beaucoup de poids – un tout petit kilo –, mais je me sens un peu mieux. Je suis moins fatiguée, j'ai plus d'énergie et mon estime de moi-même est à un niveau bien plus élevé, ce qui n'était pas très difficile à accomplir, mais passons. Cédric Landry est venu me voir dès ma deuxième visite pour s'assurer que tout allait bien et pour s'excuser à nouveau. À mon grand dam, il a été accueilli assez froidement par Gabrielle, qui semble encore lui tenir rancune – allez savoir pourquoi !

Elle est encore un peu irritable – sans doute en raison des effets secondaires causés par le sevrage de nicotine. Il faut dire qu'elle a toujours eu son petit caractère. Depuis, Cédric me salue de loin et garde une certaine distance, mais il ne se gêne pas pour m'envoyer la main ou m'adresser un petit sourire malgré le regard assassin de ma copine.

Dommage qu'elle persiste à le repousser, car Cédric est très sympa et il a l'air de connaître pas mal de monde dans le gym. C'est le genre de personne qu'il vaut mieux avoir dans son cercle d'amis. Et maintenant que le seul gars qui me regarde, c'est la face du vieux bonhomme sur la boîte de riz Uncle Ben's, un peu d'attention masculine me fait du bien. Tant pis, je me contente pour le moment de lui rendre son sourire amical et de lui envoyer la main.

* * *

Mi-janvier. Voilà cinq mois que nous avons déménagé dans notre maison ancestrale – dans le sens de décrépite. Je me sens comme dans le film *The Money Pit*, avec Tom Hanks. C'est à croire que cette fichue bicoque a été construite par des ouvriers borgnes, unijambistes, manchots, avec du macaroni entre les deux oreilles en guise de cerveau. Tout semble avoir été mal fait.

Cette antiquité s'avère vraiment un paquet de problèmes. Depuis six semaines, nous sommes constamment dans les rénovations. Quand ce n'est pas la robinetterie qui coule et inonde le plancher, ce sont les lumières qui cessent de fonctionner, le chauffage qui brise ou la porte-fenêtre qui gèle et fige sans arrêt – sans parler du balcon qui a défoncé sous mon poids et a nécessité une réparation d'urgence afin d'éviter un autre accident bête.

De plus, l'inspecteur ayant examiné la maison prévoit que d'ici quelques années, le toit va commencer à couler et que les prises électriques vont nous lâcher. On jurerait que toutes les parties de la demeure se sont donné le mot pour nous abandonner en même temps.

Si j'étais parano, je me dirais que cette bâtisse a décidé d'avoir notre peau. Et si ça continue, je vais penser à faire venir un médium ou un exorciste.

Samuel, qui vient juste de prendre un congé de paternité, passe donc le plus clair de son temps à faire des réparations.

Depuis un mois et demi, mon Samuel – autrefois si charmant, le *novocasual* par excellence, mon Dr Torride – s'est transformé en un genre de grizzly grognant qui se promène en salopette sale et déchirée, avec des copeaux de bois et de la poussière de plâtre dans les cheveux, qui « mouche » du terracotta et tente vainement de ressembler à un émule de *Ma maison Rona* chez nous – le *glamour*, le *fun* et les caméras en moins. S'il ne portait pas de salopette, je parie qu'on aurait une vue imprenable sur son imitation de craque de fesses de plombier.

Plus étrange encore, il a abandonné sa sempiternelle obsession de la propreté et paraît, à l'instar d'un orignal en rut, avoir étendu son territoire masculin dans toute la maison à l'aide d'une multitude d'objets hétéroclites, d'outils et de matériaux de construction – tout cela étant, selon moi, le signe de sa nouvelle et grande déchéance mentale. Je sens qu'une partie de lui tente : 1) soit de détourner son esprit des problèmes que Cruella nous cause ; 2) soit de se venger de la frustration que Cruella provoque, en tapant sur des clous pendant des heures ; 3) toutes ces réponses.

Qui plus est, je crois que mon homme a atteint son seuil d'incompétence. Il arrivait autrefois aisément à faire la peinture et quelques petites rénovations mineures. Mais là, ça lui demande une somme de travail colossale et je ne suis pas certaine qu'il sait ce qu'il fait. Hélas, nous n'avons pas tellement les moyens de payer un électricien ou un plombier, alors Samuel tente – avec la même facilité qu'un mécanicien automobile ferait du design d'intérieur – de tout régler lui-même. Inutile de préciser que les rénovations risquent de prendre autant de temps que la construction de la cathédrale Notre-Dame de Paris – en beaucoup moins artistique.

Je me retrouve donc aux prises avec des trous dans le plancher, et des feuilles de gypse, des tuyaux sales et pleins de vieux poils et des planches de bois qui traînent dans les couloirs. Des fils électriques pendent du plafond, un tas d'outils gisent dans le salon et il y a de la poussière et de la sciure de bois partout dans la maison.

Tout ça, en plus de devoir veiller sur mes deux gentils petits monstres, qui ont précisément choisi ce moment pour s'accrocher à tout ce qui est à portée de main pour se mettre debout et commencer à ramper et à se déplacer dans la maison. Je dois constamment empêcher Maxime de s'étouffer avec des clous et Daphnée d'avaler du plâtre ou de se noyer dans des gallons de peinture. L'évolution de mes enfants a fait un véritable bond. C'est fou ce qu'ils ont changé. Daphnée a hérité des bouclettes châtaines de son papa alors que Maxime a les cheveux raides comme les miens.

Et par-dessus le marché, je dois surveiller Bingo qui fait tomber des feuilles de gypse par terre, fonce dans les planches de bois, accroche les tuyaux de plomberie, éparpille les boulons et les écrous avec sa queue et laisse des traces de sciure partout dans la maison – y compris sur les lits et les sofas, bien sûr. Une vraie maison de fous.

Quand nous arrivons enfin au soir et que les enfants sont couchés – souvent après une crise d'une demi-heure digne d'une tragédie grecque où on jurerait qu'ils essaient de reproduire un opéra de Wagner –, Samuel et moi sommes complètement vannés. Nous nous écroulons dans le lit, à 20 heures, et pas pour une partie de jambes en l'air, vous l'aurez deviné.

Pour couronner le tout, c'est le moment que madame Rochefort a choisi pour faire une visite impromptue, en revenant de sa piqûre mensuelle de Botox. Elle ne pouvait choisir meilleur *timing*, vraiment – oui, insérer du cynisme ici aussi. Après avoir vu son manoir, je ressens une honte innommable en la voyant visiter notre *shack*. On jurerait que l'ouragan Katrina est passé par ici.

Quand madame Rochefort, à la vue de nos travaux, ne nous suggère pas de mettre un comptoir de granit dans la cuisine, elle propose de faire remonter les plafonds – beaucoup trop bas, à son avis –, d'installer un solarium en bambou, de mettre une baignoire à remous ou de poser un revêtement de sol en marbre. Au secours !

Au moins, elle n'est pas venue les mains vides : elle nous a fait don de vêtements pour bébé brodés à la main au Pérou, de jouets achetés chez des artisans locaux et de sucettes Dior. Charmant.

Congé parental, vous dites ? Je pense que jamais un mot n'aura été aussi mal choisi.

* * *

Fin janvier. Événement heureux dans mon entourage – ça fait du bien, pour une fois ! Mes parents ont organisé une gigantesque réception avec toute la famille pour célébrer leurs noces d'émeraude, c'est-à-dire leur quarantième anniversaire de mariage. Quarante hivers, printemps, étés et automnes passés ensemble. Ça en fait des tempêtes de neige, des soupers en famille, des feuilles mortes tombées, des orages électriques, des promenades à vélo, des *partys* d'Halloween, de Noël, et j'en passe. Ça en fait, des bonheurs et des chicanes ensemble.

Est-ce que je vais réussir, moi aussi, à traverser tout ce temps-là, avec Samuel ? Avec le même homme ? Ça me paraît si long ! Va-t-on parvenir à s'affranchir de toutes nos emmerdes pour atteindre ensemble, peut-être pas le ravissement total comme dans les annonces de pâte dentifrice, mais au moins un semblant de sérénité ? Avec tout ce qui nous est tombé sur la tête, il y a des jours où je me permets de douter un peu.

Comment mes parents ont-ils pu vivre ensemble, tout ce temps, sans avoir envie de se taper dessus à coups de gourdin ? J'aimerais tellement avoir la clé de leur succès. Je les envie.

Nous voilà donc dans une superbe salle de réception, à l'hôtel. Oncles, tantes, cousins, cousines, grands-parents, arrière-petits-enfants, amis de longue date, tous sont là. C'est un événement de taille. Il faut dire que les mariages qui dépassent les dix ans sont aussi rares qu'une apparition du yeti, alors ça vaut la peine de fêter ça.

Nous sommes dans une ambiance festive, dans une décoration thématique agencée, bien sûr, avec l'occasion spéciale. Ballons verts collés aux murs, guirlandes de verdure fleurie accrochées aux tables, punch à la menthe aux reflets de jade dans les bols, nappes et rubans décoratifs sur les chaises couleur d'émeraude, paillettes vert métallique un peu partout.

Pour l'occasion, j'ai réussi à me dégoter une robe acceptable au bazar de l'église qui me fait bien – en ce moment, du moins. Surtout qu'avec les rénovations des dernières semaines – dépenses qui se sont ajoutées aux frais d'avocat et à la pension d'Aryane –, nos finances sont au plus mal. Je me demande encore comment on va faire pour payer la facture d'électricité, ce mois-ci. M'enfin...

Tout respire la joie de vivre et la sérénité ici. Je suis comme dans une bulle de bonheur. Ça faisait longtemps que je n'avais pas été enveloppée dans une telle félicité et ça fait du bien. Mon cynisme vient d'en prendre un coup.

Je crois soudain à la paix et à la plénitude. Et pourquoi pas ? Pourquoi moi et Samuel ne pourrions-nous pas nous rendre aussi loin ? Pourquoi ne serions-nous pas capables de bâtir quelque chose de beau, de solide et d'harmonieux pour l'avenir ? Allez, Amélie, sois positive. Je suis sûre que vous en êtes capables. Vous allez vaincre l'adversité, pulvériser Cruella jusqu'aux confins de la galaxie et vivre *happily ever after*.

Je regarde mes parents et j'y crois. Ouais ! Comme diraient les Monkeys – ou Smash Mouth pour les plus jeunes – *« I'm a believer. »*

* * *

Après plusieurs heures de *party* et pas mal d'alcool – enfin, pas moi puisque j'allaite encore mes petits moucs de six mois –, tout le monde est « vraiment » très joyeux. Ça danse, ça chante, ça tournoie et ça tombe sur le sol en rigolant. Un peu plus et il y en a qui se rouleraient dans les nappes. Samuel et moi – avec les deux bébés qui dorment maintenant dans nos bras – les observons, à la fois amusés et horrifiés. Mon homme, qui n'a pas bu beaucoup lui non plus – conducteur désigné – rigole silencieusement en observant la scène.

Est-ce que j'ai toujours eu l'air de ça quand j'étais soûle ? Juste à y penser, la honte m'envahit. Je ne peux pas croire que mes proches m'aient déjà laissé faire une folle de moi-même à ce point-là.

Leçon à retenir : si jamais je me remets à boire un jour, désigner une personne fiable pour me surveiller.

Enfin, après plusieurs danses endiablées, les premières notes d'un vieux *slow* sont crachées des haut-parleurs et fendent l'air – ce qui va peut-être permettre aux esprits très échauffés de se calmer un peu. Je reconnais alors la mélodie et les paroles d'un vieux tube que mes parents adoraient et écoutaient à répétition les samedis après-midi de pluie : *You've lost that loving feeling* des Righteous Brothers.

> *You never close your eyes anymore when I kiss your liiiiips… and there's no tenderness like before in your fingertiiiiips. You're trying hard not to show it (baby). But baby, baby I knoooow it… You've lost that looooovin' feeling… Whooooa… that loooooovin' feeling. You've lost that looooovin' feeling… now, it's gone, gone, gone… whoooooo…*

Est-ce la fatigue, les émotions, la boisson – même si je n'en ai pris qu'un peu – le calme après l'euphorie, je ne sais pas. Mais soudain, les paroles de la chanson me vont droit au cœur. On jurerait que les mots sortis de la bouche de Bill Medley et Bobby Hatfield ont été écrits pour moi. Comme si l'auteur avait plongé dans mon âme, au cœur de mes doutes, de mes questionnements, de mon esprit tourmenté.

L'état de béatitude que j'avais ressenti tout au long de la soirée s'est volatilisé. Une boule se forme au creux de ma gorge, mon cœur se met à battre la chamade, j'ai des frissons dans les jambes. Et la voix de ténor des chanteurs continue de marteler sur mon cœur.

> *We had a love… a love… a love we don't find everydaaaaaay. So don't… don't… don't let it slip awaaaaay. Baby (baby), baby (baby), I beg of you please… please… please. I need your love, I need your love. So bring it on back. Bring it on back. Bring back that loooooving feeling.*

Je revois les débuts de ma relation avec Samuel. Nos soupers, nos promenades main dans la main et nos sorties romantiques ensemble.

Mon cœur qui faisait un bond dès que je le voyais, le sourire qui apparaissait sur mon visage quand j'entendais sa voix, les papillons dans mon estomac quand il s'éloignait, les frissons dans mon corps quand il m'effleurait le dos de sa main.

Sans compter les étincelles qui fusaient de partout au moindre contact et faisaient de nous des bombes sexuelles qui ne pensaient qu'à explorer le corps de l'aimé, encore et encore. L'impression de parfaite harmonie, comme si on était destinés à se rencontrer.

Tout cela est bien fini – remplacé par une routine ennuyeuse et des obligations qui nous étouffent. La sensation d'être pratiquement des colocataires qui ne partagent plus qu'une hypothèque et des responsabilités et se côtoient presque par obligation.

Je regarde Samuel qui, lui, regarde mes parents danser avec une expression neutre, indéfinissable. Que pense-t-il ? Se reconnaît-il, comme moi, dans les paroles des chanteurs au cœur brisé ? Celui qui pleure un amour qui s'annonçait si beau, si grandiose, si parfait, mais qui n'est plus que l'ombre de ce qu'il fut jadis ? Qui ne sera jamais plus que le pâle reflet d'un beau rêve qui devait prendre fin ?

Je tente de retenir mes larmes. Mes mains tremblent. Je me sens si triste, si abattue. D'ailleurs, pourquoi mes parents aiment-ils tant cette chanson déprimante ? Pourquoi la faire jouer précisément à leur anniversaire de mariage ? Quelle drôle d'idée.

— Amélie, ça va ? Tu pleures ?

Je me tourne vers mon homme qui m'observe, une lueur d'inquiétude dans les yeux. Zut, je croyais avoir réussi à refouler mes larmes, mais je m'aperçois que celles-ci roulent sur mes joues. J'essaie de simuler un sourire peu convaincant.

— C'est rien. Juste l'émotion. Je trouve ça vraiment très beau et émouvant, de voir mes parents comme ça.

— Oui, c'est très beau, approuve-t-il. Mais tu sais, ce n'est qu'une chanson, ajoute-t-il en me faisant un clin d'œil.

Il se penche vers moi – enfin, autant qu'il le peut avec un bébé couché sur ses genoux – et essuie une larme sur ma joue du revers de la main.

— J'ai hâte au jour où on pourra célébrer nos 40 ans d'union, nous aussi, murmure-t-il.

Je lui souris, mais avec plus de conviction. Encore une fois, je fonds sur ma chaise, charmée et subjuguée par ses paroles. D'une simple phrase, il vient de faire voler en éclats tous mes doutes. Pourquoi devrais-je m'inquiéter, s'il parle d'être encore ensemble dans 40 ans ? C'est bien la preuve que, pour lui, notre union est solide. Que nous avons un avenir radieux devant nous. Je devrais faire plus confiance à la vie. Ça devait être un petit *down*, rien de plus. Tout va bien aller.

Mes parents terminent leur danse. Puis, maman demande le silence.

— Merci à tous d'être venus célébrer avec nous ces moments de bonheur, commence-t-elle. Nous vous en sommes très reconnaissants et nous sommes vraiment très heureux de vous voir ici.

Maman est interrompue par un oncle – qui doit bien en être à son douzième verre de whisky – qui hurle quelque chose du fond de la salle, mais que personne ne comprend.

— Merci, Michel ! répond-elle. Notre *party* tombe vraiment bien, car nous avons une grande annonce à faire. Et puisque vous êtes tous là, nous n'aurons pas besoin de répéter la nouvelle à chacun.

Un éclat de rire fuse dans la salle. Mais qu'est-ce que mes parents vont annoncer ? Qu'ils s'ouvrent un Bed & Breakfast en Thaïlande ? Qu'ils vont faire du *bungee* ou du saut en parachute ? Qu'ils ouvrent une entreprise de savon à base de lait de chèvre en Abitibi ?

— Afin de profiter à fond de notre retraite et pour souligner notre union, dans un an, nous partons faire le tour du monde pendant une année. Nous allons commencer par les États-Unis et le Mexique – question de ne pas être trop dépaysés au départ. Ensuite, nous prévoyons descendre en Amérique centrale puis en Amérique du Sud. Nous nous rendrons ensuite en Océanie pour remonter en Asie. Enfin, nous allons traverser l'Europe et finir notre voyage avec l'Afrique.

— On garde le meilleur pour la fin ! lance papa.

Quoi ? C'est pas vrai ? Dans la salle, des réactions – allant de la surprise à l'allégresse – fusent de partout. Je suis atterrée. Mes parents partent à l'étranger pour un an ? Mais comment vais-je faire, pour me débrouiller sans eux ? Ils m'aidaient tellement ! Je suis contente pour eux, je sais qu'ils méritent de se gâter, mais ils vont vraiment me manquer.

Grande Sœur, quant à elle, semble très inquiète. Elle est déjà auprès d'eux et les inonde de questions. Je perçois leur conversation de loin. Mais je vois rapidement que mes parents réfléchissent à leur projet depuis fort longtemps et que ce n'est pas une décision prise sur un coup de tête. Comme d'habitude. Jamais mes parents n'agissent de manière irréfléchie.

Leurs passeports sont déjà prêts, leurs vaccins presque réglés, leur itinéraire tracé, leurs guides de voyage achetés et ils ont prévu louer leur maison pendant leur voyage, ce qui leur assurera un certain revenu. Ils ont déjà trouvé des touristes intéressés à occuper leur demeure pendant quelques mois.

Quant à moi, je tremble à l'idée de ne pas voir mes parents pendant un an. C'est tellement long et je suis encore si dépendante d'eux par moments ! En même temps, je les envie de pouvoir réaliser un si beau projet. J'espère en arriver à un tel niveau de proximité avec Samuel. J'aimerais avoir une relation aussi harmonieuse et aussi longue avec lui !

Allez, souhaitons-le-nous.

13

Le fond du baril ?

(Février)

Celui qui s'est marié une fois mérite une couronne de patience, et celui qui s'est marié deux fois une camisole de force.

Proverbe italien

Début février. Dehors, le vent souffle sur les flocons qui sont tombés au sol et les fait voleter dans les airs. Une mince couche de givre tapisse les vitres de la maison. On pourrait se croire dans un poème de Nelligan, s'il n'y avait pas les plastiques isolants sur les fenêtres qui sont gonflés comme des ballons et gâchent un brin la vue.

Samuel a terminé son congé de paternité et est retourné au travail. J'étais presque joyeuse lorsque mon homme avait abandonné son obsession de la propreté. Heureuse de me retrouver dans les piles de vêtements sales, les suces, les tubes de dentifrice défraîchis, les cubes multicolores, les débarbouillettes pleines de purée, les tas de vieux *TV-Hebdo*, les toutous et les boîtes de Kraft Dinner vides. D'accord, j'exagère un peu.

Mais maintenant, j'ai l'impression qu'un équilibre a été rompu. Comme s'il n'y avait plus d'opposition entre l'ordre et le chaos. Notre combat constant entre la netteté et le désordre apportait une certaine harmonie à notre univers, finalement. Un juste milieu. Maintenant que Samuel, corrompu par mes bons soins, s'est joint aux forces du mal, le yin et le yang sont tout détraqués. Comment faire pour retrouver notre stabilité d'autrefois – et dont je n'avais pas conscience ?

Lorsque je lui ai demandé pourquoi il n'était plus autant à cheval sur l'organisation, en évitant d'avoir l'air de le critiquer, la réponse qu'il m'a donnée m'a soufflée par sa lucidité et sa simplicité. Je ne le savais pas, mais au fond, c'est moi qui aurais pu sortir cette phrase.

— Avant, j'avais des principes. Maintenant, j'ai des enfants. Je ne vais quand même pas les forcer à se tenir droits toute la journée. Ni les empêcher de jouer avec des plats de plastique, des ballons ou des hochets. Ils ont besoin d'être des bébés, il faut respecter ça.

C'est là que j'ai réalisé que Samuel était vraiment devenu un papa. Un homme qui va s'adapter aux besoins de ses enfants, se fendre en quatre pour qu'ils soient heureux et épanouis et n'hésitera pas à sacrifier pour eux même ce qui était autrefois essentiel. J'étais émue aux larmes en entendant cela.

Me revoilà donc de nouveau seule à la maison, avec les jumeaux sur les bras. Ne vous méprenez pas. Je suis de plus en plus attachée à mes enfants. Je les aime, mes petits bouts d'chou. Mais à sept mois, mes deux amours sont entrés dans une phase d'angoisse de séparation et pleurent dès que je ne suis pas dans leur champ de vision.

Sans compter qu'ils ont une peur bleue des bruits forts, et qu'ils passent leur temps à vouloir ramper, tout attraper et se lancer partout. Je dois régulièrement les empêcher de faire des conneries, tel se crever un œil avec une fourchette. Ils pourraient certainement faire des pubs d'Energizer. En revanche, leurs marques d'affection se multiplient à mon égard, ce qui compense pour tout le reste. Ma fille, par exemple, adore me prendre par les cheveux et me téter le menton.

Mais je dois admettre que le congé de maternité, ce n'est pas si marrant que ça. Quand je ne suis pas en train d'allaiter ou de donner des purées, je tente d'occuper les jumeaux – ce qui n'est pas facile étant donné leur QI de perruche –, de faire la lessive, de regarder des infopubs à la télévision ou d'essayer d'aller me promener dehors en poussette – ce qui n'est pas chose aisée avec deux mètres de neige.

J'ai tellement regardé la télévision dans le dernier mois que je connais les règlements du curling par cœur et que je suis devenue une encyclopédie de l'infopub. Bref, la vie est parfois d'un ennui mortel. Je me sens perdue dans ma propre maison. Au moins, avec les réparations, elle a un peu meilleure allure. C'est déjà ça de pris. Par chance, je discute encore beaucoup avec maman, qui se prépare avec frénésie pour son voyage avec papa.

Elle planifie déjà de visiter tout Paris, d'aller dans les temples et les sanctuaires de Thaïlande, de voir la Sagrada Familia et le marché La Boqueria à Barcelone, d'admirer le lever de soleil sur le Machu Picchu, d'escalader le Kilimandjaro en Tanzanie, et j'en passe. Ils sont vraiment partis pour la gloire. Incroyable d'imaginer qu'ils vont faire tout ça en une année.

Je songe à aller plus souvent au gym où j'ai commencé des cours d'autodéfense – pour m'occuper et peut-être revoir le beau Cédric. Il me semble que de revoir Mambo Italiano me ferait un bien immense. Ça me ferait changement de Samuel à qui j'inspire autant de désir qu'une moufette, malgré le fait qu'il semble penser que notre union est solide.

Petite dichotomie entre les paroles et les actes. Samuel énonce souvent les plus belles des phrases, mais l'action ne suit pas toujours. Il est prêt à faire de nombreux sacrifices pour ses enfants, mais est-il prêt à faire la même chose pour moi ? Je suis sûre que les tortues des Galápagos ont une vie sexuelle et amoureuse plus excitante que la nôtre.

Enfin, on peut se dire que lorsqu'on approche du fond, on ne peut que remonter, non ?

* * *

Deuxième semaine de février. Quand je disais qu'on approchait du fond, eh bien, je crois que cette fois, on l'a atteint. Gaaahh !...

Alors que Samuel et moi tentions désespérément et pour la énième fois de refaire un budget qui nous permettrait de garder la tête hors de l'eau, l'évidence nous a frappés tous les deux comme un TGV. Sortir la tête de l'eau pour se faire frapper par un train ensuite, c'est la poisse. Nous sommes littéralement étranglés par les dettes. Nous avons à peine de quoi payer notre hypothèque, le mois prochain.

Il n'y a plus qu'une seule solution – à part la faillite – pour éviter de couler.

Je dois abréger mon congé de maternité et reprendre le travail tout de suite.

J'ai beau retourner toutes les possibilités dans ma tête – même quémander de l'argent à mes parents ainsi qu'à ceux de Samuel –, mais rien qui réglerait notre situation à long terme ne me vient à l'esprit. Avec mes prestations qui sont passées de 70 % de mon salaire à 50 % – ajustement normal du congé parental –, la situation frôle la catastrophe. J'ai beau ne pas faire des millions, notre budget en ressent les contrecoups.

Je n'ai donc plus le choix. Nous ne pouvons plus vivre comme ça, avec cette épée de Damoclès qui menace sans arrêt de nous tomber dessus. C'est la seule solution valable, au moins à moyen terme. Je dois travailler et envoyer les enfants à la garderie. Le pire, c'est que je me suis inscrite sur une liste il y a plus d'un an déjà pour des CPE, et je n'ai aucune nouvelle. Comment vais-je trouver ?

Je me sens terriblement coupable. Maxime et Daphnée sont si jeunes, comment vont-ils réagir en se faisant garder ? Je n'ai jamais pris la peine de les habituer à des inconnus. Ils ont beau avoir commencé à manger seuls, ils s'en mettent encore partout. De plus, ils font encore leurs dents et sont effrayés par le moindre bruit un peu fort. Sont-ils prêts à être lancés dans le grand monde ? Vont-ils survivre, sans moi ? Est-ce que je peux trouver une gardienne qui saura les écouter, reconnaître leurs besoins, prendre soin d'eux comme je le fais ? Et dire qu'ils peinent à se tenir debout après les meubles sans tomber…

Je maudis intérieurement de toute mon âme cette abominable Cruella. Tout ça est sa faute. Si elle n'était pas revenue dans le décor, j'aurais pu profiter non seulement de ma belle maison de rêve, mais j'aurais pu m'occuper de mes enfants comme je le devrais. Ils méritaient que je les dorlote pendant leur première année et leur accorde toute l'attention possible.

Allez, elle doit être rendue à -128. Elle va se réincarner en brosse à toilette.

* * *

Mi-février. Après avoir fait des pieds et des mains – nombreux appels du déjeuner au souper, visites surprises en CPE pour faire les yeux doux à la directrice, proposition de dons en jouets et même en abonnements de magazines, chantage émotif digne d'une vedette de *soap* américain, etc. – j'ai réussi à trouver une garderie en milieu familial qui accepte de prendre Maxime et Daphnée. J'ai eu de la chance, la propriétaire – une vieille dame sympathique qui me rappelle madame Picolli, mais qui est moins *flyée* – vient de perdre deux enfants dont les parents ont déménagé. Bon, elle est loin et ça m'imposera un long détour, mais tant pis.

Pendant une semaine, je me suis donc entraînée à mettre au point ce que Samuel et moi avons baptisé « la routine de l'enfer ».

6 h 30 : Réveil.

6 h 45 : Déjeuner, c'est-à-dire engouffrer une rôtie même pas beurrée en catastrophe pendant que les enfants se couvrent de céréales de la tête aux pieds.

7 h : On s'habille – en ayant pris soin de sortir nos vêtements la veille et de les disposer dans le bon ordre, afin de ne pas se retrouver avec deux bas différents, le chandail à l'envers et la petite culotte par-dessus le pantalon.

7 h 15 : On habille les enfants – après essais et erreurs, je me suis aperçue que faire déjeuner les enfants après les avoir habillés m'obligeait à tout recommencer, étant donné ce qui est mentionné deux points plus haut.

7 h 30 : On installe les enfants dans l'auto – tout en résistant à la crise de nerfs qui survient chaque fois qu'on les met dans leurs sièges.

7 h 35 : Samuel et moi partons de la maison en même temps (lui en bus, moi en auto).

7 h 45 : Je dépose les enfants à la garderie – ce qui me laisse sept minutes par enfant pour les déshabiller, pendant qu'ils continuent de jouer à Caruso interprétant *Rigoletto*.

8 h : Je quitte la garderie – après une autre crise de larmes de la part de Daphnée et Maxime qui m'arrache le cœur.

8 h à 9 h : Je suis prise dans le trafic jusqu'au centre-ville de Montréal. Où je peux quand même tirer profit de la situation en chantant *Droit devant* de Marie-Pierre Arthur à tue-tête pour m'enlever les chansons de *Dora* et des *Mélodilous* de la tête.

9 h : J'arrive au bureau – 2 h 30 après m'être levée.

Un horaire digne de la mère d'Alexandre. À peine si on a le temps de se brosser les dents. À mon arrivée au bureau, je serai déjà épuisée.

Cela, sans compter la routine d'enfer du soir : trouver le temps de faire le souper, faire jouer les enfants, les laver, les changer et les coucher. Pas étonnant que les mères se plaignent d'être complètement vannées ! C'est peut-être pas original comme discours, mais ça a le mérite d'être vrai.

En tout cas, lorsque j'ai annoncé mon retour devancé à Justin, mon patron, celui-ci était ravi. En voilà au moins un qui sera content.

* * *

Une semaine plus tard – après ma semaine d'entraînement pour intégrer les enfants à la garderie et faire semblant d'arriver à l'heure au bureau – me voilà prête pour retourner au boulot.

Malgré un fond de culpabilité qui me tenaille encore un peu, je suis heureuse de recommencer à travailler – et pas juste pour l'argent. Après tout, changer des couches qui sentent aussi mauvais que trois camions de vidanges, ce n'est pas très plaisant. Tenir de nouveau des conversations adultes, avoir de la stimulation intellectuelle plus élevée que faire des bruits de canard – si on considère que s'extasier sur les boucles d'oreilles de Reese Witherspoon relève de l'intellectuel –, regarder autre chose que *Dora, l'exploratrice* – à côté de laquelle la plus débile des téléréalités prend des apparences de discussions philosophiques –, tout cela me rend de bonne humeur !

J'arrive donc enfin au bureau, pleine d'énergie – après avoir bu trois cafés –, remplie de bonne volonté et de motivation. Lorsque j'ai parlé à Justin, il m'a affirmé qu'il y aurait beaucoup de pain sur la planche. Mais je suis prête à reprendre le collier de rédactrice en chef avec joie. Ça va être super *cool*... mais un peu moins pour la pauvre personne qui m'a remplacée – peu importe qui c'est. Son travail aura été de courte durée. Je me sens un peu mal pour elle.

Alors que je pénètre dans mon bureau, une surprise – que dis-je, une vision cauchemardesque – m'y attend : Audrey ! Oui, c'est Vampirella en chair et en os. Enfin, plus en os qu'en chair...

Mes genoux se dérobent sous moi et je pousse un hurlement digne des pires films d'horreur. Au secours ! Qu'est-ce qu'elle fait ici ? Je comprends maintenant ce que les passagers du *Titanic* ont éprouvé à la vue de l'iceberg sur lequel ils fonçaient.

Il me semblait aussi, qu'il y avait un courant d'air glacial dans le bureau... L'ambiance est aussi *hot* que dans un congélateur et je me sens comme si on m'avait frotté un *popsicle* dans le dos.

Vêtue d'un tailleur Gucci noir qui lui donne une allure sévère, elle trône sur des talons aiguilles dignes des échasses des flamants roses. Qui plus est, elle a eu la drôle d'idée de se faire remonter le visage avec un *lifting* et ressemble à un extraterrestre de la Zone 51. Son chignon serré de cheveux *bleachés* blond platine et ses lunettes à fond de bouteille qui la font ressembler à un hibou lui confèrent un charme fou.

— Audrey ? Mais... qu'est-ce que tu fais ici ?

— Mais je travaille ici, Amélie. J'ai repris le poste qui me revenait de droit et que tu as usurpé pendant que j'étais malade.

Usurpé ? Alors, c'est ça qu'elle pense ? Elle a du front ! Comme si je n'étais rien d'autre qu'un imposteur ! Je savais qu'elle n'avait pas une haute opinion de moi, mais je ne soupçonnais pas que ça allait aussi loin. Bah ! elle n'a de l'estime que pour elle-même au fond.

Je suis quand même prise au dépourvu. J'ai l'impression d'étouffer, j'ai chaud, je me sens mal. Audrey est redevenue rédactrice en chef ? Et moi, alors ? Je n'ai pas envie de retourner aux chroniques de tests pour goûter aux meilleures sauces à spaghetti !

C'est alors que Justin arrive en courant de son bureau, la sueur au front et la cravate toute croche. Il a l'air sorti tout droit d'un sauna ou d'une baise torride.

— Amélie, tu devais passer me voir dans mon bureau en arrivant, dit-il, visiblement mal à l'aise. Viens, suis-moi. On va se parler.

« On va se parler » ? Oh là là ! que ça ne me plaît pas. Bon, il est clair qu'ils ne songent pas à me mettre à la porte, sinon, ils me l'auraient déjà annoncé. Mais je sais que je n'aimerai pas ce qui s'en vient.

Je m'assois sur la petite chaise de plastique tandis que Justin s'écrase pratiquement dans son grand fauteuil en cuir. J'ai l'impression que s'il le pouvait, il disparaîtrait dedans.

— Amélie, pendant ton absence, Audrey a terminé son congé de maladie. On pouvait difficilement lui refuser de reprendre son poste, tu comprends ? C'est elle qui a le plus d'ancienneté et il était impensable de la reléguer au simple poste de chroniqueuse.

Je déglutis avec peine. Oui, je comprends. En effet, Justin ne pouvait faire autrement. C'est la loi. Mais moi, alors ? C'est vrai que je faisais du remplacement pendant son absence, mais la loi ne prévoit-elle pas une forme de protection pour moi aussi ?

— Et… que désirez-vous faire de moi, alors ?

— Tu ne redeviendras pas chroniqueuse, tu seras adjointe à la rédactrice. Tu devras aider Audrey dans son travail. Ça tombe bien puisque justement, tu connais le boulot. Tu auras des décisions à prendre : planifier la disposition des textes pour le prochain numéro, passer des commandes aux journalistes ou corriger les épreuves, par exemple.

Tu relèveras directement de moi, cependant. Même si tu es l'assistante d'Audrey, je demeurerai ton supérieur. Tu as apporté beaucoup à l'entreprise et il n'est pas question de te reléguer à un poste sans importance. Ton boulot est apprécié, ici. Je veux que tu le saches.

Entendre ces paroles de la bouche de Justin me rassure. Mais l'idée de travailler étroitement avec Audrey et de l'assister ne me plaît pas trop. Je me rappelle trop bien à quel point elle aimait rejeter toutes mes idées du revers de la main, m'obliger à traiter de sujets insignifiants et comment elle me percevait comme une menace. Mais bon, ai-je le choix ?

L'avenir nous dira comment les choses évolueront.

* * *

Depuis le retour d'Audrey, j'ai perdu mon bureau – enfin, son bureau – et je n'ai plus rien à moi. Je n'ai plus d'ordinateur, plus de dictionnaires, plus de grammaires. La moitié de mes listes de contacts, des références, des copies de logiciels, des étagères et des cartables ont disparu. Je n'ai plus de pot à crayons, ni de serre-livres, de classeurs, de poubelle et de déchiqueteuse. Et vu que mon retour n'était pas prévu avant cinq mois, la compagnie n'a rien fait pour s'assurer que j'aurais le nécessaire tout de suite.

En attendant, on m'a dégoté un vieil ordinateur, dont l'écran date du paléolithique, qui fait un bruit de tondeuse à gazon et s'éteint au moins une fois par heure. Il manque trois touches au clavier et ma souris fonctionne si mal que je suis sur le point de me muscler les bras à force de la pousser de toutes mes forces.

Audrey, de son côté, a une machine à cappuccino tellement chère dans son bureau qu'un chien pourrait se faire mousser du lait avec.

Qui plus est, on m'a foutue dans un genre de cubicule, avec une moitié de mur qui crée un semblant d'intimité. Avec ce bureau pratiquement ouvert, je ne pourrai plus me décrotter le nez discrètement comme je le faisais avant. Sur le sol de mon nouveau « bureau » gisent les précédents numéros du magazine, le peu de livres de référence qu'il me reste, mes crayons et mes cartes d'affaires. Je croule sous des piles désorganisées de communiqués de presse, de livres, de photos de *shootings*, d'épreuves à corriger, de CD et de DVD. Bref, c'est le bordel.

Je parie qu'Audrey a non seulement fait exprès de m'inonder de travail dès mon arrivée, mais aussi de prendre toutes mes affaires et de les mélanger. Super… Je viens de reprendre le travail et déjà, elle m'empoisonne la vie. Grrr !

Une chance, mes habiletés multidisciplinaires – j'ai perfectionné, entre autres, une méthode spéciale pour taper d'une seule main quand j'allaitais – me permettent de faire trois fois plus de tâches qu'autrefois. C'est qu'on apprend à rentabiliser son temps, quand on est mère. Ma nouvelle super productivité me rend déjà indispensable aux yeux de Justin. Ça compense pour le mépris d'Audrey.

* * *

Troisième semaine de février. À ma grande surprise, quelques jours à peine après mon retour, Audrey m'a demandé de rédiger un éditorial pour le prochain numéro, ce qui est pourtant le boulot de la rédac chef. Je suis interloquée. Autrefois, c'est à peine si elle m'aurait laissé faire la table des matières du magazine et là, elle veut que je rédige le mot de la rédaction ? Je me suis interrogée un moment si la maladie ne l'avait pas transformée, comme dans les romans de la comtesse de Ségur. À moins que sous cette requête se cache un piège ? Cherche-t-elle à m'humilier par un quelconque stratagème ? À me faire faire une bêtise ? Nan, je suis parano.

Tant pis, je décide d'accepter. Après tout, j'en ai déjà rédigé, pendant l'année où j'ai occupé le poste de rédac chef, des mots comme celui-là. Je ne suis pas une débutante. Alors, je me suis retroussé les manches.

J'ai beaucoup réfléchi, je me suis longuement interrogée à savoir comment parler aux lectrices, les toucher et les émouvoir. Finalement, j'ai décidé de parler de la chose la plus bête et la plus naturelle au monde : la vie. J'ai parlé à nos lectrices comme si elles étaient mes amies, je leur ai parlé de la pression que cette fameuse vie exerce sur nos frêles épaules, comment nous nous en mettons trop sur le dos, comment nous sommes happées par le rythme effréné de la société.

Ensuite, j'ai tenté de leur faire comprendre qu'elles devraient toujours écouter leur instinct, vivre à fond, profiter de tous les plaisirs qui passent, ne pas hésiter à plonger, prendre des risques, ne jamais rien regretter et avoir confiance en elles-mêmes.

Je pense que de tous les textes que j'ai rédigés, celui-là était le plus beau, le plus profond, le plus personnel aussi. Je me retrouvais dans ce mot. J'avais l'impression qu'en fait, c'était avec moi-même que je conversais. Je me donnais un *pep-talk*. J'avais la sensation que nos lectrices allaient s'y reconnaître et être touchées. J'ai remis le mot à Audrey pour approbation, toute fière de moi. Une journée en avance, en plus, ce qui est un exploit, sachant qu'autrefois je remettais mes chroniques une minute avant l'heure limite.

J'avais accompli une bonne chose, cette journée-là.

* * *

Deux jours plus tard, je suis en train de corriger les épreuves finales avant l'envoi à l'imprimerie. En vérifiant le mot de la rédaction, une évidence me saute aux yeux. Ce n'est pas mon texte ! Mais pas du tout ! Il n'y a pas une seule ligne qui soit de moi ! C'est comme si Audrey l'avait réécrit au complet et changé totalement le propos. À la place, elle parle… des terrasses sur l'avenue Mont-Royal !

Et pourtant, Audrey n'a pas dit un seul mot sur mon texte ! Habituellement, quand notre travail ne la satisfait pas, elle ne se gêne pas pour nous le faire savoir, et sans gants blancs. Et moi qui croyais que l'absence de mauvaises nouvelles de sa part signifiait que tout allait bien !

Bon sang, j'ai travaillé pendant une journée entière là-dessus ! Peut-être est-ce une erreur ? Désirant en avoir le cœur net, je me rends au bureau d'Audrey.

— Audrey… ?

— Oui, qu'est-ce que tu veux ? Tu n'as pas encore fini tes corrections ?

Comme accueil, c'est super…

— C'est à propos du mot de la rédaction.

— Qu'est-ce qu'il a ?

Elle ne semble même pas savoir à quoi je fais référence, comme si elle avait oublié m'avoir demandé de l'écrire. Elle fait exprès, ou quoi ?

— Ben, le texte que tu m'avais demandé d'écrire pour ça, tu l'as reçu ?

— Hum ? Ah oui ! Ça ne faisait pas l'affaire, alors je l'ai jeté et j'en ai rédigé un autre à la place.

Je suis sidérée. Parce qu'elle trouve que son texte sur les terrasses des restos du Plateau, c'est mieux ? Je suis bouche bée.

— Il… il ne faisait pas l'affaire ?

— Ma petite Amélie, commence-t-elle avec le sourire condescendant qu'elle servirait à une enfant de cinq ans, tu étais bien trop songée, intellectuelle et déconnectée dans ton texte. Tu n'es plus dans le coup, ma chouette. Tu sais, les textes d'édito doivent être courts et *punchés*. Les temps ont bien changé depuis ton départ et les lectrices sont plus exigeantes qu'avant.

Je bouillonne de l'intérieur et la vapeur doit me sortir par les oreilles. Parce qu'elle s'imagine qu'en étant à la veille du troisième âge, elle est dans le coup, peut-être ? J'ai bien envie de lui répondre que je suis partie HUIT mois, pas trente-deux ans. Et puis, je n'habitais pas dans l'Himalaya pendant ce temps-là. Venant d'une femme qui vivait pratiquement au temps des télégrammes, ce reproche est vraiment fort.

Scrogneugneu ! Je suis revenue depuis à peine une semaine et je commence déjà à en avoir plein les souliers. C'est génial…

* * *

Fin février. Je commence ma deuxième semaine au travail et il me semble que je suis déjà au bord du *burnout*. Mais comment elles font, les mères qui ont quatre ou cinq enfants ? Elles les mettent dans des cages, ou quoi ?

La routine de l'enfer porte ses fruits, mais le rythme qu'elle nous impose nous vide de notre énergie. Et dire que pendant mon congé de maternité, je croyais être fatiguée. Ha, ha, ha !...

En attendant, j'essaie d'avoir l'air sur le *party* quand je vais mener les enfants à la garderie, histoire de leur donner l'impression que c'est super *cool* d'aller là et pour qu'ils cessent de hurler de tous leurs poumons quand je les y dépose. Que c'est dur pour un cœur de mère !

Malheureusement, malgré toute ma bonne volonté, lorsque je vais porter les enfants, j'arrive presque toujours en retard au bureau. Et ça, c'est quand je n'arrive pas au boulot avec de la crème à fesses de bébé sur le chandail.

Et les quelques jours où Samuel est allé conduire les enfants à la garderie, j'ai pris tellement de temps – cinq minutes pour me peigner et me maquiller, wouhou ! – que j'ai fini par partir en retard. Résultat : je suis en retard cinq jours sur cinq. Audrey me le fait bien sentir par une quinte de toux assortie d'un mouvement d'impatience vers l'horloge. Et la pression recommence.

* * *

Vendredi soir. Maxime et Daphnée dorment à poings fermés dans leurs lits. Je suis seule – Samuel travaille encore, pour faire changement –, mais je suis tranquille. J'en profite pour déguster un bon petit porto, accompagné d'une boîte de chocolats, sur le bord du foyer. Ces moments de détente sont si rares...

J'entends soudain un bruit suspect dehors. Un son métallique étrange. Je m'approche subrepticement de la fenêtre. Mais qu'est-ce que c'est ?

J'aperçois alors, dans l'obscurité, la silhouette d'un homme, qui paraît jouer avec la portière de notre voiture ! Mais... il essaie de déverrouiller l'auto ! Ah ! ça non, alors ! On ne va pas se faire dérober notre voiture en plus ! On a assez d'emmerdes comme ça, merci ! *Not on my watch !*

Je bondis sur le téléphone et appelle le 9-1-1. Je retourne près de la fenêtre, avec le combiné, et me cache derrière les rideaux. Le voleur est toujours en train de s'acharner sur la serrure. Merde, mais il veut complètement abîmer la voiture, ou quoi ?

— Allo ! la police ? dis-je, paniquée. Il y a quelqu'un qui est en train de voler notre véhicule !

— Ne bougez pas, madame, me répond la répartitrice. Nous envoyons des agents immédiatement.

— D'accord, je…

Je sursaute. Le voleur a réussi à ouvrir la portière ! Il se penche alors dans le véhicule, pour faire je ne sais trop quoi.

— Vite, dépêchez-vous ! Il a pété la serrure ! Il va voler notre auto !

— Ça va prendre encore quelques minutes, madame…

— Quoi ? Mais, dans quelques minutes, il sera trop tard !

Ah non alors ! J'ai un besoin crucial de cette auto. Je ne laisserai pas un petit mafieux se faire la malle avec MA voiture ! Je cours partout dans la maison, à la recherche d'un instrument qui me permettrait de me défendre contre ce malfrat. Je mets la main sur les bâtons de ski de Samuel. Voilà qui va me servir !

Prenant mon courage à deux mains – et on pourrait dire ma folie aussi – je sors dehors, mon manteau négligemment jeté sur mes épaules et un des bâtons à la main. L'homme est encore en train de fouiller dans le véhicule et je ne peux voir que ses fesses, qui dépassent de la portière. Parfait ! Il est en position vulnérable et je vais bénéficier de l'effet de surprise.

— Hé ! toi ! Laisse cette voiture ! Je t'avertis, j'ai appelé la police ! Fous le camp, sinon je te lâche mon chien dessus !

Et pour lui montrer que je ne blague pas, je me lance dans sa direction, le bâton dressé droit dans les airs, en hurlant un cri de guerre que je ne me soupçonnais pas capable de lancer. Bingo me suit aussitôt en jappant. Le voleur tente de s'extraire du véhicule, mais semble empêtré dans quelque chose. Bien fait !

J'en profite pour asséner un coup dans sa direction, pendant que je le peux. Avec mon visu de vieille taupe, je cogne plutôt sur le capot de l'auto, où un renfoncement apparaît aussitôt. Oups ! J'espère que Samuel a de bonnes assurances.

L'homme parvient à sortir de la voiture. Je recule un peu, mais demeure prête à frapper au besoin. À ma grande surprise, c'est un type d'une bonne quarantaine d'années à l'allure respectable – alors que je m'attendais à voir un ado futur membre d'un gang de rue. Il doit être tombé bien bas pour dérober des autos. Tant pis, je ne me laisse pas impressionner par son apparence trompeuse.

— Allez-vous-en, sale voleur !

— Attendez, laissez-moi vous expliquer, répond-il en portant les mains devant son visage, pour se protéger.

M'expliquer quoi ? Qu'il voulait faire un emprunt ? Faire un test de sécurité sur notre auto et nous la rendre après ?

— Je suis navré, mais j'ai eu le mandat de saisir votre véhicule. Je m'appelle Georges Dumas et je suis huissier.

Je suis bouche bée. Quoi ? Un mandat pour saisir notre voiture ? Mais qu'est-ce que c'est que ça ? Samuel m'avait pourtant dit que nous n'étions en retard pour aucun paiement, ce mois-ci. Je ne comprends plus rien.

— Regardez, j'ai le papier ici, ajoute monsieur Dumas, en tendant ce dernier, tout en restant à une distance respectable de moi ; il doit me prendre pour une folle finie.

Je saisis le document. En m'approchant de la lumière filtrant par la porte avant, je parcours la lettre. Bon sang, mais… c'est un ordre de la cour, fait sur la demande d'Aryane ! Elle prétend qu'elle aurait besoin de notre auto parce qu'elle ne peut faire ses déplacements autrement qu'en voiture et ne peut s'en payer une, sa compagnie ayant repris le véhicule qu'elle lui payait. Mais c'est une blague ? Et moi, je n'en ai pas besoin, alors ? Comment vais-je aller porter Daphnée et Maxime à la garderie, maintenant ? En trottinette ?

Aryane verse-t-elle des pots-de-vin au juge pour qu'il intercède constamment en sa faveur ? Le fournit-elle secrètement en Viagra ? C'est quoi, son secret ? Je pense sérieusement à changer d'avocat. On dirait qu'il n'arrive jamais à nous protéger.

Samuel arrive justement sur ces entrefaites. Il va sûrement être heureux d'apprendre la grande nouvelle, lui aussi.

— Ah merde ! s'exclame-t-il en apercevant monsieur Dumas. Je croyais que vous ne deviez venir que demain !

Je mets une seconde à tenter d'enregistrer ce qu'il vient de dire. Je replace tous les mots de sa phrase en essayant tant bien que mal de ne pas comprendre ce que je crois bien comprendre. Quoi, il était au courant ?

— Samuel, ne me dis pas que tu savais que notre voiture serait saisie !

— Je l'ai appris ce matin par notre avocat, dit-il. Je voulais t'appeler pour te prévenir, mais j'ai eu une urgence avec un patient et j'ai oublié par la suite.

Oublié ? Oublié ? Arrgggh ! Là, je vais l'étriper ! Je suis tellement furieuse que j'en ai du mal à respirer. Le sang me monte à la tête et je pense que la neige va fondre autour de moi. C'est trop ! J'éclate.

— Samuel Gagnon ! Comment as-tu pu me faire ça ? J'ai eu l'air d'une vraie cinglée par ta faute ! Non mais, à quoi as-tu pensé ? Comme d'habitude, tu ne me dis jamais rien ! C'est à peine si tu me parles, maintenant ! Je n'existe plus pour toi, ou quoi ? Tes patients passent devant tout le reste, on dirait ! Je n'ai même plus assez d'importance à tes yeux pour que tu penses m'informer d'une telle chose ? Ça a pourtant une incidence directe dans ma vie, merde ! Et comment on va faire, pour transporter les enfants à la garderie, maintenant ? En traîneau à chiens, je suppose ?

— Je suis vraiment désolé, mon amour, si tu savais à quel point…

Je bouillonne. J'ai seulement envie de lui asséner un coup de pelle sur la caboche, d'entrer dans la maison et de le laisser geler toute la nuit dehors dans la neige.

Monsieur Dumas, de son côté, se tient loin derrière Samuel, sans doute encore plus effrayé que lorsque je l'ai menacé avec le bâton de ski. C'est à ce moment qu'il décide qu'il vaut mieux s'enfuir sous d'autres cieux avant d'être le témoin involontaire d'un meurtre sanglant.

— Bon… Je vais y aller, moi…

Il s'éloigne aussi furtivement que possible en se dirigeant vers la voiture qu'il va nous enlever – en longeant la haie de cèdres de si près qu'il pourrait se cacher dedans. C'est alors qu'il arrête et revient sur ses pas.

— Heu ! j'oubliais… Vous n'auriez pas la clé du véhicule ? Ce serait plus simple si…

Samuel et moi le foudroyons du regard. Il ne pourrait pas nous laisser tranquilles dans notre chicane de ménage, lui ? Surtout que monsieur l'huissier est en partie responsable de tout ça. On aimerait bien s'entredéchirer et détruire notre couple dans l'intimité, s'il vous plaît. Enfin, si on considère que la rue, c'est intime…

Samuel sort son trousseau de clés. Il retire celle de l'auto et s'approche de monsieur Dumas.

— La voici, dit-il. Mais avant, laissez-moi faire quelque chose.

Samuel se penche et, avec la clé, il fait une gigantesque égratignure sur l'aile gauche de l'auto.

— Eh ! Vous n'avez pas le droit de faire ça ! crie monsieur Dumas. Je dois apporter le véhicule dans l'état où il était !

— Tant que vous ne l'avez pas saisie, elle est à moi, cette voiture, non ? répond sèchement Samuel. Estimez-vous heureux que je ne fasse pas pire. Tenez, vous pouvez la remettre à Aryane, maintenant… dans l'état où elle était. Avec mes compliments.

C'est au tour de monsieur Dumas de nous fusiller du regard. Il arrache rageusement la clé des mains de Samuel et s'installe derrière le volant de l'auto. Au même moment, des sirènes retentissent. La police ! Ah ben ! Si on avait dû attendre après les policiers, notre supposé voleur aurait eu le temps de nous dérober 25 fois.

Le véhicule de la police tourne dans la rue sur les chapeaux de roues, les gyrophares allumés et tournoyants. Il s'approche à vive allure de la maison. C'est alors qu'il dérape dans la neige. Le conducteur perd le contrôle… et emboutit notre auto !

Le derrière se retrouve complètement renfoncé, le pare-chocs arrière tombe par terre et le coffre arrière, tout déformé, s'ouvre à pleine grandeur. Mince, le véhicule est tout abîmé !

Après un court instant, pendant lequel nous étions hébétés, Samuel et moi éclatons de rire !

Eh bien… on dirait qu'il y a une justice sur cette terre ! Aryane veut notre voiture ? Elle peut bien la garder ! Et dire que monsieur Dumas s'inquiétait pour une simple égratignure.

Samuel et moi décidons, d'un commun accord, que la page est tournée sur cet incident. Nous laissons monsieur Dumas se démerder avec les forces de l'ordre. Cette histoire ne nous regarde plus… enfin, pour l'instant.

14

Et c'est pas fini… c'est rien qu'un début (Mars)

Quand on avoue sa jalousie, on l'a déjà dépassée.
Les vraies jalousies, on n'en parle pas.

Alexandre Kauffmann

Début mars. Samuel et moi sommes en train de lire, assis dans le lit, avant le dodo. Samuel parcourt le journal avec ses nouvelles lunettes – un astigmatisme latent qui vient de se déclarer. Avec ses verres posés sur le nez comme une grand-mère, son pyjama de flanelle à carreaux et ses gros bas de laine, c'est du joli à voir. Il est rendu loin, le Dr Torride. Malgré tout, je me sens prise d'une bouffée d'affection à son égard.

En revanche, bien que notre chicane se soit terminée sur un éclat de rire, j'ai gardé un petit goût amer de cette mésaventure – et pas juste parce que je n'ai plus de voiture. Je n'ai jamais aimé parler de choses sensibles, qui risquent de provoquer des tensions. Mais je dois courir le risque. Garder mes frustrations pour moi constamment n'est pas bon.

Et puis, c'est une véritable manie qu'a Samuel de se refermer comme une huître et de ne rien partager lorsque ça va mal. C'est agaçant à la longue. Comment va-t-on arriver à se faire confiance si on ne se dit rien ?

Bon, je plonge.

— Samuel, pourquoi ne m'as-tu pas parlé tout de suite lorsque notre avocat t'a annoncé la saisie de l'auto ?

Samuel lève à peine les yeux de son journal et s'y replonge immédiatement. On jurerait qu'il cherche à se cacher derrière les pages des résultats du Canadien. Il finit par en ressortir pour se tourner vers moi.

— Désolé. Je... j'avais peur de ta réaction... J'avais peur que tu m'en veuilles à mort. Je trouve déjà injustes les sacrifices que je te demande. Tu sais, j'ai l'impression d'être responsable de tous ces problèmes avec Aryane. Si on ne s'était pas connus, tu n'aurais pas toutes ces emmerdes. Tu aurais une vie tranquille. Et je me sens nul. Je voudrais tant vous protéger, toi et les enfants, de tout ça.

— Peur de ma réaction ? Voyons ! Il faut que tu apprennes à me faire confiance quand quelque chose ne va pas. Ne garde pas tout pour toi. On est un couple, toi et moi, il faut qu'on se soutienne et qu'on s'aide.

Samuel soupire et baisse la tête.

— Tu as raison, me dit-il en souriant. Excuse-moi, j'ai présumé de certaines choses. C'est juste que... si ce genre de trucs s'était produit à l'époque où j'étais avec Aryane... Elle paniquait à rien. Une vraie hystérique... J'ai souvent tendance à oublier que je suis avec toi maintenant, et non plus avec elle. Faut dire qu'elle est assez difficile à oublier. Excuse-moi.

Encore Aryane... Elle parvient vraiment à nous empoisonner la vie, de toutes les manières. Est-ce qu'on va s'en débarrasser, un jour ? Est-ce que Samuel va être capable de me faire confiance ? J'ai beau essayer de me consoler comme lui en me rappelant qu'Aryane doit être rendue au stade du hamster ou du lemming sur l'échelle du karma, ça ne m'aide pas beaucoup. Je m'approche de Samuel, et enlace son cou de mes bras.

— Je sais que le souvenir de ta relation avec Aryane te fait encore mal, mais il faut que tu te rappelles que je t'aime, que je vais te soutenir et que tu dois tout me dire si tu veux qu'on puisse avoir confiance l'un dans l'autre. À partir de maintenant, quand il y a un problème, tu dois m'en parler immédiatement, d'accord ?

— D'accord. Navré encore pour ce qui s'est passé. Tu sais, je ne veux pas te perdre...

Mon cœur s'arrête de battre. Ça fait tant de bien de se faire dire cela : « Je ne veux pas te perdre. » Je me sens fondre comme du beurre. C'est dans ces moments-là que je voudrais arrêter le temps pour l'éternité.

— Je t'aime, Samuel.

— Moi aussi, je t'aime.

Je me colle contre mon homme. Présentement, même si je ne sais pas comment je vais me déplacer lundi et que je suis pauvre comme la gale, je suis heureuse.

En ce moment, je sens que rien ne peut s'interposer entre nous.

* * *

Me voilà au centre sportif où j'attends Madame-la-Mariée – qui, pour la première fois depuis longtemps, est en retard – en me démenant, avec peu d'élégance, sur un tapis roulant. Gabrielle vient d'obtenir un nouvel emploi au Musée des beaux-arts de Montréal et est plus débordée que jamais. Elle est de moins en moins disponible pour venir s'entraîner avec moi, mais aujourd'hui elle m'a promis d'y être.

Je déprime un peu, entourée de corps luisants, bronzés et musclés, alors que j'ai l'air d'une pâte à pain molle et blanchâtre. Mon apparence est si ordinaire. Lorsque je suis sortie du vestiaire tout à l'heure, j'aurais juré que si je m'étais juchée sur un unicycle avec un abat-jour sur la tête et mise à chanter *Ô Canada*, je serais passée totalement inaperçue.

En ce moment, mes cours d'autodéfense me permettent d'améliorer ma forme physique, de gérer le stress et de me donner plus d'assurance. J'y ai appris quelques coups et quelques prises qui pourraient fort bien m'être utiles.

En janvier, je suis peu venue au centre, alors j'essaie de rattraper le temps perdu en courant aussi vite qu'un hamster dans sa roulette. Depuis un mois, je me donne à fond, autant au gym qu'au boulot. Histoire de me défouler et de canaliser mon stress et ma frustration.

Une voix familière me sort alors de mes rêveries et je ralentis la cadence sur mon tapis.

— Tiens ! Amélie ! Comment ça va ?

Je me retourne, attirée par la voix grave. C'est « Peter Cédric Miller » ! Je ne pensais plus à lui, trop concentrée sur mon tapis ! Il s'approche de moi, un grand sourire aux lèvres et l'air toujours aussi avenant. Je remarque qu'il s'est fait couper les cheveux et que, par ailleurs, ça lui va drôlement bien. Depuis que j'ai augmenté la fréquence de mes visites au centre, je le vois très souvent. Il doit venir ici quatre ou cinq fois par semaine.

J'avais oublié à quel point il est séduisant. Avec ses beaux grands yeux noirs ténébreux et son sourire éclatant, c'est difficile de résister. Je sens mon pouls qui s'accélère. Si je n'étais pas en couple en ce moment, je songerais sérieusement à draguer Cédric. Quoique je me demande bien comment je m'y prendrais, toute suante, sur mon tapis !

— Hé ! Salut, Cédric ! Comment vas-tu ? Moi, ça va bien, merci.

On peut difficilement être plus loin de la vérité. J'ai l'ex de mon amoureux dans les pattes, je ressemble encore à une baleine – en plus, j'ai ingurgité des quantités colossales de desserts aux fêtes –, et ma *boss* veut ma peau. À part ça, tout va bien, madame la marquise.

— Ton chien de garde n'est pas là ? questionne Cédric.

J'éclate de rire. Belle façon de désigner Gabrielle. Il faut dire qu'elle le laisse à peine approcher à 10 mètres depuis notre rencontre inopinée. C'est la première fois, depuis l'incident, que nous pouvons nous parler d'aussi près. Le parfum de Cédric est toujours aussi enivrant… Ça donne envie d'approcher le nez de son cou pour mieux le humer… et peut-être continuer plus bas…

Mon Dieu, qu'est-ce que je fais là ? Quel genre de pensées suis-je en train d'avoir à son égard ? Je me sens mal ! J'aime Samuel. SA-MU-EL. Et dire qu'il y a quelques jours, j'affirmais que rien ne pouvait s'interposer entre nous. Mais tout bon végétarien a le droit de regarder le menu

Grillades au resto, non ? Pense à autre chose, Amélie. Quelque chose de pas excitant ni émoustillant. À Audrey, par exemple.

— En tout cas, c'est évident que l'exercice te fait du bien, tu es rendue toute svelte, dit Cédric. Tu es radieuse.

Mon cœur se remet à battre à toute allure. Si ce n'est pas une façon détournée de me draguer, je ne sais pas ce que c'est. Je suis peut-être nulle pour comprendre les hommes en général, mais je suis assez lucide pour réaliser que lorsque l'un d'eux vous dit que vous êtes radieuse et vous fait remarquer que vous avez perdu du poids – surtout quand vous en avez pris –, c'est qu'il vous veut dans son lit. Ça, ou alors il est gai.

Je déteste les danses de séduction – ou même tout autre type de danse. Avance, recule, fais un pas de côté, tourne un peu. C'est l'une des raisons qui me faisaient autrefois maudire mon célibat – en plus de toutes les autres emmerdes qui vont de pair. Ahhh ! la complexité des rapports amoureux !...

Quand on entre dans la danse de la séduction, je ne sais plus quoi faire et je perds mes moyens. Si certains aiment ce *thrill*-là, ce n'est pas mon cas. On ne sait jamais à quoi s'attendre, tout est prétexte à des mensonges. Sans compter qu'on n'est jamais sûr de ce que l'autre ressent pour nous. Et si c'était simplement de la projection ? Et parfois, on n'est pas certain non plus de ce qu'on éprouve pour l'autre.

Tout est si compliqué à ce petit jeu. Pas moyen d'être direct. Parce qu'en se mouillant, on se rend vulnérable, on a peur de se dévoiler. C'est tellement plus simple lorsqu'on est déjà en couple – ou enfin, c'est censé l'être. On n'a pas peur de dire à l'autre qu'on l'aime. On oublie juste de le faire...

Je commence à avoir envie de prendre mes jambes à mon cou pour éviter Cédric, ce tentateur qui me fait drôlement de l'effet. Je suis en train de suer à grosses gouttes et si j'ai chaud, ce n'est pas parce que la température est élevée dans le gym ou parce que j'ai repris ma cadence de hamster hyperactif.

— Dis donc, tu passes pas mal de temps au gym ces temps-ci, dit-il en s'installant sur le tapis à ma droite, tout en commençant à courir. Un programme intensif de remise en forme ?

— Disons que j'ai besoin de « déstresser ».

— Oh ? Des problèmes ?

Je soupire. Je ne sais pas pourquoi, mais j'ai bien envie de confier mes ennuis à quelqu'un et je sens que je peux avoir confiance en Cédric. Peut-être est-ce sa gentillesse ou sa discrétion, mais je crois que je peux me fier à lui et lui faire part de mes difficultés.

— Bof ! Ça pourrait aller mieux… réponds-je en ralentissant la cadence, question de ne pas haleter comme un petit chien – ce qui nuirait à mon *sex-appeal*, déjà au ras des pâquerettes.

Je lui raconte alors toutes nos péripéties avec Cruella. Cédric m'écoute pensivement, alors que nous continuons à pédaler. Parfois, il me pose quelques questions : sur ma situation avec Samuel, sur les détails de sa relation avec son ex et du divorce.

— Dis, Cédric, combien de temps Aryane peut-elle légalement demander une pension à Samuel ?

— Je ne sais pas. Il y a les *Lignes directrices facultatives en matière de pensions alimentaires pour époux*, élaborées par des professeurs de droit. Mais elles ne sont pas obligatoires. Les juges ont le choix de s'en servir ou non.

— Alors, un juge pourrait décider de tout arrêter n'importe quand ?

— Absolument. Et même obliger Aryane à vous rembourser. C'est loin d'être gagné d'avance pour l'ex de ton copain. Il y a des facteurs à considérer pour la personne qui fait la demande. La durée de la vie commune, le niveau de vie pendant la vie commune, le résultat du partage des biens, les revenus et ressources des parties, etc. De plus, d'après ce que tu me dis, Samuel et son ex n'ont pas été ensemble longtemps. Ça aussi, ça peut jouer en votre faveur. Mais les procédures peuvent être longues…

— … et coûteuses !

Je me rappelle trop bien quand j'ai eu affaire à des avocats. La compagnie Carbu-drinks, celle-là même qui avait fait le Vectorade, m'avait poursuivie pour diffamation à cause de mes découvertes sur leur boisson. Ça a été l'enfer. J'en ai gardé un goût amer.

— Peut-être que votre Aryane aura laissé tomber entre-temps. Tout est possible.

Si je me fie à Samuel et à ce que j'ai vu d'elle, je pense au contraire que c'est nous qui risquons de baisser les bras avant. Elle a peut-être la jambe dans le plâtre, mais elle a encore toute sa tête et son caractère hargneux.

— Ça m'étonnerait. Cette salope d'Aryane nous en fait voir de toutes les couleurs depuis presque un an et elle ne semble pas près de finir !

À peine ai-je prononcé ces paroles que je les regrette. Je ne voudrais pas que Cédric ait une mauvaise image de moi. Que va-t-il s'imaginer en m'entendant parler de la sorte ?

— Écoute, fait Cédric. Je ne pourrais pas vous représenter, toi et ton copain, parce que ce n'est pas ma spécialité. Mais j'ai un collègue que je pourrais vous suggérer : Me Saint-Pierre. Il te fera un prix spécial si je le lui demande... Si tu as besoin d'aide, n'hésite pas à m'appeler.

— Tu... tu ferais vraiment ça ?

— Mais bien sûr ! Tu n'as qu'à m'appeler au bureau, tu as déjà ma carte. Je vous arrangerai quelque chose.

Wow ! Il est drôlement gentil, quand même. J'ai presque du mal à croire que cet accès de générosité n'est pas intéressé. Voyons, Amélie, fais confiance aux gens. Le sosie de Peter Miller t'offre son aide, alors que tu as l'air d'une adolescente en rut, dégoulinante de sueur, rouge comme une tomate, les cheveux mouillés et collés sur un front gluant. Quel intérêt pourrait-il en retirer ?

— Tu sais, poursuit-il, ça me ferait réellement plaisir de t'aider, peu importe les circonstances...

Bon, d'accord, je ne suis pas si naïve que ça… Le gars a très certainement un intérêt… Pour être franche, ça ne me déplaît pas. Le fait que je ne laisse pas indifférent un homme aussi séduisant n'est pas désagréable.

— Je ferais n'importe quoi pour toi… ajoute Cédric avec un clin d'œil.

Plus de doute, il en pince pour moi. C'est certain. Mon cœur se met à battre la chamade et mes mains deviennent très moites ! Des frissons me parcourent l'échine. Mon cerveau droit et mon cerveau gauche sont partagés : dois-je me sentir flattée par de telles attentions ou coupable de les accepter – et être mentalement infidèle à Samuel ? Est-ce mal de m'imaginer en ce moment dans les bras de Cédric, en train de le couvrir de baisers impudiques et passionnés ?

Arrgggh ! Non, non et re-non ! J'aime S-A-M-U-E-L ! *Vade retro, Satana !* Au moment où je songe à sortir un crucifix et à hurler des incantations comme dans *L'exorciste* pour chasser Cédric de mon imagination, j'en oublie de marcher et je tombe en bas de mon tapis roulant.

Cédric s'empresse de m'aider à me relever, en me soutenant d'un bras et en m'entourant la taille de l'autre. Je bondis au contact de sa peau, comme si on venait de me donner une décharge électrique. Je me dégage brusquement.

— Heu !… Ça va, ça va ! Je viens de me rappeler que j'ai oublié ma bouteille d'eau dans mon casier. Je reviens…

Sur ce, je me sauve en courant pour me réfugier au vestiaire. Rendue là-bas, je passe discrètement la tête par la porte pour espionner le chevalier servant. Cédric a quitté son tapis et se promène d'une machine à l'autre, saluant un entraîneur ici, un client là. En tout cas, c'est clair qu'il connaît pas mal de monde et que c'est un habitué. Je me surprends à rêver secrètement qu'il revienne me voir…

Cédric poursuit son chemin. Il passe devant le comptoir de nourriture, de boissons, de suppléments et de mixtures louches destinées aux sportifs ; devant les salles du gymnase où l'on trouve les courts de tennis ;

devant les salles d'aérobie... Il se déplace avec tant d'élégance, de souplesse. Pourquoi a-t-il fallu qu'il entre dans ma vie maintenant ?

Je m'assois sur un banc dans le vestiaire. Je passe et repasse les dernières paroles de Cédric dans ma tête. Qu'est-ce que je fais avec ça ? D'un côté, Cédric me plaît bien, mais ce n'est probablement qu'un *kick*. Malgré nos problèmes, j'aime toujours Samuel et je ne veux pas lui faire de mal. Mais pourquoi faut-il qu'un Adonis comme Cédric surgisse dans ma vie à un moment pareil ? Amélie, respire. Il ne t'a pas demandée en mariage quand même. Il t'a simplement offert son aide. Les gars peuvent être naïfs, dans ce genre de situation, et ne sont pas toujours conscients de leur charme. N'est-ce pas ?

Et Gabrielle qui n'arrive pas ! Est-ce que je dois rester cachée ici en attendant ? Je n'ose pas retourner dans la salle d'entraînement, de peur que Cédric ne renchérisse avec ses déclarations un peu trop affectueuses. Mais d'un autre côté, il faut que je parle à quelqu'un. Je ne peux pas attendre Gabrielle. Je suis en train de me ronger les sangs ! Tant pis, j'appelle Laurie !

— Allo ?

— Allo... Laurie ? Je te dérange ?

— Amélie ? Non, tu ne me déranges pas : j'étais sur le point de m'endormir devant la télé. Toi, ça va ?

— Laurie, j'ai besoin de tes lumières ! Sors-moi un proverbe en latin, en araméen ou en russe, si tu veux, mais j'ai besoin d'un avis.

— Je t'écoute. Qu'est-ce qui se passe ?

— Pourquoi, mais pourquoi, lorsque je suis célibataire et désespérément seule, personne ne veut de moi et, lorsque je suis en couple et sur le bord d'être heureuse, on tente de me draguer et de me corrompre ? Il y a deux ans, je me serais fait davantage remarquer si j'avais été un chihuahua empaillé sur une tablette et maintenant, j'ai plus de succès avec les hommes que les petites culottes de Madonna ! Dis-moi pourquoi !

Silence au bout de la ligne. Laurie réfléchit probablement – la réflexion et le silence sont choses rares. Peut-être est-elle en train de chercher, quelque part dans son immense bagage, la super citation qui va tout replacer en perspective.

— T'es au centre sportif, hein ? me dit-elle. Le gars en question, ce ne serait pas le fameux… Éric ? Cédric ?

Je sursaute ! Comment sait-elle ? Je ne lui ai presque jamais parlé de lui ! À peine deux ou trois mots, peut-être. Et j'ai bien fait attention à ne rien laisser paraître. Suis-je une comédienne si pourrie ?

— Comment sais-tu ça ? Gabrielle t'a dit quelque chose ?

— Oui. Selon elle, tu n'arrêtes pas de lui faire les yeux doux. Et vraisemblablement, il aurait un œil sur toi, lui aussi. Il paraît que ça crève les yeux et que tout le monde le voit, sauf toi. Gabrielle pense que tu vis dans le déni ou alors que tu te sens coupable de l'attraction que tu ressens pour lui. Elle l'appelle « Capitaine Génial » et dit qu'il doit sûrement faire partie du groupe Avocats sans frontières, termine-t-elle en rigolant.

Quoi ? Mais qu'est-ce que… Gabrielle analyse ma vie amoureuse, maintenant ? Et à qui d'autre en a-t-elle parlé ? Comment peut-elle raconter tout ça dans mon dos ?

— T'as fait quelque chose avec lui ? demande Laurie.

— Mais non, bien sûr que non ! Absolument rien ! C'est à peine si on se parle.

— Et ça te tenterait de faire quelque chose avec lui ?

Je médite un instant. Oui, Cédric m'ensorcelle, me fascine. Si j'étais célibataire, je n'hésiterais pas une seule seconde à coucher avec lui. Mais avoir une relation stable, je n'en sais rien. Tout ce que je sais, c'est qu'il m'attire beaucoup sur le plan physique.

— Disons que j'ai imaginé certaines scènes…

— Penses-tu vraiment les concrétiser un jour ?

— Pas tant que je serai avec Samuel, en tout cas.

— Dans ces conditions, je ne vois pas où est le mal, conclut Laurie. Après tout, tu as bien le droit de regarder un peu ailleurs, tant que tu ne touches pas à la marchandise. Quelques fantasmes, ce n'est pas la fin du monde. Tu sais, Robert Blondin a dit : « On n'appartient qu'à soi-même et c'est à soi-même qu'on doit la fidélité la plus importante. »

— Oui, mais la Bible dit aussi : « Tu ne convoiteras pas le bien du prochain », réponds-je, un peu renfrognée.

Laurie éclate de rire. Je ne vois pas ce qu'il y a de drôle.

— Tu sais ce que je pense de la Bible, lance-t-elle. Et puis, les humains sont libres. Ils ne sont pas des biens et n'appartiennent à personne.

— Alors ? Tu as une idée de la raison pour laquelle je suis devenue si irrésistible tout à coup ?

— Parce que les filles désespérées sont d'une ardeur réfrigérante tandis que celles qui sont en couple dégagent une assurance et un je-m'en-foutisme attirant, dit une voix féminine derrière moi.

Je me retourne : c'est Madame-la-Mariée ! Elle a dû entendre les dernières bribes de ma conversation.

— Sophia Loren a déclaré : « L'aura sexuelle se compose à 50 % de ce que vous avez vraiment... et à 50 % de ce que les gens croient que vous avez », me révèle Laurie.

— Depuis quand cites-tu Sophia Loren ?

— Je cite tout ce qui est pertinent.

J'active le mode mains libres de mon téléphone pour que Gabrielle puisse entendre Laurie et vice-versa.

— Tu sais, commence Gabrielle, quand un gars a un œil sur une fille, il va lui dire que tout ce qu'elle raconte et fait a l'air intéressant. Tu peux sortir les plus grandes conneries de la terre, il va toujours te trouver fascinante, intelligente, pleine d'esprit et tout ça. Mais une fois que tu accèdes au statut de « blonde sérieuse », ta crédibilité est pulvérisée au niveau subatomique. Tout ce que tu racontes devient tout à coup débile et ne mérite comme réponse qu'un « Ben oui, chérie ». Autant parler avec un nain de jardin.

— Je confirme, intervient Laurie. Il ne faut pas se fier aux compliments des gars. C'est juste un moyen de te mettre dans leur lit.

— Je pense que c'est parce que au début, les gars veulent te charmer et sentent qu'ils ont encore des choses à prouver, déclare Gabrielle. Après, la fille devient acquise et là… pchtttt ! plus besoin de la séduire et de lui faire croire qu'elle est brillante.

Hum ! Ça expliquerait peut-être pourquoi les conversations entre Samuel et moi ont maintenant l'air aussi intéressantes que les débats de l'Assemblée nationale sur la couleur des trottoirs.

— Pire que ça ! s'écrie Laurie. Après, les échanges deviennent le prétexte parfait pour les gars pour protéger leur territoire et leurs acquis. Mais surtout, les gars ont toujours ce fichu besoin de rabaisser les filles pour se remonter. Pas pour rien qu'ils minimisent tout ce qu'on dit ! Ils ont besoin de dominer, de montrer qui est le *boss.* Et pour ça, ils détruisent systématiquement notre crédibilité.

— Je parie que des négociations syndicales, c'est moins pire, renchérit Gabrielle.

Wouah !… Mais c'est que ça respire la joie de vivre et l'optimisme, ici. À entendre Gabrielle et Laurie, il n'y a plus d'espoir et je n'ai plus qu'à me jeter en bas du pont Jacques-Cartier.

Alors, c'est ça, le couple : un champ de bataille ? *Love is a battlefield ?*

— T'en fais pas, dit Gabrielle en découvrant mon expression dépitée. Ça passera, ton *kick*, tu verras. Et après, tout redeviendra merveilleux avec Dr Torride.

— Bon, je te laisse. On se reparle, dis-je à Laurie.

— Allez, et oublie Capitaine Génial, conseille Laurie. À plus ! ajoute-t-elle avant de raccrocher.

* * *

Mi-mars. Pour mon anniversaire, les parents de Samuel nous ont offert un cadeau, disons... intéressant. Une aide financière pour nous payer une gardienne. En fait, la gardienne aidera Samuel à s'occuper des enfants lorsque je serai au gym. Bien que j'apprécie le geste, qui me permettra de sortir plus souvent et de le faire en toute quiétude, je trouve bizarre que ce cadeau serve aussi – et surtout – les intérêts de Samuel plutôt que les miens. Alors que c'est censé être MON anniversaire. Enfin, j'ai cessé de m'interroger sur leurs cadeaux et je me concentre à simplement en profiter.

Un peu drôle aussi que Samuel ait besoin d'aide, alors que moi-même, je me suis toujours occupée seule de Maxime et Daphnée durant les huit derniers mois.

M'enfin. Une Mary Poppins, dans cette maison, ça ne peut pas faire de tort. Je ne suis pas du genre à me sentir menacée par une grand-mère qui mijote de jolis plats en faisant la lecture à mes enfants. J'ai compris il y a longtemps que je n'avais pas ce talent, alors aussi bien déléguer. J'étais heureuse de l'idée jusqu'à ce que Samuel me présente la gardienne qu'il a choisie, après environ 30 entrevues de candidates examinées sous toutes leurs coutures. Moi qui m'attendais à avoir une Mrs. Doubtfire grisonnante, vêtue d'une robe fleurie et louchant derrière des lunettes épaisses ornées de paillettes, je suis tombée en bas de ma chaise !

La *baby-sitter* en question s'appelle Shada Mujawar. Elle a été recommandée par un collègue de Samuel. C'est une jeune et superbe Yéménite d'à peine 20 ans, grande et mince – du genre 1,80 mètre et 50 kilos mouillée. *Look* exotique assorti de bracelets, colliers et grandes boucles d'oreilles, peau bronzée couleur de cuivre, longue chevelure d'un noir de jais flottant presque au vent, yeux en amande joliment rehaussés de fard et de mascara, jeans serré et chandail ajusté laissant deviner une poitrine plus que généreuse, elle a quasiment l'air d'une effeuilleuse.

Elle pourrait aisément faire le *cover* de *Féminine.com*, et ce, sans même avoir recours aux services d'une styliste ou d'une maquilleuse. L'actrice Penelope Cruz aurait l'air de la belle-sœur laide de Cendrillon à côté d'elle.

Je ne suis pas jalouse concernant le partage des tâches ménagères, mais pour l'attention de mon homme, ça oui ! Je commence à comprendre pourquoi Samuel avait mis tant de temps à l'évaluer et la raison pour laquelle il l'a choisie. Étant donné qu'il ne se passe plus grand-chose dans la chambre à coucher depuis près d'un an, je me demande si je devrais me méfier. Rien ne pourrait s'interposer entre nous, hein ? Eh oui ! il faut insérer du cynisme ici aussi.

Mais j'ai trop honte d'avouer que je suis verte de jalousie à la vue de cette nymphette au corps ferme et athlétique et qui me bat à plate couture sur le terrain de la séduction. Je n'ai pas envie de faire comme Aryane et de péter les plombs à la moindre peccadille. Je ne veux pas passer pour une matrone acariâtre et *control freak*.

Je me remémore les paroles qu'Antoine m'avait servies il y a plus d'un an. « Arrête de te percevoir comme une moins que rien, Amélie. Tu es une fille super. »

Allez, c'est pas parce qu'à côté de Shada, j'ai l'air aussi attirante qu'un réfrigérateur que je dois être jalouse, hein ? Me semble que ça ne me rassure pas beaucoup...

* * *

Troisième semaine de mars. Moments de découragement intense, ces temps-ci. Je suis revenue au travail depuis un peu plus d'un mois, et Audrey se plaint déjà du fait que je doive m'absenter souvent – les jumeaux ont été malades quelques fois depuis qu'ils vont à la garderie. Il y a quelques semaines, elle a commencé à me reléguer à des tâches plus ingrates : ouvrir le courrier ; taper ses lettres ; prendre ses rendez-vous chez le coiffeur ou l'esthéticienne pour ses injections de Botox – elle prétend faire du télétravail pendant qu'elle est dans ces endroits – ; aller lui chercher du café ; tenir son agenda ; régler ses comptes personnels, tels que son téléphone cellulaire, son électricité, sa carte de crédit et, si possible, faire passer certaines dépenses privées sur le compte de la compagnie. Si je n'avais pas peur de subir des représailles de sa part, je la dénoncerais aux patrons. Bon Dieu ! Et dire qu'il n'y a pas si longtemps, c'est moi qui gérais le magazine ! J'ai un baccalauréat en journalisme, j'ai mieux à faire que de lui apporter son beigne matinal !

En attendant, je sors d'une séance de magasinage au sous-sol de l'église du coin. J'ai beau avoir recommencé à travailler, cela nous permet tout juste de surnager. Pas de folles dépenses, donc.

Je me dirige vers ma nouvelle – vieille – voiture. Samuel a réussi à dégoter, en moins de trois semaines, un véhicule pour nous dépanner – et qu'on pouvait se payer à court terme sans se mettre dans la schnoutte. Il s'agit d'une auto un peu déglinguée, noire avec des flammes orange et qui a l'air sortie tout droit d'Europe de l'Est. Le silencieux tient pratiquement avec une corde, il y a une craque longue de 30 centimètres sur le pare-brise avant et l'essuie-glace côté passager fonctionne à peine.

N'empêche, je n'ai plus à me taper trois heures d'autobus le matin, tassée comme une sardine au milieu des autres travailleurs, et avec deux mouflets braillards, en plus – ce qui me fait passer pour la plus indigne des mères. Quand Maxime et Daphnée crient dans l'auto, au moins, ils n'emmerdent que moi.

C'est alors que je tombe directement sur... madame Rochefort !

— Amélie, ma petite, comment allez-vous ?

Zut ! Ça faisait quelque temps que je ne l'avais pas croisée. Et étant donné la bouffée de honte qui m'envahit chaque fois – c'est bête, mais je ne peux m'empêcher d'être gênée de ma situation financière –, je n'étais pas trop fâchée de ne pas la voir.

— Heu !... ça va...

C'est alors qu'elle fait exactement ce que je redoutais le plus : elle remarque la boîte de conserve sur roues qui me sert de véhicule.

— Mais qu'est-ce qui est arrivé à votre voiture, ma chérie ? Un accident ?

— Oui… c'est ça.

Ce n'est pas entièrement faux, en quelque sorte. Je pourrai donc m'en tirer, si je meurs demain et que j'arrive devant saint Pierre et ses clés du Paradis, en disant que je n'ai pas menti.

— Oh ! ma chérie, mais c'est donc horriiiiiible ! Vous avez dû être traumatisée. Et dire que vous avez dû vous rabattre sur cette… chose pour vos déplacements.

Elle n'ose même pas appeler ça une auto, tellement ce truc doit lui faire peur.

— En effet.

— Vous devriez vous acheter une Mercedes, ma petite Amélie, c'est une excellente marque.

Bien sûr. Le jour où je ferai un quart de million en salaire, c'est la première chose que je vais mettre sur ma liste d'achats.

— Mais au moins, dis-je, je n'ai plus besoin d'utiliser les transports en commun.

Bon, on peut achever cette conversation, que j'aille me cacher avec mon tas de ferraille ?

— Mon Dieu ! Et vous avez dû vous déplacer avec la plèbe ! Que c'est donc choquant !

J'aurais bien envie de lui répondre que moi, j'ai pris les transports en commun toute ma vie et que la plèbe, j'en fais encore partie. Mais je n'ai pas le temps de rétorquer qu'elle passe à un autre sujet.

— Pendant que j'y pense, susurre-t-elle, j'ai pris l'initiative, la semaine dernière, d'inscrire vos enfants à des ateliers de langage des signes. Vous savez, pour contrer leur retard de langage ? Ils ne disent toujours pas un seul mot, hein, ces pauvres petits ?

Merde, mes enfants n'ont que huit mois. C'est normal qu'ils ne parlent pas, bon Dieu ! Ça va faire, la pression ! Quand même, j'hésite entre être reconnaissante – je présume qu'elle a de bonnes intentions – ou être choquée qu'elle s'immisce dans mes affaires. Remarquez, peut-être que ça ne ferait pas de tort à Maxime et à Daphnée ? Mais d'un autre côté, où trouverais-je le temps ?

— Voilà l'inscription, me dit madame Rochefort en me remettant une feuille. Inutile de me remercier, ça me fait plaisir. Allez, on m'attend. Au revoir !

Et sur ce, sans demander son reste, elle part vers le sous-sol de l'église, pour aller apporter ses lumières bienveillantes à quelques pauvres BS dans le besoin.

* * *

Fin mars. Pendant que les enfants s'amusent dans le salon avec des cubes et des toutous, je prépare le souper – ou du moins, j'essaie. Soudain, on sonne à la porte. Qui ça peut bien être ? J'ouvre. Non, c'est… Aryane ! Il ne manquait plus qu'elle ! J'ai soudain l'impression de m'être enfoncé une grosse agrafe dans la main.

Elle s'apprête à franchir le seuil, mais en voyant mon expression glaciale et Bingo qui se met à grogner, elle recule. Brave chien, bravo ma Bingo ! Ce n'est pas l'envie qui me manque de l'imiter et de grogner après Aryane ! Je tente de rester civilisée, mais je reste sur le seuil, car je n'ai pas l'intention de la laisser entrer. On gèle, mais je préfère encore demeurer dans le cadre de la porte plutôt que de la laisser entrer dans ma maison.

— Je voudrais voir Samuel. Il est là ?

— Non, il travaille. Qu'est-ce que tu lui veux ?

— Je venais lui faire une proposition à l'amiable. Gentiment, entre nous, sans avocats.

Pourquoi je me méfie comme si j'avais Satan en personne devant moi ? Je sais maintenant qu'Aryane ne fait rien innocemment. Elle a une idée derrière la tête… Mais quoi ?

— Il est un peu tard pour ça. Il fallait y penser avant d'intenter une poursuite. Si tu veux nous parler, passe par ton avocat.

Alors que je m'apprête à refermer la porte, elle me lance :

— Pourtant, ça devrait t'intéresser, parce que ça te concerne directement.

Je fige. Qu'est-ce qu'elle raconte ? En quoi suis-je concernée ?

— Je pensais demander une augmentation de la pension au juge en ajoutant ton revenu à celui de Samuel, dit Aryane. Mais si vous acceptez une entente hors cour, on garde le calcul de la pension tel qu'il est en ce moment. Si ça ne vous intéresse pas et que vous préférez la jouer dur, pas de problème. Le juge prendra donc vos deux salaires en considération. Surtout que maintenant, tu travailles.

Je bous de l'intérieur et me retiens pour ne pas lui sauter à la gorge. Quelle *bitch*, quelle manipulatrice !

— Tu as sûrement raison, ajoute-t-elle. Je devrais en parler à Samuel par l'intermédiaire de nos avocats. Je connais mon ex-mari, il est in-ca-pa-ble de laisser une femme en détresse…

Sur ce, elle s'en va, fière de son coup. Grrrr ! Je vais bientôt aboyer. Fait chier !

* * *

Une heure plus tard, je relate l'histoire à Samuel dans ses moindres détails. Tout au long de mon récit, il secoue la tête, soit en soupirant, soit en ricanant.

— Elle a vraiment du culot.

Soudain, il lève la tête et me regarde droit dans les yeux.

— Amélie, je ne peux pas te laisser endurer la situation plus longtemps. Si tu veux, je peux accepter son offre, payer une plus grosse pension afin d'éviter que…

— Non !

Je n'arrive pas à croire ce que j'entends ! Le chantage émotif d'Aryane est en train de fonctionner, ma parole ! Elle m'utilise pour parvenir à ses fins et obtenir ce qu'elle veut de lui. Elle avait raison, la garce de Cruella. Samuel est incapable de rester insensible à une femme en détresse… MOI en l'occurrence !

— Il n'en est pas question, dis-je. On est ensemble là-dedans, toi et moi. Tu te souviens de ce que tu m'as dit, l'autre fois ? « On est un couple, toi et moi, il faut qu'on se soutienne et qu'on s'aide. » Il n'est pas question qu'Aryane s'en tire comme ça. « On » va la combattre jusqu'au bout.

Samuel sourit faiblement.

— C'est vrai, tu as raison. On va gagner et lui faire regretter de nous avoir poursuivis, dit-il. Allez, on va lui faire voir de quel bois on se chauffe !

Bravo !

15

Question de *feeling*...

(Novembre)

L'amitié est impossible entre femme et homme :
s'il est plus qu'un ami, elle devient moins qu'une amie.

Comtesse de Blessington

Début novembre. Journée de froid, de vent et de pluie. Les décorations d'Halloween, sorties depuis un bout de temps, céderont bientôt la place à celles de Noël qui vont étinceler dans la neige.

Notre vieille maison a enfin cessé de tomber en ruine. Durant l'été, les amis et la famille nous ont apporté une aide précieuse et ont grandement contribué à la retaper de fond en comble. Mais les dettes découlant de la poursuite judiciaire et des nombreux travaux continuent de stagner. On garde tout juste la tête hors de l'eau.

De leur côté, Maxime et Daphnée ont déjà seize mois. Mes enfants ont célébré leur premier anniversaire il y a quatre mois, et ils grandissent et évoluent à vue d'œil. Ils marchent, courent, attrapent Bingo par la queue – qui, heureusement, a très bon caractère –, saisissent tous les objets à portée de main, les montrent du doigt, les empilent, nous imitent et babillent sans arrêt. Cela demande une attention constante pour éviter les accidents et me retrouver à l'hôpital, affublée de l'étiquette « Mère indigne qui ne surveille pas ses enfants » collée au front. Maxime a déjà trois prunes sur la tête et Daphnée a eu la lèvre fendue une fois ainsi qu'un œil au beurre noir. Ça promet. Mais entre ça et leurs échanges de crottes de nez, je ne sais pas ce qui est le pire.

En ce moment, Maxime est dans sa phase « Je veux vivre ! » et, s'il n'a pas toute l'attention de chaque personne de l'univers, il explose tel un sac de *pop-corn* oublié dans le four micro-ondes. Il grimpe absolument partout et brise tout. Il a aussi développé une fixation sur un piano musical et parlant, qu'il a reçu en cadeau. Vraiment, je ne pensais pas que des mots aussi simples que « trois », « carré » ou « bleu », répétés deux millions de fois par jour, pouvaient devenir des instruments de torture. Je devrais songer à proposer cette méthode d'interrogatoire à la CIA. Je deviendrais peut-être riche.

Daphnée, de son côté, fait valoir les droits fondamentaux du bébé avec l'intensité d'un Calimero en pleine crise existentielle – je soupçonne ma fille d'être secrètement une future ambassadrice de l'ONU déguisée en poupon – et est pendue constamment après mes jupes comme un velcro.

De plus, elle a développé un attrait pour la salle de bain et spécialement pour tout ce qui s'y trouve et qui est non hygiénique. Pourquoi jouer avec une chaise musicale conçue expressément pour un bébé de 12 à 18 mois lorsqu'une cuve de toilette exerce une telle attirance ? Que ce soit pour y mettre les doigts ou en mordiller le rebord, plein de substances louches, c'est l'objet de tous les désirs. Rien de tel non plus que de se mettre une brosse à toilette pleine de germes dans la bouche.

Dans notre couple, c'est toujours le *statu quo* – pratiquement depuis la naissance des jumeaux, en fait. Notre vie amoureuse et sexuelle, minée par la routine, la fatigue et le stress, bat de l'aile plus que jamais, il me semble. Oh ! Samuel est plein de belles paroles, il affirme régulièrement m'aimer et tout ça. Mais il est continuellement absent car il travaille comme un forcené, et la libido est aussi foireuse qu'un vieux soufflé au fromage.

Tout cela n'est rien pour me rassurer face à Shada, la gardienne, toujours si élégante et l'air fraîchement sortie d'une séance chez l'esthéticienne ou la coiffeuse. Je suis encore aussi complexée par rapport à elle. Cette dernière s'occupe très bien des enfants, mais je trouve qu'elle prend de plus en plus de place auprès d'eux et de Samuel.

Lorsqu'elle arrive à la maison, ils se jettent sur elle en poussant de grands cris. Elle prépare des plats divins que Samuel dévore avec appétit alors qu'il goûte à peine aux miens. Il l'accueille chaque fois avec un bonheur très apparent. Des fois, j'ai l'impression qu'il regarde Shada de la même manière qu'il me regardait autrefois. Je jurerais qu'ils ont développé une complicité suspecte.

Certains soirs où elle ne vient pas, Daphnée l'appelle, comme si elle la cherchait. Je me sens déclassée. Ça commence à m'inquiéter, mais j'ai si peur de finir en *bitch* finie et contrôlante comme Aryane que je m'empresse d'étouffer les sentiments d'envie et de jalousie dès qu'ils surgissent.

Amélie, répète après moi les paroles d'Antoine : « Arrête de te percevoir comme une moins que rien, Amélie. Tu es une fille super. Et puis, Samuel est fou de toi, ça crève les yeux. »

Ça fait du bien à l'ego.

* * *

Deuxième semaine de novembre. Depuis quelques mois, Audrey a commencé à me faire travailler, sous prétexte de faire de la formation aux chroniqueurs, à des reportages idiots. Ce mois-ci, je suis donc forcée de parler de toilettes pour chiens. Vous n'avez pas idée à quel point c'est passionnant de parler de lingette ultra-absorbante conçue pour se débarrasser facilement des excréments canins. Super… Me semble que j'ai un sentiment de déjà-vu.

Y a des jours où j'aimerais bien mettre une petite bombe sur un papillon, qui irait voleter innocemment dans le bureau d'Audrey et la faire exploser. Mais l'air y est si glacial qu'il n'oserait sans doute pas entrer et c'est moi qui me retrouverais avec une bombe me pétant à la figure.

Ce matin : réunion pour déterminer quels seront les thèmes du mois. J'entre dans la salle de conférence. La plupart des employés et des pigistes sont là. Comme d'habitude, Justin – avec sa tête d'angelot – est assis au bout de la table.

En attendant le début de la réunion, il parcourt fébrilement une pile de papiers posée devant lui. Il semble terriblement soucieux. Je connais

Justin depuis assez longtemps pour savoir que c'est sérieux. Un problème en perspective ?

Quand tout le monde est enfin arrivé, je fais signe à Justin, toujours aussi absorbé, pour lui signifier que nous sommes prêts à commencer. Pourtant, je ne suis pas certaine de vouloir entendre ce qu'il a à nous dire.

— Bon, avant de débuter sur les thèmes du prochain numéro, je dois vous entretenir d'une complication qui vient de survenir. Je ne veux affoler personne, mais je pense que vous devez tous être mis au courant. J'ai toujours prôné la franchise auprès des employés.

Arrgggh !... Accouche, aboutis, Justin, tu nous énerves, crache le morceau !

— Vous savez que la compagnie de vêtements Clark Stein nous achète de l'espace publicitaire privilégié en grande quantité depuis déjà plusieurs années et qu'elle est l'un de nos fournisseurs principaux... Elle nous réservait, 12 mois par année, la page la plus chère. Nous avions négocié un bon prix avec cette entreprise et ça rapportait gros.

Scrogneugneu de scrogneugneu ! Viens-en aux faits, Justin, la situation est insoutenable !

— L'entente annuelle exclusive que nous avions avec cette compagnie est sur le point de se terminer, poursuit-il. Or, Clark Stein a décidé de faire affaire avec un autre magazine québécois. Puisque ses dirigeants ont pour politique de ne prendre ce genre d'entente qu'avec une seule revue sur un territoire donné et qu'ils ont déjà signé avec l'autre, il est trop tard pour intervenir.

— C'est le magazine auquel je pense, j'imagine ? maugrée Alexis.

— Oui, c'est *Au féminin*.

Au féminin ? Notre ennemi de toujours ? Avec la rédactrice en chef Élizabeth Saint-Georges ? Cette nunuche blondasse a étudié en même temps que moi et a hérité du magazine de sa mère en sortant de l'université. Ah ! la salope ! Je n'en reviens pas. En fait, non. À bien y songer, je ne devrais pas être surprise. La rivalité entre nos deux magazines date d'il y a si longtemps, ça n'a rien d'étonnant.

— Ce faisant, cette revue vient de nous faire perdre une de nos plus importantes sources de financement, poursuit Justin. Voilà pourquoi je vous informe de la situation. Nous devons nous mettre à la recherche d'un autre fournisseur qui puisse nous rapporter autant d'argent que Clark Stein. Ou alors, trouver des fournisseurs qui prendront la deuxième de couverture à la pièce, s'ils ne peuvent réserver les douze mois d'avance comme le faisait Clark Stein. Nous n'avons pas beaucoup de temps, car dans deux numéros, cette page de publicité sera vacante. Il faudra jouer de nos contacts.

Je soupire. En temps normal, c'est le service des publicités qui se charge de chercher des fournisseurs. Mais dans des cas particuliers où il est question de gros montants d'argent, une opération de charme de la rédaction est de mise auprès des entreprises.

J'essaie de calculer le montant à rattraper. La deuxième de couverture, double page, en quatre couleurs, c'est entre 35 000 et 40 000 dollars par mois, selon le nombre de mois réservés par le fournisseur. Donc, multiplié par 12, plus les frais de 15 % de positionnement garanti, ça fait… un demi-million de dollars par année en revenu ! C'est moi, ou il fait chaud ?

Bon sang, comment on va rattraper tout ça ? Je suis soufflée. Non mais, quel culot, cette Élizabeth ! Ça ne devrait pas être légal, ce genre de truc ! Relève tes manches, Amélie. Élizabeth ne l'emportera pas au paradis, il doit bien y avoir une faille quelque part. Un moyen de la prendre à son propre piège. Il est grand temps que j'entre dans la compétition et que je prouve que, moi aussi, je peux être une pétasse finie !

* * *

Ça fait près de dix jours que Justin et moi sommes à la recherche intensive de nouveaux fournisseurs. Pas facile de convaincre les compagnies :

« Bonjour, vous n'auriez pas un petit demi-million de dollars à dépenser en publicité ? »

Parler à la bonne personne, dans ce genre d'entreprise, n'est pas toujours évident non plus. Aujourd'hui, c'est la troisième compagnie où je tente de joindre le responsable du marketing et de la publicité. On se croirait dans la maison qui rend fou des *12 travaux d'Astérix*.

— Thomas Fisher inc., bonjour.

— Bonjour ! Je m'appelle Amélie Tremblay, je suis la rédactrice adjointe de *Féminine.com*. Puis-je parler à la personne responsable de la publicité ?

— Est-ce que vous désirez joindre celle de la section Parfums, de la section Lingerie, de la section Lunettes, de la section Jeans, de la section Enfants, de la section Sports, de la section Aqua, de la section Déco ou de la section Haut de gamme ?

Hem !... La centralisation, ça ne leur dit rien ? Autant tirer aux dés, tout est pertinent.

— Euh... je ne sais pas. Il n'y en a pas une qui soit plus importante ?

— Elles sont toutes importantes, madame.

Voilà qui m'aide beaucoup. Belle réponse digne d'une employée *brainwashée*...

— Eh bien... donnez-moi celle de la section Jeans, tiens.

Qui n'en a jamais porté, à part peut-être le dalaï-lama ? Même les guerriers massaï vivant au fin fond du Kenya en ont, maintenant. Ça me semble donc assez *safe* d'aller de ce côté-là.

— La responsable est absente en ce moment. Désirez-vous laisser un message ?

Ça valait bien la peine de choisir une section...

— Oui, dites-lui qu'elle peut rappeler Amélie Tremblay, la rédactrice adjointe de *Féminine.com*, s'il vous plaît.

— Quel est le type d'entreprise et c'est à quel propos ?

Je l'appelle de l'animalerie *Féminine.com* et je vends des perruches…

— C'est pour de l'espace publicitaire dans une revue.

— Parfait, merci.

Et je raccroche. Pfff ! Si c'est comme ça partout, on va trouver des fournisseurs en l'an 2095 !

* * *

Troisième semaine de novembre. Le gym, pour célébrer son dixième anniversaire d'existence, organise un 5 à 7 pour ses clients, directement sur place. Quelle superbe idée ! Ça va me changer les idées des problèmes familiaux et de travail.

Lorsque Gabrielle et moi sortons du vestiaire, alors que j'ai essayé de m'habiller chic – maintenant que j'ai pratiquement retrouvé ma taille avant-grossesse, j'ai pu me permettre de piquer une jupe de satin noir à mi-cuisse, une camisole à paillettes dorées et des escarpins à talons hauts rose doré de Manolo Blahnik chez *Féminine.com* –, je suis soufflée par ce que je vois.

Les pétards bronzés, huilés et musclés qui se font aller dans les machines sont aussi maniaques de mode ! Je suis entourée de corps quasi parfaits, vêtus de pièces de vêtement qui feraient rougir Coralie, notre styliste en chef, de jalousie ! Ça danse en ce moment sur une musique endiablée de Lady Gaga qui hurle dans les haut-parleurs qu'elle est *on the edge of glory*.

Les machines ont été déplacées pour faire de l'espace pour une piste de danse. Le bar – qui sert habituellement des boissons énergisantes, des boissons pour sportifs et des *shakes* douteux remplis de substances peut-être interdites aux Olympiques – offre aujourd'hui des martinis, de la vodka et des rhums & Coke.

Moi qui pensais faire une entrée remarquée, je serais passée inaperçue même si je m'étais présentée en petite culotte avec des oreilles de

Mickey Mouse sur la tête. Ben dis donc ! Les gens ne font pas les choses à moitié, ici !

— Amélie ! Comment vas-tu ?

Dans cette foule plutôt dense et dont certains membres sont déjà dans un état d'ébriété avancé, une seule personne pouvait me retrouver tout de suite : Cédric ! En voilà au moins un sur la planète qui ne reste pas totalement insensible à mes charmes. Hum ! Moi aussi, tout à coup, je me sens *on the edge of glory.*

Visiblement un peu pompette lui aussi, Cédric s'avance aussitôt vers moi. Il me serre la taille, me tire vers lui et m'embrasse sur les joues avec ce qui me semble être beaucoup d'affection. Je reste totalement pétrifiée par cette démonstration très explicite de quelque chose de pas trop platonique.

Je ne sais pas trop ce qui me trouble le plus. La soudaine et intense proximité de Cédric ou le frisson incontrôlable doublé d'une bouffée de chaleur qui me saisit à son contact. Je déglutis avec peine, partagée entre l'envie de me coller davantage et de me blottir contre son torse musclé et le goût de le repousser pour mettre fin immédiatement au vertige qui m'envahit.

— Tu es encore plus magnifique que d'habitude, murmure-t-il à mon oreille.

Je finis par m'éloigner un peu et mettre fin à notre accolade – plutôt à contrecœur. Après tout, Gabrielle est juste à côté. D'ailleurs, celle-ci rit dans sa barbe en ce moment, me voyant plus mal à l'aise que jamais. Je lui jette un regard de détresse, espérant qu'elle va me sortir de cette tentation.

— Vous voulez quelque chose à boire ? demande-t-elle hypocritement avec un grand sourire. Je vais vous chercher cela tout de suite.

Traîtresse ! Je la fusille du regard alors qu'elle s'éloigne, sans doute pour nous laisser seuls, au milieu d'une foule, quand même.

— Allez, Amélie, me dit Cédric. Viens t'asseoir.

Il me traîne jusqu'à une petite table où il me fait asseoir et me tapote la cuisse. Je fige, le souffle coupé, et ma tête se met à tourner. Je sens comme une chaleur dans mon bas-ventre. J'essaie de respirer à fond. Oufff ! Il me semble qu'il y a longtemps qu'on ne m'a pas touchée comme ça. J'aurais presque envie de saisir la main de Cédric et de la faire glisser beaucoup plus loin sur ma cuisse, sous ma jupe, peut-être ?

— Alors, comment vas-tu, ma belle ? demande-t-il en me prenant la main. Ta vie se passe toujours aussi bien ? Et tes petits anges, comment se portent-ils ? S'ils te ressemblent, ils doivent vraiment être superbes.

L'alcool rend Cédric volubile. Chacune de ses paroles me va droit au cœur. J'en prendrais encore pendant des heures. Je suis tellement en manque d'attention, de sensualité, de chaleur. Je voudrais m'agripper à sa main et ne plus la lâcher. J'ai la gorge et la bouche sèches. Une chance, sinon je baverais sur la table. La serveuse apporte un verre d'eau avant de prendre ma commande. Je me jette sur le verre, la main tremblante. Sois forte, Amélie. C'est sûrement juste un *kick*, hein ? Un petit truc sans importance qui va passer. Respire à fond…

— Me Saint-Pierre m'a parlé de votre cas, qui stagne toujours, dit Cédric. Mais ça devrait sûrement aboutir bientôt. Je vais peut-être essayer d'intercéder auprès du juge, si j'en suis capable.

— Han, han !… réponds-je distraitement.

Je n'écoute plus vraiment ce qu'il dit. J'ai le regard fixé sur ses lèvres pulpeuses, ses dents blanches parfaitement alignées, ses beaux yeux bruns ténébreux, ses pommettes saillantes, son teint basané, sa chevelure marron coiffée à la perfection, son physique de joueur de football. Je plane…

Finalement, pendant trois heures de conversation où je lui ai pratiquement raconté ma vie – parlant de nos problèmes de finances, de boulot, de couple et de gardienne, et où Cédric a joué au psychologue et au confident, tentant de me remonter le moral –, je n'ai pas vu le temps passer.

Je me suis sentie tellement bien. Écoutée, appréciée, soutenue. Ça faisait longtemps que je n'avais pas flotté sur un nuage comme cela.

Gabrielle, de son côté, n'est pas revenue apporter les boissons promises. Sans doute a-t-elle décidé de nous laisser une certaine intimité. Je l'ai vue passer à l'occasion, dansant au bras de l'un ou de l'autre, ou flirtant avec des gars assis dans un spa sur la terrasse, et dans un état de plus en plus éméché à mesure que la soirée avançait.

Cela me fait d'ailleurs songer que je ne l'ai pas aperçue depuis quelque temps déjà. Peut-être devrais-je aller voir dans quelle condition elle se trouve ?

Remerciant chaleureusement Cédric pour sa gentillesse et son écoute, je me mets à la recherche de ma précieuse amie. Il y en a une qui rentrerait chez elle avec Nez rouge, si on était dans le temps des fêtes.

Je me lance donc à sa recherche, avant qu'elle se déshabille et se mette à danser sur les tables. Après plusieurs minutes d'observation à travers la foule de fêtards, les machines poussées près des murs, les tables, etc., je dois me rendre à l'évidence : Gabrielle a disparu ! Mais où est-elle ? A-t-elle déjà quitté les lieux ? Est-elle tombée ivre morte dans les douches du vestiaire ?

Je m'approche des fenêtres pour jeter un œil au stationnement. Non, sa voiture est toujours là. Bon, au moins, elle n'a pas décidé de conduire en état d'ébriété. Alors, où se trouve-t-elle ?

Je décide de l'appeler sur son téléphone cellulaire. Je vais sûrement la joindre, où qu'elle se trouve. Le téléphone sonne. Pas de réponse, la messagerie vocale commence son monologue. J'éteins et je recommence. Peut-être qu'elle ne l'a pas entendu, avec le vacarme qui règne ?

Alors que la sonnerie part encore, j'entends une musique familière près de moi. Je remarque le téléphone cellulaire de Gabrielle, posé sur une table, avec son sac à main, au milieu d'une multitude de verres de martini vides. Merde ! Elle a oublié son portable !

Mais que fait-elle ? Est-elle partie s'envoyer en l'air avec un inconnu dans le sauna, ou quoi ? Ça, ce serait plus le truc d'Antoine, dans son ancienne vie – mais avec une fille.

Je commence à paniquer. Et si quelqu'un avait mis de la drogue du viol dans son verre et l'avait kidnappée ? Il faut que j'appelle à l'aide.

— Cédric ? CÉDRIC ?

Je me précipite vers mon sauveur. Je lui explique rapidement la situation. Inquiet, il va parler aux employés du gym pour leur signaler la disparition de mon amie. Dois-je appeler la police ? Non, une personne doit être disparue depuis au moins 24 heures pour cela. En attendant, les invités se trémoussent autour de moi, insensibles à mon désarroi, sur la voix d'AC/DC qui crache les paroles de *Highway to Hell* dans mes oreilles. Tout à fait de circonstance, car je me sens en effet en route vers l'enfer.

Ensuite, Cédric commence à enquêter auprès des fêtards toujours présents – et en mesure de répondre. Personne n'a vu Gabrielle depuis au moins une bonne heure. J'angoisse.

Réfléchis, Amélie. Elle ne peut pas être bien loin. Tu as fouillé presque partout : dans les vestiaires, les toilettes, les douches, les salles d'entraînement. Que reste-t-il ?

Mon Dieu ! La piscine ! Et si Gabrielle s'était noyée dans son état d'ivresse ? Je cours là-bas, paniquée. J'imagine le cadavre déjà boursouflé de Gabrielle flottant sur le ventre dans l'eau. J'arrive enfin sur place. Non, aucun signe d'elle, la piscine est vide.

Bon Dieu de merde ! Je vais l'étriper si je la retrouve vivante ! Je me sens vraiment mal. Je dois prendre l'air. Je me dirige vers la terrasse où se trouvent les spas et les transats, maintenant vides. Je suis furieuse et affolée à la fois.

Lorsque j'arrive dehors, je suis seule. Sur le bord de pleurer, je lâche un ultime cri de frustration, comme si ma copine pouvait m'entendre, quelque part dans la ville de Montréal.

— GABRIELLE ! Où es-tu, merde ? ?

C'est alors qu'un hurlement me répond. Une silhouette allongée sur l'un des transats et que je n'avais pas vue gigote soudain. C'est Gabrielle !

— Tu es folle, ou quoi ? rage-t-elle. Qu'est-ce qui te prend de beugler comme ça ? Tu m'as fait une de ces peurs !

Je suis bouche bée. Après ce qu'elle m'a fait endurer, c'est elle qui a eu peur ? Elle est bonne, celle-là !

— Moi, je t'ai fait peur ? Mais c'est toi qui m'as fait paniquer ! Ça fait une demi-heure que je te cherche ! Personne ne savait où tu étais et aucun moyen de te joindre ! Je t'imaginais morte dans un caniveau ! Qu'est-ce que tu foutais ?

— J'avais trop bu et je ne me sentais pas bien. Je suis sortie quelques minutes pour prendre l'air. Je me suis couchée sur un transat et je pense que je me suis endormie.

Je soupire. Bon, tout va bien, tout est rentré dans l'ordre. Je peux respirer. Quelle idée, de se soûler la gueule comme ça, aussi. Dire que j'ai déjà fait des trucs aussi stupides et irresponsables. À croire que la maternité m'a transformée.

— Bon, c'est pas grave. L'important, c'est que tu ailles bien. Mais ne recommence pas.

— Oui, maman, répond moqueusement Gabrielle. On rentre à la maison ?

— Bonne idée.

Ouf ! Crise gérée… jusqu'à la prochaine.

Cela me fait penser, en me remémorant la soirée que je viens de passer avec Cédric, que la prochaine crise pourrait bien être dans mon couple.

* * *

Fin novembre. J'essaye en vain, depuis près d'une heure, de convaincre David de parler d'autres choses que de solution pour nettoyer les dentiers pour la chronique de tests.

— Ils viennent de sortir un produit super intéressant à saveur de fraise, insiste-t-il.

Ils pourraient bien le faire à saveur de gin, s'ils le voulaient, on s'en balance.

— David, nos lectrices ont en moyenne 25 ans, comment veux-tu que ça les intéresse ?

— Elles pourraient en donner en cadeau à leurs grands-parents.

Ben oui. Du nettoyant pour dentiers en cadeau. Et pourquoi pas leur suggérer de donner un paquet-cadeau de manger mou, tant qu'à y être ?

Depuis que je ne suis plus rédactrice en chef – et que j'ai été rétrogradée au poste de rédactrice adjointe –, ma crédibilité auprès de certains chroniqueurs semble avoir dégringolé au niveau du troisième sous-sol. Comme si tout ce qui sortait de ma bouche ne valait pas plus que le « coin-coin ! » d'un canard en plastique.

Pourtant, je suis restée la même personne avec les mêmes compétences. Comment l'opinion de mes collègues à mon sujet a-t-elle pu se modifier à ce point juste à cause d'un changement de titre ? Est-ce que des antennes ont poussé sur ma tête pendant mon congé et me donnent des airs d'extraterrestre ?

Je suis découragée, après toutes ces années passées à me bâtir une réputation et une crédibilité, de devoir tout recommencer à zéro. Je soupçonne Audrey d'avoir profité de mon absence pour torpiller ma réputation auprès des employés.

Démoralisée, je suis en train d'écouter David parler de son fichu nettoyant à dentiers quand Vampirella m'appelle dans son bureau.

— Amélie, j'ai un travail pour toi, me dit-elle sans même lever la tête.

Bon, qu'est-ce qu'elle a prévu, encore ? Me faire décrotter les bords des lavabos avec une brosse à dents ? Me faire enquêter sur les litières à chat ? Sur des repasse-cravates ?

— La semaine prochaine, Bob Agostini vient à Montréal. J'aimerais que tu fasses un reportage, avec une entrevue et une séance de photos, sur lui.

Quoi ? Elle me demande de rencontrer Bob Agostini et de faire un reportage sur lui ? Oh mon Dieu ! Ce gars-là n'est qu'un jeunot d'à peine 20 ans, mais il est rendu une *superstar* de la *soul*. L'archétype même du petit gars sorti de la forêt boréale et porté au rang de vedette par son immense talent en quelques semaines – et sans passer par la téléréalité, s'il vous plaît. De plus, j'adore ce chanteur.

Je suis totalement folle de joie et extatique. Enfin, je vais parler d'autre chose que de tapettes à mouches dans ma prochaine chronique !

— Tu as quatre jours pour te préparer, ajoute Audrey, sans quitter sa pile de dossiers des yeux.

— Pas de problème ! Je m'y mets tout de suite !

Dans les jours suivants, je me suis littéralement défoncée. J'étais si motivée. J'ai fait des recherches exhaustives. J'ai lu entièrement la biographie de Bob Agostini, réécouté son CD *ad nauseam*, parcouru son site Web en entier, observé l'horaire de ses tournées, regardé ses nominations et ses prix, lu tous les articles et les critiques parus à son sujet. Je le connaissais pratiquement par cœur.

Le jour J est là. Je suis excitée comme une puce. Je dois aller chercher ma super vedette dans à peu près une heure à l'aéroport en limousine – aux frais du magazine –, alors qu'il arrivera de New York. J'ai tout arrangé et planifié pratiquement à la minute près. Je suis fière de moi. Pour la première fois depuis un bon bout de temps, je flotte. Je me sens revivre.

Pour l'occasion, j'ai ressorti mon *kit* chic : la jupe de satin noir à mi-cuisse, la camisole à paillettes dorées et les escarpins à talons hauts rose doré de Manolo Blahnik. Ben oui. Que voulez-vous, je n'ai pas encore les moyens de refaire ma garde-robe. Il ne me reste qu'à procéder à quelques retouches de maquillage.

Je sors de la salle de bain, revigorée. Quelques touches de fard et de rouge à lèvres suffisent. Pas besoin d'en mettre trop et de ressembler à un clown.

Je vais à mon cubicule pour ramasser le dossier que j'ai monté, avec mes questions et tout le tralala. Je m'aperçois alors que les documents qui étaient sur mon bureau ont disparu ! Le cœur m'arrête. Je venais juste de déposer le dossier là ! Où est-il ? Quelqu'un me l'a volé, ou quoi ?

— Alysson ! As-tu vu mes affaires ? Elles ont disparu !

— Euh... je crois que oui. Audrey est allée dans ton bureau, pendant que tu étais aux toilettes. Elle en est ressortie avec une pile de documents.

Quoi ? Mais pourquoi ?

— Est-elle dans son bureau ?

— Non, elle est partie.

— Partie ? Où ça ?

— Ben... avec la limousine, chercher Bob Agostini à l'aéroport.

Pardon ? Elle est partie avec MA limousine, MON dossier, MES recherches, faire MON entrevue ? C'est une blague ?

Je saute sur le téléphone et je la joins sur son portable.

— Audrey Morin, j'écoute.

— Audrey ? C'est Amélie. Qu'est-ce qui se passe ? Il y a eu un changement ?

— Un changement ? Mais non, pas du tout.

Je suis encore plus interloquée. Je n'y comprends plus rien.

— Mais… tu m'avais dit que je devais faire un reportage avec une entrevue et une séance de photos avec Bob Agostini.

— Moi ? Mais non, certainement pas. Tu as mal compris, ma petite Amélie.

Grrr ! Je déteste quand elle m'appelle « ma petite Amélie ». Elle me parle encore comme si j'avais six ans et que je faisais de la peinture à doigts. Et je sais pertinemment que je n'ai pas mal compris du tout. J'ai beau avoir six heures de sommeil par nuit et travailler comme un cheval de somme, mon cerveau est parfaitement clair. Elle a encore changé d'idée ou m'a induite en erreur exprès pour miner mon moral.

— Je t'avais demandé de faire de la recherche pour le reportage, c'est tout, ajoute Audrey. D'ailleurs, ce n'est pas trop mal, ce que tu as fait. Je ne l'aurais pas mené comme ça, mais bon, c'est acceptable.

Pas trop mal ? Acceptable ? Ma recherche est excellente ; elle est poussée, fouillée à fond. Arrgggh !

— Ah oui ! En passant, j'aimerais que tu testes des crèmes hydratantes de nuit. Les échantillons sont sur mon bureau.

Ça, c'est le comble ! Elle veut encore me refiler un test idiot ! Je suis sans voix.

— Bon, je te laisse, Amélie. J'ai une entrevue à préparer. *Ciao !*

Je reste bouche ouverte, le téléphone à la main. Celui-ci ne me renvoie plus qu'une tonalité monocorde.

Encore sous le choc, je ramasse les stupides échantillons de crème dans des enveloppes de plastique blanc. Je suis au bord des larmes, j'ai envie de pleurer de rage. Et moi qui avais mis tant d'efforts là-dessus, qui voulais tellement réaliser cette entrevue. Comment a-t-elle pu me faire ça ?

Prétextant un malaise, je décide de rentrer à la maison. Je n'aurai pas la force de voir Audrey faire mon interview avec Bob Agostini quand elle va revenir au bureau.

Mais je jure qu'elle ne l'emportera pas au paradis.

* * *

Le soir, je me barbouille de cette foutue crème de nuit – qui ne sent même pas bon, en plus ! Au réveil, mes yeux sont bouffis et je suis encore en colère. Ouille ! il me semble que la peau me démange, ce matin.

Je me lève péniblement pour aller à la salle de bain. Pfff ! Quelle journée de merde ! Je commence à en avoir vraiment marre de me faire prendre pour un tapis ! Il faut que je fasse quelque chose, car je ne peux plus supporter de me faire traiter comme un sac-poubelle et je vais me taper une dépression bientôt.

J'arrive devant le miroir, et là, c'est l'horreur !

Ma peau est complètement rouge et boursouflée ! Mon visage, mes bras, mon ventre, ma poitrine sont couverts de plaques rouges ! Je suis totalement défigurée et j'ai l'air de sortir d'un combat de boxe où j'aurais été mise K.-O. Au secours ! Qu'est-ce que c'est que ça ? Ils ont mis de l'herbe à puce dans leur crème, ou quoi ?

Après un réveil mouvementé où j'ai forcé Samuel à sortir du lit en catastrophe pour s'occuper seul des enfants, je pars à la clinique. Pendant que j'attends désespérément le médecin et que je me gratte comme une lépreuse, j'appelle Alysson pour l'avertir que je serai absente ou au mieux, en retard. Ce serait le comble si je subissais des reproches à cause de cette fichue crème de merde qu'on m'a obligée à tester !

C'est alors qu'Alysson m'informe qu'Audrey veut me parler. Quoi encore ? Elle veut chialer sur ma recherche à propos de Bob Agostini ? Me faire des menaces à cause de mon départ précipité d'hier ? De mon retard de ce matin ?

— Ma petite Amélie, susurre Vampirella à l'autre bout de la ligne, je me suis trompée hier. Ce n'était pas de la crème hydratante qui était sur mon bureau. C'était une crème contre les hémorroïdes. Les bons échantillons étaient dans mon tiroir. C'est marrant, non ?

Quoi ? Je me suis beurrée de crème contre les hémorroïdes ? Quelle horreur ! Et elle trouve ça marrant, en plus ! Je peux bien ressembler à un lutteur sumo ayant attrapé un coup de soleil ! Merde, ma peau est tellement rouge que j'ai l'air d'une saucisse !

— Tu ne vas pas trop mal, j'espère ? ajoute hypocritement Audrey. Alysson me dit que tu es à la clinique ?

Je jurerais que non seulement elle a fait exprès de m'induire en erreur, mais qu'en plus, elle éprouve un malin plaisir à la pensée que je souffre le martyre en ce moment. Je suis certaine, juste au ton de sa voix, qu'elle a un grand sourire sur le visage. Je ne lui procurerai pas l'occasion de se réjouir de mon malheur.

— Non, non, ça va très bien, mens-je avec aplomb. Quelques rougeurs sans conséquence et un tout petit peu d'enflure. Le médecin doit simplement me donner un petit médicament pour empêcher que ça gratouille, c'est tout.

Si je pouvais me gratter avec du papier sablé en ce moment, je n'hésiterais même pas. Même les autres patients n'osent pas s'asseoir à côté de moi, tellement je fais peur à voir.

— Bon, alors, reviens très vite au bureau, Amélie. Nous avons beaucoup de travail ici.

Comme si je l'ignorais. En tout cas, le médecin a intérêt à me prescrire un médicament qui fera disparaître l'enflure et les rougeurs très vite, pour que je puisse montrer à Audrey à quel point ce qu'elle fait ne m'affecte pas.

* * *

Le lendemain, je suis de retour au travail à la première heure. Mon état s'est amélioré – je n'ai plus envie de m'arracher la peau –, mais je suis encore couleur homard et j'ai conservé quelques « rondeurs » suspectes. Je ne suis pas très jolie, mais je suis fonctionnelle et je veux prouver à Audrey que je suis professionnelle et motivée. Rien ne va m'arrêter, je suis forte !

Je m'apprête à aller prendre mon café matinal – les deux yeux un peu dans le vague – quand je tombe nez à nez avec... Bob Agostini ! Il est là, devant moi, un cappuccino à la main.

Mais l'entrevue était avant-hier ! Qu'est-ce qu'il fait là ? Arrgggh ! Et moi qui ai l'air d'une extraterrestre de la planète rouge ! Au secours !

— Bonjour ! me dit-il avec un grand sourire. Moi, c'est Bob Agostini.

À la fois fascinée et horrifiée, je prends mollement la main tendue pendant qu'il m'examine de haut en bas, souriant mais avec un regard interrogateur. Mon chanteur préféré entre tous en ce moment, celui que je connais par cœur, dont j'ai écouté les chansons à mort en chantant à tue-tête dans mon auto, est là, à deux mètres de moi. Et je n'ai jamais été aussi laide de ma vie. Et croyez-moi, ça m'est arrivé souvent d'être moche !

— Heu !... Moi, c'est Amélie...

— Monsieur Agostini ? interrompt Christophe, notre photographe. Vous êtes prêt ? On va commencer.

La séance de photos pour le *cover !* Mais oui, c'est pour ça qu'il est ici ! Comment ai-je pu oublier ? Quelle sombre idiote !

Après avoir baragouiné quelques mots de salutations, je décide d'aller me cacher dans mon cubicule pour le reste de la journée.

— Amélie ? Ça va ? me demande alors Christophe en me retenant.

— Oui, pourquoi ?

— C'est que... tu n'as pas de jupe. Et on voit ta culotte sous tes collants.

Je baisse la tête ! Super méga catastrophe ! Si Bob Agostini m'observait de haut en bas, ce n'était pas juste à cause de mon teint de homard. Aaaaah ! Il faut que j'aille me cacher au plus vite !

Mon moral est au niveau plancher.

16

Love hurts
(Décembre)

La fidélité est l'art de ne pratiquer l'adultère que par la pensée.

Decoly

Début décembre. L'atmosphère des fêtes se fait de plus en plus sentir. J'aime cette féerie qui s'installe tranquillement. Les trottoirs se couvrent de neige, mes séances de magasinage avec Samuel ont commencé et les décorations de Noël scintillent sous les flocons. C'est si beau !

Hier, Noémie et moi – ainsi que nos conjoints et nos familles – avons eu notre dernier souper avec nos parents avant leur grand départ autour du monde. Ce fut un moment plutôt émouvant pour ma sœur et moi. Ne pas les voir – en chair et en os, en tout cas – pendant un an sera difficile. Je me sens un peu orpheline. Je n'ose imaginer ce que sera la vie quand ils ne seront plus là du tout. On ne les verra même pas à Noël, car ils seront au Mexique. Bien que je sois contente pour eux, j'ai peur de m'ennuyer beaucoup d'eux.

Je me demande si, plus vieux, mes enfants auront la même relation avec moi que celle que j'ai avec mes parents. Vais-je leur manquer quand ils quitteront la maison ? Chercheront-ils encore à avoir mes conseils de vieille mère ? Ou tenteront-ils de s'éloigner le plus possible de mon amour étouffant ? Mon Dieu que ça semble loin !

Pour partager leurs découvertes et leurs plaisirs avec nous, mes parents ont décidé de surfer sur la vague de la technologie 2.0. Ils ont créé un blogue à travers lequel ils comptent garder contact avec la famille et les proches sur une base régulière. J'ai tout de même hâte de voir leurs premières photos et réflexions.

De leur côté, Antoine et Marianne doivent emménager dans leur nouvelle maison. C'est un coquet petit cottage, situé à Pierrefonds. Eux aussi, je les envie un peu. Contre toute attente – vu le passé quelque peu dissipé d'Antoine –, Marianne et Antoine forment le couple le plus extraordinaire qu'il m'ait été donné de voir. Les deux semblent libres, indépendants, épanouis.

Ils ont l'air d'avoir mis la main sur la clé du bonheur… Il y a des jours où je me dis que soit Marianne est la plus incroyable bête sexuelle de la terre, soit elle tolère les écarts d'Antoine. Quoi qu'il en soit, ils ont trouvé l'équilibre parfait pour eux. J'espère atteindre cet état un jour.

Nous nous sommes donc tous déplacés pour les aider pour leur déménagement – en hiver, quelle drôle d'idée, quand même ! Pendant ce temps, mes parents ont profité de leurs derniers jours à la maison pour garder Maxime et Daphnée.

Après le déménagement, on parle de la famille, du travail, et bien sûr des enfants. On rattrape le temps perdu, car on ne se voit pas souvent. Évidemment, les propos de Laurie portent sur sa nouvelle maternité et ceux d'Antoine sur sa nouvelle maison.

Félix semble finalement assez à l'aise dans son rôle de père. Ah !… Qu'est-ce que ça fait du bien de se retrouver ensemble comme ça ! Il faudrait que nous nous voyions plus souvent.

— Excusez-moi, mais Marianne et moi avons une annonce à faire, dit soudain Antoine.

Oh grand Dieu ! Pas encore une qui est enceinte, toujours ?

— Nous allons nous marier !

Quoi ? Je suis bouche bée ! « Notre » Antoine, « notre » célèbre célibataire endurci qui changeait de copine comme de chemise il y a à peine un an, va se marier ? Les bras m'en tombent ! Pourquoi quelqu'un comme lui, qui n'a presque jamais pris l'amour au sérieux et pourrait pratiquement s'en passer demain matin, se marie et pas moi ? C'est trop injuste !

— C'est super ! s'exclame Alexandre. Tu vas voir, le mariage, c'est génial ! Ne crois surtout pas les cyniques de ce monde, Antoine.

— Zut ! C'est pas juste !

— D'habitude, c'est « félicitations » qu'on dit, ma belle, réagit Antoine en souriant.

— Non ! Pas à toi ! lui lancé-je, mi-figue, mi-raisin.

— Ça me surprend de toi, avoue Laurie. Je croyais que ça ne t'intéressait pas, le mariage. Qu'est-ce qui vous a motivés, Marianne et toi ?

— Bien, on le fait parce que c'est à cette étape que nous en sommes rendus dans notre vie, répond Antoine.

Hein ? Comme déclaration « plate », on peut difficilement faire mieux. Elle est d'ailleurs suivie d'un silence. Je crois que chacun est en train de se demander s'il a bien entendu. Je repasse la réponse dans ma tête, comme une cassette qu'on rembobine. C'est quoi, cette histoire d'étape ?

Il me semble que cela a brisé la magie du moment. Nous nous attendions tous à une réponse mielleuse au possible, empreinte de passion, d'amour infini, de feux d'artifice et de tout le tralala. Mais Antoine nous a répondu que c'est parce qu'à cette étape de leur vie, ils doivent le faire. Je ne sais pas pour les autres, mais moi, en tout cas, il vient de péter ma bulle. Madame-la-Mariée, comme d'habitude, ne se gêne pas pour commenter avec la subtilité d'un dix-roues.

— Mauvaise réponse ! déclare-t-elle avec un sourire en coin.

— Comment ça, mauvaise réponse ? demande sèchement Antoine. Qu'est-ce que j'aurais dû répondre, selon toi ?

— C'est évident, voyons ! dit Gabrielle. La seule, la bonne, la véritable réponse, c'est : par amour ! Il me semble qu'on choisit de se marier parce qu'on aime l'autre, pas parce que ça tombe bien dans une étape de notre vie !

— Et pourquoi pas ? rétorque Antoine. Pourquoi ne serait-ce pas correct de se marier si on considère que c'est la chose à faire ? C'est comme lorsqu'on décide d'avoir des enfants ou qu'on veut acheter une maison. On prend une telle décision à un moment où l'on est assez mature, assez à l'aise financièrement, mais assez jeune pour passer à l'action. Donc, c'est à une bonne étape dans notre vie qu'on agit.

— Mais le mariage, c'est d'abord une affaire de sentiments, non ? lance Laurie. Vous avez intérêt à drôlement vous aimer l'un et l'autre. Après tout, Antoine, je te rappelle que vous allez sceller votre union pour le restant de vos jours. Alexandre Dumas a dit : « La chaîne du mariage est si lourde qu'il faut être deux pour la porter, souvent trois. »

— Tu as quand même intérêt à te marier en sachant que c'est elle que tu aimes et que c'est avec elle que tu veux être jusqu'à ta mort ! rigole Félix.

— Ou jusqu'au divorce qui va foutre ta vie en l'air et te ruiner complètement, intervient Samuel.

Ça dégénère. Il est temps que je mette mon grain de sel.

— Il ne faut pas exagérer, quand même. On devrait être contents pour eux, peu importe les raisons, non ?

— De toute façon, on considère qu'à notre âge, et dans notre situation, c'est le bon moment, c'est tout, répond Marianne. Parce que notre amour mérite d'être consacré. Ça montre au monde qu'on s'est trouvés et on veut le célébrer. Ça rend notre relation plus officielle, plus sérieuse. Et on est sur la même longueur d'onde, sur le sujet, alors qu'est-ce qu'il y a de mal à ça ?

Marianne a raison. Pour une décision aussi importante, c'est bien vrai qu'il faut choisir le bon moment.

— Est-ce que tu t'es agenouillé, Antoine ? le taquine Gabrielle.

— T'es malade ? s'exclame-t-il. J'ai pas besoin de m'humilier pour demander à Marianne de m'épouser, franchement ! C'est pas une faveur, quand même !

— Mais c'est la tradition... et c'est romantique, rétorque Gabrielle. T'es vraiment pas galant.

— La galanterie, c'est dépassé ! s'écrie Laurie.

Bon, un autre débat...

* * *

Mi-décembre. Est-ce le fait d'avoir vu Antoine et Marianne si heureux et sereins ? De savoir qu'ils vont se marier ? Ou parce que mes parents ont un si beau projet de couple ? Ou encore, le fait que Noël s'en vient ? Je ne sais pas, mais on dirait que ça m'a donné un coup de fouet. Je ne veux pas que Samuel et moi n'ayons qu'une vie de routine et des obligations. Je ne veux plus avoir l'impression qu'on n'est que des colocataires embourbés dans les responsabilités.

Je veux retrouver le sourire quand je vois le visage de mon homme au réveil le matin, ressentir encore des frissons quand il me touche. Avoir à nouveau ce besoin brûlant d'explorer le corps de l'être aimé comme avant. J'ai la sensation qu'on se connaît trop, qu'on s'est trop vus, qu'on n'a plus ce désir de parcourir le corps, l'âme et le cœur de l'autre.

Et je dois l'avouer, je soupçonne de plus en plus que Samuel a un *kick* sur Shada, la gardienne. C'est d'autant plus suspect que Shada n'a toujours pas de petit copain, malgré le fait qu'elle soit toujours aussi *hot* et détrônerait Megan Fox et Olivia Wilde, même combinées ensemble. Elle se déplace avec la grâce du chat, et chacun de ses mouvements est empreint d'élégance. Son apparence est toujours parfaite – on voit qu'elle n'a pas que cinq minutes le matin pour s'habiller, se coiffer et se maquiller, elle ! – et elle est si féminine qu'elle aurait pu poser pour *La naissance de Vénus*, de Botticelli.

Ce soir, en revenant du gym, j'ai préparé une surprise pour Samuel. Sous mes vêtements, j'ai revêtu mon vieux bustier en soie, genre guêpière, lacé au dos, que j'avais essayé pour une chronique il y a déjà plusieurs années. Cela m'a pris trois jours pour le retrouver, dans tout le bordel de la maison. Lorsque j'ai enfin mis la main dessus, j'ai ressenti une étrange bouffée d'émotion.

Cela m'a rappelé l'époque lointaine où j'étais une célibataire désespérément à la recherche de l'amour. Je l'ai finalement trouvé, mais je n'avais pas prévu qu'il viendrait avec tout un lot d'effets secondaires. Et dire qu'à l'époque, j'avais l'impression qu'il était difficile de rester mince. Ha, ha, ha ! Si j'avais su ce qui m'attendait…

J'arrive donc à la maison, vêtue de mes dessous affriolants, dans le but très avoué d'émoustiller mon homme et de raviver la flamme de la passion entre nous deux. Parce que là, il est temps que je prenne les choses en main. Pas question de laisser mon couple à la dérive plus longtemps. Je dois reconquérir Samuel. *Pep-talk* intérieur avec moi-même.

Le *timing* est parfait. Les enfants sont couchés, Shada devrait être partie ou sur le point de s'en aller. J'entre, le sourire aux lèvres. J'entends des voix dans le salon. Samuel et Shada. Bon, elle est encore là. Un petit pincement à l'estomac me saisit. Un sentiment étrange m'envahit.

Je n'entends pas les paroles, mais le ton semble empreint d'émotion. Qu'est-ce qui se passe ?

Je pénètre dans le salon en me demandant si je désire réellement savoir ce qui se passe. Mais avec ma propension à toujours imaginer le pire, il vaut mieux découvrir la vérité.

Samuel et Shada sont assis tous les deux sur le sofa. La gardienne pleure à chaudes larmes sur l'épaule de Samuel, alors que ce dernier lui caresse le dos pour la consoler.

— Mais qu'est-ce qui se passe ici ?

Samuel sursaute au son de ma voix. Visiblement, il est mal à l'aise en ma présence. Bon Dieu ! est-ce que je vais enfin savoir la vérité ?

— Amélie ? Heu… tu es déjà rentrée ? Tu es en avance, dis donc.

Wow ! Se faire désirer comme ça, y a rien de mieux pour le moral. Dis donc que je dérange, un coup parti !

— Mais non, je ne suis pas en avance, lui réponds-je, un peu plus agressive que je le souhaiterais. Je suis arrivée exactement à l'heure habituelle. Alors, je répète ma question : qu'est-ce qui se passe, ici ?

— Eh bien... c'est que... le... le grand-père de Shada est mort, bafouille tant bien que mal mon homme.

— Oh ! je suis vraiment désolée.

Bon, là, c'est moi qui suis mal à l'aise. N'empêche, j'ai l'impression que Samuel me cache quelque chose. Ça sonnait un peu l'excuse bidon. Et puis, pourquoi est-ce lui qui doit la consoler, merde ! Elle n'a pas des amis, un copain, quelqu'un d'autre sur qui pleurnicher ?

Je ne veux pas paraître odieuse avec elle, mais je trouve cette proximité un peu étrange et je n'aime pas trop ça.

— Bon, je... je vais y aller, je vous laisse entre vous, dit Shada en se levant et en s'essuyant les yeux.

— Attends, je vais aller te reconduire, dit Samuel en se levant illico. Il n'est pas question que tu conduises dans cet état, voyons !

Je vois mon plan de séduction tomber tranquillement à l'eau. Il ne pouvait pas choisir un autre jour pour mourir, son grand-père ? Enfin, si c'est bien vrai.

Alors que Samuel se dirige vers la porte, il se tourne vers moi. Je crois qu'il remarque mon expression de fureur contenue, car il paraît hésiter un instant.

— Ça ne te dérange pas, hein, ma belle ? Je serai de retour dans pas longtemps, je te le promets.

Si je dis oui, j'ai l'air de la pire marâtre, mégère, égoïste, folle finie, *control freak* de l'univers. Alors, je lui dis que tout va bien, même si j'ai envie de hurler de frustration et de déception.

Je pars me mettre au lit, toujours vêtue de ma guêpière, espérant qu'il reviendra assez tôt pour que nous puissions avoir une petite soirée torride. Une heure après, épuisée, je m'endors. J'ignore à quelle heure Samuel est revenu.

Le lendemain, il n'a même pas remarqué que je m'étais vêtue différemment. Déprime…

Routine : 1. Couple : 0.

* * *

Troisième semaine de décembre. Je peux toujours compter sur David qui semble en pleine forme en ce moment. Toujours aussi boy-scout, celui-là.

— Amélie, je pense que j'ai une super bonne idée pour ma prochaine chronique de tests ! m'annonce-t-il. J'ai toujours été maniaque de musique. Dans ma famille, on a l'oreille musicale. Mais je n'arrivais jamais à trouver l'instrument qui rendrait justice à mon talent, parce que j'ai toujours eu du mal à faire des choix : tu le sais, j'aime tout. J'en ai essayé plein : la flûte – dès la préhistoire, il y a eu des flûtes dans le monde sous toutes sortes de formes –, l'accordéon, le tuba, le saxophone – ces deux derniers instruments ont été créés ou modifiés par Adolphe Sax, un Belge, un vrai génie –, la guitare, le piano…

Au secours ! Ça existe, du Ritalin pour adultes ? Si oui, trouvez-moi un *pusher*, vite ! Comment réussit-il à parler autant sans rien dire ? Il doit certainement converser avec ses poignées de porte quand il est seul.

— David, concentre-toi ! C'est quoi, ton idée ?

— Il y a un type qui enseigne une nouvelle façon d'apprendre à jouer de la musique, dit-il. Voilà son dépliant. Je pourrais aller voir ça et dire si sa méthode est bonne.

Je regarde la brochure. Et qu'est-ce que je vois ? Je vous le donne en mille ! La photo d'un homme qui joue, croyez-le ou non, de la flûte avec ses narines. Nom de Dieu, c'est quoi, cette blague ?

— Tu veux rire ? Il ne fait pas ça pour vrai ?

— Mais si ! Je l'ai vu à la télévision. Tu crois que ça intéresserait les lectrices ?

Bien sûr… C'est aussi *cool* qu'une vieille momie desséchée, de jouer de la flûte avec le nez. Je me demande s'il joue aussi du tuba comme ça. Ça doit prendre des grosses narines.

— Sérieusement ? Est-ce que c'est le nouveau *hobby* de Katy Perry ?

— Non, pas que je sache.

— Voilà, tu as ta réponse au sujet de l'intérêt des lectrices. Bien essayé pour l'originalité, mais trouve autre chose.

Je lui donne une boîte pleine d'une nouvelle ligne de produits ménagers écologiques pour qu'il les teste et je retourne à mon bureau. Je dois encore planifier la disposition des textes pour le prochain numéro, car Audrey a décidé de prendre la journée *off* pour faire du ski, en plein milieu de la semaine. Elle est grassement payée pendant ce temps, bien sûr, car elle a prétendu qu'elle ferait du télétravail.

Bien entendu, elle a choisi de faire cela alors que je reviens de trois jours de « congé », à la suite d'un rhume des enfants, et que je suis déjà débordée. Je croule donc littéralement sous le travail. Je vous jure qu'il y en a qui se donnent vraiment des passe-droits. Elle m'a pratiquement pété une crise quand je lui ai annoncé que je devais m'absenter pour prendre soin de mes enfants et elle, elle se permet d'aller glisser sur des pentes neigeuses sans le moindre remords. Allez, Amélie, rappelle-toi qu'il y a pire, quelque part dans le monde…

* * *

24 décembre. La veille de Noël. Nous nous préparons à aller dans la famille Gagnon pour le *party*. Demain, nous irons chez ma sœur, puisque mes parents ne sont plus là pour nous recevoir et qu'en plus, ils louent leur maison pour toute l'année. En ce moment, ils sont au Mexique – à Guadalajara, plus précisément.

Hier, ils ont envoyé un film d'eux-mêmes à la famille, alors qu'ils étaient sur la Plaza de la Liberación, pour nous souhaiter à tous de joyeuses fêtes. Je suis soulagée de voir qu'ils vont bien et semblent s'amuser follement.

Sous le sapin, Maxime et Daphnée déballent les cadeaux que nous leur avons achetés. Enfin, on commence à être un peu plus à l'aise, financièrement, dix mois après mon retour au travail. Si la poursuite avec Aryane pouvait se régler… Ça fait déjà dix-sept mois que ça dure. Cette histoire est aussi vieille que mes propres enfants.

Pour eux, à 17 mois, arracher du papier d'emballage, des choux et du ruban relève d'un défi digne de *Survivor*, mais il faut bien qu'ils deviennent un peu indépendants. Samuel, de son côté, prépare avec une minutie maniaque les plats de nourriture que nous devons apporter au *party*. Étrangement, j'avoue être heureuse qu'il recommence à agir comme un *clean freak* et un candidat de l'émission *Les chefs !* – ça commençait à me manquer et ça me donne l'impression d'un certain retour à la normale. J'ai presque hâte qu'il me dicte à nouveau comment verser le lait dans le mélange de Kraft Dinner. C'est tout dire.

Le mois dernier, je m'étais sérieusement inquiétée à son sujet. Lui qui était autrefois un cuisinier si habile, il a pratiquement mis le feu aux rideaux de la cuisine en faisant des croque-monsieur. Ses capacités culinaires, depuis mon congé de maternité, avaient mystérieusement disparu. Un autre exemple de la dégradation de ses capacités cérébrales. C'est à se demander comment il a réussi à s'occuper de lui-même pendant son célibat.

Mais Dieu merci, ses habiletés et ses tendances à manier le balai comme une arme sont réapparues. J'ignore le pourquoi, mais je m'en fiche.

Pendant ce temps, j'ouvre une enveloppe reçue de ma mère. Elle me l'a envoyée avant de partir, mais m'a fait promettre de ne pas l'ouvrir avant la veille de Noël. À l'intérieur, j'y trouve une carte, avec une lettre. Je jette d'abord un œil à la carte.

Chère Amélie, ceci est une lettre que je t'avais écrite lorsque tu n'étais qu'un petit bébé. J'ai fait la même chose avec Noémie. Je voulais m'assurer de coucher sur papier les émotions qui me traversaient lorsque je t'ai eue et te les transmettre plus tard, quand tu serais en mesure de comprendre. J'avais donc prévu de te la donner lorsque toi-même, tu serais mère. J'ai tardé un peu, mais je me suis dit que puisque tu risquais de t'ennuyer lorsque nous serions partis, ce serait le bon moment. Alors, voilà. Je t'aime. Maman.

J'ouvre la fameuse lettre, les mains un peu tremblantes. Je suis excitée à l'idée de lire ces lignes que ma mère a rédigées il y a plus de 30 ans, alors qu'elle vivait une situation semblable à la mienne. Je reconnais la calligraphie soignée, parfaitement tournée et contrôlée de ma mère. Tout le contraire de la mienne.

Chère petite Amélie,

C'est la première fois que je t'écris, mais c'est important pour moi, même si tu ne liras pas ceci avant bien longtemps. Je ne sais pas ce que l'avenir nous réserve (un décès, une chicane, que sais-je ?), alors pendant que je le peux, je veux te dire les choses essentielles de la vie. (Désolée pour le cliché.)

Tu n'es qu'un petit bébé de quelques semaines, un petit miracle de la vie, une petite chose fragile et délicate, mais je pense qu'il est essentiel que nous communiquions tout de suite, toi et moi. Depuis que j'ai eu ta sœur, Noémie, je pense bien en avoir appris un peu sur les bébés et les enfants. D'ailleurs, je remarque avec fierté qu'elle aime prendre soin de toi et qu'elle t'est très attachée. Je pense que je peux me féliciter de cela (trop peu de gens vous félicitent une fois que vous êtes mère, sauf à l'accouchement). Je sais maintenant que lorsqu'on est mère, tout le monde nous juge, et spécialement nos enfants. Mais je m'en fiche bien, car je sais que je me tromperai souvent et que je ferai simplement de mon mieux.

J'aimerais tout d'abord te dire que je ne te connais pas beaucoup, mais que je t'aime déjà de tout mon cœur. Tu seras toujours mon bébé, mon petit trésor chéri, mon bonbon sucré. Oui, j'ai dit cela à Noémie aussi il y a quelques années. Mais le fait est qu'être mère, c'est comme avoir plusieurs cœurs. Un pour chaque personne importante dans notre vie. Alors, ne doute jamais de mon amour pour toi, petite fille, peu importe ce que tu feras. Je suis sûre que tu me briseras le cœur quelques fois, mais je te pardonne volontiers. C'est la vie. C'est ça, être mère.

Je voudrais aussi que tu saches que je ferai tout en mon pouvoir pour prendre soin de toi et te protéger. Pour l'instant, tu es encore au berceau. Mais je sais fort bien que ça ne durera pas et que, bientôt, je devrai te courir après et que je regretterai le temps où tu ne marchais pas. Je m'excuse donc tout de suite si je ne réussis pas à te protéger à tous les coups, y compris de toi-même. Après tout, c'est ainsi que l'on apprend. Je m'excuse aussi si un jour j'essayais de trop te protéger et que tu aies le sentiment d'étouffer. Ce serait bien involontaire de ma part et je ferai mon possible pour l'éviter.

Je veux aussi m'excuser d'avance si jamais je te faisais honte en démontrant trop de fierté ou d'enthousiasme pour tout ce que tu accomplis (comme ton premier dessin, ta première pièce de théâtre ou ton premier collier de macaronis). Sache que c'est uniquement par amour que j'agis ainsi et que je ne cherche qu'à t'encourager. Trop peu de gens le feront au cours de ta vie, alors je préfère compenser.

Je voudrais aussi m'excuser pour les conflits que nous pourrions avoir. Peut-être ne parviendrai-je pas à comprendre certaines choses que tu vivras. Encore une fois, ce serait involontaire de ma part.

Je tiens également à te promettre une chose : je vais faire tout ce qui est en mon pouvoir pour que tu deviennes une adulte autonome, curieuse, intelligente, sûre de toi, équilibrée, imaginative.

Maintenant que les excuses et les promesses sont faites, voici les conseils.

Ne te laisse pas abattre par les difficultés, sois toujours sûre de toi, n'aie jamais honte de ce que tu es, vole très haut dans le ciel, ne regarde jamais en arrière et surtout, sois indulgente envers toi-même, accepte que tu puisses faire des erreurs. Le reste suivra.

Le plus important : sois heureuse. C'est le plus évident en théorie, mais crois-moi, c'est le plus difficile à accomplir. C'est pourquoi je pense que je vais te le répéter une autre fois : ***sois heureuse****.*

Je pourrais t'abreuver d'autres excuses ou recommandations, mais je ne veux pas écrire un roman et je désire en garder pour plus tard. Sinon, nous n'aurons plus rien à discuter.

Ta maman qui t'aime,

Maude

Je relis la lettre, deux, trois, quatre fois. Puis encore et encore, jusqu'à ce que j'aie perdu le compte. Je veux me laisser imprégner par ces mots, les connaître par cœur, les faire pénétrer dans mon esprit.

Wow ! J'en ai les larmes aux yeux. Je suis complètement bouleversée par ce que je viens de lire. Je n'aurais pu rêver d'un plus beau cadeau de Noël. Je vois, pour la première fois, tout l'espoir, tout l'optimisme que ma mère ressentait à ma naissance. Ses réflexions sur l'avenir. « Mon » avenir. Ce qu'elle dit est si vrai, si authentique.

Je vois son désir de faire de moi une bonne personne, sa peur de ne pas y arriver. Sa lucidité, aussi, face à ses capacités à me protéger du monde. Ce qui me fait réaliser soudain une chose, que je n'avais pas comprise encore, mais qui est pourtant cruciale. Être parent, c'est juste faire du mieux qu'on peut, avec ce qu'on est, pour former un autre être humain.

Je saisis maintenant le sens véritable de l'expression « donner la vie ». Parce que lorsqu'on donne la vie à quelqu'un, elle ne nous appartient déjà plus. Tout ce qu'on peut faire, c'est essayer de donner le manuel d'instructions.

Il faut que je me rappelle cela les jours de découragement où Maxime et Daphnée me feront la vie impossible et que j'aurai l'impression de ne pas avoir de contrôle sur leur existence.

Moi aussi, je t'aime, maman.

17

Paniquer ou ne pas paniquer ?
(Janvier)

L'amour, c'est de la physique.
Le mariage, c'est de la chimie.

Alexandre Dumas fils

Début janvier. Retour de vacances. En ce moment, je me dirige vers le gym et je regarde l'astre du jour disparaître derrière les toits de Montréal, teintant les nuages de mauve, de rose et d'orangé. La neige crisse sous mes pas.

Soudain, mon iPhone sonne ou plutôt crie : « Maman, 'phone ! Maman, 'phone ! » Une démonstration de l'humour de Samuel qui a mis la voix de Daphnée comme sonnerie –, comme si je n'entendais pas ce mot assez souvent dans une journée. Et comme je suis trop inapte avec la technologie, pas moyen de l'enlever.

Vu que je ne reçois pas des tonnes d'appels sur mon cellulaire – presque personne n'a mon numéro, car je n'ai pas envie de me faire joindre 58 fois par jour –, chaque fois qu'il sonne, je bondis trois pieds de haut. J'ai beau l'avoir depuis quatre mois, je ne m'habitue pas à ce truc.

— Oui, allo ?

— Amélie, c'est Antoine. T'es où ?

Étonnant de voir que, lorsque quelqu'un vous appelle sur votre téléphone cellulaire, c'est l'une des premières questions qu'il vous pose, même si ça n'a aucune espèce d'importance et que, dans le fond, il s'en fout éperdument.

— Je vais au gym.

— Ah !…

Je sens comme une hésitation. Qu'est-ce qui se passe ?

— Marianne aurait besoin de toi, mais elle est un peu gênée.

— Vas-y, je t'écoute.

— Bien, vu que tu es dans le domaine du magazine et de la mode, elle se demande si tu n'aurais pas quelques bonnes adresses à lui suggérer pour chercher sa robe de mariée et celles de ses demoiselles d'honneur. Et aussi pour la déco. Elle voudrait avoir des tuyaux de ta part à ce sujet.

Je suis à la fois étonnée et flattée. Où Marianne est-elle allée pêcher que j'étais experte en mode et surtout en robes de mariée ? Après tout, je n'ai eu que l'insigne – ignoble – honneur d'assister à diverses cérémonies en tant que demoiselle d'honneur, mais pas comme la grande élue.

— Heu !… Je ne connais pas grand-chose là-dedans, Antoine, mais nos stylistes pourraient certainement me refiler quelques bonnes adresses.

— Merci Amélie ! Marianne est stressée par rapport à ça, tu sais.

Ben dis donc, Antoine a l'air vraiment soulagé. C'est si compliqué et désagréable que ça, magasiner une robe de mariée et les fleurs pour les centres de table ? J'aurais cru que c'était franchement une partie de plaisir, pas une corvée.

— Ça me fait plaisir et ce n'est pas un gros effort pour moi.

— Je savais que je pouvais compter sur toi, ma belle.

Je sourcille. « Ma belle » ? Hum ! Ça fait quelques fois qu'Antoine me nomme ainsi. C'est bizarre. Depuis toutes ces années où je le connais – presque 30 ans –, il ne m'a jamais appelée comme ça. Jusqu'à tout récemment. Comme si, depuis que nous sommes tous les deux en couple, il s'autorisait une plus grande familiarité à mon égard, comme s'il ne pouvait plus exister d'ambiguïté entre nous et que, par conséquent, il pouvait s'en permettre davantage.

— Quand voudrais-tu qu'on se voie pour en discuter ? demandé-je.

— Tu pourrais venir chez nous après-demain soir. Les parents de Marianne seront là aussi et on pourrait vous garder à souper.

— Ça me va, mais je vais voir avec Samuel si c'est OK pour lui. Il y a autre chose que je peux faire pour t'aider ?

— Non, ce sera tout… Pour l'instant, en tout cas. Merci encore. À bientôt.

— Salut.

Et je raccroche. C'est fou comme les gens changent avec le temps. Il y a encore quelques années, je n'aurais jamais cru qu'Antoine pouvait avoir une relation sérieuse et il y a tout juste un an, je n'imaginais pas qu'il pourrait se marier un jour. Et pourtant, il est en train de préparer ses noces. Cela me donne espoir. Si Antoine, notre coureur de jupons national et célibataire endurci, peut s'engager dans une relation sérieuse, tout est possible.

* * *

Le soir S, je suis chez Antoine et Marianne. Pendant le souper, je commence à sortir les suggestions que Coralie, la styliste en chef de *Féminine.com*, m'a données.

— On m'a recommandé d'aller chez *Mari et femme*, sur l'avenue du Pa…

— Mais non, nous avions pensé à *La maison de la mariée* ! m'interrompt Toussaint Dubé, le père de la future mariée. Ta tante a acheté sa robe là, il y a 30 ans, Marianne.

— Papa, c'est super quétaine. Et moi, je veux une robe simple et moderne. Pas un vieux truc de grand-mère, plein de dentelle et de petites perles. Je ne veux pas de voile ou de traîne non plus.

— Comment ça, tu ne veux pas de traîne ? s'indigne Régine, la mère de Marianne. C'est la tradition. Et puis, toutes les filles aiment ça, les traînes. N'est-ce pas, Amélie ? Dites-lui !

La discussion commence bien… Je ne pensais pas être obligée ce soir de devoir prendre le parti de mon amie ou de sa mère. Et moi qui pensais relaxer en discutant gentiment autour d'un café et de biscottis.

— Heu !… Ben, c'est que…

— Je m'en fiche de ce que font, pensent ou veulent les autres, maman. C'est mon mariage, c'est moi qui décide.

— Je te ferai remarquer que nous payons près de la moitié des dépenses, rétorque son père.

Ah ! voilà le fond du problème. Les parents Dubé s'imaginent que parce qu'ils défraient une partie des coûts, cela leur confère le droit d'imposer leurs décisions. D'après ce qu'Antoine m'a raconté, les Dubé étaient autrefois des gens d'influence, ayant fui le régime Duvalier dans les années 1980. Il semblerait qu'ils auraient amassé une petite fortune confortable, d'où leur apparente aisance.

— Si maman et toi voulez tout décider à ma place, j'aime mieux payer moi-même, répond Marianne. Au pire, on fera un mariage plus petit, c'est tout.

Je jette un coup d'œil inquiet à Antoine. Les parents de Marianne semblent déjà savoir ce qu'ils veulent pour le mariage de leur fille. Vont-ils décider de presque tout ? Une chance, Marianne a assez de caractère pour leur tenir tête. Après la mère d'Alexandre, c'est au tour des parents Dubé de ne pas avoir coupé le cordon avec leur enfant devenue adulte. Mais Antoine me fait un signe discret de la main me signifiant que tout va bien.

— Un petit mariage ? Pas question ! Toute la famille doit être présente ! s'insurge Régine, outrée. Tu tiens absolument à faire de la peine à Tatie, c'est ça ? Tu te rends compte qu'à son âge, c'est peut-être la dernière fois qu'elle va voir toute la famille ?

— D'accord, mais je vais acheter ma robe chez *Mari et femme*. Et j'ai dit : pas de dentelle, ni de perles, ni de voile, ni de traîne. Compris ?

Les Dubé se renfrognent, mais se résignent. Ouais ! ça va être une vraie partie de plaisir, ce soir.

— As-tu eu des bons tuyaux pour la déco ? me demande Marianne, coupant court au débat.

— Bien, pour les fleurs, on m'a suggéré des lys blancs…

— Quoi ? Mais dans un mariage, il doit y avoir des roses !

— Maman, laisse parler Amélie. Elle s'y connaît 100 fois mieux que toi.

Ouille ! les couteaux volent bas. Je devrais peut-être prétexter une maladie soudaine pour m'éclipser rapidement ?

— Tout le monde aime les roses, pourtant, fait Toussaint. Tu veux que les gens trouvent ton mariage laid ?

Au secours… Comment Antoine et Marianne parviennent-ils à tolérer leur ingérence comme ça ? Visiblement, les parents Dubé n'ont pas compris le véritable sens de donner la vie. Peut-être que je devrais leur lire la lettre de ma mère ? Je ne pense pas que ça aurait l'effet escompté… En tout cas, Antoine doit l'aimer sérieusement, sa Marianne. Parce que autrement, il y a longtemps qu'il aurait pris ses jambes à son cou en voyant ses parents. Bon sang, j'espère que je ne serai pas comme cela plus tard, avec Maxime et Daphnée.

C'est vrai, j'ai encore du mal à les laisser utiliser seuls leurs ustensiles, même s'ils le font facilement, à faire leurs gribouillages, à tourner les pages d'un livre, ou à les laisser monter et descendre seuls les escaliers. Mais je ne suis pas aussi pire que ça, quand même ?

— Alors, ce sera des lys blancs, tranche Marianne, dans ce qui paraît être un effort délibéré pour agacer ses parents. Des idées pour l'alcool ?

— Il faut absolument servir du rhum, intervient immédiatement Toussaint.

— Berk ! C'est dépassé, papa ! Y a juste les vieux qui boivent ça maintenant.

— C'est la tradition ! Tu ne vas pas me dire que tu ne crois pas à la tradition ?

— Bon, d'accord. Mais on ne va pas juste servir ça. Tu as des suggestions, Amélie ?

— Bien, il y a les vins argentins et australiens qui ont bonne réputation et ne sont pas trop chers…

— Vendu ! lance Marianne pour, sans doute, couper le sifflet à ses parents.

Ouf !… À ce rythme-là, on va peut-être passer toute la liste sans que je finisse par me taper la tête sur la table. Espérons qu'on va tous survivre sans qu'il y ait un meurtre…

* * *

Deuxième semaine de janvier. Sur un autre plan, j'ai enfin réussi, à force de persuasion, d'opérations de charme et de coups de téléphone, à trouver un fournisseur prêt à acheter nos espaces publicitaires pour un an. Il faut dire qu'en désespoir de cause, on lui a offert un rabais substantiel de presque 50 %. C'était mieux que de ne pas avoir de fournisseur.

Il s'agit de Charlène Larrivée, une designer de mode très excentrique mais extrêmement en vogue, qui a fait un tabac à la dernière Semaine de la mode à Montréal. On sait peu de choses d'elle et de son histoire, mis à part qu'en fait, ce serait un transsexuel ayant étudié à Paris. D'ailleurs, je n'ai réussi à parler qu'à son assistante, madame Larrivée étant en voyage d'affaires à New York. Celle-ci doit venir sous peu pour signer le contrat et possiblement brasser des affaires avec nos stylistes et notre photographe.

Mais enfin, l'année est assurée. Bravo Amélie ! Ça fait du bien d'être fière de soi !

* * *

La relation entre Samuel et Shada devient de plus en plus étrange. Voilà deux semaines que la voiture de Shada est brisée et est au garage. Or, voilà que Samuel insiste beaucoup pour aller la reconduire chez elle après ses soirées de gardiennage. Si je n'avais pas un besoin crucial d'aller au gym deux fois par semaine pour me détendre et revoir le beau Cédric – je sais, je ne suis pas un modèle de fidélité mentale, moi non plus –, je pense que je cesserais de faire mes exercices, juste pour que Shada ne vienne plus.

Ce soir, il est encore allé la reconduire chez elle, malgré qu'elle prétende ne pas en avoir besoin. C'est plutôt louche. Voilà une bonne heure qu'il est parti. Il devrait être déjà revenu depuis au moins 15 minutes. Merde, qu'est-ce qu'il fout ?

Je commence à sentir un étau autour de mon cœur. Mon Dieu, et s'il était en train de me tromper en ce moment même ? En train de s'envoyer en l'air dans sa voiture ou dans l'appartement de Shada ? Et si cette histoire d'auto brisée n'était qu'un prétexte pour avoir une occasion d'infidélité ? J'ai du mal à respirer.

Malgré moi, je pense que je commence à comprendre la jalousie qu'Aryane ressentait. Ah ! Non, pas ça ! Je ne veux pas être comme elle ! Enlève ces pensées tout de suite de ta tête, Amélie !

Vingt minutes de retard. Zut, je l'appelle sur son cellulaire. Et s'il avait eu un accident ? Après tout, les rues sont glissantes, on ne sait jamais. Je tombe directement sur la boîte vocale. Il a fermé son téléphone ? Je panique de plus en plus. Il se passe quelque chose, je le sens. Quelque chose de pas catholique. Pourquoi ça m'arrive à moi, merde ? Qu'est-ce que j'ai fait au bon Dieu pour mériter ça ? Je n'aurais pas dû lancer des avions en papier dans le cours de madame Larouche. Je suis en train de payer pour les conneries que j'ai faites à l'école.

Pas étonnant que Samuel ne me touche presque plus et que le lit soit devenu aussi ennuyant que la lecture des nouvelles économiques. Il doit trouver satisfaction ailleurs, c'est sûr. Sinon, pourquoi il ne se passe plus rien entre nous ?

Après 30 minutes de retard pendant lesquelles j'ai angoissé et tourné en rond comme un tigre en cage, Samuel arrive enfin. Je me jette sur lui comme la misère sur le pauvre monde.

— Bon sang, où étais-tu ? dis-je en me retenant pour ne pas crier afin de ne pas réveiller les enfants.

— Ben, j'étais allé faire une petite épicerie, répond Samuel en me montrant les sacs qu'il tient à la main.

Ouais ! Il n'aurait pas pu s'envoyer en l'air avec Shada et faire une commande aussi importante. À moins qu'il n'ait fait qu'une p'tite très, très vite.

— Pourquoi as-tu fermé ton cellulaire ? J'ai essayé de te joindre, car j'étais morte d'inquiétude !

— La batterie est à plat. Désolé, ma belle, je vais recharger mon appareil.

Mouin… Le « ma belle » apparaît souvent quand il voit que je suis en colère et qu'il essaie de m'apaiser.

— Ça vaut bien la peine d'avoir un cellulaire si je ne peux pas te joindre en cas d'urgence.

— Je suis vraiment navré, Amélie. Je vais faire attention, la prochaine fois. Excuse-moi, je ne voulais pas t'inquiéter. Je ne le ferai plus, promis.

Bon. Encore une fois, la folle finie s'est inquiétée pour rien. Enfin, peut-être…

* * *

Mi-janvier. Ce soir, je reviens à la maison avec les enfants et passerai la soirée seule avec eux. Samuel travaille tard, comme ça lui arrive encore souvent. Une chance que ma routine est bien installée et que maintenant, je peux tout faire les yeux fermés. Car, pour couronner le tout, j'ai attrapé une super méga grippe, du genre qui achèverait probablement un troupeau de mammouths – gracieuseté de Maxime et Daphnée, bien sûr.

Rendue dans notre stationnement, je sors péniblement de l'auto, pratiquement en me traînant. J'ai les yeux bouffis, mes sinus sont pleins à éclater, je siffle comme une vieille fumeuse en respirant, je crache comme un chat ses boules de poil, mon nez coule comme les chutes Niagara, mes sécrétions sont vert martien et j'ai des courbatures comme si un camion m'avait roulé dessus. Je dois sûrement marcher comme une mémé de 98 ans. Je prie quasiment le bon Dieu de m'achever au plus vite pour mettre fin à mon calvaire.

Alors que je viens d'ouvrir la porte arrière pour tenter de sortir les enfants du véhicule sans mourir sur place, je suis brusquement prise d'une incontrôlable quinte de toux. C'est comme si mes poumons allaient exploser, que ma cage thoracique allait se disloquer ; je sens mes muscles se contracter contre ma volonté encore et encore. Je tousse et je tousse sans pouvoir m'arrêter et j'ai l'impression que les poumons me brûlent. Soudain, je me cogne la tête sur le bord de la porte d'auto restée ouverte. Tout disparaît dans le brouillard.

* * *

— Maman ? Maman ? MAMAN ?

Une petite voix que je reconnais être celle de Maxime me réveille. J'avais oublié de vous dire que depuis quelques semaines, mes enfants parlent de plus en plus et que le mot magique – maman –, que j'avais trouvé si merveilleux d'entendre la première fois, est maintenant répété 18 000 fois par jour – ce qui lui a enlevé un peu de son charme.

J'ouvre les yeux. Je suis étendue dans un tas de neige, juste à côté de l'auto. Je ne sens plus ma joue droite – elle est complètement gelée et probablement bleue –, et j'ai une grosse prune sur le front, juste au-dessus de l'œil.

Ouille ! J'ai peut-être la joue gelée, mais pas la tête. Ça résonne comme un xylophone sur lequel on aurait joué le *Boléro* de Ravel, je suis étourdie et j'ai l'impression que mon crâne va s'ouvrir en deux. Mon front est douloureux et je crois que je saigne. J'essaie de me relever lentement sans vomir ou retomber dans l'inconscience.

Par la porte de la voiture restée ouverte, Maxime et Daphnée, encore attachés dans leurs sièges – et habillés chaudement, par chance – me regardent. Je discerne une pointe d'inquiétude dans le regard de Maxime, alors que Daphnée, à ses côtés, est occupée à jouer avec son toutou lapin. C'est peut-être mieux qu'ils ne s'aperçoivent pas trop de la gravité de la situation.

Par un merveilleux miracle de la vie – mes propres ressources ne cesseront jamais de m'étonner, en fin de compte –, je parviens à me tenir debout sur mes jambes, à sortir les enfants de la voiture et à les emmener dans la maison, avant qu'on ne gèle tous sur place.

Je m'écroule sur le sofa, pendant que les enfants se lancent sans même se déshabiller sur leurs jouets qui traînent dans le salon. Bingo vient me voir et commence à lécher le sang sur ma figure. Zut ! Je n'ai même pas la force de la repousser. J'observe le téléphone sans fil, à quelques mètres de moi, le désespoir dans les yeux. Il est drôlement loin !

— Bingo, apporte le téléphone !

En vain. Apparemment, le goût de mon sang à moitié coagulé est trop irrésistible, car elle refuse de me laisser tranquille et me lèche de plus belle. Ma joue commence à dégeler et ça fait horriblement mal. Zut de zut ! Je regrette, en ce moment, de ne pas avoir investi davantage dans l'éducation de mon chien pour en faire un super canin détecteur-de-bombes, rapporteur-de-téléphone-en-cas-d'urgence, nettoyeur-de-fesses-de-bébé et faiseur-de-souper-les-soirs-de-semaine.

Je me relève tranquillement et me mets à quatre pattes, à côté de mon gentil cabot qui me suit pas à pas. Je parviens à mettre la main sur le combiné et appelle ma sœur Noémie à l'aide. En moins de 20 minutes, elle est chez moi. Une chance qu'elle habite tout près.

En quelques instants, Grande Sœur a pris la situation en main. Elle s'est occupée de Maxime et Daphnée, les a déshabillés avant qu'ils ne crèvent de chaleur – et que je passe pour une mère indigne –, leur a donné une collation pour les occuper, a commencé à préparer le souper et a appelé un taxi pour m'amener à l'hôpital.

— On ne peut pas prendre de chance, tu pourrais avoir une commotion cérébrale ! clame-t-elle en maman d'expérience qui a vu tous les bobos de la planète.

— Et tes enfants ? Et Jacob ? Ils sont seuls à la maison ?

— Franchement, ils sont capables de vivre sans moi ! Ne te soucie pas de ça, Amélie. Ton taxi arrive. Va-t'en, occupe-toi de toi, moi je gère le reste.

* * *

Après six heures passées à l'urgence – il est maintenant minuit –, un souper de poutine, une conversation de trois heures – que dis-je, un monologue – avec une vieille dame vaguement délirante me parlant de ses serins, et la victoire écrasante des Bruins contre le Canadien sur la télévision des urgences, je vois enfin un médecin.

Diagnostic : une petite commotion cérébrale et un début de pneumonie. Déjà, après les heures passées aux urgences, mes symptômes se sont atténués. Un peu de repos et des antibiotiques devraient me remettre sur pied. Tout va bien, madame la marquise, vous pouvez retourner à votre vie de fou.

* * *

Deux jours plus tard – j'ai pris une journée de congé, histoire de ne pas provoquer ma propre mort –, je suis de retour au travail et presque en bon état. J'ai un œil au beurre noir, l'arcade sourcilière enflée comme un melon, des points de suture sur le front et j'ai l'air d'un *mix* entre Freddy Krueger et Chucky, mais je suis fonctionnelle. Même Maxime et Daphnée ont presque eu peur quand ils m'ont vu l'allure hier matin.

Et connaissant la propension d'Audrey à me tomber dessus à bras raccourcis à la moindre occasion, j'ai intérêt à me pointer au boulot si je ne suis plus mourante et que je veux sauver mes petites fesses.

Il est presque neuf heures et je suis là. Il y a sûrement une montagne d'épreuves à corriger qui m'attend. Ou alors, les détails sur la prochaine chronique de tests, qui portera peut-être sur les baguettes chinoises ou les Post-it.

— Amélie, tu es là ! crie Alysson en me voyant entrer. On t'attend ! Vite, dépêche-toi ! Ils vont commencer sans toi !

— Commencer quoi ? De quoi parles-tu ? Je ne comprends pas, la prochaine réunion de la rédaction n'est que la semaine prochaine et il n'y avait rien de prévu à l'horaire aujourd'hui. C'est quoi, cette histoire ?

— Notre nouveau fournisseur ! répond Alysson. Charlène Larrivée est venue pour signer le contrat du placement publicitaire pour l'année. Et on doit discuter avec elle d'une association avec nos stylistes et notre photographe ! Tu as oublié ? As-tu reçu le mémo ?

Quoi ? Qu'est-ce que c'est que ça ? Mais je n'ai été informée de rien ! Je n'ai été absente qu'une journée, pourtant ! Arrgggh ! Je parie qu'Audrey a omis de m'envoyer le mémo exprès ! Et dire que j'ai l'air sortie de *La nuit des morts-vivants !* Zut de zut ! Une chance que j'ai mis un peu de fond de teint ce matin pour tenter de camoufler la couleur bleu-mauve de mon œil. Je sais que je n'ai pas le temps de m'arranger à la salle de bain, ce qui me mettrait en retard de cinq minutes et constituerait un crime de lèse-majesté.

Je me déshabille à la vitesse de Superman dans sa cabine téléphonique, lance le superflu sur mon bureau et me précipite dans la salle de conférence. Tant pis si je suis essoufflée.

— Ah ! Amélie ! Juste à temps, on allait fermer la porte à clé ! lance Audrey.

Message subtil : tu aurais manqué l'occasion de ta vie, j'en aurais profité pour parler dans ton dos pendant trois heures et je t'aurais reléguée au nettoyage des toilettes pour les quatre prochaines semaines.

Ne pas me maquiller et me pointer aussi vite que possible, malgré mon air de zombie recousu, s'est avéré une bonne décision, en fin de compte.

Même si je sais que Vampirella va trouver le moyen de me le remettre sur le nez, tôt ou tard.

Je suis d'ailleurs encore plus gênée en voyant la fameuse Charlène Larrivée en chair et en os – et de près, en plus. Malgré que ce soit un transsexuel, je dois dire que c'est une femme admirablement réussie. Vêtue d'une robe ajustée et décolletée en tissu imitation léopard – sûrement une de ses créations – assortie d'un collier d'ambre et d'un foulard rose, et chaussée de talons aiguilles à motif tigré qui allongent des jambes au galbe parfait, elle est resplendissante.

De longs cheveux blonds – qui semblent naturels en plus – ondulent par-dessus des boucles d'oreilles garnies de pierres étincelantes et ses grands yeux perçants aux cils interminables ressemblent à deux saphirs. Elle a des airs de Rebecca Romijn. J'ai encore plus l'air d'une moumoute sortie de la sécheuse à ses côtés. J'aimerais presque lui demander le nom de son chirurgien et également si elle donne des cours sur la féminité. Une chance, elle est occupée à discuter avec son adjointe et ne m'a pas remarquée. C'est peut-être mieux ainsi.

— Maintenant que nous sommes tous là, nous pouvons commencer, annonce Audrey. Amélie, tu peux nous servir le café ?

Bon, les représailles de l'humiliation commencent déjà. Super…

— Alors, madame Larrivée, je vous présente nos employés, poursuit Vampirella. Voici Coralie Beaudet, notre styliste en chef. Christophe Desrochers, notre photographe. Et enfin, Amélie Tremblay, mon assistante.

— Amélie Tremblay ? s'étonne Charlène. Pas Amélie Tremblay, la petite monitrice du camp Beauséjour ?

C'est à mon tour de tressaillir – en essayant de ne pas renverser le café que je tiens à la main. Comment sait-elle que j'ai été monitrice là-bas ? Était-elle – enfin, était-il – un enfant du camp ? Pourtant, nous semblons avoir à peu près le même âge. Était-il moniteur à ce moment-là, alors ?

— Tu ne me reconnais pas ? demande Charlène.

J'ai beau scruter madame la designer excentrique, aucun coup de tonnerre ne résonne dans ma tête. Oui, ces yeux, cette bouche, ce nez me sont vaguement familiers, mais c'est sans doute parce que j'avais déjà vu Charlène dans les médias. Tout le monde dans la salle m'observe alors que je l'examine, à la recherche de la réponse qui me donnera peut-être le million.

— C'est moi, Jean-Charles !

Jean-Charles ? Jean-Charles ? Oh mon Dieu ! Non ! Pas MON Jean-Charles ! Le *chum* que j'ai eu à 17 ans quand j'étais monitrice au camp de jour ? Le beau grand blond si doux, délicat et discret est devenu une transsexuelle excentrique, excessive, extravertie, expansive et exubérante – bref, tout ce qui commence par « ex » – qui fait la une des magazines depuis son retour de Paris et qui a *flabbergasté* tout le monde à la dernière édition de la Semaine de la mode ! Gaaahh !

Je suis totalement abasourdie. En y regardant bien, je reconnais – sous le fard à paupières, le mascara, le *gloss* brillant et le fond de teint – les yeux bleu ciel aux paupières légèrement tombantes, le nez fin aux petites ailes et les pommettes arrondies que j'ai connus il y a près de 16 ans. Bon sang, mais c'est vraiment lui ! Enfin… je veux dire elle.

C'est rassurant de savoir que j'ai « dégoûté » assez un homme pour qu'il change de sexe et vire aux hommes. Enfin, à moins qu'elle ne soit lesbienne.

— Ah ben !… heu !… c'est… toute une surprise ! Hem !… Tu as pas mal changé depuis la dernière fois, hein ?

Bravo, Amélie ! Continue comme ça et tu es en bonne voie de gagner le trophée de la Tarte de l'année.

— Eh bien, toi, tu n'as pas changé une miette, ma jolie ! s'exclame Charlène en me prenant par les épaules. À part le petit *look* de femme battue, tu es toujours aussi ravissante. Tu sais que je me suis inspirée de ta bouche pour faire refaire la mienne ? J'ai toujours trouvé que tu avais de si belles lèvres !

Wow ! La scène commence à frôler le surréalisme, là. Je ne suis même pas encore remise du choc qu'il – heu !... elle – est déjà en train de me raconter les détails de sa chirurgie. Trop d'information...

Derrière Charlène, j'aperçois du coin de l'œil le visage *lifté* et inquiet d'Audrey. Son pire cauchemar est probablement en train de se réaliser. Je suis en train de lui damer le pion et de passer pour la vedette de la journée. Vu qu'elle s'imagine que les employés seraient honorés de lécher les miettes de ses toasts, c'est une aberration pour elle. Elle doit être désespérément en train de chercher un moyen de regagner toute l'attention. J'ai bien envie d'en profiter encore et de me pavaner un peu, mais je sais qu'Audrey risque de me le faire payer.

— Bon, je crois qu'il serait temps de parler *business*, dis-je, avant que les éclairs sortant des yeux d'Audrey ne me transpercent pour de bon.

— Tu as raison, ma chouette, approuve Charlène en me tapotant la main. Mais après, il faut absolument qu'on aille dîner ensemble. Je veux savoir tout ce qui s'est passé dans les 15 dernières années de ta vie.

Je sens que ça va être un dîner animé.

* * *

Troisième semaine de janvier. Nous finissons notre souper en petite famille, c'est-à-dire que Samuel et moi mangeons normalement, pendant que Maxime et Daphnée se couvrent de sauce à spaghetti, puisque, dans une nouvelle phase de leur évolution, les pâtes nappées de sauce tomate parfaitement lisse sont l'unique plat qu'ils acceptent de manger.

C'est alors qu'on sonne à la porte. Bon, qui ose encore nous déranger et à une heure pareille, en plus ? Je vais répondre. À l'entrée, un homme et une femme à l'allure sévère m'attendent.

— Madame Amélie Tremblay ?

— Oui...

— Pourrions-nous vous parler, madame ? En privé ?

Qu'est-ce que c'est que cette histoire ? C'est la police ou quoi ? Qu'est-ce qu'ils me veulent ? Ces deux-là ont l'air sortis de *Men in Black*. À moins d'avoir été témoin du décollage d'une soucoupe extraterrestre sans le savoir et m'être foutue dans le pétrin, je suppose que je n'ai rien à craindre, non ?

Peut-être viennent-ils m'annoncer qu'il y a eu une grave erreur dans ma vie ? Qu'au fond, je ne suis pas la mère de mes enfants, qu'un mauvais tour de la fée du destin m'a catapulté par mégarde deux bambins-tornades, que je devrais être encore rédactrice en chef et avoir une super carrière, manger du caviar au déjeuner, qu'Audrey devrait manger mou dans un hospice et qu'Aryane devrait élever des lamas au Chili. Qu'il y a eu erreur sur le destinataire du paquet et qu'ils vont redistribuer Maxime et Daphnée à leur véritable propriétaire. Qu'ils vont réajuster ma vie et la remettre sur les rails. Comme dans le film *The Adjustment Bureau*.

— Nous pourrions aller dans le salon, proposé-je.

Une fois Samuel averti de l'étrange visite, je le laisse avec Maxime et Daphnée et vais rejoindre monsieur et madame CIA au salon.

— Que puis-je faire pour vous ?

— Madame Tremblay, il semble que quelqu'un ait porté plainte auprès de la DPJ, comme quoi vous et vos enfants seriez peut-être victimes de maltraitance.

Quoi ? Je suis encore plus renversée que tout à l'heure. C'est totalement absurde !

— Qui a fait ça ? Et pourquoi cette personne pense-t-elle que je suis maltraitée ?

Les deux *goons* en complet se penchent pour observer mon œil, encore légèrement enflé et de couleur jaunâtre – après être passé par le bleu, le mauve et le brun – ainsi que les points de suture qui semblent clignoter comme un néon en ce moment. Bon, d'accord, je peux comprendre d'où la confusion peut venir. Mais ça ne me dit pas qui a pu porter plainte. Pas Noémie, c'est sûr. Un collègue ? Ils m'ont tous vue amochée. Charlène ? Elle a fait allusion à mon *look* de femme battue, comme elle disait. Madame Rochefort, que j'ai croisée au CLSC alors que je faisais vacciner Maxime et Daphnée et qui semblait horrifiée par mon apparence ? Laurie que j'ai vue il y a six jours au dîner et qui a fixé mon œil tout le long du repas ?

— Je me suis fait ça en me cognant la tête, l'autre jour, réponds-je. J'ai été prise d'une quinte de toux à cause d'un début de pneumonie et je me suis cognée sur la porte de l'auto.

— Oui, bien sûr, me dit la dame avec l'expression sceptique de Perry Mason en plein procès.

— Mais puisque je vous dis que…

— Maman !

Maxime et Daphnée se précipitent sur moi en riant. Ils ont sans doute fini leur souper de nouilles. Daphnée a décidé de se peigner les cheveux avec un thermomètre qu'elle a pris je ne sais où – est-ce que ça peut être considéré comme dangereux par la DPJ ? Je les flatte gentiment en leur donnant des jouets pour les occuper.

— Écoutez, réponds-je d'un ton un peu plus emporté que je le voudrais. C'est totalement ridicule ! Je ne suis pas battue et mes enfants non plus. C'est absurde. Et puis, en plus, mon conjoint travaille presque un soir sur deux. Comment voulez-vous qu'il me batte, il n'est pratiquement jamais là ! Et regardez mes enfants, ils ont le comportement d'enfants maltraités ?

Le ton monte. Plus je me défends – et surtout, défends mon homme – plus je sens l'agressivité grimper. Comme si j'avais besoin d'une emmerde de plus dans ma vie ! Et Samuel ne lèverait jamais la main sur moi, ni sur ses enfants. Tout ça est aberrant !

— Madame, inutile de protéger votre conjoint, sermonne la dame. Toutes les victimes de violence conjugale font cela, vous savez. Nous allons étudier votre dossier et faire enquête. S'il y a quelque chose, croyez bien que nous allons le trouver et agir en conséquence.

Non mais, je rêve ? Non, je cauchemarde ! Que veulent-ils dire ? M'enlever la garde de Maxime et Daphnée ? Au même moment, peut-être perturbé par le ton, Maxime se précipite sur monsieur DPJ avec son jouet-marteau et tape dessus, dans l'espoir dérisoire de défendre sa maman.

— Méssant ! crie-t-il en lui assénant des coups de toute la force de ses petits bras.

— Vous voyez ? lance l'homme. Votre fils a certainement appris ce comportement quelque part. Ça commence comme ça, le cycle de la violence, madame.

Je vois rouge. C'est à la garderie qu'il a appris cela, monsieur. Je suis de plus en plus insultée. J'ai l'impression de me faire traiter en enfant. Il y a déjà Audrey qui s'imagine que j'ai cinq ans, pas besoin de ça en plus. Au même instant, Samuel entre dans le salon, probablement attiré par le ton de nos voix qui a monté de quelques crans.

— Qu'est-ce qui se passe, ici ?

— Monsieur, répond la dame de glace, quelqu'un a porté plainte auprès de la DPJ, comme quoi vous auriez peut-être levé la main sur votre conjointe et vos enfants.

— Quoi ? hurle Samuel, furieux. Mais ça va pas ! Vous êtes tombés sur la tête, ou quoi ? Jamais je ne ferais une chose pareille ! J'aime bien trop Amélie pour lui faire du mal !

— Ouais ! Ils disent tous ça, rétorque l'homme en levant les yeux au plafond.

Je ne sais pas ce qui me retient de lui mettre mon pied au cul, à celui-là. Son attitude est vraiment offensante.

— Écoutez, fait la dame. La procédure, maintenant, est qu'une équipe de base sera formée, dressera l'état de la situation et conviendra d'une stratégie, d'un plan d'action. Une personne sera désignée pour vous accompagner, ainsi que vos enfants, tout au long de l'enquête. Nous vérifierons si les faits sont fondés, si la sécurité ou le développement des enfants sont compromis et si le cas doit faire l'objet d'une intervention.

Je déglutis avec peine. Plan d'action, enquête, intervention. Les mots tournoient dans ma tête. Je veux me réveiller ! Et puis, non. Je dois me calmer. Samuel n'a rien à se reprocher et moi non plus.

— Eh bien, allez-y, lui dis-je. Faites-la, votre enquête. Nous n'avons rien à cacher et vous verrez que vous êtes dans l'erreur. Sur ce, bonne soirée !

Et aussitôt, je me lève, puis Samuel et moi raccompagnons les visiteurs jusqu'à la porte, en réprimant le désir brûlant de les faire tomber en bas des marches glacées.

Incroyable ! Qu'est-ce que c'est que cette histoire ? Et par qui est-ce arrivé ? On avait réellement besoin de ça.

* * *

Fin janvier. Finalement, Charlène a été tellement enchantée de me revoir qu'elle ne m'a pas lâchée d'une semelle dans les jours suivant la rencontre. J'ai alors appris que Jean-Charles – à l'époque où il… heu… elle s'appelait encore ainsi – a véritablement découvert son attirance pour tout ce qui est féminin lors de ses études en mode au Collège LaSalle, même s'il avait toujours eu des doutes.

Après ses études à Paris et le décès subit de son père qui l'a bouleversé, il a eu une prise de conscience et a réalisé à quel point il était malheureux dans le corps qui était le sien. Dysphorie de genre, selon son médecin. C'est alors que Jean-Charles a décidé de subir la grande transformation et de devenir une femme. Quelques années, des hormones et plusieurs chirurgies plus tard, Charlène était née.

Depuis son changement de sexe, il y a huit ans, Jean-Charles – enfin, Charlène – n'a jamais été aussi heureuse. Le jeune adolescent timide, renfermé et fragile a éclos et a fait place à une femme flamboyante, ambitieuse et sûre d'elle.

Entre-temps, Audrey s'est montrée très jalouse de toute l'attention que Charlène m'a portée. Pour se venger, elle m'a donné encore davantage de travail – au point où j'ai dû en apporter à la maison – et m'a même fait laver le plancher du bureau – soi-disant que le concierge était malade. Enfin, la joie de parler à Charlène, d'avoir son attention et le plaisir de la voir ignorer souverainement Audrey, qui enrage, est tellement jouissif que j'en ai presque oublié mes problèmes.

Boni suprême, c'est jour de paye. Avec les dépenses des fêtes, le compte en banque a encore maigri. Il n'aura pas été regarni longtemps. Enfin, ça va aller mieux. Je me dépêche d'ouvrir l'enveloppe alors que je m'apprête à profiter de l'heure du dîner pour aller déposer mon chèque.

Quelle n'est pas ma surprise de découvrir qu'on m'a enlevé près de 250 dollars sur ma paye ! Mais qu'est-ce que c'est que ça ? Il doit y avoir une erreur ! Avec toutes les heures que je me suis tapées !

Je rebrousse chemin et me rends à toute vitesse dans le bureau d'Audrey. Elle est mieux d'avoir une fichue de bonne explication ou de trouver l'erreur, sinon, je crois que je vais la poignarder avec son stylo doré Montblanc !

— Audrey, il y a un problème avec ma paye. On m'a enlevé…

— … 250 dollars, oui. Il n'y a pas d'erreur.

Quoi ? C'est une blague ? Et elle a le culot de me dire cela en souriant. Immédiatement, je comprends que c'est encore une vengeance de sa part, en représailles aux traitements de faveur que Charlène m'accorde, en plus de mon retard à la réunion, même si ce n'était pas ma faute. Je connais Audrey, je sais ce dont elle est capable.

— Et pourquoi ?

— Nous avons recalculé ton temps d'emploi de l'année dernière et il se trouve que tu as fait moins d'heures que ce que nous avions payé et que tu as manqué plusieurs jours de travail, pour cause de maladie, alors que tu avais épuisé ta banque de congés de maladie payés. Donc, nous avons ajusté en conséquence.

Grrr ! Audrey m'espionne certainement et doit comptabiliser chaque minute de mon boulot. Elle s'acharne très clairement sur mon cas. Et mon succès auprès de Charlène – qui est maintenant notre plus important fournisseur et notre plus grande source de revenus publicitaires et aussi notre associée styliste pour rehausser nos séances de photos et améliorer notre crédibilité dans le milieu de la mode – doit lui être insupportable.

Pense au karma, Amélie. Audrey doit être rendue à -78 et va se réincarner en crevette !

18

Hasta la vista, baby!

(Février)

La fidélité, c'est quand l'amour est plus fort que l'instinct.

Paul Carvel

Début février. Comme annoncé, une personne nous a été assignée par la DPJ pour nous accompagner durant la procédure. Elle nous a informés sur l'évaluation à venir et étonnamment, elle s'est avérée assez aimable. Histoire à suivre.

En attendant, Samuel et moi devons bientôt rencontrer Aryane avec son avocat. Il y a quelques jours, mon homme m'a avoué que, guidé par la connaissance qu'il a de son ex, il avait fait quelques recherches sur Internet et dans de vieux papiers et qu'il avait peut-être trouvé une échappatoire, mais qu'il devait d'abord en parler à notre avocat. Est-ce possible, après 19 mois d'enfer ? Samuel a dit qu'il ne voulait pas me donner de faux espoirs et préférait attendre avant de me dévoiler son plan secret.

Malgré tout, j'en ai, de l'espoir. Parce que c'était la première fois depuis longtemps que je le voyais sourire. C'est même un euphémisme. En réalité, il rayonnait de bonheur et avait les yeux remplis d'étoiles – malgré l'annonce dévastatrice de l'enquête de la DPJ. Cela signifie que ça doit être drôlement gros. J'ai su dès lors que tout était permis. Je veux tellement qu'on passe à travers toute cette épreuve « ensemble »...

Alors, j'ai bon espoir. Je ne sais pas comment, mais je sens que nous allons trouver une solution et que notre bonheur n'est pas très loin.

Nous voilà donc enfin, Samuel et moi, dans le bureau de notre avocat, Me Saint-Pierre. Mon cœur est partagé entre la joie et l'appréhension de revoir Cédric – je me suis un peu tenue à l'écart depuis la situation inconfortable de novembre dernier. Quelques contacts amicaux, sans plus. Samuel et Me Saint-Pierre ont convenu d'une stratégie à adopter et d'une offre pour Aryane en vue d'une entente à l'amiable. Je vais enfin savoir de quoi il retourne avec ce plan secret.

Samuel n'a pas voulu me donner de détails, mais il m'a dit que si ça fonctionnait comme prévu, Aryane nous ficherait la paix pour très longtemps. Nous sommes dans la salle d'attente et Samuel trépigne d'impatience sur sa chaise. Il jubile littéralement. Qu'est-ce qu'il a bien pu échafauder comme plan ?

— Monsieur Gagnon ? Madame Tremblay ? appelle Me Saint-Pierre. Suivez-moi, je vous prie.

Me Saint-Pierre est un drôle de bonhomme. Grand, efflanqué, on dirait que quelqu'un lui a pris les pieds et les mains et l'a étiré comme un *gummy bear*. Ses fins cheveux châtain pâle sont plaqués sur le côté de sa tête par une bouteille entière de gel. Enfin, pourvu qu'il soit compétent, c'est tout ce qui compte…

Nous entrons dans une vaste pièce, avec fenêtres panoramiques, au centre de laquelle trône une immense table en bois. La pièce est ornée de boiseries, d'une bibliothèque remplie de livres à l'apparence plus austère les uns que les autres. Notre salle de réunion, au magazine, fait bien piètre figure en comparaison avec celle-ci. Et dire que les gens s'imaginent que nous travaillons dans des locaux *in*, décorés par des designers ! S'ils savaient !

Quelques instants plus tard, Aryane arrive en compagnie de son avocat, Me Villeneuve. Ils s'assoient face à nous. Cruella dépose sa canne sur la table, à la vue de tous, histoire de faire pitié. Elle a toujours l'air aussi arrogante et suffisante avec le fichu sourire de celle qui obtient toujours ce qu'elle veut. Je me demande encore comment Samuel a pu se faire emberlificoter à ce point par cette cinglée ! Je me retiens pour ne pas lancer une brocheuse à la figure d'Aryane. Mais en voyant l'expression triomphante de mon homme, je devine qu'elle va bientôt frapper un mur.

— Alors ? commence Me Villeneuve. Il semble que vos clients aient une proposition à faire à ma cliente ?

— C'est exact, répond Me Saint-Pierre.

— Nous vous écoutons.

— C'est très simple : nous proposons à madame Aryane Bergeron d'abandonner toute poursuite. Autrement, les conséquences pourraient s'avérer fâcheuses…

Cruella et Me Villeneuve nous regardent, complètement hébétés, la bouche grande ouverte. J'avoue que c'est une bien drôle d'offre et que je suis moi-même assez ahurie, merci. Qu'est-ce qui peut bien faire croire à Samuel et à Me Saint-Pierre qu'ils peuvent convaincre Aryane de tout laisser tomber ? Me Villeneuve éclate soudain de rire.

— Totalement risible ! Vous croyez vraiment que ma cliente va retirer sa demande juste pour vos beaux yeux ? Vous nous faites perdre notre temps. Venez, Aryane, nous partons.

Tandis que Cruella et son représentant légal se lèvent, Samuel, qui s'était contenté jusque-là de sourire – à pleines dents, dois-je le préciser –, se décide à parler.

— Détrompez-vous, maître, dit-il. Nous avons quelque chose à offrir à votre cliente : la possibilité de conserver son emploi lorsque son congé de maladie sera terminé, ce qui devrait arriver bientôt, je crois, après tout ce temps. Notre proposition est plus qu'alléchante.

Aryane se fige dans une posture grotesque, à moitié levée de sa chaise, pendant que son avocat fixe Samuel, de plus en plus abasourdi. De mon côté, je tends une oreille attentive. Samuel et Me Saint-Pierre exultent. On jurerait deux gamins fiers de leur coup. Samuel sort alors une pile de documents et de lettres d'un dossier.

— Voyez-vous, Me Villeneuve, je connais madame Bergeron depuis un bon moment, commence-t-il. J'ai aussi habité avec elle… J'ai ici des lettres qui datent de l'époque où nous étions encore mariés et qui lui appartiennent.

Aryane et Me Villeneuve sont littéralement suspendus aux lèvres de Samuel, tout comme moi. Ils l'examinent attentivement, le regard sombre et les lèvres pincées. C'était donc de ces fameuses lettres dont Samuel parlait lorsqu'il était question de sa recherche dans ses vieux papiers ?

Me Saint-Pierre prend le relais :

— Madame Bergeron, qui travaille pour une compagnie pharmaceutique, est entrée en contact avec une usine en Chine, comme le prouve cette missive, afin de lui vendre les informations nécessaires pour produire – à moindre coût, bien sûr – un médicament fabriqué par l'entreprise pour laquelle elle œuvre. Médicament dont la compagnie détenait le brevet exclusif et qu'il était alors interdit de reproduire. L'usine chinoise aurait évidemment payé un prix fort intéressant pour mettre la main sur la formule du médicament. Un moyen facile pour madame Bergeron de faire beaucoup d'argent. Et personne n'aurait rien soupçonné.

Me Villeneuve tend une main tremblante vers le dossier, dont certaines lettres sont ornées d'idéogrammes chinois. Je serais bien curieuse d'en connaître le contenu, moi aussi.

— Vous pouvez les apporter pour les parcourir, si vous le désirez, ajoute Me Saint-Pierre. Ce ne sont que des copies, bien sûr. Les originaux sont en sécurité, vous vous en doutez bien.

— Vous avez certainement entendu parler de la mélamine dans le lait, le café, les bonbons et les médicaments en Chine il y a quelque temps ? dit Samuel. Cela provient de produits contrefaits dont les formules ont été vendues par des individus sans scrupules. Ou encore, des gens ont tenté de copier des produits, mais ils ont commis des erreurs de dosage.

Me Villeneuve montre les lettres à une Aryane totalement désemparée.

— J'étais sûre de les avoir détruites, murmure-t-elle, une main sur le front. Et Samuel n'était même pas au courant, je ne lui avais rien dit. Comment a-t-il pu…

Elle s'interrompt soudain et se tourne vers Samuel, le regard en feu.

— C'était une semaine avant que tu ne me quittes ! siffle-t-elle. Je me souviens d'avoir jeté ces lettres au recyclage ! Tu es allé les récupérer à mon insu ! Tu m'as volé ces documents ! Tu le savais depuis longtemps, alors ! Tu... tu voulais te protéger avec ça depuis le début !

— Si monsieur s'est procuré ces lettres illégalement, je doute qu'elles soient recevables en cour, intervient Me Villeneuve.

— En cour, peut-être pas, répond Me Saint-Pierre, mais l'employeur de madame Bergeron, lui, ne s'attardera pas à ce genre de détails... Surtout quand on sait que la compagnie a perdu beaucoup d'argent dans les dernières années à cause de la contrefaçon.

— Je connais mon ex, intervient Samuel dont le sourire s'élargit encore. Elle est incapable de laisser passer une occasion de faire de l'argent. Peu lui importe que la voie soit malhonnête...

Je souris et participe secrètement à la jubilation collective. Mon Dieu, que ça fait du bien de voir cette garce de Cruella recevoir une raclée ! Samuel resplendit. Il est entouré d'une aura de bonheur. Il y a longtemps que je ne l'ai trouvé aussi beau, aussi... viril. Je pense qu'il y a un sacré bout de temps qu'il voulait la voir si désemparée !

— Si madame Bergeron accepte de retirer sa demande, mon client s'engage à lui remettre tous les documents incriminants pour qu'elle en dispose à sa guise et promet de ne pas communiquer avec l'employeur de madame pour la dénoncer.

— C'est du chantage ! s'écrie Me Villeneuve.

— Non, c'est de la négociation, répond tranquillement Me Saint-Pierre.

Me Villeneuve regarde Aryane, qui garde les yeux obstinément fixés sur le dossier. Elle respire lentement, le teint livide.

— C'est bon, marmonne-t-elle du bout des lèvres. J'accepte de mettre fin à la poursuite. Mais je n'ai pas dit mon dernier mot...

— En fait, oui, lâche Samuel, qui lui adresse la parole directement pour la première fois. Parce que je n'ai pas terminé. Tu m'as rendu la vie infernale pendant des années, tu as gâché mon existence, tu m'as tellement marqué qu'encore aujourd'hui, j'en paye le prix. Par ta faute, ma famille a presque vécu dans la misère, j'ai encore du mal à avoir une relation fonctionnelle avec une femme et Amélie a terriblement souffert. Elle ne méritait pas ça. Maxime et Daphnée non plus. Il a fallu que tu t'en prennes à la femme que j'aime le plus au monde et cela, je ne te le pardonnerai jamais. Sois avertie, Aryane, que si tu t'en prenais encore à elle ou à mes enfants, tu me trouverais sur ton chemin et que je te le ferais payer très cher.

Aryane semble littéralement rétrécir sur sa chaise. Elle ne devait pas s'attendre à cette attaque en règle. Pour ma part, je suis complètement ébahie par les paroles de Samuel. Jamais je ne l'avais entendu dire de si belles choses à mon sujet. Je suis subjuguée, au septième ciel. C'est exactement ce dont j'avais besoin. Je n'avais jamais entendu une si belle déclaration d'amour de la part d'un homme, sauf dans les films cuculs d'Hollywood. Ça vaut plus cher que toutes les demandes en mariage de la terre.

Je regrette de ne pas avoir apporté d'enregistreuse avec moi, histoire d'immortaliser ce moment et de me soûler l'âme en le jouant à répétition. Je l'aurais mis sur un détecteur de mouvement à la porte de mon bureau et chaque fois que quelqu'un aurait passé la porte, la voix de Samuel aurait joué en boucle. Il faudra que je me souvienne de ce discours les jours où ça ira moins bien.

— Non seulement je veux que tu retires ta demande, poursuit Samuel, mais je veux une entente écrite de ta part comme quoi tu ne nous contacteras plus jamais. Ni moi ni Amélie. Je ne veux plus jamais entendre parler de toi. Est-ce bien clair ? À partir d'aujourd'hui, tu n'existes plus pour moi.

Cruella le regarde et soupire. Puis elle semble vouloir prendre la parole.

— Si tu refuses, ajoute Samuel, j'irai voir ton employeur dès la semaine prochaine et je lui dirai tout. Dois-je te rappeler ce que ça coûte, un procès pour fraude ? conclut-il avec un sourire.

— Bon, ça va. C'est d'accord.

Ouiiii ! Génial ! Je n'arrive pas à y croire ! On est tirés d'affaire pour de bon ! Pour de vrai, vrai ! Pas possible ! La lumière apparaît enfin au bout du tunnel ! Après pratiquement deux ans de merde ! Je lévite.

— Ah oui ! En passant… il faudra aussi rembourser la pension que mes clients ont payée pendant les deux dernières années, annonce Me Saint-Pierre.

— On va aussi reprendre le bijou, renchérit Samuel, triomphant.

Na na na na, hey hey hey, *goodbyyyyyye* ! *Hasta la vista,* Aryane ! Je suis encore incrédule ! Je saute dans les bras de Samuel pendant que Cruella quitte les lieux, absolument enragée ! Youpiiiii !

* * *

Deuxième semaine de février. Je me sens revivre. Un poids vient de m'être enlevé des épaules ! J'ai l'impression de respirer de nouveau. Enfin débarrassée de Cruella… Si je n'étais pas épuisée par la vie de famille et mon travail, j'aurais envie de chanter comme Kathleen : « Ça va biiiiiiieeeeen ! »

Et je ne suis pas la seule. Samuel est métamorphosé. Je crois qu'il a enfin exorcisé sa relation catastrophique avec Aryane, qu'il s'est vidé de tout ce qui lui avait fait mal. Je pense qu'au fond, il avait besoin de la confronter et de lui faire comprendre à quel point elle l'avait meurtri. Après avoir gagné cette guerre, nous avons prévenu notre entourage, ce qui a provoqué des réactions extatiques. Tout le monde devait se dire qu'il était à peu près temps.

Et moi, je commence à retrouver l'homme duquel j'étais tombée amoureuse. Il sourit, rigole, sifflote et chantonne dans la maison. De temps à autre, il effleure subtilement ma hanche de la main, me chuchote des mots doux à l'oreille ou dépose un baiser dans mon cou.

Son horaire est presque revenu à la normale et il est là plus souvent le soir. On jurerait que l'enquête de la DPJ ne le stresse même pas. Faut dire qu'on n'a rien à se reprocher, alors ça va sûrement tomber, cette histoire-là. Hummm !... C'est merveilleux d'avoir à nouveau Samuel à mes côtés et de passer du temps avec lui.

Je me fiche, au fond, qu'on ait beaucoup d'argent ou pas. Le bonheur, ça ne s'achète pas. La sérénité et la paix non plus. Je me rends même compte que j'ai hâte à la fin de semaine pour faire l'épicerie et écouter Samuel inventer des histoires farfelues aux gens en observant le contenu de leur panier – tout en berçant inconsciemment le panier, comme une poussette. C'est le summum du super cliché mielleux, mais c'est vrai que ce sont des petits moments comme ça qui sont réellement précieux. Même Bingo semble avoir senti le changement et paraît plus joyeuse. Elle saute sur Samuel quand il revient à la maison, se couche sur ses jambes lorsqu'il est sur le divan, l'agace pour aller jouer dans la cour.

Aujourd'hui, vendredi soir, je reviens à la maison avec les enfants et un dessert spécial : un gâteau triple chocolat. Pour nous récompenser, quoi. Tiens, une grande enveloppe matelassée traîne dans la boîte aux lettres avec le courrier.

L'espace d'une seconde, mon cœur bondit de frayeur. Qu'est-ce que c'est ? Aryane qui serait revenue sur sa promesse ? Je regarde le colis. Fausse alerte. Élodie, la sœur de Samuel, est l'expéditrice du paquet. Une demi-heure plus tard, quand Samuel arrive, je lui montre le paquet.

— Qu'est-ce que c'est, d'après toi ? lui demandé-je.

— J'en sais rien, dit-il en ouvrant l'enveloppe.

Il sort alors un genre de cartable blanc et jaune. Étrange, j'ai une impression de déjà-vu. C'est alors que je reconnais l'objet en question : c'est l'album de photos de mariage de Samuel ! Assise sur le sofa aux côtés de mon homme, je le regarde manipuler le livre soigneusement, du bout des doigts, comme si c'était une bombe qui allait nous exploser à la figure. Collée sur le dessus, il y une petite enveloppe blanche. Nous parcourons tous les deux du regard la feuille que Samuel en a retiré.

Cher Sam,

Félicitations pour ta belle victoire contre Aryane ! Il était plus que temps que tu rendes la monnaie de sa pièce à cette emmerdeuse. Alors, grand frérot, je pense que tu es enfin prêt. Amuse-toi bien.

Ta petite sœur,

Élodie

À l'intérieur de l'album, il y a les mêmes photos que j'ai vues à Noël, il y a plus de deux ans. Des photos de mon homme, souriant de béatitude au bras d'une femme qui a rendu sa vie misérable pendant des années. Je redoute un peu l'effet que risque de produire le retour de cet objet maudit dans notre vie.

Je lève les yeux et regarde Samuel. À ce moment précis, je comprends combien il a évolué ; il a bel et bien tourné une page importante de son existence. Ce sourire de félicité, ce regard pétillant et cette euphorie que je lui vois sur les photos se trouvent en ce moment même sur son visage, alors qu'il feuillette l'album. Il n'y a pas si longtemps, la vue de ces clichés aurait provoqué amertume et colère. Mais maintenant, seule la plénitude règne.

Samuel secoue la tête en riant.

— Oh là là ! C'est fou, les erreurs qu'on peut faire dans une seule vie, dit-il. À quel point on peut se tromper et payer la note pendant des années. Une seule vie et tant de possibilités de la rater. Une chance qu'on peut se racheter…

Sur ce, il referme le cartable brusquement.

— Plus jamais je n'en ferai de pareilles, ajoute-t-il.

Parle-t-il du mariage en général ou du fait qu'il s'est fait avoir par son ex ? Il me regarde et me caresse la joue alors que son sourire s'élargit.

— Tu es vraiment merveilleuse d'être restée avec moi, de ne pas m'avoir laissé tomber avec tout ce qui s'est passé. Même si je ne t'ai pas démontré mon amour aussi bien que je l'aurais voulu.

— Arrête ! Si ça continue, je vais me mettre à pleurer !

Samuel éclate de rire et dépose l'album sur la table à café.

— Emmène les enfants dans la salle familiale, près du foyer.

— Pourquoi ?

Samuel se lève et me regarde avec l'air de celui qui s'apprête à faire un mauvais coup.

— On va se faire plaisir.

Une fois dans le sous-sol, Samuel s'agite devant le foyer, met du bois, du papier et du carton et allume le tout. Les flammes se mettent instantanément à danser derrière la vitre. Samuel referme la porte. Il s'assoit sur le fauteuil tout près, aussitôt entouré de Maxime et Daphnée qui observent les flammes, hypnotisés.

— Tu m'as dit tout à l'heure que tu avais acheté un gâteau triple chocolat ? Pourquoi ne nous en apporterais-tu pas ?

— Et le souper ?

— Laisse faire le souper pour l'instant.

De plus en plus perplexe, je pars chercher quatre portions de gâteau.

— Bon, que comptes-tu faire maintenant, monsieur le mystérieux ? demandé-je à mon retour.

— Déguste ton morceau et regarde le spectacle.

Sans un mot, Samuel se lève, ouvre la porte du foyer et jette l'album dans le feu. Je le contemple, quelque peu horrifiée. Puis le cartable commence à se racornir dans une odeur immonde et un nuage de fumée. Pendant ce temps, Samuel mange son gâteau.

— Pourquoi tu fais ça ?

Il dépose son assiette par terre et entoure mes épaules de son bras.

— Pour rompre avec le passé, Amélie. Autrefois, ça aurait été par vengeance, mais plus maintenant. Aujourd'hui, c'est pour tourner la page et commencer une nouvelle vie. Avec toi et les enfants. Je pense qu'il est essentiel de détruire certaines choses pour ça. Voilà tout.

Il a raison. Je m'assois alors sur l'autre fauteuil et savoure mon triple chocolat qui, par ailleurs, est absolument délicieux. Les enfants ne se font pas prier pour manger non plus. Ils s'en mettent partout, mais franchement, on s'en fiche. Profitons de ce beau moment de plénitude feng shui. Ouais ! c'était vraiment une bonne idée de l'acheter ce soir, ce gâteau. Ça ne pouvait mieux tomber. Au son de la fée Clochette, tournez la page !

* * *

Mi-février. Dans les derniers jours, Samuel a subi un interrogatoire des policiers pendant trois heures. Ils ont ensuite rencontré Maxime et Daphnée, avec la DPJ. Mais mes enfants se sont contentés de jouer avec des poupées, des autos et de se barbouiller le visage de crayon-feutre. J'ignore s'ils tireront des conclusions de leur comportement. Ils ont ensuite interrogé mes parents au téléphone, ma sœur, les proches de Samuel. Tout cela est franchement gênant pour nous. Finalement, ce fut à mon tour d'être interrogée – en tant que témoin et possible « victime ».

Pendant l'interrogatoire, en plus de défendre mon homme bec et ongles, j'ai eu beau demander qui avait porté plainte, les enquêteurs ont refusé de me le dire.

Autrement, je suis régulièrement mes parents sur leur blogue où ils envoient périodiquement des nouvelles depuis leur départ, il y a deux mois. Photos exotiques remplies d'une lumière irréelle, petits films emballants où on voit leurs péripéties, hyperliens des lieux d'intérêt visités, réflexions sur les us et coutumes des habitants, descriptions détaillées de la nourriture accompagnées d'images alléchantes… le matériel ne manque pas. Après avoir visité les États-Unis, le Mexique, le Costa Rica, le Panama et son canal et le Pérou, ils sont rendus au Brésil où ils célébreront sûrement la Saint-Valentin de manière flamboyante au Carnaval de Rio. Prochaine étape : l'Argentine !

Ma mère va sûrement vouloir suivre des leçons de tango, au grand dam de mon père.

Chez nous, on a eu droit à un petit souper gastronomique – pas facile de préparer de la bouffe élaborée en 30 minutes et avec des bambins qui s'accrochent à vos basques ! – ainsi qu'à un petit film romantique à deux, une fois les enfants couchés.

Je regarde aller mes parents et je les envie. Mais pas de cette envie jalouse – que j'éprouve bien trop souvent à mon goût. Non, je les trouve beaux, je les trouve chanceux, je les trouve courageux. J'aimerais être à leur place. Mes parents se sont privés presque toute leur vie pour ma sœur et moi. Il était temps qu'ils se gâtent. Et pas juste en décidant de s'acheter une boîte de chocolats *fancy* à la pâtisserie du coin. Qu'ils se gâtent « vraiment ».

Ils ont bâti ensemble un magnifique projet qu'ils vont partager pendant un an. Tout ce temps, ils vont s'émerveiller ensemble, visiter des endroits splendides, vivre des expériences sublimes que la plupart des gens n'effleureront probablement jamais du bout des doigts. J'ai beau rire des trucs du genre « plaquons tout et partons à l'aventure avec nos gougounes et notre sac à dos », je trouve ça extraordinaire quand les gens le font vraiment.

J'aimerais avoir un projet du genre avec Samuel – autre que les enfants, bien sûr. Bon, d'accord, nous avons toute la vie devant nous – surtout que l'histoire d'Aryane est ENFIN réglée. Je voudrais bâtir quelque chose de beau, de grand, de profond avec lui comme mes parents ont fait. Je n'ai pas l'impression d'avoir atteint le niveau d'harmonie qu'ils ont trouvé. Oh ! je sais bien que mes parents n'ont pas découvert l'équilibre parfait et ultime et qu'ils ont des accrochages comme tout le monde.

Ma mère va sûrement vouloir visiter tous les musées et les sites archéologiques sur leur chemin alors que mon père va vouloir entrer en contact avec tous ceux qu'ils vont rencontrer et pratiquement s'inviter dans leur salon – au grand regret de maman. Ma mère va vouloir acheter quantité de souvenirs de partout, mon père va chialer que ça va leur prendre 12 valises pour rapporter tout ça et qu'ils vont remplir la maison de cochonneries inutiles.

Ma mère va vouloir tout planifier d'avance, à la minute près, alors que mon père va vouloir improviser et se laisser inspirer par les lieux et le moment. Mon père va vouloir goûter à tous les machins exotiques possibles – insectes vivants, pieuvre crue, etc. – faire des trucs étranges, comme s'asseoir dans une baignoire remplie de scorpions, et ma mère va vouloir tout cuisiner elle-même sous prétexte que c'est plus simple et économique. Bref, je les entends se chicaner d'ici.

Mais comme d'habitude, ils vont faire des concessions et trouver un terrain d'entente. Parce que les disputes, ce n'est pas le plus grave dans la vie. L'essentiel, c'est le temps qu'ils auront passé à s'émerveiller ensemble. C'est la grande histoire d'amour qu'ils auront vécue avec le reste du monde et les souvenirs impérissables qu'ils rapporteront et continueront de partager des années durant. Les anecdotes inoubliables qu'ils raconteront dans les soupers de famille ou devant un bon feu de foyer. Les histoires du genre : « Tu souviens-tu, à Bali, quand… » Parce que ce voyage les aura enrichis mutuellement, et ce, pour le restant de leurs jours.

C'est ça que je voudrais. Un projet, une expérience grande, belle et profonde avec Samuel. Alors je regarde mes parents et je suis véritablement contente pour eux. Mais je les envie quand même. À quand mon tour ?

* * *

Troisième semaine de février. Jeudi, en début d'après-midi. Je suis en train de déterminer l'ordre des articles dans le prochain numéro. Ce mois-ci, notre numéro au nouveau *look* est sorti, avec notre logo rafraîchi, notre mise en page remaniée. J'en suis très fière !

Il y a une semaine, Audrey m'a prise par surprise – agréablement, en plus – en me proposant de faire un article, en collaboration avec David, sur le cannabis utilisé comme médicament légal. Wow ! Un sujet intelligent, d'actualité, un peu controversé. Voilà qui va me stimuler un peu les méninges. Ça va faire changement des articles sur les papiers-mouchoirs.

Je dois dire que pendant un moment, je me suis méfiée. Après m'avoir fait payer les traitements de faveur de Charlène à mon égard pendant un mois, pourquoi serait-elle si aimable ? D'un autre côté, le fait d'être tombée sur moi à bras raccourcis lui a peut-être fait du bien et l'a aidée à passer sa frustration. Peut-être même a-t-elle réalisé qu'elle était allée un peu loin ?

J'ai beau être cynique de nature envers le présent, je suis généralement optimiste envers le futur. Et après avoir interrogé subtilement mes collègues sur leurs impressions – je suis capable de me servir de ma formation journalistique pour des besoins sérieux et utiles, quand même –, je suis rassurée. Je ne pense pas qu'Audrey ait de mauvaises intentions. Les autres employés sont, comme moi, très sensibles aux humeurs d'Audrey, alors je peux me fier à leurs antennes.

Avec David, je me suis donc attelée à la tâche. J'ai contacté des médecins, des gens impliqués dans des groupes de soutien pour les malades. J'ai même rencontré des intervenants qui travaillent auprès de toxicomanes, histoire d'aller chercher le plus d'opinions possible et d'avoir une vision neutre et élargie. Grâce à leur aide – et à la suggestion d'Audrey, qui m'a soutenue et épaulée pendant toute la semaine –, j'ai même réussi à me procurer un échantillon de cannabis. Je ne sais pas ce que j'en ferai vu que je ne le fumerai pas, mais bon.

J'ai flotté sur un nuage tout le long. Les idées et les opinions que j'ai recueillies, les débats que j'ai amorcés – même parmi les employés de la revue à qui j'ai parlé – ont été particulièrement intéressants. J'avais l'impression de faire à nouveau un projet stimulant, de traiter de sujets sérieux et pas juste de sacs à main en peau de croco. Je ne m'étais pas sentie comme ça pratiquement depuis mes études – où je ne songeais qu'à couvrir des zones de guerre –, à part peut-être lors de mon enquête sur le Vectorade, il y a presque trois ans.

Ah ! mon haut fait d'armes du journalisme ! En faisant des tests sur les boissons désaltérantes pour les sportifs, j'avais découvert que l'une d'elles – le Vectorade – pouvait provoquer des effets secondaires allant de saignements au niveau de l'estomac et du cerveau, de problèmes de rein, de palpitations, de vomissements, jusqu'aux crises cardiaques. Qui plus est, la compagnie avait acheté le silence de la famille d'une des victimes de taille : leur porte-parole – en plus d'avoir tenté de détruire des documents attestant de la dangerosité du produit. Bref, j'ai eu un véritable *scoop* et j'ai réussi à battre une multinationale américaine ! Du grand journalisme !

Et depuis, je parle de la dernière mode des chaussures printanières...

Je réalise que même si j'aime mon travail, je m'ennuie de couvrir des thèmes disons... un peu plus profonds. Les souliers les plus *hot* et les meilleurs régimes pour maigrir après les fêtes, c'est bien, mais il y a des fois où j'aimerais parler d'actualité de manière plus poussée. Aborder le débat sur les centres d'injection supervisée, le réchauffement de la planète, la collusion dans le milieu de la construction, les gaz de schiste, le conflit étudiant ou les manifestations de casseroles, par exemple, serait bien.

Alors, couvrir un sujet chaud d'actualité avec un débat social, tel que l'utilisation du cannabis comme médicament légal, c'est du bonbon.

Vendredi, début de l'après-midi. J'achève la rédaction de l'article – David a été relégué à une autre enquête, vu que je peux tout finaliser seule. C'est relativement tranquille. Près de la moitié des employés sont partis. Surtout les chroniqueurs, en fait.

— Amélie Tremblay ?

La voix grave et le ton plus ou moins rassurant me donnent le frisson. Il y a quelque chose dans cette voix, l'autorité de celui qui est habitué à être obéi, qui me rappelle les agents de la DPJ. Quand je me retourne, je vois deux policiers qui me fixent du regard.

— Heu !… oui ?

— Veuillez vous lever et vous éloigner de ce bureau, s'il vous plaît.

Le « s'il vous plaît » n'est clairement qu'une formule de politesse ; ce n'est pas une suggestion, mais un ordre. Je me lève lentement, pour éviter de provoquer les agents, et m'éloigne doucement. Qu'est-ce qui se passe encore ? Les gens de la DPJ ont-ils découvert quelque chose que j'ignore ? Pourtant, la travailleuse sociale à qui j'ai parlé la semaine dernière a laissé échapper que les apparences étaient de notre côté. Surtout après le témoignage de Grande Sœur, qui a confirmé ma version des faits concernant ma blessure au front.

Un des agents est accompagné d'un berger allemand ; celui-ci se met à sentir mon bureau. Je songe à flatter le pitou-policier, mais devant l'air bête de l'officier, je me ravise. Le chien s'assoit, récompensé illico avec un jouet. Aussitôt, un des policiers se jette presque sur mon bureau et commence à fouiller dans mes tiroirs, pendant que l'autre garde un œil sur moi, la main sur son arme à feu. Mais qu'est-ce qui se passe encore ?

Je peux être accusée de trafic de muffins au chocolat ? Ou d'avoir fait entrer illégalement au travail des bâtons de *popsicle* et un découpe-biscuit en forme de pain d'épices dans mon sac à main ? Ou des jujubes dans mes souliers ? Cadeau de mon fils, sans doute.

— J'ai trouvé, annonce celui qui fouille dans mon bureau.

Mais quoi donc ? La dernière symphonie de Beethoven ? La guitare d'Elvis Presley ? Le mystère de la Caramilk ? C'est alors qu'il sort un sachet rempli de cannabis et me l'agite sous le nez.

— Possession de marijuana. Ça pourrait vous coûter cher, madame.

— Mais… c'est pour mon reportage !

— Suivez-nous, madame. On va s'expliquer au poste.

Mais c'est pas vrai ! C'est une blague ! Pas encore ! Les emmerdes auront-elles une fin ?

— Je n'ai rien fait de mal !

— J'ai dit qu'on en parlerait au poste, répond sèchement l'agent en me passant les menottes.

Alors que les policiers m'emmènent, ce qui me préoccupe le plus, ce n'est pas l'humiliation d'être arrêtée, menottes aux poings, devant mes collègues, ce n'est pas ma réputation qui risque d'en prendre un coup. Ce qui occupe mon esprit, c'est de savoir qui va aller chercher mes enfants à la garderie et que peut-être je risque de les perdre.

* * *

Samuel est venu me prendre après quelques heures pendant lesquelles on m'a laissée croupir derrière les barreaux, après m'avoir interrogée pendant près d'une heure. J'ai eu beau expliquer que je m'étais procuré la drogue légalement pour mon reportage, les policiers ont semblé sceptiques. Remarquez, je les comprends, car c'est leur *job*.

Je leur ai même dit de vérifier auprès de ma patronne, qui m'avait non seulement demandé de faire la chronique, mais aussi de mettre la main sur le cannabis. Évidemment, elle était absente pour la journée, pour un *shooting* de la collection du printemps avec Charlène. Et, bien entendu, elle ne répondait pas à son cellulaire.

Ce qu'il y a de bien, dans le fait d'être enfermé quelques heures dans un lieu contigu et sans la moindre distraction, c'est qu'on a beaucoup de temps pour réfléchir. J'ai tourné et retourné la situation dans ma tête, émis des hypothèses, évalué toutes les possibilités.

Ce qui me tarabuste, c'est que les policiers m'ont dit que quelqu'un m'avait dénoncée – encore ! Quelqu'un a appelé sciemment les forces de l'ordre pour me balancer, à propos de la drogue. Après une dénonciation calomnieuse contre Samuel à la DPJ, en voilà une contre moi auprès de la police. À croire qu'on s'acharne vraiment sur nous.

Seules trois personnes étaient au courant du fait que j'avais cela en ma possession : Audrey, David et Samuel. Les autres employés savaient pour le reportage, mais ignoraient que j'avais de la drogue dans mon tiroir. Je suis certaine à 99 % que David et Samuel ne m'auraient jamais fait une chose pareille. Alors, à moins que quelqu'un n'ait découvert par accident les quelques minuscules grammes de marijuana dans mon tiroir – que j'avais depuis deux jours seulement –, c'est certain que c'est Audrey qui m'a fait le coup.

De plus, c'est elle qui m'a non seulement demandé de faire l'article, mais aussi de mettre la main sur le cannabis. C'était SA suggestion. Les pièces du casse-tête se mettent en place.

C'est une coïncidence d'autant plus étrange que cela soit arrivé justement un jour où elle était absente toute la journée – comme si elle avait fait exprès. Et le jour de la séance photo avec Charlène, en plus. Comme si elle avait voulu détruire ma réputation et s'assurer de m'éloigner de Charlène, du même coup. Elle a tout orchestré depuis le début. Cette femme est vraiment diabolique.

Je ne sais pas encore comment, mais je vais lui rendre la monnaie de sa pièce un jour.

* * *

Fin février. Je suis *clean* avec la police, après qu'Audrey eut confirmé ma version des faits. Elle n'avait pas le choix, de toute manière, sinon c'est David qui l'aurait fait. Par contre, cela n'a fait que compliquer les choses avec la DPJ, qui replonge sur notre cas. Les responsables ont décidé de poursuivre leur enquête alors qu'ils s'apprêtaient à fermer le dossier, faute de preuves.

Le positif, en ce moment, est qu'Aryane a commencé à nous rembourser la pension. Ça va faire du bien à nos finances. Elle mettra sans doute plusieurs années à acquitter sa dette, mais l'essentiel est que non seulement nous n'avons plus de pension à payer, mais que de l'argent supplémentaire arrive. De plus, nous avons récupéré la voiture – réparée – ainsi que le fameux collier que Samuel m'avait donné. Elle peut être belle, la vie, quand même.

J'en ai donc profité pour me payer la traite et aller chez le coiffeur – ce que je n'avais pas fait depuis presque deux ans. Coupe de cheveux, mèches, mise en plis, c'est le grand luxe. Je vais sortir de là avec une nouvelle tête.

Alors que je m'apprête à sortir, je croise madame Rochefort qui entre dans le salon. Tiens, je ne l'avais pas vue depuis ma sortie au CLSC. Elle sera sûrement rassurée de voir que je me porte mieux.

— Ah ! ma petite Amélie ! Vous allez bien ?

Ma petite Amélie… Je déteste quand elle m'appelle comme ça. Je me sens comme un caniche à qui on tend un os en disant : « C'est à qui, le beau chien-chien ? »

— Oui, oui, beaucoup mieux. Je n'ai plus de cicatrices ni de prune sur le front, comme vous voyez.

— Oui, je vois. Hum !… justement, pendant que vous êtes là, je peux vous parler un instant ?

Elle paraît mal à l'aise, tout à coup. Étrange.

— Bien sûr !

— Venez dans ma voiture, nous y serons plus tranquilles.

Je la suis dans sa Mercedes-Benz. Une fois que nous sommes installées, madame Rochefort se racle la gorge, de plus en plus mal.

— Écoutez, Amélie, je… je voudrais m'excuser, commence-t-elle. Je ne veux pas que vous soyez fâchée, je vous assure que je croyais bien faire.

Mais de quoi parle-t-elle, nom de Dieu ? Sûrement pas de la mari, elle n'avait aucun moyen de savoir. Qu'a-t-elle fait ?

— Quand je vous ai vue au CLSC, avec votre front tout enflé et bleu, je… j'ai eu peur pour vous…

Non ! Elle n'a pas fait ça ! Pas ce que je pense ?

— C'est vous qui avez porté plainte à la DPJ contre Samuel ?

— Oui, c'est moi. Je m'excuse, je ne croyais pas… J'ai compris mon erreur après. Vous voyez, une amie a été victime de violence conjugale, alors j'ai vraiment eu peur pour vous. Je soupçonnais que vous et les enfants étiez maltraités par Samuel.

Je ne sais plus quoi penser. Je suis à la fois furieuse, choquée, mais aussi émue, perturbée. Elle avait peut-être de bonnes intentions, mais elle nous a foutus dans la merde !

— J'ai tenté de retirer la plainte quand j'ai compris mon erreur, mais la DPJ n'a pas voulu, ajoute-t-elle. Je suis réellement navrée. Si je peux faire quoi que ce soit pour vous aider… vous payer un avocat, par exemple. N'hésitez pas à me le demander.

Je soupire. J'ai beau être en colère, mais à quoi bon ? Le mal est fait. De toute façon, j'ose espérer que les travailleurs sociaux finiront par comprendre que nous n'avons rien à nous reprocher.

— Pour l'instant, l'enquête suit son cours, réponds-je. La DPJ allait fermer notre dossier, mais quelqu'un m'a dénoncée pour une prétendue possession de drogue. Un autre malentendu stupide. Mais je présume que ça va s'arranger.

— Possession de drogue ? répète madame Rochefort, interloquée.

— C'était pour mon travail, je ne consomme pas. Enfin, n'y pensons plus. Allez, je vous souhaite bonne journée, madame Rochefort.

Je m'apprête à sortir quand elle m'attrape par le bras.

— Amélie, attendez ! Il y a autre chose…

Autre chose ? Quoi encore ?

— Après avoir porté plainte, poursuit madame Rochefort, j'ai pris l'initiative de faire suivre Samuel par un détective privé, au cas où.

Ben dis donc, elle ne fait pas les choses à moitié, elle. Je garde la main rivée sur la poignée de la porte. Je respire mal, j'ai la gorge nouée, j'ai chaud. Je ne veux pas entendre ce qu'elle a à me dire, mais ma curiosité est trop forte. Madame Rochefort ouvre son coffre à gants et en sort un cliché.

— Le détective n'a rien découvert de particulier, sauf ça.

Elle me le tend. Je tremble. La catastrophe va me foncer dessus comme un train, je le sens.

Je regarde la photo.

J'y vois Samuel avec Shada, la gardienne, en train de s'enlacer sur la rue, en plein jour. Les deux ont un sourire de bonheur absolu sur les lèvres.

Samuel voit Shada pendant le jour ?

— Apparemment, ils se sont rencontrés trois fois, cette semaine-là, sur l'heure du dîner, ajoute madame Rochefort.

Merde, c'est quoi, ça ?

19

Ça va mal
(Mars)

La femme infidèle a des remords,
la femme fidèle a des regrets.

Proverbe chinois

Début mars. En revenant du coiffeur, l'autre jour, j'étais trop en état de choc, inquiète, déconcertée et confuse, pour dire quoi que ce soit à Samuel. Oh ! j'avais bien pensé le confronter au sujet de la photo – et des évidentes cachotteries – et peut-être lui écraser une tomate sur le front, mais je ne m'en sentais pas la force.

Et puis, cette photo est louche, mais ce n'est pas comme s'il avait été pris avec la petite culotte de Shada sur la tête. Ce n'est pas « totalement » compromettant.

Je me suis promenée une bonne demi-heure après être sortie de l'auto de madame Rochefort. J'ai réfléchi. Je ne voulais pas agir sur un coup de tête. J'ai déjà réagi une fois ainsi, lorsque j'avais vu Samuel au restaurant avec son ex, croyant qu'il me trompait, et je m'en étais mordu les doigts. J'avais sauté aux conclusions et je n'avais causé que du mal. Pas question de faire la même erreur. Lorsque je confronterai Samuel – parce que je le ferai, c'est sûr –, j'aurai des preuves réelles, tangibles et crédibles entre les mains.

Je vais mettre à profit mes compétences de journaliste et mener ma propre enquête pour savoir si Samuel me trompe.

Mais cela ne m'empêche pas d'avoir le cœur brisé. Pourquoi voit-il Shada la semaine ? Pourquoi me le cache-t-il ? Et dire que moi, j'ai du mal à le voir ! Ça demeure louche. Je n'aime pas ça. Même s'il n'a pas été pris en flagrant délit d'adultère, je me sens trahie. Que me cache-t-il, au juste ? Il ne m'aime plus ? Et le beau discours qu'il m'a servi, il y a un mois, dans le bureau de Me Saint-Pierre, c'était quoi, alors ? De la poudre aux yeux ?

Je suis tellement absorbée par mes pensées que j'en oublie de marcher sur mon tapis roulant, au gym. Je suis rendue sur le bord du tapis, complètement figée, et c'est à peine si je m'en rends compte. Pour être honnête, je m'en fous totalement.

— Bonsoir, Amélie ? Ça va bien ?

Je découvre Cédric sur le tapis adjacent au mien. Il me fait un grand sourire. Le beau, grand, *sexy* et sensible Cédric.

Je ne sais pas si c'est la tristesse, la confusion ou le simple fait qu'un bel homme m'accorde de l'attention, mais c'est trop fort. Je craque et j'éclate en sanglots devant lui.

— Noooooooooon ! Ça ne va paaaaaaaas ! Bouhouuuuuuuu !

Aussitôt, Cédric se précipite pour me prendre dans ses bras.

— Là, là… Ça va aller, voyons.

Je me blottis contre lui. Ses grands bras musclés m'enlacent et je me sens si bien, si protégée. J'ai l'impression que rien de mal ne peut m'arriver. Je n'ai plus qu'une envie, me laisser aller complètement. Je voudrais ne plus jamais m'éloigner de Cédric, rester pour toujours collée contre lui. Sa peau est si chaude, si douce. Je hoquette de plus belle dans son cou.

Je dois être jolie à voir, avec les yeux rouges et enflés et le nez qui coule. Super *sexy*…

Je tente de m'essuyer le visage du revers de la manche. Mais ça ne semble pas arranger les choses. J'essaie de cacher mon visage à Cédric. Je ne veux pas qu'il me voie comme ça.

— Dis-moi ce qui ne va pas, dit-il en se penchant un peu afin de me regarder dans les yeux.

Je détourne le regard, honteuse.

— Non, non. Ça va aller, c'est juste une petite faiblesse.

Cédric me prend par les épaules et essaie de me forcer à le regarder en face.

— Allez, raconte. Tu sais que tu peux tout me dire.

— Rien de grave, je t'assure.

Cédric me rapproche encore de lui. Il pose la main sur ma joue et relève mon visage, afin que nous puissions nous regarder les yeux dans les yeux. Nous sommes à deux centimètres à peine l'un de l'autre. Nos nez se touchent presque, et nos souffles se mêlent l'un à l'autre.

Une sourde envie de me venger, de faire subir à Samuel ce qu'il me fait endurer, me prend.

Je veux embrasser doucement les lèvres de Cédric, toucher son visage avec mes mains, passer ma langue sur la sienne, mordiller ses oreilles...

Soudain, je ne sais pas pourquoi, des milliers d'images se mettent à se bousculer dans ma tête. Samuel, Daphnée, Maxime. Et tout à coup, l'image d'un détective privé prenant des photos compromettantes apparaît dans mon esprit. S'il prenait des clichés de moi en cet instant même, ma bouche effleurant quasiment celle de Cédric, ce serait terriblement louche !

J'imagine Samuel, la photo dans les mains, me demandant des explications. Et moi qui lui reproche mentalement de me trahir ! Mais qu'est-ce que je fais là ? Gaaah !

Dans un effort délibéré et plutôt désespéré pour me sortir de ce pétrin, j'écrase de toutes mes forces le pied de Cédric ! Je me sens mal de lui faire ça, mais il n'y a rien de plus efficace pour mettre fin à un moment romantique qu'un peu de douleur.

— Aïe ! crie-t-il en reculant brusquement.

— Oh mon Dieu ! Je suis désolée ! Ça va ?

— Heu !... oui, oui. Ça va.

— Eh bien, merci pour ton écoute. Je vais y aller, moi. J'ai terminé ma séance. Salut !

Et sur ce, je me sauve aussi vite que je le peux, sous le regard médusé de Cédric, qui doit sûrement se demander si je n'ai pas oublié de prendre ma médication.

* * *

Deuxième semaine de mars. Ça sent le printemps. Les journées allongent, le soleil se montre le bout du nez. Si tout allait bien dans ma vie, j'aurais l'impression de recommencer à vivre. Mais les merveilles printanières n'ont pas tellement d'effet sur moi en ce moment. Après une semaine de recherche intense, mon enquête sur Samuel ne démontre toujours aucune preuve d'infidélité. J'ai épluché toutes ses factures, ses comptes, ses courriels, la mémoire de son cellulaire, rien de louche. S'il fait quelque chose de pas catholique, il le cache bien.

Entre-temps, j'ai été de nouveau interrogée par la DPJ et la SQ, mais comme suspect, sur ma supposée consommation de drogue. Encore une fois, je leur ai expliqué toute l'histoire. M'ont-ils crue ? Je l'ignore.

Je continue de suivre les aventures palpitantes de mes parents sur leur blogue et de vivre de l'excitation par procuration. Ils ont quitté l'Amérique pour aller en Océanie et sont en train de visiter la Polynésie, espérant sans doute retrouver les traces de Gauguin. Dans quelques jours, ils iront à l'île de Pâques, et admireront ses mystérieuses statues.

Au travail, Charlène – qui me vénère toujours autant – persiste à ne faire affaire qu'avec moi lorsqu'elle contacte *Féminine.com,* ce qui continue d'enrager Audrey. Joie. Après ce que cette dernière m'a fait – même si je n'ai pas de preuves, je suis sûre que c'est elle –, c'est tout ce qu'elle mérite. En attendant : une autre surprise ! Oui, il y en a souvent, ces temps-ci.

Pour faire suite à notre nouvelle collaboration avec Charlène, *Féminine.com* a décidé de faire un reportage sur elle et sa nouvelle entreprise de mode. Elle est de plus en plus connue au Québec et vise encore plus grand. Grâce à ses nombreux contacts de par le monde, Charlène est en train d'étendre les tentacules de son nouvel empire.

Défilés, prix de mode et de design, distribution de plus en plus vaste sur le continent, couverture médiatique à l'avenant, tout va très bien pour elle. Et notre collaboration avec elle pour les pubs ainsi que nos séances photo revivifiées grâce à son travail font en sorte qu'une partie de sa gloire rejaillit sur nous.

Pour en rajouter, nous allons donc faire un méga article du tonnerre sur elle. Audrey lui a proposé son idée. Charlène a accepté, mais à une condition : elle a exigé que ce soit moi qui fasse le reportage et personne d'autre. Sinon, pas d'article.

Audrey a bien tenté de lui proposer d'autres chroniqueurs, mais rien à faire. Charlène ne voulait que moi, un point c'est tout. Clause non négociable. Et puisque celle-ci nous rapporte près d'un quart de million de dollars par année en revenus publicitaires, on ne s'obstine pas avec elle et on lui donne ce qu'elle veut.

Yes ! Dans les dents, Audrey ! Acculée au pied du mur, elle n'a eu d'autre choix que d'accepter. Elle aura beau tout faire pour éloigner Charlène de moi, elle ne réussira pas. Et puis, ça compensera pour le coup qu'elle m'a fait avec Bob Agostini, tiens !

Pendant toute une semaine, j'ai donc suivi Charlène partout où elle allait. En usine, pour superviser les travaux de couture – car tout est fabriqué au Québec –, dans son atelier de création, dans les coulisses de sa boutique, et même à l'aéroport, pour un contrôle de qualité de matériaux importés d'Italie.

Charlène est partout, elle régit tout, pense à tout et voit tout. On jurerait qu'elle a trois cerveaux et quatre paires de bras. Rien n'échappe à son œil de lynx. Je la regarde aller et je suis complexée. Visiblement, je ne suis pas génétiquement programmée pour être adroite et je ne serai jamais capable de faire ce qu'elle fait. Mais même si Charlène est très douée, cela ne l'empêche pas de bien s'entourer.

Tous ses collaborateurs semblent l'adorer. Elle est toujours à l'écoute des conseils et suggestions, encourage l'un, applaudit l'initiative d'une autre. Ce n'est pas avec Audrey qu'on verrait ça – celle-ci a la souplesse d'un comptoir de granit. L'idée de retourner travailler avec elle est aussi agréable que la perspective de subir un traitement de canal. Pas étonnant que Charlène ait si bonne réputation et que les partenaires se bousculent à sa porte.

— Les employés et les partenaires, c'est comme les vers à compost, m'explique Charlène. Si tu leur donne juste de la merde à bouffer, c'est tout ce que tu auras en échange.

Intéressant, comme leçon de vie. Audrey aurait intérêt à l'entendre, celle-là.

Et tout cela n'empêche pas Charlène de parler sans arrêt, d'inonder tout le monde d'informations diverses – dont l'utilité est parfois douteuse –, de potins, de rumeurs, de faire des clins d'œil salaces à l'un, une blague cochonne à l'autre, de pincer amicalement la fesse d'untel, de faire une caresse ou un bisou à unetelle. Bref, où il y a de la gêne, il n'y a pas de plaisir. Le mot d'ordre, c'est : plus de complexes ni de tabous ! Et si on a quelque chose à lui dire, il faut y aller sans détour. Ce n'est pas mêlant, David fait office de *weirdo cute* à côté de Charlène. Mais elle a tellement d'humour qu'on ne peut être offusqué par son comportement.

Bref, une vraie semaine de rêve !

Audrey me l'a encore fait payer et continue de s'acharner sur moi pour tenter de m'humilier. Avant-hier, elle m'a envoyée faire des commandes stupides, comme lui acheter des Post-it et des gommes à effacer. Et ce matin, elle m'a commandé – car elle ne demande jamais, elle exige – que j'aille lui acheter un muffin au café du coin de la rue, alors que dehors, la dernière méga tempête du printemps faisait rage.

Mais ce ne sont pas les humiliations constantes qui me dérangent le plus. Avec mes enfants qui vomissent, salivent, urinent et morvent sur moi ou me beurrent quotidiennement de confiture ou de beurre d'arachide, ce ne sont pas des petites attaques comme celles-là qui vont m'impressionner.

Non, ce qui m'a le plus dérangée et choquée, c'est quand je suis revenue de la balade au pays du pôle Nord.

Quelle surprise de voir Audrey, assise à mon bureau et lisant très attentivement mes courriels tout en écoutant les messages de ma boîte vocale ! Alors voilà pourquoi elle me demande constamment d'aller faire des courses imbéciles : pour m'éloigner et espionner mes messages. Son air consterné, lorsqu'elle m'a vue, prouvait que je l'avais prise la main dans le sac.

— Ah ? Heu !... tu es déjà revenue ? Je ne croyais pas que ce serait si vite.

Traduction : je croyais que tu te perdrais dans un banc de neige et que l'on ne te verrait pas pendant une bonne heure afin que je puisse fouiller dans tes affaires. Pour une femme diabolique, il y a des fois où elle agit stupidement et devrait mieux tenir sa langue.

C'est vraiment agaçant, cette manie de toujours vouloir tout contrôler. Et sachant que j'ai été à l'extérieur pendant une semaine avec Charlène, ce n'est pas rassurant. En a-t-elle profité pour supprimer des trucs et me nuire ? Je vais mettre un mot de passe sur mon ordinateur et, à l'avenir, j'effacerai mes vieux messages au plus vite.

Si Audrey pouvait se promener avec des jumelles toute la journée pour mieux m'espionner, je pense qu'elle le ferait.

Qu'est-ce qu'elle pouvait bien chercher ? Et surtout, qu'est-ce qu'elle a bien pu trouver dans mes affaires ?

* * *

Mi-mars. Les policiers ont interrogé ma famille, encore une fois. Ma mère a littéralement pété un plomb lorsqu'ils lui ont demandé si j'avais déjà pris de la drogue.

— Je leur ai dit, me crie-t-elle au téléphone dans un état d'hystérie proche de celui de Gilles Proulx, que tu n'as jamais touché à ces cochonneries de ta vie ! Ils devraient passer du temps à débusquer les vrais criminels au lieu de s'acharner sur toi ! Comment ont-ils pu croire que ma princesse s'abaisserait à ça ?

Hum !... on est revenues à la princesse. Ça faisait des années qu'elle ne m'avait pas appelée comme ça.

— Ne t'en fais pas, maman. Je pense que tu les as convaincus.

— Je l'espère, parce que je leur ai expliqué comme tu es une bonne mère, comment tu as bien allaité tes enfants, et...

Ouille ! Un peu plus et je plaindrais les policiers qui ont parlé à ma mère.

* * *

Dehors, c'est encore la super méga tempête – elle n'a pas de fin, celle-là. Me voilà de nouveau au gym, où je me démène sur le tapis roulant depuis une heure au moins. Je songe aux dernières frasques d'Audrey. Qu'est-ce qu'elle prépare encore, comme mauvais coup ?

Une fois de plus, je suis seule, Madame-la-Mariée ayant décommandé à la dernière minute. C'est plutôt étrange : c'est elle qui m'a incitée à m'inscrire au centre sportif et maintenant, c'est moi qui suis la plus assidue de nous deux. Pourtant, Gabrielle, c'est la fiabilité et la planification incarnées. Si elle a prévu dans son horaire de la journée de passer l'aspirateur à 14 heures, il n'y a qu'une météorite s'écrasant sur la Terre qui pourrait lui faire changer son *planning*. Mais il est vrai que son boulot l'épuise beaucoup.

Après une séance d'entraînement intensive de près de deux heures, épuisée mais plus détendue et satisfaite de la quantité de calories brûlées, je me prépare à partir. Derrière les fenêtres, c'est un vaste mur blanc, un violent tourbillon de milliards de flocons qui s'abat sur la vitre. Pas un temps pour mettre le nez dehors, surtout pas quand on est tout en sueur. Bonjour, le rhume demain matin ! Et dire que la voiture, à peine récupérée, est déjà brisée ! On dirait qu'Aryane a pris un malin plaisir à l'user autant que possible avant de nous la rendre.

Au moment où je songe à appeler un taxi, Cédric – eh oui ! encore lui, à croire qu'il me suit – passe à côté de moi.

— Salut, Amélie ! Dis donc, quel temps de merde, hein ?

— Tu peux le dire.

— Ton chien de garde n'est pas là ce soir ?

— Eh non ! Je suis sans protection aujourd'hui, réponds-je en riant.

— Tu as un moyen de transport pour retourner chez toi ? demande Cédric.

— Je prends l'autobus, ce soir. Mon auto est au garage. Pourquoi ?

— Ah !... C'est juste que j'avais remarqué que souvent, ta copine t'amenait avec elle.

Hum !... Observateur, Capitaine Génial... À croire qu'il ne possède que des qualités. Je parie que même quand il rote et se gratte l'entrejambe, Cédric doit être génial. Bon, peut-être pas tant que ça !

— Si tu veux, je peux te ramener chez toi. Avec cette tempête, prendre le bus, ce ne sera pas drôle. Tu habites loin d'ici ?

— Pas si loin. Environ 20 minutes en autobus.

— Allez, si tu veux, je t'emmène. Ça me fait plaisir, juré. C'est vraiment pas humain de sortir par une température pareille.

Pendant le trajet, Cédric parle de tout et de rien, me pose des questions sur la poursuite intentée par Aryane, sur notre situation à Samuel et à moi. Plus nous nous rapprochons de la maison, plus je commence à angoisser. Est-ce que j'ai bien fait d'accepter son invitation ?

Et si, arrivé sur place, il s'attendait à une faveur en échange de son service et essayait de m'embrasser ? Ou essayait même « autre chose » ? Ah, mais qu'est-ce qui m'a pris de dire oui ? Je me suis déjà retrouvée dans des situations inconfortables avec lui deux fois. Jamais deux sans trois ? À croire que je n'apprends vraiment rien. Ou que l'attrait est tout simplement trop fort. En tout cas, si Cédric est animé de telles intentions, il le cache drôlement bien.

Il ne faut pas que je lui laisse l'occasion d'essayer quoi que ce soit une autre fois !

Leçon de vie : toujours réfléchir au moins 15 minutes avant d'accepter une offre.

C'est décidé : dès qu'on arrivera devant la maison, je ne resterai pas une seule microseconde dans la voiture – histoire de ne pas créer une situation qui pourrait s'avérer gênante. Bonne stratégie !

Bientôt, nous approchons de la maison. Avec la neige qui tombe, on n'y voit goutte (ou flocon) à quelques mètres. Cédric essaie tant bien que mal de lire les numéros des adresses.

— Tu penses pouvoir m'avertir quand on arrivera devant ta maison ? demande-t-il. Parce que là, franchement, on ne voit rien.

— Pas de problème.

Je vois soudain la maison surgir. Zut ! Je ne pensais pas qu'on était si proches !

— C'est ici ! Arrête-toi !

Cédric freine brusquement. Mais avec la neige, les pneus ne font que glisser. Au même moment, je détache ma ceinture et ouvre la portière. L'auto continue de glisser. Prise de court, je saute en bas de la voiture. Je roule dans la neige et j'atterris contre des poubelles de métal un peu plus loin. L'auto s'arrête à quelques mètres. Cédric sort en courant alors que je me relève péniblement. Qui parlait de situation gênante, plus tôt ?

Si le but était d'avoir l'air de la pire des tartes, c'est assurément réussi ! En plus, je suis complètement recouverte de neige ; j'en ai jusque dans les cheveux. Je ressemble au Bonhomme Carnaval, le sourire statique en moins ! Est-ce mon destin de me casser régulièrement la figure devant

Cédric ? Remarquez, si ça peut le repousser un peu et m'enlever du *sex-appeal*. Mon Dieu, c'est moi qui pense ça ?

— Amélie ! Est-ce que ça va ? s'enquiert Cédric, affolé. Tu m'as fait une de ces frayeurs ! J'étais sûr de t'avoir écrasée ! Ne me refais plus jamais un coup pareil, j'ai failli mourir de peur ! Tu n'as rien de cassé ? Tu as mal quelque part ?

— Non, non… Ça va.

Cédric se penche pour tenter d'essuyer mon pantalon et le bas de mon manteau.

— Et là, tu es pleine de neige ! commente-t-il en rigolant.

— Amélie ? C'est toi ? lance soudain une voix dans mon dos.

Mon sang se fige dans mes veines. Samuel ! Mais qu'est-ce qu'il fiche dehors par un temps pareil ? L'envie de balancer un coup de pied à la figure de Cédric pour le pousser derrière sa voiture et éviter que Samuel le voie me passe soudain par la tête, mais ce serait franchement ignoble de ma part.

— Oui, chéri. C'est moi.

— Tout va bien ? J'ai entendu un vacarme dans la rue. Tu n'es pas blessée ?

— Non, non. Tout va bien.

C'est alors que Samuel aperçoit Cédric. Je vois des points d'interrogation apparaître dans son regard.

— Hum !… Samuel, je te présente Cédric. Tu sais, c'est lui qui nous a suggéré un avocat ? Il est venu me reconduire pour que je ne sois pas prise dans la tempête.

— Je vois… se contente de dire Samuel d'un ton neutre.

Il tend la main à Cédric avec un sourire qui me semble un peu crispé. Les regarder tous les deux se serrer la main et se sourire a un quelque chose qui frise la quatrième dimension.

— Merci de m'avoir reconduite, Cédric. C'est très gentil. Je ne te retiens pas plus longtemps. Allez, bonsoir !

— Bonsoir, Cédric, dit Samuel. Merci de me l'avoir ramenée saine et sauve.

Je me sens plus détendue et Samuel est moins raide, mais il semble encore contracté. A-t-il perçu quelque chose ? Serait-il jaloux ? Je me dirige vers la maison avec Samuel quand Cédric m'appelle.

— Amélie ? Tu as oublié ta sacoche.

Oups ! J'ai failli faire une nouvelle bourde !

* * *

Troisième semaine de mars. Depuis la rencontre entre Samuel et Cédric, mon homme est plus renfermé et taciturne que d'habitude. Est-ce qu'il se doute de l'attirance que j'éprouve pour Cédric ? Pourtant, malgré le quiproquo de la tempête de neige, j'ai fait bien attention de ne rien laisser paraître. Merde, je n'ai rien fait de mal, j'ai juste accepté qu'il me reconduise à la maison. Je ne l'ai même pas embrassé une seule fois !

Et puis, Samuel n'est pas mieux que moi, lui. Il se permet de faire des choses dans mon dos, alors pourquoi je me sentirais mal ?

Peut-être que je projette simplement mon sentiment de culpabilité sur Samuel et que je m'imagine être transparente comme du verre. N'empêche, c'est idiot, mais je me sens mal. Qu'est-ce que c'est compliqué, la vie de couple ! Je ne pensais jamais dire ça, mais il y a des jours où je m'ennuie presque du célibat.

* * *

Hier, les policiers ont interrogé quelques-uns de mes collègues. Ça, c'est probablement le plus humiliant depuis le début de cette enquête de merde. Je repense à tous les *partys* de Noël du bureau où j'ai bu un peu trop de punch et que je me suis mis des guirlandes sur la tête. Est-ce que ça pourrait être retenu comme preuves contre moi ? Par chance, tous ont confirmé ma version des faits, spécialement David. Chose étonnante, même Charlène est venue exprès pour parler aux policiers et leur rire au visage.

— Je leur ai dit que même quand tu étais ado, tu étais *straight* comme une planche à repasser, me raconte-t-elle. Je leur ai aussi raconté qu'au camp, quand les moniteurs fumaient du *pot*, tu les regardais comme une bande de Cro-Magnons dégénérés tellement ça te dégoûtait.

— Merci Charlène, c'est gentil.

C'est bien la première fois que me faire traiter de planche à repasser me semble un compliment.

* * *

Fin mars. Vendredi soir. Tout est calme dans la maison. Samuel fait encore des comptes – ce qui nous permet de prioriser le remboursement des dettes contractées dans les deux dernières années. Maxime et Daphnée sont prêts à aller se coucher et j'en suis encore à essayer de leur brosser les dents, ce qui n'est pas évident quand tout ce qui les intéresse, c'est mordre la brosse pour goûter à la pâte dentifrice aux fruits qui est dessus.

La sonnerie du téléphone interrompt les activités de la maisonnée. Je sursaute. Chaque fois qu'on sonne à la porte ou que le téléphone retentit, je suis prise de frissons et j'ai un nœud dans l'estomac. Nous avons eu tellement de mauvaises nouvelles ces derniers temps. Je ne peux qu'imaginer le pire chaque fois.

Samuel prend son courage à deux mains – lui aussi est resté quelque peu traumatisé – et s'empare du combiné.

— Allo ? Allo ? Qui est-ce ?

Quoi encore ? Un maniaque qui se délecte de la détresse des pauvres gens ?

— Shada ? dit Samuel. Mais qu'est-ce qui se passe ? Je ne comprends pas bien.

Encore elle ? Qu'est-ce qu'elle veut, cette fois ? Même les soirs où elle ne garde pas, il faut qu'elle s'immisce dans notre vie ?

— Qu'est-ce qui se passe ? demandé-je.

— Je ne suis pas sûr. Elle pleure.

Bon, voilà autre chose. Je sais que ça semble bien peu empathique de ma part, mais je ne ressens aucune sympathie ou pitié à son égard. Elle commence à m'énerver sérieusement !

— Quoi ? poursuit Samuel, visiblement secoué. Ton chat ? Ton chat est mort ?

Son chat est crevé et elle appelle Samuel, en larmes, pour ça ? Mais qu'est-ce qu'on en a à foutre, de son foutu félin ? Elle n'a pas une copine ou une maman avec qui elle pourrait pleurnicher ? Pourquoi faut-il qu'elle appelle MON *chum* ?

— Quoi ? C'est pas vrai ! crie Samuel au téléphone. Ça n'a pas de bon sens, il faut que tu fasses quelque chose !

Mon homme semble tout à coup bien énervé. Quelque chose me dit qu'il y a bien plus qu'un minet mort dans cette histoire.

— Bon, attends, Shada. J'arrive tout de suite. Je ne peux pas faire ça, là, au téléphone.

Quoi ? Il veut aller chez elle, maintenant ? Mais qu'est-ce que c'est que ça, encore ?

— Amélie, je dois me rendre chez Shada, me dit Samuel. Il y a… un… problème.

Ah non ! Là, c'est trop !

— Quoi, tu veux rire ? Tout ça pour un maudit chat ? Merde, j'en ai plein les bras avec les enfants et toi, tu vas la consoler à cause d'un chat ? Tu te moques de moi, ou quoi ?

— Amélie, je suis vraiment désolé, répond Samuel en mettant son manteau. Mais il y a plus que ça. Je… je ne peux pas t'en parler tout de suite, mais je vais le faire plus tard, d'accord ? Là, ça ne peut pas attendre.

Et sans un mot de plus, il claque la porte, l'air pressé comme s'il avait une horde de Klingons enragés au derrière. Il embarque dans son auto et disparaît dans la nuit. Je reste là, abasourdie, pendant que Maxime et Daphnée continuent de mordiller frénétiquement leur brosse à dents à saveur de fruits.

Qu'est-ce qu'il cache encore ? Comment vais-je faire pour découvrir la vérité ?

20

La fidélité, c'est compliqué
(Août)

(...) l'amour dans le couple est un chantier
qui ne finit jamais.

Frédéric Ploton

Début août. Canicule, fleurs multicolores, terrasses bruyantes et piscines font partie du décor depuis deux mois déjà. *Yes* ! J'adore l'été !

Maxime et Daphnée ont eu deux ans le mois dernier. Le temps passe vite ! J'ai déployé des efforts surhumains pour l'occasion et tenté de concocter un gâteau digne de ce nom. Bon, la cuisine avait l'air d'un champ de bataille, mon gâteau au fondant au chocolat ressemblait à un tas de boue visqueux et j'étais tellement sale que j'aurais pu passer l'audition pour une transformation extrême. Mais... c'était mangeable ! Hourra !

Dans les derniers mois, les enfants ont grandi et évolué à vue d'œil. Pas une journée ne s'est écoulée sans qu'ils aient appris un nouveau mot et leur capacité à s'exprimer a explosé. Ils ont troqué le biberon pour le verre – ils ne sont plus des bébés ! Mais leur évolution est aussi source d'anxiété. Quand ils ne déguisent pas Bingo avec mes soutiens-gorge, ils essaient de grimper sur les balustrades des escaliers ou de glisser, la tête la première, sur leur glissoire. Leurs éraflures, hématomes, coupures et enflures sont autant de trophées témoignant de leurs succès et qu'ils exhibent avec fierté – surtout mon fils. Par chance, ils sont en âge de comprendre un peu mes règles et directives de sécurité – quand ils veulent bien les écouter, évidemment.

Hier, j'ai regardé Maxime grimper sur sa voiturette. À force d'acrobaties, il a fini par se mettre à genoux, puis a hésité à savoir s'il allait se mettre debout dessus, ce qui le mettrait évidemment dans une position extrêmement périlleuse – ce qu'il ignorait encore, mais risquait de comprendre durement. Je m'apprêtais à me précipiter sur lui, pour éviter la catastrophe. Puis, une petite voix – qui ressemblait étrangement à celle de Samuel – m'a dit : « Arrête donc, espèce de mère poule ! Il va bien, laisse-le aller, fais-lui confiance ! »

Je me suis rendue à la cuisine, pour préparer un semblant de souper ; des cornichons sucrés avec du poulet réchauffé, ça fait un souper, non ? C'est alors que j'ai entendu un boum ! suivi de pleurs. Merde, je le savais ! J'aurais dû écouter ma « vraie » voix intérieure. Pourquoi est-ce toujours quand je décide de lâcher la bride, de faire confiance à l'autre que ça me retombe sur le nez ?

J'ai pris mon petit Maxime, qui sanglotait comme si son monde venait de s'écrouler. C'est pendant que je le consolais en le berçant dans mes bras que je me suis rendu compte d'une chose. Une chose incroyable, que je me faisais répéter *ad nauseam* par toutes les matantes, mamans et les grands-mamans du monde, une chose que je ne croyais pas, que je refusais d'admettre, par déni, manque de confiance ou un relent de féminisme, je ne sais pas. Mon instinct maternel « fonctionne ». À merveille. Ce fut presque un choc.

Mes parents, quant à eux, poursuivent leur merveilleux périple autour du monde. Je montre d'ailleurs régulièrement leurs photos et vidéos à Maxime et Daphnée, afin qu'ils puissent reconnaître leurs grands-parents quand ils seront de retour à Montréal.

Après avoir visité l'Australie avec ses kangourous et la Nouvelle-Zélande et sa culture maorie en mars et avril, ils sont remontés en Indonésie, puis au Vietnam où ils ont dormi sur un bateau dans la baie d'Halong. Étrange d'imaginer mes parents, si rangés, dormir à la belle étoile comme des hippies. D'avril à juin, ils se sont amusés au Japon avec ses geishas colorées et ses nombreux bouddhas, en Corée, en Chine dans les rizières et les marchés, en Thaïlande et en Inde – où, à Goa, ils ont monté des éléphants. Ils se sont ensuite rapprochés en passant par la Russie et sa place Rouge, la Croatie et enfin, la Grèce en juillet. Les voici donc en Italie, où ils doivent s'empiffrer de *gelato* dans les ruines de Pompéi ou sur le bord d'un canal de Venise.

Après beaucoup d'émotions, j'ai eu une discussion avec mon homme, à propos de Shada. Là, je n'en pouvais plus, c'était assez. Bon, je n'avais pas de preuves directes d'infidélité, mais j'en avais assez d'être considérée comme la dinde de service, de passer constamment en second. Sans me donner d'explications directes, Samuel m'a assurée qu'il ne se passait absolument rien avec Shada, que j'étais la femme de sa vie, qu'il m'aimait encore autant.

Il m'a dit que oui, il avait vu Shada plusieurs fois sans me le dire, mais que c'était pour l'aider à propos de problèmes d'immigration, sans me donner plus de détails. Il m'a juré, sur la tête de nos enfants, qu'il n'avait pas le droit de m'en dire plus, car il y avait aussi des problèmes juridiques non réglés liés à cette histoire.

— Je voudrais te donner plus de détails, mais cette affaire ne m'appartient pas, a-t-il poursuivi. Je t'en ai déjà révélé plus que j'aurais dû. Quand ce sera terminé, je te promets de tout te raconter. Je t'assure que je meurs d'envie de pouvoir partager ça avec toi, mais c'est impossible pour le moment. Je le fais aussi pour vous protéger, toi et les enfants. Crois-moi quand je te dis qu'il ne se passe rien et ne se passera jamais rien avec Shada. Je te garantis que c'est impossible. Et puis, je t'aime beaucoup trop pour te faire du mal. Tu me crois ?

J'ai eu beau n'avoir qu'une réponse partielle, ça me suffit pour l'instant. Et Samuel m'a semblé réellement sincère. J'ai bien senti que ça le tuait de devoir se taire, qu'il souhaitait plus que tout me dévoiler le fond de l'histoire et me rassurer pour de bon. Il a sûrement une bonne raison. Alors, pour le moment, je vais vivre avec cela.

Mais tout cela soulève presque plus de questions que de réponses. Qu'est-ce qui peut être si dangereux pour que Samuel ait l'impression de devoir nous protéger ? Ça barde au Yémen, le pays d'origine de Shada, mais y a-t-il un rapport ? Est-elle une révolutionnaire majeure du Printemps arabe et recherchée personnellement par le premier ministre Ali Abdallah Saleh ? Mystère…

Samuel a aussi décidé d'espacer les visites de gardiennage de Shada, pour me rassurer, même s'il n'y a rien de pas catholique entre eux. Il a aussi promis de me prévenir s'il la voyait dans un autre contexte, pour regagner ma confiance. De mon côté, j'ai décidé de diminuer mes séances au gym. J'ai beau me plaindre de possibles infidélités, de mon côté, j'ai des pensées non chastes envers un autre homme que Samuel et j'ai même failli passer à l'action.

Il est temps de prendre mes distances envers le centre sportif – où j'ai passé plus de temps que j'aurais dû au lieu d'être avec ma famille – et surtout, par rapport à Cédric. À la lumière de ce qui s'est passé en mars dernier, cela ne m'y encourage que davantage, même si j'ai réussi à tenir Cédric loin de moi durant les cinq derniers mois.

Cela a amélioré notre vie de couple. Bien sûr, les petits papillons ne sont pas de retour et ce n'est pas la passion torride – un peu difficile de s'envoyer en l'air dans le salon avec deux mouflets qui jouent aux Lego devant la télé –, mais ça va mieux. Samuel a multiplié les petites attentions, les gestes d'affection et les cadeaux, même s'ils sont discrets. Il me laisse des mots doux collés un peu partout dans la maison. Je me sens comme le Petit Poucet à la recherche des cailloux le menant vers la maison. Je recommence à me sentir belle à ses yeux. Enfin !

En attendant, je suis en route vers la maison d'Antoine, accompagnée des enfants. J'ai en main d'autres suggestions et conseils de mes stylistes pour Marianne. Les quelques fois où Antoine et Marianne ont rencontré mes enfants, ça a été le coup de foudre. Et multiplier les occasions d'être avec mes enfants est une bonne chose pour moi. Je me rends compte que je m'ennuie de plus en plus d'eux.

Je vais donc discuter encore de fleurs, de bouquets, de robes et de bijoux avec le couple charmant. Sans les parents de Marianne, cette fois. Cela n'est pas pour me déplaire, surtout que je ne suis pas allée très souvent dans la nouvelle maison de mes amis.

J'ai pris l'après-midi de congé, pour être plus *relax*. Comme ça, j'aurai tout mon temps pour me rendre chez eux. Surtout avec deux bambins qui peuvent trouver plein de prétextes pour vous retarder. Je m'arrête prendre un café, acheter quelques beignes ; ça aussi, ça permet aux enfants de s'occuper, même si ce n'est pas santé. Je prends mon temps et admire le paysage, quasi champêtre par moments, qui défile sous mes yeux.

J'arrive plus d'une heure trente en avance chez Antoine et Marianne. Encore une chance que j'aie pris mon temps. Je décide de me promener un peu à pied en attendant et de faire un arrêt au parc. Cela va aussi permettre à Maxime et Daphnée de brûler un peu d'énergie après leurs sucreries – finalement, les beignes, c'était une idée un peu bête – et éviter qu'ils ne peinturent la cravate d'Antoine, baptisent les souliers neufs de Marianne au yogourt ou à la boue ou transforment leur maison en zone sinistrée. Après 45 minutes, j'en ai marre et je décide d'entrer dans la maison.

Je sais que la clé est cachée dans la lampe. J'entre discrètement. Je me sens un peu mal à l'aise. Personne. Je me rends au salon, pour écouter la télévision avec les enfants en attendant Antoine et Marianne.

J'entends soudain des bruits de pas à l'étage supérieur. Tiens, c'est drôle, j'aurais juré qu'il n'y avait personne. Et l'auto d'Antoine n'est pas dans l'entrée de garage. Donc, il est au travail. Est-ce Marianne ? Ou peut-être un membre de sa famille ? Je monte à l'étage. Mais oui, on dirait qu'il y a quelqu'un dans le boudoir, à côté de la chambre. Et la télévision semble être allumée. Un autre invité qui se divertit en les attendant ?

Je m'approche doucement, histoire de ne pas causer une crise cardiaque à l'occupant. En espérant que ce ne soit pas un voleur, bien sûr. Je pousse la porte déjà entrouverte. La première chose que je remarque, c'est qu'il y a plus d'une personne. Je distingue ensuite Antoine, assis sur le divan. Cela me prend quelques secondes pour prendre conscience qu'il est entièrement nu ! J'encaisse mon plus grand choc quand je réalise que non seulement il n'est pas seul, mais qu'il est en train d'embrasser passionnément… un homme ! Le tout, pendant qu'un autre, dévêtu et assis derrière lui, lui masse le dos.

Antoine… nu… avec deux hommes… également nus… sur le sofa… Ah mon Dieu ! Je manque d'air, je crois que je vais vomir ! Comme je m'apprête à partir en espérant ne pas me faire voir, c'est précisément à cet instant qu'Antoine tourne la tête et m'aperçoit. Je pense que je viens de lui causer une sacrée commotion. L'expression horrifiée sur son visage en dit long.

— Amélie ? Qu'est-ce que tu fais là ?

— Heu !... Je vois que je te dérange... Je... je vais revenir plus tard...

Je m'empresse de quitter la pièce, mais je tombe sur Maxime et Daphnée qui avaient décidé de me suivre et sont rendus devant la porte. Pas le temps de m'interposer. Daphnée aperçoit alors Antoine dans son costume d'Adam, suivi de ses deux amants, dans le même habit. À la vue des corps dénudés et de leurs engins de taille, disons, respectable et dressés comme des fusées prêtes au décollage, elle hurle comme si elle avait vu le bonhomme Sept Heures en personne. Super !... Elle en a peut-être pour des années de psychothérapie, maintenant.

Je saisis Maxime et Daphnée par la main et dévale l'escalier aussi vite que je le peux. Je pense que leurs pieds ne touchent même pas les marches. Mais je me sens soudain étourdie et je dois m'arrêter en chemin. J'ai des bouffées de chaleur et mon cœur bat la chamade.

— Amélie ! Attends !

L'image d'Antoine entouré des deux hommes dévêtus me revient subitement à l'esprit. Berk, berk, berk ! Je pense que je n'arriverai plus jamais à chasser cette image de ma tête. Y a pas une machine à voyager dans le temps qui traîne dans le coin, que je puisse revenir en arrière de cinq minutes et tout recommencer ?

De l'air... Il faut que je sorte d'ici avant d'étouffer. Je finis par atteindre la porte et je sors sur le balcon, où je m'appuie sur la balustrade pour ne pas tomber. Je m'assois ensuite sur les marches et prends de grandes respirations, entourée de mes enfants. L'air extérieur me fait du bien, même s'il fait près de 30 degrés. Je commence à me sentir un peu mieux. J'entends alors la porte s'ouvrir derrière moi.

— Amélie ? Ça va ? dit Antoine.

J'ose à peine me retourner pour le regarder du coin de l'œil. Il s'est rhabillé à toute vitesse et il a maintenant une allure un peu plus honorable, disons. Il reste un peu en retrait derrière moi.

— Qu'est-ce que t'en penses ? lui réponds-je un peu brusquement. Je viens de tomber sur mon meilleur ami, mon grand ami d'enfance, qui est fiancé depuis des mois, en train de… de… batifoler avec deux hommes ! Je pense que ça demande une petite minute pour digérer ça.

— Amélie, je suis vraiment désolé. Je ne voulais pas que tu voies ça.

— Tu vas me dire que ce n'est pas ce que je pense, sans doute.

— Au contraire… fait-il. C'est exactement ce que tu penses. Je vais être honnête avec toi et tout te dire, si tu veux, ajoute-t-il sur un ton étonnamment doux. Je n'ai pas peur d'assumer certaines choses, tu vois.

Je sursaute et j'ai envie de lui crier après, mais la présence de Maxime et Daphnée m'en empêche. Ils ont vécu assez d'émotions fortes, pas besoin d'en rajouter. Avec sa sensibilité habituelle, Antoine a deviné mes sentiments.

— Maxime, Daphnée, vous voulez retourner dans la maison ? demande-t-il gentiment.

— Veux pas monsieur tout nu, maman, répond Daphnée.

— Et si je vous donnais un morceau de gâteau au chocolat ? propose Antoine.

— Oui ! crient les enfants en se précipitant dans la maison pour recevoir leur dû.

Pour des enfants traumatisés, l'attrait des sucreries est un antidote sans faille. Pas besoin de psychothérapie pour eux, on dirait. Néanmoins, je pense que les discours sur la méfiance envers les étrangers et les bonbons au poison devraient leur être transmis au plus vite.

Antoine entre dans la maison pour les servir et les installer devant la télévision. Lorsqu'il est de retour, je me tourne brusquement vers lui.

— Pas peur d'assumer certaines choses, hein ? Pourquoi te cacher, dans ce cas ? Pourquoi tu n'as jamais rien dit si tu t'assumes, comme tu dis ?

Antoine soupire et vient s'asseoir à mes côtés.

— Parce que j'avais peur de ta réaction, répond-il en fixant un point de l'autre côté de la rue.

Je l'observe tandis qu'il regarde des enfants, à peine plus vieux que les miens, jouer sur le trottoir. Un tas de questions tourbillonnent dans mon esprit ; j'ignore par où commencer.

— Antoine, est-ce que… tu es… gai ?

— Gai ? répète-t-il en se tournant vers moi. Non, plutôt bisexuel.

— Alors… tu es… à tout, finalement ? Le monde est quoi, pour toi ? Un genre de buffet *all you can eat* ?

— Ouais ! on pourrait dire ça, en quelque sorte.

— Et… tu le sais depuis longtemps ?

— J'ai des doutes depuis que je suis adolescent. Mais ça m'a pris un bout de temps avant de comprendre et d'être sûr, tu sais. Avant de saisir que je n'étais ni un homosexuel qui s'ignorait ou qui était à mi-chemin du parcours ni un hétérosexuel « pur ». J'ai angoissé à ce sujet pendant un moment.

— Pourquoi tu n'en as pas parlé ? À moi ou aux filles ? On aurait pu t'aider.

— Je te l'ai dit, j'avais peur de votre réaction. On ne sait jamais comment nos proches vont réagir. Ce n'est pas tout le monde qui a l'esprit vraiment ouvert. On peut se faire taxer de pervers pour pas grand-chose, tu sais. Et il y en a qui craignent les gens ouverts d'esprit et épanouis sexuellement. J'avais trop peur, alors je n'ai rien dit. Et plus tard, je n'osais plus trop le dévoiler, car je me doutais bien que vous en feriez tout un plat. Il n'y a qu'à voir ta réaction pour comprendre que j'avais raison. Et puis, je n'ai pas besoin d'être aidé, je ne suis pas malade.

— Mais ce n'est pas ça qui me dérange, Antoine ! Bon, d'accord, un tantinet... L'idée de t'imaginer avec des gars, ça me dérange un peu, mais je m'en fiche bien, au fond, avec qui tu couches. Ce qui me choque, c'est de l'avoir appris de cette façon.

— Je te le répète : je suis désolé que tu aies eu à vivre ça.

Je me frotte les tempes. Et moi qui pensais connaître Antoine comme le fond de ma poche !

— Ça t'est déjà arrivé de nous faire croire que tu sortais avec des filles et que ce n'était pas le cas ?

— Bien sûr, dit-il. Tu sais, quand je parlais à un barman, ce n'était pas toujours pour lui demander le numéro de téléphone de la serveuse... Quoique, parfois, j'ai eu le barman et la barmaid en même temps.

Je grimace. Des images d'orgies se bousculent – pour ne pas dire se chevauchent – dans mon esprit, que j'essaie de chasser en secouant violemment la tête. Ark, ark !

— Et... tu as des préférences ? Je veux dire... tu es aux deux d'une manière égale ?

— Oh !... Je suis majoritairement aux femmes, si c'est ce que tu veux savoir. Disons à 80 %. Mais quand je vois un homme séduisant, je ne reste pas insensible.

Des *flash-back* défilent à toute vitesse dans ma tête. Je revois toutes ces sorties au bar, que nous faisions chaque mois. Laurie, Gabrielle et moi admirions les gars qui passaient et complimentions leurs fesses ou leurs cuisses. Antoine disait que nos commentaires parfois crus sur les hommes ne le dérangeaient pas. Tout prend un autre sens...

Une pensée m'assaille. Je revois toutes nos années passées ensemble, nos nombreux moments et activités. Je songe aux pensées, réflexions et confidences échangées. La question me semble soudain primordiale.

— Antoine, tu as déjà... heu !... pensé à coucher avec moi ?

— Oui. Je ne peux pas nier que ça m'a traversé l'esprit de temps en temps.

Eh bien, là, je suis officiellement *flabbergastée*. J'essaie de revoir toutes les circonstances – et Dieu sait qu'elles ont été nombreuses – où il aurait pu y avoir des choses entre nous. Pourtant, j'ai beau passer en revue notre relation comme un film, je ne vois aucune situation où j'ai pu ressentir autre chose que de l'amitié de sa part. Il a bien caché ça. Il y a tout un pan de sa vie que j'ignore et qui vient de me sauter au visage. Troublant et dérangeant.

Le seul moment où on pourrait dire qu'il y a eu une forme d'intimité entre nous c'est lorsque, à quinze ans, je m'étais réfugiée chez Antoine lorsque j'avais découvert que William, mon ancienne flamme gothique, était parti. Dévastée, j'avais passé la soirée étendue sur le tapis de la chambre d'Antoine, à brailler comme un veau que ma vie était foutue, le nez dégoulinant, pendant qu'Antoine me flattait gentiment le dos en me disant que tout irait bien, le tout en zappant sur la télévision de sa chambre. C'est probablement la seule fois où il aurait pu se passer quelque chose. Du moins, à ce que je me souvienne…

— Franchement, je ne sais pas si je dois être flattée ou choquée.

— Amélie, c'est juste du sexe ! Ça ne veut rien dire pour moi. La seule raison pour laquelle je ne l'ai pas fait, c'est que je savais que ça ruinerait notre relation pour toujours. Je suis capable de faire la différence entre l'amour et le sexe et je n'ai aucun malaise à ce sujet. Mais toi et la plupart des filles, vous en êtes incapables.

— Mais Marianne, est-ce qu'elle est au courant ? De tout, je veux dire.

L'idée que Marianne soit sur le point d'épouser Antoine sans savoir qui il est réellement me dérange. Et savoir qu'il couche encore à droite et à gauche dans son dos m'horripile, même si ce ne sont pas mes affaires.

— Bien sûr que oui. Dès que j'ai su que ça deviendrait sérieux entre nous, je l'ai mise au courant de ma… « double nature ». J'y tenais, pour qu'elle n'ait pas de mauvaises surprises. C'était déjà assez dur de le cacher avec vous trois, je n'allais pas le faire avec elle.

Je me doute en effet que ça a dû être un lourd secret à porter, pendant tout ce temps. Qu'à quelques reprises, il a dû tourner sa langue dans sa bouche trois ou quatre fois avant de parler.

— Et… la fidélité ?

Antoine soupire, se frotte le bas du visage et pince les lèvres.

— Je lui ai dit que je serais difficilement l'homme d'une seule femme, que j'aimais faire des expériences, mais que j'allais mettre un peu les freins là-dessus.

— Et qu'a-t-elle dit ?

— Elle a réfléchi un bout de temps et a accepté. Mais elle m'a demandé d'être discret, car elle n'a pas vraiment envie d'en entendre parler. Et elle m'a demandé de toujours être honnête avec elle. Que si un jour, je ne l'aimais plus, plutôt que d'aller voir ailleurs, il fallait que je le lui dise.

Je sourcille, ébahie. Vraiment, je n'en reviens pas. Ces deux-là doivent être l'un des couples les plus ouverts de la planète. N'empêche, je me demande : est-ce que « mettre un peu les freins » avait le même sens pour les deux ? Ça voulait dire arrêter ou ralentir ?

— Et puis, depuis que je suis avec Marianne, je n'ai couché qu'avec des hommes. Je sais que ça peut paraître bizarre, mais j'ai moins l'impression de la tromper, parce que avec des gars, c'est différent. Ils me donnent quelque chose que Marianne n'a pas.

— Comme quoi ?

— Je ne sais pas, c'est juste différent. C'est tout.

— Mais pourquoi vous marier, alors ?

— C'est un geste symbolique, rien d'autre.

— Mais ça ne sert à rien s'il n'y a pas le pilier qui le soutient.

— Mais il y en a un : notre amour et notre compréhension l'un envers l'autre. Et puis, le mariage, c'est ce que tu en fais, au fond. Maintenant, les gens peuvent personnaliser leur mariage, ils s'approprient le rituel. Ce n'est plus le même modèle pour tous.

— Ce n'est pas juste… cosmétique, en fait ? Généralement, c'est surtout le *party* qui est personnalisé, plus que la cérémonie. Et puis, les dispositions de la loi restent les mêmes pour tout le monde. Ce n'est pas une illusion, ce sentiment d'avoir adapté le rituel pour soi ?

— Tu sais, je continue de penser que l'amour ne devrait pas être soumis à un contrat et être libre de contraintes et de règlements, mais qu'il devrait être respect et compréhension. Le reste, c'est du flafla, pour moi.

Mouais… Je suis sûre que s'il avait vécu la même chose que Samuel et moi, subi les mêmes emmerdes, il penserait différemment. Mais d'un autre côté, je le comprends. C'est effectivement là l'essentiel, au fond. Qu'est-ce que c'est, l'amour, sinon aimer l'autre pour ce qu'il est et pour ce qu'il n'est pas ? À quoi bon avoir une relation avec une personne si l'on n'est pas capable de la respecter telle qu'elle est ?

Pourquoi gâcher ça avec des lois, des règles et s'imposer des obligations, une pression inutile ? Pourquoi ne pas avoir une perception optimiste de l'amour et du mariage, après tout ? J'aime sa vision des choses – même si, dans ce contexte, c'est bizarre – et je voudrais la préserver.

— En tout cas, dis-je, si je peux te donner un conseil, c'est de ne pas laisser la clé dans la lampe quand tu fais tes expériences à la maison. Parce que tu es bien chanceux d'être tombé sur moi. Avec un proche de Marianne, ça aurait pu être pire.

— J'en prends bonne note, Amélie. Crois-moi.

— Comment se fait-il que ton auto n'était pas là, d'abord ?

— Je l'ai prêtée à Marianne pour la journée. Elle devait faire des courses pour le souper. Je n'avais pas prévu que tu arriverais une heure d'avance.

Génial. Pendant que Marianne fait l'épicerie pour un souper où je leur parlerai d'ornements floraux et de robes en tulle, lui s'envoie en l'air avec deux mecs à la maison.

— Tu prends tout de même des risques, Antoine. Moins d'une heure avant mon arrivée, tu faisais encore des trucs cochons.

— Tu serais étonnée de voir combien de choses on peut faire en peu de temps quand on sait ce qu'on veut et comment faire, me répond Antoine avec un sourire qui en dit long.

De nouvelles images explosent dans mon esprit. Sans m'en rendre compte, je grimace. Ah mon Dieu !... Pense à autre chose, Amélie. N'importe quoi, mais pas ça. Hum ! Qu'est-ce que je pourrais suggérer comme bouquet à Marianne ?

— Allez, entre, me dit Antoine en me poussant doucement dans le dos. Rassure-toi, j'ai demandé à Fabio et à Édouardo de partir en douce.

Fabio et Édouardo ? On dirait des noms de danseurs du 281. Je rigole.

— Même leurs prénoms sont quétaines...

— Je ne les choisis pas pour ça. Mes critères de sélection sont d'un autre ordre.

— Ça va, ça va ! Épargne-moi les détails, s'il te plaît. J'aurai déjà du mal à chasser de ma mémoire ce que j'ai vu aujourd'hui, alors ne stimule pas trop mon imagination, d'accord ?

* * *

Deuxième semaine d'août. Voilà sept jours que j'ai eu droit à la révélation sur la véritable nature d'Antoine. Et je dois admettre que je me suis habituée à l'idée plus aisément que je ne le craignais. J'ai même réussi à oublier cela lors de ma conversation avec Antoine et Marianne qui a suivi. D'ailleurs, Antoine était étonnamment enthousiaste. Je découvre vraiment un autre homme.

Depuis, on dirait que certains souvenirs, certains comportements de sa part prennent tout leur sens. Je me rends compte qu'il y avait un côté équivoque à beaucoup de choses qui entouraient Antoine. Mais comme je le lui ai promis, pas un mot de cette histoire n'a été rapporté à Gabrielle et à Laurie, même si l'envie me démange furieusement.

Je suis certaine qu'une fois la surprise passée, elles n'en feraient pas un plat. Cependant, ce secret ne m'appartient pas. D'un autre côté, je ne suis pas mécontente non plus. Antoine et moi partageons maintenant quelque chose de spécial, d'unique. Je trouve ça flatteur.

J'aurais toutefois préféré qu'il ne me demande pas de garder ce secret, que je trouve un peu lourd. Mais quand je lui en ai parlé, il était farouchement opposé à l'idée.

— Gabrielle et Laurie sont mes amies, mais je ne leur dois rien. Je n'ai pas de comptes à leur rendre sur ma sexualité et elles n'ont pas à savoir ce que je fais dans mon lit. Je comprends que tu trouves un peu pénible de garder ça pour toi et que tu voudrais être honnête, mais je refuse de discuter de ça avec elles.

— Bon, d'accord, j'ai compris.

Par contre, j'ai tout rapporté à Samuel – en lui faisant jurer d'emporter ce secret dans la tombe. Je devais me confier, sinon j'allais exploser. Et j'ai reproché tellement souvent à mon *chum* de ne pas se confier que j'ai intérêt à prêcher par l'exemple. Une fois la surprise – que dis-je, l'extrême stupéfaction – passée, il a été étonnamment *cool*. Selon lui, Antoine peut faire ce qu'il veut de sa vie, tant que tout le monde est heureux et consentant. Il a d'ailleurs bien rigolé quand je lui ai raconté ma mésaventure. Même si moi je n'ai pas ri, je suis contente que Samuel ait retrouvé sa bonne humeur.

— Dis, il y a une chose que je me demande… murmure-t-il après un moment.

« Une » chose ? Moi, je suis encore inondée de questions.

— Et c'est quoi ?

— Tu penses qu'Antoine trouve que j'ai des belles fesses ?

* * *

Troisième semaine d'août. Samuel est chez ses parents, car son père a eu un petit malaise. Rien de grave, heureusement, et il s'en remettra facilement. Samuel demeurera tout de même chez ses parents pendant quelques jours.

Mais après seulement une journée, Samuel m'appelle au bureau.

— Amélie, il y a un problème, commence-t-il.

Je tremble en entendant sa voix et sa respiration saccadée au bout du fil. Quelque chose ne va pas, c'est clair. Mon Dieu, ne me dites pas que son père…

— J'ai eu des nouvelles de la banque, il y a un peu plus d'une semaine, raconte Samuel. Les versements qu'Aryane nous envoyait ont été suspendus. La banque a fait des vérifications et s'est aperçue qu'elle a fermé son compte.

Quoi ? La garce ! Elle ne pense pas s'en tirer de la sorte ?

— Mais il faut envoyer un huissier chez elle !

— C'est déjà fait. Mais les nouvelles ne sont pas très bonnes. Non seulement elle a déménagé sans laisser d'adresse, mais elle a quitté le pays.

— QUOI ?

Ça, c'est vraiment incroyable ! Elle est allée jusqu'à partir à l'étranger pour ne pas nous rembourser ? C'est le comble ! Elle tenait à ce qu'on ne la retrouve pas, cette Cruella !

— Mais il y a quand même de bonnes nouvelles, reprend Samuel. Nos avocats ont mis quelqu'un là-dessus en urgence. Il aurait déjà trouvé quelque chose.

Sachant que le cabinet nous ayant représentés touche un pourcentage de l'argent que nous récupérons, pas étonnant que des ressources aient été débloquées pour mettre la main au collet d'Aryane – tout nous sera facturé sans doute ensuite. Enfin, au moins, nos avocats ne sont pas restés les bras croisés.

— Il a découvert qu'Aryane a déménagé en Italie – à Rome, plus précisément.

Wow ! Rien de trop beau pour la classe ouvrière ! Elle n'aurait pas pu se contenter de Cleveland ou de Tampa Bay, bien sûr. Pas assez *high class*. C'est fort, quand même.

— Me Saint-Pierre propose d'envoyer un de ses collègues la retracer, car il connaît sa nouvelle institution financière grâce à son ancienne banque et a une bonne idée de l'endroit où elle se trouve. Il faut que quelqu'un aille rencontrer la nouvelle banque d'Aryane et la force à nous donner ses coordonnées. Nos avocats ont déjà un mandat pour ça. Mais il faut y aller en personne.

Je suis impressionnée par la rapidité du cabinet. Notre avocat et ses associés veulent leur argent pour vrai.

— Je serais beaucoup plus tranquille si tu y allais aussi, pour accompagner l'avocat qui ira là-bas, poursuit Samuel. Histoire de tout surveiller et de s'assurer que tout se passe bien. Après tout, ce voyage sera à nos frais.

Aller à Rome ? Moi ? Génial ! Je serais folle de dire non à ça. Même si c'est dans un contexte pas très « loisir ». Et puis, aller botter le derrière de Cruella jusqu'à Rome, ça vaut tous les frais qui viennent avec.

— Il faudrait partir ce soir, cependant, dit Samuel. Il faut que tu sois à l'aéroport pour dix-neuf heures trente. Le collègue de Me Saint-Pierre t'attendra là-bas. On ne peut pas perdre trop de temps. Je t'enverrai le billet d'avion par courriel. J'ai déjà parlé à Élodie pour qu'elle s'occupe des enfants entre-temps. Je sais que c'est à la dernière minute, mais je viens de l'apprendre. C'est correct ?

Ça veut dire qu'après le travail, j'aurai à peine le temps de ramasser mon passeport à la maison, donc pas de valise. Je serai obligée de m'acheter des vêtements en Italie. Hou là là ! quelle plaie !

— Pas de problème !

— Merci. Je t'aime, ma belle.

* * *

Quelques heures plus tard, après une course effrénée, j'embarque dans l'avion. Je n'ai pas trouvé le collègue de Me Saint-Pierre, mais il va sûrement être assis près de moi. C'est alors que je vois... Cédric ! Nooooon ! Pas vrai !

— Bonjour, Amélie !

— Heu !... Bonjour, Cédric. C'est toi qui vas m'accompagner ?

— C'est moi.

Mélange d'appréhension et de joie. On ne s'est presque pas parlé depuis des mois. Et puis, zut ! Il ne s'était rien passé, non ? Mais l'idée de me trouver côte à côte avec Cédric, nos genoux et nos coudes se frôlant pendant huit heures de vol, me trouble un peu. Allons, Amélie, il n'y a rien là ! Ressaisis-toi. Et en même temps, je pourrais avoir pire compagnie pour aller dans la ville la plus romantique du monde. Pour récupérer de l'argent et faire la vie dure à Aryane en plus, que demander de mieux ? Ça va être jouissif.

Dommage que mes parents soient rendus en Allemagne. J'aurais peut-être pu leur dire un petit bonjour en passant.

* * *

À notre arrivée à l'hôtel Residenza Paolo VI, j'ai été soufflée. Vue directe sur la place Saint-Pierre, grillage antique orné de têtes de lion, gigantesques pots de fleurs partout, chambre luxueuse décorée de tapisserie dorée et de draperies de velours, comptoir de marbre dans la salle de bain. Une chance que Samuel m'a dit de surveiller les dépenses !

Deux jours plus tard, bien reposée, je suis équipée de quelques chemisiers Prada, d'une jupe Armani, d'un denim Gucci, d'une robe chic Versace – je ne sais même pas dans quelles circonstances je la mettrai, mais je m'en fiche –, de chaussures Forzieri et d'un collier Dolce & Gabbana. Je me sens comme une reine. Comme madame Rochefort, tiens ! Oui, ça pourrait vraiment être pire.

Cédric m'a accompagnée partout dans les boutiques de Rome pour m'aider à me choisir une garde-robe de circonstance. Allant d'un conseil par-ci, d'un compliment par-là, il m'a redonné confiance en moi-même. J'en ai rougi quelques fois. Il mérite définitivement son surnom de Capitaine Génial.

Il m'a ensuite traînée dans une trattoria où nous avons mangé comme des princes, m'a fait découvrir la *gelato* authentique, et m'a emmenée sur le pont Sant'Angelo – pour admirer le Tibre – et dans les ruines de thermes romains. Décidément, c'est un habitué.

Enfin, nous sommes prêts à rencontrer la banque de Cruella et à l'obliger à nous révéler les coordonnées de celle-ci, afin de mettre le grappin dessus. Et avec mes vêtements chics de designer, je me sens en confiance, sûre de moi. Je ne ressemble pas à une petite péquenaude qui passe une partie de ses journées avec de la mousse de bulles, des graines de pissenlit et de la sauce à spaghetti dans les cheveux. Après quelques pourparlers avec le directeur de la banque et la situation bien expliquée, ce dernier promet de nous donner les informations le lendemain. Il lui reste quelques détails à régler avant.

Eh bien, je ne croyais pas que ce serait si facile. Espérons que ça se réglera vite, même si je passerais encore beaucoup de temps ici. En fin d'après-midi, Cédric et moi sortons de la banque, pleins d'espoir.

* * *

Le lendemain après-midi, nous retournons à la banque qui nous transmet les informations requises. Le directeur s'engage à faire le nécessaire pour que les prélèvements soient réactivés. Il faut dire qu'il n'a pas tellement le choix, car nous avons un papier de la cour. Après, nous allons nous payer une visite de courtoisie directement à madame Cruella, pour lui remettre les documents l'informant de la situation.

Elle habite au rez-de-chaussée d'un bloc appartement vieillot, recouvert d'une ancienne vigne. Lorsqu'elle répond à la porte et nous voit, elle paraît complètement sidérée et un peu horrifiée. Son ahurissement fait plaisir à voir. Si Samuel pouvait être là et profiter de la vue. J'aurais dû apporter un appareil pour prendre Cruella en photo et immortaliser son expression. On jurerait qu'elle vient de voir deux revenants.

— Mais… comment avez-vous fait pour me trouver ?

— Nous avons des moyens, madame Bergeron, répond Cédric. Je suis venu vous remettre ces papiers. Ils vous informent qu'un mandat de la cour oblige votre institution financière à réactiver les versements à monsieur Gagnon, conformément à l'entente prévue. Vous n'avez pas besoin de signer. Inutile de vous dire que si vous tentez encore une telle entourloupette, nous pourrions vous faire mettre en prison.

Aryane est totalement médusée. Elle reste muette, les documents en main. Ça valait vraiment le voyage !

— Sur ce, nous vous souhaitons une bonne journée, reprend Cédric. Bon séjour en Italie !

Fiers de notre coup, nous tournons les talons, laissant Aryane sur le pas de sa porte, toujours aussi désarçonnée. *Yes* ! J'espère ne plus jamais entendre parler d'elle !

— Bon, il faut célébrer ça ! lance Cédric. On retourne à l'hôtel et tu vas te changer. Tu croyais que tu n'aurais pas l'occasion de porter ta belle robe Versace ? Allez, tu la mets et je te sors ce soir ! C'est moi qui paye !

— Heu !... Tu es sûr ? Je...

— Allez ! Pas de discussion !

* * *

À la terrasse du restaurant de l'hôtel, toujours avec vue sur la place Saint-Pierre et son dôme, les employés nous attendent, flûtes et bouteille de champagne à la main.

— Tu es superbe dans cette robe, Amélie, me complimente Cédric. Elle te va à merveille.

— Merci...

Nous mangeons sous la lune et les étoiles, au son d'une musique romantique à souhait. J'ai une petite pensée pour Samuel, cependant, à qui j'ai parlé quelques heures plus tôt. C'est avec lui que j'aurais dû vivre cela, il me semble. Dire qu'il est là, à soutenir son père malade, alors que moi, je m'amuse. Enfin, c'est lui qui a voulu que je vienne ici. Et je le répète : je ne fais rien de mal.

— Suis-moi, annonce Cédric après le repas. Je n'ai pas fini de te faire visiter Rome.

— D'accord, mais pas trop longtemps. Je commence à être crevée.

Cédric m'emmène me promener dans la ville, dans les petites rues pavées, sous la lumière tamisée des lampadaires au *look* quasi antique. Il me fait visiter les ruines d'un forum romain, la place du Capitole, le monument à la gloire de Vittorio-Emmanuel II. Après une autre marche sous les étoiles italiennes, nous aboutissons enfin à la célébrissime fontaine de Trévi, complètement illuminée. Cédric en profite pour acheter une rose à un vendeur et me la donner. Auprès d'un autre commerçant, il se procure deux petites bouteilles de vin.

Ah ! je me sens si bien, en ce moment, si libre – ce qui ne m'était pas arrivé depuis très longtemps. Si l'endroit n'était pas assailli de touristes, je me sentirais comme dans *La Dolce Vita* de Fellini, dans le rôle de la blonde et pulpeuse Anita Ekberg, qui se baigne dans la fontaine et flirte avec Marcello Mastroianni. Je ne rêve pas en couleurs du tout. Cédric a peut-être des airs de Mastroianni dans sa jeunesse, mais je ne ressemble pas trop à Anita Ekberg.

Alors que je suis assise sur le bord du bassin, Cédric me prend soudain par les épaules et me tourne dos à la fontaine, face à lui. Il veut m'embrasser ou quoi ?

— Tu as une pièce de monnaie ? demande-t-il. Tiens, j'en ai une.

— Pour quoi faire ?

— Avant de quitter Rome, c'est la coutume de jeter une pièce de monnaie de la main droite en tournant le dos à la fontaine, explique-t-il. La croyance veut que celui qui fait ce geste est assuré de revenir à Rome afin de retrouver sa pièce.

Que vais-je souhaiter ? Que Samuel et moi vivions heureux jusqu'à la fin des temps ? Un doute m'assaille. Je pense soudain à mon attirance pour Cédric. Est-ce vraiment un simple *kick* ? Un désir de vengeance refoulé vis-à-vis de Samuel ? Ou le signe que l'amour entre nous est vacillant et que je pourrais trouver le véritable amour auprès de Cédric ? Non, non, voyons ! C'est n'importe quoi ! Que pourrais-je souhaiter ?

À bien y penser, une petite vie tranquille et simple, c'est ce qu'il me faut. Voilà ce que je veux. Pas de soupçons, de doutes, de tentations, de possibles infidélités, d'ex cinglée, de *boss* contrôlante, de DPJ et autres.

C'est le temps de mettre fin à notre escapade.

— Bon, on retourne à l'hôtel ? Je suis fatiguée.

— Vos désirs sont des ordres, ma chère.

* * *

Nous arrivons à l'hôtel. Je n'aurais pas dû boire cette dernière bouteille de vin, je me sens un peu ivre. Nous montons l'escalier – Cédric doit me soutenir un peu – et arrivons finalement à l'étage où nous devons nous séparer. C'est le temps de nous souhaiter bonne nuit et de plonger sous les couvertures pour un dernier dodo dans cette ville de rêve.

J'éprouve une tonne d'émotions. De la béatitude pour pouvoir enfin faire payer Aryane. De la reconnaissance envers Cédric pour ce qu'il a fait – même si c'était son travail. Un sentiment de liberté comme je n'en avais pas ressenti depuis longtemps. Je me sens si légère, je flotte sur un nuage. Si je ne ressentais pas un brin de culpabilité d'avoir oublié mes enfants pendant quelques heures, tout serait parfait.

— Bon, bien, c'est ici qu'on se laisse, dis-je à Cédric. Ma chambre est à l'étage suivant.

— Alors… eh bien… bonne nuit.

Un ange passe et je sens un flottement entre nous. Nous restons immobiles. Comme si nous avions décidé, d'un commun accord, d'étirer encore l'instant, pour qu'il ne cesse jamais. Je ne sais pas pourquoi, mais je n'ai pas envie d'aller me coucher, seule dans ma chambre. Je voudrais que ça dure encore.

Presque contre ma volonté, je saisis doucement Cédric par les épaules – je sens ses muscles saillants à travers le tissu de sa chemise – et, me haussant sur la pointe des pieds, j'approche mes lèvres de sa joue. Ses mains hésitantes se posent de chaque côté de mon dos, juste au-dessus de ma taille. Un frisson me parcourt l'échine. Il penche la tête pour m'embrasser sur la joue et je sens sa peau, légèrement rugueuse, effleurer la mienne.

Lorsque je l'embrasse sur son autre joue, je me sens figer et mes lèvres s'attardent une fraction de seconde, l'espace d'une hésitation. J'entends la respiration de Cédric et je sens son souffle sur mon cou. Ses mains glissent vers mes hanches. Je frémis.

J'ai l'impression d'être enveloppée d'une chape de plomb ; chacun de mes mouvements est lent et me demande un effort quasi surhumain. Alors que je commence à m'éloigner de Cédric, ma tête se tourne vers lui. Nos yeux se croisent, nos bouches se frôlent. Nous sommes si près, un cheveu nous sépare… Mon cœur bondit dans ma poitrine.

L'image de Samuel s'impose soudain à mon esprit. Non ! Qu'est-ce que je fais là ?

Comme si j'avais été frappée par la foudre, je recule d'un bond. C'est alors que je trébuche sur une grosse plante en pot qui se trouve juste derrière moi. Je fais 32 pirouettes sous les yeux médusés de Cédric qui me regarde valser, puis me rattrape juste avant que je ne m'affale de tout mon long. Je ressens comme une seconde décharge électrique à son contact. Je retire brusquement mes mains des siennes et recule encore, en regardant derrière moi, cette fois.

J'ai encore eu l'air d'une folle. Mais le moment magique est brisé. C'est sans doute mieux comme ça.

— J'y vais maintenant. Salut !

Et sans demander mon reste, je m'élance à toute vitesse dans l'escalier, au risque de me rompre le cou. Ouf ! Une catastrophe a été évitée de justesse…

* * *

Je n'ai presque pas dormi de la nuit. Ce n'est pas la première fois que je suis dans une situation ambiguë avec Cédric, mais là, ça a passé bien proche. Qu'est-ce qui m'empêchait, au fond, de me donner à lui sans que personne le sache jamais ? Rien. Mais pourquoi je ferais ça ? J'aime Samuel du fond de mon cœur. On n'est peut-être pas heureux 24 heures sur 24, mais les sentiments que je ressens pour lui sont réels.

Est-ce que j'ai besoin d'émotions fortes, de piment dans ma vie à ce point ?

J'ai réfléchi à la chose, mais sans trouver de réponses. Finalement, je me suis endormie en écoutant un documentaire sur les singes bonobos, qui passent une bonne partie de leur journée à s'accoupler ou à faire du *penis fencing*. Ragoûtant.

* * *

Dans le taxi, l'aéroport et l'avion, je me suis cachée derrière une revue tout le long du voyage, pour éviter de parler à Cédric. Je me sentais trop mal à l'aise. Dieu merci, il n'a pas reparlé de notre presque baiser.

Lorsque j'arrive enfin à la maison, je suis soulagée. Ouf ! plus jamais !

21

Examen de conscience
(Septembre)

Le mariage est la cause principale de divorce.

Oscar Wilde

Début septembre. Me voilà de retour à la vie quotidienne et au boulot. Samuel est encore chez ses parents et je dois m'occuper de tout dans la maison. Ouais ! la vie m'a bien vite rattrapée. Bien sûr, Audrey s'est empressée de m'inonder de travail et de me faire sentir comme une crotte de chien. Je vais payer très cher mon absence de quelques jours, même si c'était justifié.

Après, non contente de m'avoir fait travailler même chez moi – jusqu'à près de 22 heures –, elle va jusqu'à exiger que je passe la vadrouille et nettoie les toilettes, sous prétexte que le concierge serait malade. Berk ! Vraiment dégoûtant ! Je m'en souviendrai longtemps de celle-là. Je pense que c'est la plus grande humiliation qu'elle m'a fait subir depuis l'affaire du cannabis. Mais le comble n'est pas encore arrivé.

Trois jours plus tard, j'apprends de la bouche même du concierge que ce dernier n'était pas malade du tout. Qu'en fait, Audrey, soi-disant pour lui permettre de se remettre d'une dure journée, lui aurait offert de prendre congé ! Telle que je la connais, elle m'a fait accomplir une besogne dégradante pour se venger.

Mais elle est incroyable ! Ce sera quoi, la prochaine humiliation ?

J'enrage à mon bureau quand une pensée me traverse l'esprit. Il me reste de la marijuana dans mon bureau, bien cachée, vous vous en doutez. Je songe soudain à lui rendre la monnaie de sa pièce. Justice poétique, je me servirais de la même substance qu'elle m'a suggéré d'acheter, qui m'a foutue en prison et m'a mise dans la merde avec la DPJ. D'ailleurs, le dossier avec cette dernière n'est toujours pas réglé.

Audrey n'est pas là. Elle doit être dans la salle de bain, en train de se refaire une beauté – avec son visage fripé encore *lifté* il y a quelque mois, ce n'est pas évident ! –, car elle rencontre les membres du CA dans quelques minutes. Je me dirige discrètement vers son bureau où je pénètre sans me faire remarquer, le cannabis à la main. Je sais aussi qu'elle a des calmants dans son bureau. À côté de son ordinateur traîne son proverbial café matinal. Une petite dose de cannabis assortie de deux ou trois calmants et elle fera une vraie folle d'elle devant les patrons.

Ça lui apprendra à me traiter comme un déchet. Elle le mérite amplement, après tout ce qu'elle m'a fait, après m'avoir abaissée de la sorte.

Ma main tenant la drogue est suspendue au-dessus de son café, prête à l'y jeter, mais je reste figée. Qu'est-ce qui me prend ? Ce n'est pas mon genre d'agir comme ça ! Je n'ai jamais été aussi vindicative. Qu'est-ce qui m'est arrivé pour que j'en arrive là ? Pourquoi suis-je si amère ? Je suis peut-être cynique, mais pas acerbe. Le film de ma vie déroule dans ma tête et je me rends compte que je ne me reconnais plus. Vous savez ? Quand vous avez l'impression d'être en dehors de votre propre corps et de vous regarder, de vous juger ?

Vous vous rendez alors compte que la vie vous prend et, telle une vague, vous renverse, vous met cul par-dessus tête, vous brasse, vous secoue comme un fétu de paille, vous roule dans le sable. Et là, vous êtes submergé, emporté dans des endroits où vous ne pensiez jamais aller. Et, un jour, vous vous réveillez et vous vous apercevez que vous êtes devenu la personne que vous vous étiez juré de ne jamais devenir. Et un constat comme celui-là, ça fesse dans le *dash*.

Audrey m'a affectée plus que je ne l'aurais cru. Cela, associé à toutes les autres frustrations de la vie – comme Aryane, par exemple –, m'a vraiment amenée à faire des bassesses. Je retourne dans mon bureau à toute vitesse, sans avoir mis la drogue dans le café d'Audrey. Si je l'avais fait, je sais que je l'aurais regretté et que je n'aurais pas pu me regarder dans le miroir. Ma conscience est tranquille pour l'instant.

Mais je crois que j'ai sérieusement besoin de faire un examen de conscience.

* * *

Deuxième semaine de septembre. Mon examen de conscience est arrivé plus vite que prévu. À peine revenu de chez ses parents, Samuel est reparti à un congrès de dentistes à Québec pour une semaine. Il a quitté la maison lundi et ne revient que dimanche soir. Ça fera presque trois semaines que je ne l'aurai pas vu.

Je vais encore passer la semaine seule et devrai m'occuper de tout, comme une servante. C'est agaçant, à la fin. Mon escapade de liberté en Italie est en train de me revenir en pleine figure, on dirait. Le pire, c'est que Samuel n'était même pas obligé d'y aller, à ce fichu congrès. Mais il tenait à y assister. Je commence à me demander s'il n'essaie pas encore de fuir le foyer. Laurie m'a invitée à aller manger chez elle samedi soir, mais j'hésite. Elle a déjà assez de responsabilités avec la petite Amidala-Soleil.

Cette nouvelle absence de Samuel m'agace. Je n'arrive pas à profiter de la situation, je n'arrive pas à me dire que je serai bien, avec mes enfants juste à moi, sous la doudou, ou devant un film, avec Bingo. Samuel avait-il vraiment besoin d'aller passer sept jours à Québec en plus ?

Il faut dire que la vie n'est pas de tout repos. Un moment, Daphnée tente de monter dans sa poussette, ne peut s'attacher et fait une crise. Ensuite, Bingo lèche Maxime dans la figure et celui-ci pleure. Sinon, c'est Daphnée qui échappe son bol de céréales trois fois dans la même minute ou Maxime qui braille parce qu'il est tombé à terre après avoir tourné en rond. Des fois, j'aimerais qu'il se passe deux minutes sans que rien n'arrive.

En plus, avant de partir, Samuel m'a demandé de joindre notre avocat, car il doit encore lui envoyer des documents concernant les frais liés au voyage. C'est trop compliqué de faire ça à partir de l'hôtel, bien sûr. J'ai l'impression de faire le sale boulot à sa place. J'ai l'air de quoi, moi, une bonniche ? Amélie, respire, ton homme t'aime, tu aimes ton homme, nous sommes une équipe, pour le meilleur et pour le pire.

Enfin, j'ai tenté de joindre Me Saint-Pierre, mais sans succès. J'ai même eu l'idée de passer par Cédric et de laisser un message sur le répondeur de ce dernier. Mais je préfère éviter les contacts avec lui.

Bon, la journée est presque terminée. Courage, Amélie ! Samuel revient dans deux jours. Prouve que tu es capable de passer du temps seule et que tu peux même avoir du plaisir dans cette situation. Et il y a pire que d'avoir le sofa à moi toute seule ; de pouvoir choisir un film de filles qui aurait emmerdé Samuel ; de m'enfiler les cocktails, si désiré ; de manger toutes les cochonneries dont j'ai envie…

— Salut, Amélie ! lance Léa en passant devant mon bureau.

— Salut, Léa.

— Alors, voilà mon texte pour la semaine prochaine, annonce-t-elle fièrement. J'ai aussi fait la recherche photo et je pense que tu vas aimer. La maison de production m'a envoyé plein de super clichés de son film qui sort dans trois mois !

— Ah ouais ! C'est super. Merci.

— Ben dis donc, ça va, toi ? Tu n'as pas l'air dans ton assiette.

— Bah ! Ce n'est rien.

— Allez, raconte.

— C'est Samuel… Il assiste à un congrès de dentistes où il va entendre parler pendant sept jours de caries, des meilleurs types de plombages au monde, des nouvelles saveurs de fluor à faire prendre aux enfants à l'école, des fraises les plus performantes et de la nouvelle technologie qui permet de prendre des photos 3D de nos dents afin de pouvoir nous montrer tous les défauts, les taches et les caries qu'on peut y trouver. Ça m'énerve ! On ne se voit presque pas, et il trouve le moyen de partir pendant une semaine ! J'en ai vraiment marre de vivre avec un fantôme !

— Tu lui en as parlé ?

— Plus ou moins. Il a déjà beaucoup de pression à son travail. Et son ex *control freak* l'a emmerdé et harcelé pendant des mois, alors je ne veux pas agir comme elle. Il en a eu assez sur les épaules comme ça.

— Toi, t'as besoin d'une sortie de filles, me lance Léa. Bouge pas, j'appelle mon conjoint et, dans cinq minutes, tu mets ton manteau et on sort, ma belle !

— Mais… ton *chum* ne t'en voudra pas de le laisser seul, un vendredi soir, avec le petit ?

— Au nombre de fois où je l'ai laissé aller prendre un verre avec ses copains et où il m'a laissée seule avec le bébé à la maison, que je ne le vois pas se plaindre une seule fois si je sors !

Oh là là ! Les sorties et les libertés doivent se négocier au prix fort, chez eux.

— Toi ? T'as une gardienne ? me demande Léa.

J'appelle Élodie. Elle accepte avec joie de prendre Maxime et Daphnée chez elle. Ma belle-sœur est très discrète dans son genre, mais c'est une vraie perle ! Consentir à garder les enfants à la dernière minute, un vendredi soir en plus, c'est génial de sa part. Il faudra que je lui fasse un petit cadeau pour la remercier.

Je me sens un peu mal de faire encore garder Maxime et Daphnée. Mais je sens que je vais devenir une frustrée cinglée si je n'expulse pas de la pression.

Léa m'emmène dans un bar du centre-ville où elle me fait parler abondamment de ma vie amoureuse plutôt médiocre en ce moment et de ma quasi-absence de vie sexuelle. Comme la meilleure amie du monde, elle m'écoute, pose des questions sans porter de jugement, me propose quelques idées. Évidemment, selon elle, tout passe par la communication. Son diagnostic : ma peur d'être aussi contrôlante, acariâtre et chialeuse qu'Aryane fait en sorte que j'évite de revendiquer quoi que ce soit auprès de Samuel. De plus, en essayant à tout prix de passer pour indépendante – ce que je ne suis pas –, je l'incite peut-être à prendre trop de libertés ou à s'éloigner, puisqu'il s'imagine que tout va bien étant donné que je ne dis rien.

Après un verre de vodka jus d'orange, je trouvais qu'elle exagérait un tout petit peu et que je n'étais pas menée par ma peur. Après deux bières, je commençais à me dire qu'elle avait peut-être raison et que ses conseils pour communiquer avec Samuel sans le blesser avaient du sens. Après un verre de tequila et un daïquiri, je trouvais qu'elle avait raison et que je devais mettre les choses au clair avec Samuel, et ce, dès son retour de Québec ! Après un gin et un verre de rhum, je criais à qui voulait l'entendre que cette Aryane n'était qu'une salope et qu'elle avait bousillé un homme parfaitement merveilleux et extraordinaire au point où notre vie de couple était foutue en l'air par sa faute. Après une margarita et un nombre indéfini de *shooters*, eh bien, je ne me rappelle plus de rien.

* * *

J'ouvre lentement un œil. Hou là là ! Mal de crâne lancinant. Qu'est-ce que ça peut être agressant, la lumière ! Je ne me souvenais pas que le soleil pouvait être aussi aveuglant. J'ai l'impression de regarder un feu d'artifice. Des petits points dansent devant mes yeux.

Ça faisait longtemps que je ne m'étais pas soûlée de la sorte. Quelle idiote ! J'espère ne pas avoir dansé sur les tables ou être tombée dans le piano du bar. Je me redresse doucement. Aïe ! La tête me tourne et je me demande si ce qui reste dans mon estomac – Dieu seul sait d'ailleurs ce qu'il en est – voudra bien y demeurer. Fausse alerte. Ça finit par se calmer après quelques minutes.

À un moment donné, je sens quelque chose me piquer dans le dos. Bon sang, j'ai dormi sur un paquet de boucles d'oreilles, de bracelets et de bagues ! On dirait que j'ai renversé tout le contenu de mon coffre à bijoux sur le lit. Bravo…

Je baisse la tête et m'examine lentement. Bon, je suis encore habillée. C'est bon signe, ça. Il n'y a personne d'autre dans le lit non plus. Très bien. Pas de trace suspecte sur mon corps, de dessins cochons sur ma peau ou de caleçons inconnus en vue. Le comble, ça aurait été de me réveiller nue aux côtés d'un inconnu vêtu de mes dessous en dentelle et avec une perruque de clown sur la tête, sortie d'un *party* d'enterrement de vie de garçon.

Parce que même si je ne me rappelle pas tout de la soirée d'hier, je sais que j'étais assez en colère, ivre et échauffée pour m'envoyer en l'air avec le premier venu. Cela aurait véritablement été la plus monumentale bourde de ma vie.

C'est certainement Léa qui, dans sa grande sagesse et sa merveilleuse gentillesse, m'a fichue dans un taxi la tête la première et m'a ramenée jusqu'ici. Pffff!... Quelle heure est-il ? Holà ! Presque 11 heures ! Mais puisque je ne sais même pas à quelle heure je me suis couchée, je ne saurais dire si j'ai beaucoup dormi ou pas.

Je me lève très tranquillement du lit et jette un coup d'œil à la glace au-dessus de la commode. Les cernes sous mes yeux me confirment que mes heures de sommeil n'ont pas été nombreuses. À moins que ce ne soit des restants du mascara de la veille ?

Quel teint horrible ! On dirait que j'ai passé la soirée à dégobiller tellement je suis blafarde. Ça, ou je me suis roulée dans la farine cette nuit. Bingo arrive alors en courant et me saute dessus en haletant, la queue branlante et la langue pendante. Elle est plus excitée que jamais et sautille partout en tournant en rond d'excitation. La pauvre, je l'ai laissée seule pendant toute la soirée. Je lui fais la promesse de ne plus l'abandonner aussi longtemps.

Ouf! Quelle chaleur ici ! Je ne sais pas si c'est le sevrage d'alcool ou quoi, mais je suis couverte de sueur. Je découvre alors que ce n'est pas étonnant, car le thermostat est à 27 degrés. J'ai certainement dû le monter alors que j'étais ivre.

Je sens mes vêtements. Aïe ! L'odeur est épouvantable ! J'ai dû transpirer de la tequila ou du rhum toute la nuit. Je me débarrasse de ma tenue et ne garde que mes dessous, histoire de ne pas choquer – ou exciter – les voisins.

Je me dirige vers la porte arrière pour sortir mon pitou adoré, lorsque je sens quelque chose de mouillé sur le sol. Merde, je viens de mettre les pieds dans du pipi de chien. Bingo s'est sûrement soulagée cette nuit. Super…

J'envoie Bingo se promener dans la cour arrière pour qu'elle puisse courir tout son soûl et faire ses petits besoins. Dieu seul sait depuis combien de temps elle n'est pas sortie. Je m'essuie les pieds et je songe à mon amie. Est-ce que je devrais appeler Léa pour la remercier de m'avoir ramenée à la maison et m'avoir permis de me défouler ? Peut-être dort-elle encore ? Je crois que je vais plutôt attendre cet après-midi avant de la joindre.

Je retourne à la cuisine et ouvre le réfrigérateur en quête de quelque chose de potable à avaler. J'opte finalement pour du lait, que je décide de boire à même le carton, étant trop paresseuse pour aller me chercher un verre dans l'armoire. Avec ce qui me reste d'alcool dans le corps, mon estomac est sûrement en train de fabriquer du Bailey's maison.

Je relaxe un instant, les épaules appuyées contre la porte du congélateur, tout en gardant la porte du réfrigérateur ouverte, histoire de me rafraîchir un peu.

J'observe Bingo qui galope dans la cour. Elle a l'air aux petits oiseaux. Elle se lance partout et se roule dans les feuilles, s'arrête soudainement en soufflant ou en éternuant, l'air toute surprise. Si je ne me retenais pas, j'irais faire l'ange dans les feuilles mouillées, histoire de faire baisser ma température corporelle. Je prends une grande respiration. Je commence à me sentir bien, détendue. Il n'y a pas à dire : même si je ne suis pas une lève-tôt de nature, j'aime beaucoup les matins. Je ferme les yeux et me laisse envahir par la fraîcheur du frigo.

Ma discussion d'hier, aussi décousue et imbibée d'alcool qu'elle ait été, s'est avérée fructueuse. J'ai enfin pu mettre en mots mes frustrations et reconnaître que j'avais le droit d'être déçue. Le droit de ne pas être contente de la vie que je mène avec Samuel, de dire que les cadeaux et l'argent, c'est bien beau, mais que je préfère encore la chaleur d'un humain. Que cela ne fait pas de moi une Aryane en puissance. Que je suis différente d'elle. Que je ne serai jamais aussi acrimonieuse.

Mais ça m'a permis aussi de plonger au fond de moi-même et de réaliser qu'au fond, j'aime réellement Samuel. Que lorsqu'il est là, je suis généralement heureuse et que je me verrais bien rester avec lui pour le restant de mes jours.

Je ne suis pas de ces personnes qui jettent l'éponge à la première difficulté. Je n'aime pas abandonner dès que ça ne va pas comme dans un roman Harlequin. Je sais que ça ne peut pas toujours être les étincelles, les petits papillons, la passion dévorante, que la routine finit par s'installer. C'est normal. Mais je dois faire comprendre à Samuel que malgré tout l'amour que je lui porte, j'en ai marre d'être constamment toute seule et de passer en second.

Oui, la soirée d'hier a vraiment été productive. Je suis bien contente d'être sortie avec Léa. Même si j'ai eu la bêtise de me soûler, ça m'a permis de méditer et de mettre les choses au clair. On dira ce qu'on voudra, mais l'alcool, ça peut avoir du bon.

J'en suis là dans mes réflexions lorsque je sens une main me saisir par la taille et une bouche se coller sur la mienne. J'ouvre les yeux brusquement et sursaute en étouffant un cri. C'est alors que je vois, à deux centimètres de mon nez... Cédric !

Mais oui, il est là, devant moi, en caleçon. Mon sang afflue d'un coup jusqu'à ma tête, j'ai des bouffées de chaleur et mon menton doit sûrement toucher le sol. Cédric ? Mais qu'est-ce qu'il fiche ici ? Je suis en plein *delirium tremens* ou quoi ? Il est vraiment là, un samedi matin, dans ma maison, en bobettes ? Problèmes à l'horizon !

Je réalise alors que je ne porte que mes sous-vêtements ! Et le fait que mes jambes ne sont pas rasées est le moindre de mes soucis. Mais c'est parce que... Cédric vient de m'embrasser SUR LA BOUCHE ! Catastrophe ! Je le repousse et referme brutalement la porte du réfrigérateur sur moi-même et me penche pour me cacher. Ce qui me fait réaliser du coup qu'un frigo, c'est franchement glacial, surtout pour le dos. Mes mollets sont appuyés contre les tiroirs à fruits et à légumes et les compartiments dans la porte me collent sur le ventre.

Mais le froid n'est rien en comparaison de mon malaise. Qu'est-ce que Capitaine Génial fait ici ? Il a dormi chez moi ? Qu'est-ce qui a bien pu se passer hier ? Il m'a embrassée, mais est-ce qu'on a fait d'autres trucs ? J'étais bel et bien habillée en me réveillant, non ? Oui, je me souviens de l'odeur que dégageaient mes vêtements. Je suis en plein vaudeville, ou quoi ? Cauchemar !

— Mais… qu'est-ce que tu fais ici ?

— Ta copine m'a appelé hier soir. Vous étiez pas mal ivres toutes les deux. Je crois qu'elle a simplement recomposé le dernier numéro de téléphone qui tu avais utilisé sur ton cellulaire.

Ah ! Tout commence à se placer, maintenant. La dernière personne que j'avais appelée avec mon iPhone était Cédric, pour contacter son collègue. Léa a probablement appuyé sur le dernier numéro composé et c'est comme ça qu'elle l'a joint.

— Et qu'est-ce qui s'est passé après ?

— Je n'ai pas très bien compris ce qu'elle racontait parce qu'elle était drôlement paf, elle aussi, mais elle m'a passé le barman qui m'a expliqué où vous étiez. Il était pas mal tard et vous étiez assez paumées, mais bon… il fallait quelqu'un pour vous ramener.

— Léa t'a laissé me reconduire ici tout seul ? Et elle, comment est-elle rentrée ?

— En fait, je vous ai ramenées ici toutes les deux. Léa a dormi avec toi une partie de la nuit. Je crois qu'elle est retournée chez elle en taxi tôt ce matin.

— Et… on n'a pas… fait des choses ?

— Pas tellement. Tu m'as embrassé plusieurs fois, mais c'est tout. J'ai dormi sur le sofa.

Merci mon Dieu ! C'est au moins ça. Mais merde quand même. Je n'arrive pas à croire que Cédric est ici, chez moi ! Et par-dessus le marché, je suis de plus en plus dévêtue chaque fois que je le vois. Mais qu'est-ce que je vais faire ? En théorie, je n'ai pas fait grand-chose de mal, mais... je ne peux pas m'empêcher de me sentir coupable. Et le fait que j'étais soûle, c'est une bonne excuse ? Je commence à grelotter.

— Mais, tu sais... on peut encore se rattraper, minaude Cédric en se rapprochant de moi. On ne s'est pas rendus jusqu'au bout à Rome, mais il n'est pas trop tard. Ton *chum* ne revient pas avant deux jours, ça nous laisse tout le temps de...

Quoi ? Je rêve ? Ou plutôt non, je cauchemarde ! Qu'est-ce qu'il me propose là ? J'ai du mal à trouver mes mots.

— Tu... Je... Non ! Non !

Cédric recule, stupéfait.

— C'est pas ce que tu voulais ? C'est pas pour ça que tu m'as appelé hier ?

— Quoi ? Mais non ! Et puis, ce n'est même pas moi qui ai appelé, c'est Léa !

— Mais tu viens régulièrement me parler au gym, alors je pensais que tu me trouvais de ton goût ! Et pourquoi as-tu accepté de travailler avec mon collègue, alors ? Je croyais que c'était pour qu'on puisse rester en contact ? Et toutes les fois où on s'est presque embrassés ? Et à Rome ? Ne me fais pas croire que tu ne voulais pas me séduire avec ta robe.

Hein ? Mais il est tombé sur la tête ! Je le trouvais mignon, mais je n'aurais jamais été jusque-là ! Il s'imagine des choses, ma parole ! Mais puis-je le blâmer ? Les situations bizarres se sont tellement multipliées entre nous. Je me sens piégée par ma naïveté.

— Mais non, Cédric, pas du tout, tu te trompes ! J'ai accepté l'offre de ton collègue parce que ça tombait bien ! Il nous donnait un bon service et nous faisait un bon prix. Ça n'avait rien à voir avec toi ! Je suis vraiment navrée de t'avoir peut-être laissé entrevoir des choses, mais je ne voulais pas aller plus loin avec toi.

Ce n'est pas tout à fait vrai, mais vaut mieux s'en tenir là. Cédric me regarde, les poings sur les hanches, une expression étonnée, voire choquée, sur le visage. Bon sang, mais nous n'étions définitivement pas sur la même longueur d'onde. Bon, d'accord, je le trouvais charmant, mais pas de là à passer à l'acte…

— Et l'hiver passé, pendant la tempête, lorsque tu as accepté que je te reconduise chez toi, ce n'était pas parce que tu voulais coucher avec moi ? Et hier ?

Bonne question. Je repense à tout ce qu'on s'est dit, à tout ce qu'on a fait ensemble, depuis des mois. Comment Cédric aurait-il pu penser autrement, à cause de mon comportement ? Pourquoi ai-je fait cela ? Cédric m'attirait, mais je ne désirais par réellement coucher avec lui, au fond. Étais-je à ce point en manque d'émotions fortes, de piment dans ma vie, d'étoiles qui brillent dans mon firmament que je me suis servie de lui pour remonter ma propre estime ?

Si c'est vrai, je me suis servie de lui d'une manière vraiment ignoble. Je n'aurais pas cru que ça pouvait mener si loin et qu'il avait peut-être des sentiments pour moi. Que j'ai été bête ! Que suis-je censée lui dire, maintenant ? Désolée d'avoir abusé de toi, Cédric ?

— Cédric, tout était fait sans arrière-pensée. J'ai simplement trouvé ça généreux de ta part de me l'offrir. Je te le jure.

Cédric éclate de rire.

— Généreux ? Je n'en reviens pas que tu sois aussi naïve ! Tu sauras que la plupart du temps, quand un gars te fait des faveurs de la sorte, c'est qu'il s'attend à une récompense en retour, ma belle…

Je commence à avoir un peu peur. Je garde un œil sur Bingo, toujours dans la cour. S'il fallait qu'il décide de s'en prendre à moi ou de m'agresser, aurais-je le temps de rejoindre la porte et de me sauver ? Ou de faire rentrer mon chien pour qu'il lui saute dessus ? Je pourrais m'échapper par la fenêtre ?

— Je ne savais pas, je te le jure. Je suis désolée que tu aies mal interprété mes agissements...

— Laisse tomber, dit sèchement Cédric en me tournant le dos. Tu as amplement profité de ma générosité et je me suis laissé embarquer dans ton petit jeu. Ça m'apprendra...

Il se dirige vers le salon, sans doute pour récupérer ses vêtements. Mais il s'arrête en chemin et se retourne.

— La prochaine fois que tu me verras au gym, évite de venir me parler. C'est compris ?

Mon petit jeu ? Alors, c'est comme ça qu'il le voit ? Comment ai-je pu être si aveugle ? Dire que tout ce temps, il a fait preuve de gentillesse seulement dans l'espoir de coucher avec moi. Ce que je prenais pour de l'altruisme n'était rien d'autre que des faveurs intéressées ! Capitaine Génial, mon œil !

Leçon de vie : me méfier quand les gens sont trop aimables. Ça cache souvent quelque chose.

— C'est pas moi qui t'ai sauté dessus, je te ferais remarquer. Et je ne compte pas le nombre de fois où tu as fait des détours pour venir m'aborder.

Bien répondu, Amélie ! La gueule de bois, ce n'est peut-être pas si mauvais après tout ! Après s'être habillé, Cédric sort, sans répliquer, en faisant claquer la porte d'entrée.

Et là, je me sens comme si j'avais trompé Samuel, même si c'est absurde. Et si, en revenant de Québec, il se doutait de quelque chose ? Après un moment, je sors de ma torpeur et je fais enfin rentrer Bingo. Je me rends à ma chambre pour me vêtir. Il faut que je parle à Laurie ce soir. Je vais accepter son invitation pour le souper. Arrgggh !...

* * *

Dans l'après-midi, j'ai parlé à Léa qui, malgré des souvenirs très embrumés par l'alcool, confirme l'histoire de Cédric. Elle l'a bel et bien appelé, sans trop savoir qui c'était, mis à part que son numéro se trouvait dans ma liste de contacts et que c'était le dernier que j'avais composé.

Cédric nous a ensuite ramenées toutes les deux chez moi et nous avons dormi dans mon lit pendant que lui « squattait » le divan. Faut qu'un gars soit en manque de sexe pour dormir sur le sofa d'une fille ivre qui préfère dormir dans son lit avec son amie, plutôt qu'avec lui ! Quoique je soupçonne Léa d'avoir insisté pour rester avec moi… Merci Léa !

Léa, pour sa part, a appelé un taxi vers six heures du matin et elle est retournée chez elle, retrouver son conjoint et son enfant. Ouf ! Je suis soulagée. Elle ne m'a pas laissée seule avec Cédric toute la nuit et rien de compromettant n'est arrivé.

Cela ne m'empêche pas de me sentir coupable. Oui, je sais, c'est bête, je n'ai pas grand-chose à me reprocher et il y a plein de gens qui font bien pire. Mais c'est plus fort que moi. Même si je n'ai pas couché avec Cédric, ce n'est pas l'envie qui manquait. Ça m'a traversé l'esprit à plusieurs reprises et, en d'autres circonstances, je ne m'en serais pas privée. Alors, est-ce si illogique de me sentir fautive ? En parler à Laurie et Félix va peut-être me permettre d'y voir plus clair…

Je vais chercher Daphnée et Maxime chez Élodie, puis j'arrive chez Laurie au moment où Rose, sa mère, se prépare à partir. Celle-ci ne lâche pas la petite Amidala-Soleil d'un centimètre et lui frotte les joues et le menton en lui parlant dans un langage incompréhensible. Franchement, elle parle à la petite comme si celle-ci était débile. Ce n'est pas parce qu'on prend une voix d'attardé et qu'on fait des grimaces stupides que la petite comprendra davantage. Pourquoi certaines personnes doivent-elles avoir le QI réduit de moitié quand elles s'adressent à des enfants ?

En revanche, je dois dire que dans sa petite robe rose bonbon, ornée de flaflas – un brin quétaine, mais c'est pas grave –, Amidala-Soleil ressemble à un gâteau à la crème. Sûrement un cadeau de Rose, cette tenue. La fillette est absolument mignonne. Si je n'avais pas peur qu'elle me peinture avec ses doigts barbouillés, j'en prendrais bien une croquée.

Rose se décide enfin à partir et je peux parler avec Laurie et Félix du cas Cédric. Pendant ce temps, Amidala-Soleil, Maxime et Daphnée s'amusent avec une maison de poupées.

— Comment vont tes parents ? demande Laurie. Où sont-ils ?

— Ils quittent le Maroc dans quelques jours et s'en vont en Égypte. Dis, tu crois qu'on peut se permettre de parler de sujets aussi... adultes devant les enfants ? Ta petite ne risquera pas d'être traumatisée ?

Comme pour me répondre, Amidala-Soleil lance la cuillère et le bol de son faux ensemble à thé – un autre présent de la grand-maman – sur le sol avec grand fracas. Ensuite, elle éclate de rire.

— Mais non, t'en fais pas avec ça, me rassure Laurie. Ami-Sol a deux ans et demi, elle est un peu jeune pour comprendre nos conversations.

Ami-Sol ? Elle l'appelle Ami-Sol, maintenant ? Intéressant, comme surnom. Ça valait bien la peine de lui donner un nom si long pour le raccourcir après. Ça a le mérite d'être original, en tout cas. Laurie et Félix ne font jamais rien comme tout le monde.

— Discuter avec elle, c'est comme parler avec un perroquet, poursuit Laurie.

— C'est gentil pour ta fille.

D'un autre côté, c'est vrai qu'avoir des conversations « adultes » avec des bambins, c'est un peu comme expliquer la théorie de la relativité à un hamster.

— Tu sais bien que je l'adore, alors ne me fais pas ces yeux-là.

Elle sert ensuite le repas. Nous commençons à manger. Les trois petits sont installés à une table achetée par Laurie et adaptée aux enfants.

— Allons droit au but. Qu'est-ce que je fais ? Est-ce que je raconte à Samuel ce qui s'est passé ?

— Surtout pas ! répond Laurie.

— Mais oui ! rétorque Félix. Il faut qu'elle le dise !

Bon, les avis divergent déjà. Ça commence bien. Je vais avoir du mal à me faire une idée.

— Si tu fais ça, Samuel pourrait mal réagir, argue Laurie.

— Ben voyons ! lance Flix. De quel droit peux-tu affirmer ça ?

— C'est l'évidence même, franchement ! Vous, les gars, vous êtes tous pareils ! Votre précieux ego passe avant tout ! Si Samuel apprend qu'un homme a dormi dans sa maison pendant qu'il était parti et qu'en plus, il s'est essayé avec Amélie, il va péter une crise de jalousie !

— Je ne veux pas paraître dur, reprend Félix, mais sachant qu'Amélie avait l'œil sur ce gars depuis longtemps et qu'il l'a aidée juste pour coucher avec elle, ce serait justifié.

Bon, Flix aussi était déjà au courant de mon faible pour Cédric. Qui n'est pas au courant sur la planète ? Le pape ?

— Cependant, ajoute-t-il, je pense que la plupart des gars seraient capables de passer par-dessus ça.

— Non, la plupart des gars n'en seraient pas capables !

Hum !... Plus ça va, moins je me sens impliquée dans la conversation. Est-ce bien de moi qu'on parle ou Laurie et Félix sont-ils en train de s'envoyer des messages subtils ?

— Crois-moi, jette Laurie en se tournant vers moi, ce serait un affront à sa virilité. Il va mal le prendre. Les gars te font croire qu'ils sont ouverts d'esprit et tout ça, mais au fond, ils ont une fierté qu'ils imaginent intouchable. Quand un homme te dit : « Ouais ! il a l'air super, ton nouveau collègue », ce qu'il veut vraiment dire, c'est : « Si jamais tu m'en parles encore, je lui passe dessus avec mon auto. »

Et voilà un cours sur la communication masculine, maintenant. Laurie m'étonne. Je ne pensais pas qu'elle pouvait s'y connaître en psychologie mâle. Je m'imaginais plutôt qu'elle prônait la castration chimique obligatoire et l'utilisation des hommes comme machines reproductrices en cas de besoin.

— D'un autre côté, ça pourrait être bon de tout lui avouer, corrige-t-elle. Jean Dutourd a dit : « Le premier effet de la jalousie est de rendre fidèle l'homme qui en est atteint. »

— Quoi ? Tu voudrais que j'utilise ça pour fidéliser Samuel ? Ça n'a pas de sens !

— Je suis d'accord, c'est dégueulasse ! explose Félix.

Sur ce, Amidala-Soleil se met à pleurer en hoquetant.

— Ne crie pas comme ça ! se fâche Laurie. Tu énerves la petite !

— Mais oui, bien sûr, c'est nécessairement ma faute... marmonne Flix en levant les yeux au plafond.

Je jette un œil à Maxime et Daphnée, qui sont restés impassibles devant la scène. C'est vrai qu'après avoir subi 3 000 décibels de scie sauteuse et de perceuse pendant des semaines et après avoir vu Antoine nu avec ses amants, il n'y a plus que la Méchante Sorcière de l'Ouest qui pourrait les traumatiser.

— Moi, reprend Laurie, je citerai Alfred Capus : « Les hommes jaloux agacent les femmes, mais les hommes qui ne sont pas jaloux les exaspèrent. »

— Beurk ! C'est rétrograde, répliqué-je.

— À ta place, j'écouterais ma conscience, conseille Félix. Si c'est trop dur pour toi, dis-lui.

— Pfff ! De nos jours, plus personne n'a de conscience, rétorque Laurie. La conscience, c'est dépassé.

À croire Laurie, parfois, TOUT est dépassé.

— Mais ce serait pour moi que je le ferais, dans ce cas. Et si ça le faisait souffrir, d'apprendre ça ? Ce serait égoïste de ma part de lui transférer ce fardeau sur les épaules. Et là, ma conscience en prendrait un coup.

En plus, ce serait à moi d'avoir -90 dans mon karma et de me réincarner en banane…

— Tu connais Samuel mieux que nous, avance Laurie. Tu es la mieux placée pour savoir comment il risque de réagir. Et puis, il n'a pas l'air jaloux.

— Ah oui ? Et s'il réagissait mal et me laissait ? As-tu songé à ça ?

Cette possibilité me fait frissonner. Rien que d'y penser, ça me donne comme un coup de poing dans l'estomac et j'ai des palpitations. L'idée que Samuel puisse me quitter m'est insupportable. C'est vrai, les deux dernières années n'ont pas été des plus belles et je lui en veux encore d'être si souvent absent. Mais passer ma vie sans lui à mes côtés m'apparaît insoutenable. À bien y songer, je ne suis pas du tout certaine de vouloir courir ce risque.

Le pire, c'est qu'il y a des moments où j'ai l'impression de ne pas le connaître. Samuel désire-t-il aller plus loin qu'être simplement un membre d'un couple qui ne se voit jamais ? Notre relation le satisfait-il telle qu'elle est présentement ?

Mais j'ai d'autres chats à fouetter. Par exemple : et si Cédric avouait tout à Samuel pour se venger ?

* * *

Je n'ai rien dit à propos de Cédric lorsque Samuel est revenu de Québec. J'ai encore trop peur de sa réaction. J'ai donc enfoui cette histoire bien loin dans ma tête, aussi profondément que je pouvais dans mon subconscient, et j'ai fait semblant de rien. J'ai joué à la belle et gentille copine parfaite qui n'a absolument rien à se reprocher.

Je n'ai pas dit un mot non plus sur mes frustrations face au travail de Samuel. Étant donné ce qui s'est passé avec Cédric, je ne m'en sentais tout simplement pas le droit. Comment pourrais-je lui reprocher de ne pas être là, alors que je regarde ailleurs ? Alors qu'un autre homme a dormi chez nous, qu'il voulait coucher avec moi et qu'il m'a vue en tenue « trop » légère dans ma cuisine ? Alors, je me suis tue.

* * *

Fin septembre. Enfin une bonne nouvelle ! La DPJ nous a annoncé qu'après huit mois d'enquête, ils ferment définitivement le dossier, n'ayant aucune preuve ni de maltraitance, ni de négligence, ni de consommation de drogue. Je suis soulagée.

La prochaine tuile peut tomber. Je suis prête à encaisser.

22

La lumière au bout du tunnel?

(Octobre)

Chacun de nous porte un fou sous son manteau,
mais certains le dissimulent mieux que d'autres.

Proverbe suédois

Début octobre. Il commence à faire vraiment frais dehors et le soleil se couche de plus en plus tôt. Mais les squelettes fluo, les citrouilles au visage grimaçant, les fausses toiles d'araignées en mousse, les tombes en carton-pâte, les cadavres de plastique décapités et les sacs de bonbons dans les magasins égayent nos journées.

Ça faisait un bout de temps que je n'avais vu madame Rochefort. Elle s'était contentée de m'envoyer, de temps à autre, quelques vêtements pour Maxime et Daphnée par sa domestique thaïlandaise, Jing, qui parle toujours si peu français.

Cette fois, madame Rochefort m'a dit qu'elle avait des costumes d'Halloween à me donner, qui doivent coûter autant que ma garde-robe entière, j'en suis sûre. Jing ne pouvant venir, elle m'a demandé d'aller les chercher chez elle, pendant qu'elle et son mari passeraient la semaine à Vichy, en France, à se prélasser dans des spas avec Super pouffiasse et la Reine du gâteau. Sans les enfants, qui se font gentiment garder dans leur super château, bien sûr.

Je passe chez madame Rochefort après le souper, pendant que Samuel s'occupe de donner le bain à Maxime et Daphnée, qui sont de vraies tornades quand ils s'y mettent. Mon *chum* aura besoin d'un imperméable pour rester au sec et aura sûrement l'air de s'être battu avec un troll quand je le retrouverai. S'il ressort vivant de l'aventure, bien sûr. En ce moment, Maxime et Daphnée ont une phase plutôt active et intensivement *« terrible two »*.

Quand ils ne hurlent pas « noooooon ! » à tout ce qu'on propose, ils changent d'idées aux deux secondes, refusent de manger autre chose que des pâtes étoilées ou des croquettes de poulet en forme de dinosaure, pleurent pour rien, grimpent sur les meubles et ôtent leur couche dix fois par jour. Ils peuvent mordre comme des bouledogues quasiment jusqu'à ce qu'il faille les décrocher de force avec un bâton. On est sur le point de s'acheter les habits de protection utilisés par les dresseurs de chiens d'attaque et de se faire greffer des bouchons d'oreilles permanents. C'est à se demander si ce n'est pas la Direction de la protection des parents qu'il faudrait appeler.

Enfin, je préfère ne pas ramener les enfants chez les Rochefort. Il y a toujours eu quelque chose de vaguement malsain en ces lieux et je veux les garder à distance.

Jing m'ouvre la porte, prête à me donner les déguisements qui sont dans un sac Louis Vuitton. Mais quand je vois l'allure de la servante, je suis stupéfiée. Elle a les yeux rouges, bouffis et cernés, elle tousse et crache comme une cheminée, elle est en sueur, amaigrie, fiévreuse et elle tremble comme une feuille. Pas besoin d'être médecin pour voir qu'elle est très malade.

— Mon Dieu ! Mais ça ne va pas, Jing ?

— Prenez costumes, baragouine-t-elle. Merci, au revoir.

Elle me lance presque le sac et s'apprête à me fermer la porte au nez. Mais je ne suis pas née de la dernière pluie. Il y a quelque chose qui ne tourne pas rond. Immédiatement, je bloque le battant avec mon pied.

— Jing, êtes-vous seule ? Vous devriez voir un médecin.

— Non, non. Pas seule. Pas besoin médecin. Au revoir, merci.

Je ne me laisse pas impressionner et pousse la porte, ce qui n'est pas très difficile, car Jing est très affaiblie. Je suis terriblement fâchée contre madame Rochefort. Comment peut-elle l'avoir abandonnée dans cet état ?

— Jing, vous devez aller à la clinique ou à l'hôpital. Vous avez sûrement une bronchite ou une pneumonie. Il y a une autre domestique ici, d'habitude. Où est-elle ? Elle peut sûrement garder un œil sur la maison pendant votre absence.

— Chez elle.

— Allez vous habiller, je vous emmène à l'hôpital.

— Non, pas médecin, répond Jing en secouant la tête.

— Jing, ne m'obligez pas à vous forcer. Je ne partirai pas tant que vous n'aurez pas accepté de voir un professionnel.

La jeune femme hésite. Elle voit bien que je ne blague pas. C'est absurde qu'elle reste dans cette condition. Elle pourrait attraper son coup de mort, comme on dit. Elle me fait entrer dans le hall.

— Attendre ici, dit-elle.

Elle se dirige vers la porte menant au sous-sol. Je suppose qu'elle va rejoindre quelqu'un – je ne sais pas qui – pour lui demander de surveiller la résidence et les enfants qui sont couchés.

J'attends une minute. Puis deux, trois, cinq minutes... Toujours pas de Jing. Est-elle tombée inconsciente, étouffée dans ses sécrétions et gisant dans l'escalier ? Je décide de partir à sa recherche.

— Jing ? Ça va ? Où êtes-vous ?

Quand j'arrive au sous-sol, j'entends du bruit et des voix derrière une porte. Il y a quelqu'un avec elle. Je pousse le battant et là... je suis sidérée.

Dans un local grand comme ma salle de bain – vraisemblablement la salle de fournaise – s'entassent six personnes dans des conditions absolument misérables. Il y a deux vieilles femmes, un homme âgé, un jeune garçon d'âge scolaire et une petite fille du même âge que mes propres enfants. Mais qu'est-ce qu'ils font là ?

Une des vieilles dames commence à m'invectiver dans un dialecte incompréhensible en faisant de grands gestes.

— Non, non ! Pas vous ! crie Jing en me voyant. Partez !

— Jing, qui sont ces gens ? Votre famille ?

— Chut, chut ! Dites rien, s'il vous plaît !

La pauvre fille semble complètement catastrophée. Elle vient pour me repousser, mais est prise d'une nouvelle quinte de toux et se met à cracher du sang.

— Jing, c'est inhumain ! Madame Rochefort vous oblige tous à vivre là ? C'est horrible !

Et moi qui croyais qu'Audrey m'humiliait au travail. C'est de la petite bière en comparaison.

— Dites rien, s'il vous plaît ! Pas être déportée !

Déportée ? Madame Rochefort l'a menacée ? Jing a-t-elle seulement sa citoyenneté ? Mais quelle boîte de Pandore ai-je ouverte ? J'hésite. Jing est vraiment malade, elle ne peut rester dans cet état. Et sa famille ne peut vivre dans ces conditions. Mais je vois bien que tous sont terrorisés et déterminés à me faire sortir d'ici au plus vite, pour garder tout ça secret. Et je ne voudrais pas qu'ils soient renvoyés dans leur pays non plus.

Je sais ce qu'il me reste à faire, même si ça ne me plaît pas trop.

* * *

Arrivée à la maison, j'ai immédiatement appelé l'ambulance pour que Jing soit emmenée à l'hôpital au plus vite. Par chance, les services d'urgences n'ont pas traîné et Jing n'a pas résisté lorsque les ambulanciers se sont pointés à la porte. Au même moment, je me suis renseignée auprès d'Immigration-Québec. Si madame Rochefort garde Jing et sa famille illégalement dans son sous-sol, elle doit être dénoncée.

Immigration-Québec m'a assurée que Jing et les membres de sa famille ne seraient pas déportés s'ils étaient rapportés. Pas immédiatement, en tout cas. Instantanément, j'ai été référée à une avocate de l'Association des aides familiales du Québec spécialisée dans les cas d'abus de ce genre. Elle a tout pris en main et a réussi à porter plainte contre madame Rochefort et son époux, qui ont été arrêtés dès leur retour.

J'ai alors appris que Jing avait été recrutée par l'intermédiaire du programme gouvernemental des aides familiales résidantes et qu'elle travaillait dix-huit heures par jour, sept jours par semaine ! Qu'elle et sa famille – c'est-à-dire, ses parents, sa tante, son petit frère et sa fille – vivaient dans le sous-sol depuis plus d'un an et demi, sans jamais sortir de la maison – sauf Jing, qui faisait tout –, que les Rochefort leur avaient enlevé leurs passeports et les menaçaient de les renvoyer dans leur pays si Jing ne complétait pas le programme de deux ans chez eux. Inutile d'ajouter qu'ils leur avaient bien fait comprendre de se taire s'ils ne voulaient pas être expulsés.

Du véritable esclavage ! Incroyable que cela se passe encore ici. Les Rochefort subiront un procès pour traite et trafic de personnes et exploitation.

Jing et les membres de sa famille ont pu récupérer leurs passeports et faire une première demande de résidence permanente, avec l'aide de l'Association des aides familiales du Québec, qui a pris leur dossier en main.

Mais j'ai décidé de ne pas m'arrêter là. J'étais trop en colère et dégoûtée par les Rochefort, qui vivaient dans un manoir de luxe, se payaient des voyages en France et conduisaient des Mercedes-Benz, mais n'étaient même pas foutus de fournir un logement décent à cette pauvre famille. J'ai appelé Alex Dumont, le même journaliste auprès de qui j'avais dénoncé la compagnie Carbu-drinks et leur boisson Vectorade, trois ans plus tôt, et qui m'avait interviewée à la télévision. Ce dernier était d'ailleurs fort heureux de pouvoir se mettre un sujet croustillant sous la main, encore une fois.

Lorsque la nouvelle est également sortie dans le journal local – que j'avais aussi joint –, les réactions du voisinage ont été un peu mitigées – bien que la très grande majorité des gens se soient réjouis de ce résultat. Pour ceux qui profitaient des « largesses » de madame Rochefort, je suis devenue la bête noire du quartier.

Le sous-sol d'église où j'avais magasiné pendant un an et où elle faisait du bénévolat et des dons m'a clairement fait comprendre de ne plus y remettre les pieds et m'a déclarée *persona non grata*. Pfff ! m'en fiche, car je n'ai plus besoin d'y aller ! Mais pour les autres, qui détestaient les Rochefort pour leur mépris clairement affiché, je suis presque devenue une héroïne.

— Wow ! Je suis vraiment fier de toi, m'a complimentée Samuel. Tu as bien fait, je t'admire. Je ne pense pas que j'aurais eu la force de caractère pour la dénoncer.

Une bonne chose de faite ! Voyons comment cela évoluera.

* * *

Deuxième semaine d'octobre. Je reviens d'un nouveau centre sportif où je me suis inscrite. Après mes dernières mésaventures avec Cédric et les chorégraphies pas trop gracieuses que j'avais mises au point au gym pour tenter de l'éviter, j'ai décidé de couper complètement les ponts avec lui. Je préfère ne plus jamais le revoir. Samuel ne sait toujours rien à son propos et je ne sais pas si je vais tout lui révéler un jour.

Alors que j'arrive à la maison, Samuel m'attend dans la cuisine, une tasse de café à la main. Je me demande encore comment il parvient à dormir en prenant de la caféine aussi tard. Je vois à son regard qu'une conversation sérieuse s'en vient. Pendant un court moment, j'ai un peu peur, mais en voyant son sourire des beaux jours, je me rends compte qu'il s'agit probablement de quelque chose de positif.

— Assieds-toi, me dit-il en tapotant une chaise. J'ai à te parler.

Malgré son sourire et l'impression qu'il s'apprête à m'annoncer une bonne nouvelle, je me sens nerveuse. Allons, on est dus pour que des bonnes choses nous arrivent, après tout ce qu'on a vécu, ces derniers temps, non ? Et je suppose qu'il ne veut pas m'entretenir du vernis mauve barbouillé sur ses ongles, chef-d'œuvre de ma fille, sûrement.

— Amélie, je viens de réaliser, à la lumière de ce qui s'est passé la semaine dernière avec Jing, que j'ai commis une grave erreur. Je vais faire quelque chose que j'aurais dû faire il y a très longtemps. Et je m'excuse de ne pas l'avoir fait plus tôt. Si je t'avais écoutée, tu serais au courant de toute la vérité depuis longtemps. Je voulais te protéger, mais j'avais oublié à quel point tu es une femme forte et pleine de ressources.

— Je t'écoute.

— Shada ne m'a pas encore permis de te raconter toute son histoire, car elle a trop peur de ta réaction, mais je pense que tu as le droit de savoir ce qu'il en est.

Shada ? Vais-je enfin savoir qui elle est réellement et quels sont les mystères, les secrets qui planent autour d'elle ?

— Vas-y, là ! Arrête de faire durer le suspense et parle !

— Eh bien, pour commencer, il faut que tu saches une chose importante : Shada est lesbienne.

Quoi ? Sérieusement ? Je reste bouche bée. Cette grande jeune femme incroyablement *sexy* et féminine, toujours vêtue comme un mannequin, est lesbienne ? Je ne pense pas avoir de préjugés, mais j'avoue qu'elle ne correspond pas du tout à l'image que je me fais d'une homosexuelle. Après Antoine qui est bi, voilà que Shada est gaie. Est-ce que les hétéros *straight* forment une espèce en voie de disparition ? Bientôt, on nous trouvera dans les musées avec les hommes de Cro-Magnon. Voilà donc pourquoi Samuel disait qu'il n'y aurait jamais rien entre elle et lui, que c'était tout simplement impossible. C'est déjà un peu plus rassurant.

— Mais alors, la photo où Shada te serre dans ses bras, c'est quoi, au juste ?

— Shada était venue me voir, quelques mois plus tôt, pour me faire signer des papiers pour l'aider avec l'immigration. Elle ne connaissait presque personne ici, alors elle me l'a demandé. Elle voulait faire venir sa copine du Yémen au Canada pour que toutes deux vivent leur amour en paix et puissent se marier. C'est pour ça que je l'ai vue plusieurs fois pendant le jour et que je ne pouvais te le dire. Et quand j'ai réussi à l'aider avec les procédures et que sa copine a obtenu l'autorisation de venir ici, elle m'en en était extrêmement reconnaissante et m'a sauté dessus pour m'embrasser. Mais ce n'était rien d'autre.

Bon sang, quand je pense qu'à cause de l'indiscrétion de madame Rochefort, j'ai failli provoquer l'éclatement de notre couple. Au moins, cette fois, je n'ai pas agi sur un coup de tête. Bien pensé, Amélie.

— Alors, c'est tout ça qu'elle ne voulait pas que je sache ? Et toi ? Tu savais depuis longtemps ?

— Oui, j'étais au courant depuis le début, car le collègue qui me l'avait référée m'en avait informé. J'ai dit à Shada que je n'avais strictement aucun problème avec ça. Mais elle préférait que le moins de personnes possible soient au courant et m'avait demandé de garder le secret. Même à toi, je ne pouvais rien dire.

— Pourquoi ? Voyons, tu sais bien que je ne suis aucunement dérangée par ça.

— Je sais. Mais Shada avait vraiment très peur. Elle m'a fait jurer de garder le secret. Elle avait l'impression depuis le début que tu ne l'aimais pas et que tu la congédierais si tu apprenais qu'elle était lesbienne.

Je ne l'aimais effectivement pas, mais pas pour les raisons que Shada croyait. Quand on soupçonne une femme d'être la maîtresse de son homme, on ne la porte pas dans son cœur. Pourtant, je n'aurais pas pu être plus dans l'erreur. Si j'avais été au courant à ce moment-là, tout aurait été différent.

— Comment pouvait-elle avoir peur à ce point ? m'enquiers-je. On est au Québec, ici. On est pratiquement passé par-dessus ce genre de préjugés, non ? Et tu me connais mieux que ça. Tu sais bien que ça ne m'aurait pas contrariée.

— Je sais. Mais avec le reste de l'histoire, tu vas peut-être comprendre un peu mieux les raisons de Shada.

Parce qu'il y a autre chose ? Mais quoi encore ?

— Il faut que tu saches qu'au Yémen, être homosexuel est non seulement illégal, mais aussi passible de la peine de mort, explique Samuel.

De la peine de mort ? Merde, je sais que certains pays n'ont pas beaucoup évolué sur cette question, mais je n'aurais jamais imaginé quelque chose d'aussi pire. On est au XXIe siècle, pourtant !

— C'est pourquoi Shada a fui son pays, poursuit-il. Elle voulait se marier avec sa copine, ici, et vivre tranquille. Mais ce n'est pas tout. Certains membres de sa famille habitent également au Canada, et ils n'acceptent pas son orientation sexuelle.

On se croirait au Moyen Âge. Comme si l'orientation sexuelle de Shada concernait les siens. Mais bon, je sais que certains considèrent l'honneur des membres de leur clan comme étant le leur, alors ce qui est perçu comme une perversion s'avère pour eux une tache honteuse à nettoyer.

— Il y a dix mois, quand tu es arrivée à la maison et qu'elle pleurait sur mon épaule, ce n'était pas parce qu'elle avait perdu son grand-père, mais plutôt parce qu'elle avait reçu des menaces de mort d'un cousin. Elle était complètement terrifiée.

Et moi qui ne pensais qu'à la foutre dehors ou à lui dire de se faire consoler ailleurs. Je me sens vraiment odieuse. Elle a dû vivre des moments terribles. Pas étonnant que Samuel tenait à la reconduire chez elle. Moi non plus, je ne l'aurais pas laissée seule dans ces circonstances. Et il ne m'a rien dit !

— Un mois plus tard, quand sa voiture a brisé, c'est à cause de ça que tu as décidé de toujours la reconduire chez elle, n'est-ce pas ?

— Exact. D'autant plus que l'on a découvert que ses freins avaient été sabotés. L'œuvre de sa famille, encore, sans doute.

— Et quand son chat est mort ? Que tu es parti à toute vitesse chez elle ?

— Son chat était bel et bien mort, mais... pas de causes naturelles. Elle l'a retrouvé pendu et éventré sur la galerie, derrière chez elle. Je l'ai poussée à porter plainte auprès de la police. C'est presque certain que c'était le même cousin qui l'avait menacée qui avait tué son chat, dans le but de l'intimider, sans doute. Tu sais, elle a été ostracisée dans son pays et elle est restée très craintive. Elle tenait donc à ce que le moins de monde possible soit au courant de sa situation.

Mais quelle horreur ! Dire qu'elle avait quitté son pays pour avoir une vie tranquille ici, pour vivre en paix avec l'amour de sa vie, et que les drames la poursuivaient ! Shada devait vraiment être terrorisée. Comment pourrais-je encore lui en vouloir, après tout ce qu'elle a vécu ? Mes petits problèmes quotidiens me paraissent bien ridicules, aujourd'hui.

Et de toute évidence, Samuel ne m'a jamais été infidèle. Qui plus est, il a même agi comme un gentleman. Je suis très fière de lui. Les paroles d'Aryane, quand elle affirmait que Samuel était incapable de laisser une femme en détresse, prennent un tout autre sens. Ce qu'elle voulait vraiment dire, c'est qu'il a un esprit noble et tient à protéger ceux qu'il aime – même si sa méthode laisse parfois à désirer.

Mais une petite question demeure.

— Samuel, tu m'as avoué que Shada ne veut toujours pas que je sois au courant de ses affaires. Alors, qu'est-ce qui t'a décidé à tout me raconter ?

— Avec ce qui s'est passé la semaine dernière avec Jing, j'ai compris que je m'étais trompé. Je n'aurais jamais dû écouter Shada, j'aurais dû suivre mon instinct. Je savais que tu étais très ouverte. Mais j'avais oublié à quel point tu es généreuse et toujours prête à aider les gens. C'est ce que j'ai toujours admiré chez toi, tu sais : ton altruisme et tes égards pour les autres. Quand j'ai vu comment tu as aidé Jing, j'ai songé que tu pouvais certainement faire de même avec Shada. Encore une fois, je m'excuse de ne pas t'avoir dit toute la vérité dès le départ. Ça aurait évité bien des problèmes et des malentendus.

Wow ! C'est vraiment de moi qu'il parle ? Je me sens comme Angelina Jolie sur le point d'adopter quelques petits Philippins pour les sauver de la pauvreté et de la mort.

— Et la copine de Shada ? Qu'en est-il ?

— Elle s'appelle Ines Alasbahi. Elle doit arriver à Montréal dans deux semaines. Shada et elle aimeraient se marier l'été prochain.

— Eh bien, il faudra les aider pour la planification. Je commence à en connaître un brin là-dessus. Est-ce que Shada aime les lys blancs ?

* * *

Quelques jours plus tard, j'ai parlé à Shada. Je lui ai dit que Samuel m'avait tout avoué. Je lui ai confirmé que non seulement je n'étais absolument pas choquée ni dégoûtée par le fait qu'elle soit homosexuelle, mais j'ai ajouté que si elle avait besoin de quoi que ce soit, elle pouvait compter sur moi. Elle ne devait pas hésiter à me demander de l'aide. Shada a paru vraiment soulagée.

Voilà une autre bonne chose de faite !

* * *

Mi-octobre. On dit qu'un malheur n'arrive jamais seul, et les dernières années l'ont bien démontré, par ailleurs. Mais on a tendance à oublier que, souvent, un bonheur n'arrive jamais seul non plus.

Charlène m'a appelée ce matin pour me proposer d'aller dîner avec elle ce midi. Rien qu'au ton de sa voix, j'ai senti que quelque chose d'inhabituel se tramait. Je pressens qu'elle prépare un gros coup. Mais quoi ?

J'arrive au restaurant Laurie Raphaël, où elle m'attend. Ouf ! c'est qu'elle ne mange pas au Burger King, elle ! Dès mon arrivée, je me sens très mal habillée et complexée. Si j'avais su d'avance que je viendrais dîner ici, je me serais précipitée sur mes vêtements achetés en Italie.

Charlène est nerveuse, ça se voit. Mais comme je la connais, elle n'entrera pas dans le vif du sujet avant d'avoir au moins englouti un Grissol, une baguette de pain ou avalé une bonne coupe de chablis. Sa devise : ne jamais rien faire l'estomac vide.

— Bon, tu dois te demander pourquoi je voulais te rencontrer, ma chère Amélie, me lance-t-elle.

Et comment ! Mais je n'ose pas montrer mon impatience.

— Eh bien, je ne passerai pas par quatre chemins, cette fois… poursuit-elle.

Comme si elle l'avait déjà fait ! Toujours directe ! Une autre de ses devises.

— Amélie, j'adore le métier de designer, mais je pense que ce n'est pas assez pour moi. J'ai besoin de plus. Je veux lancer mon propre magazine.

Wo ! J'avoue que je ne m'attendais pas à ça. Sa propre revue ? Je n'en reviens pas ! C'est un pas énorme ! C'est un peu comme si elle traversait la clôture ! Elle étend vraiment son empire partout. Et même si elle ne connaît pas tant de choses que ça à la *job* de rédactrice, je parie qu'elle a de nombreux contacts prêts à l'aider.

— Amélie, tu es dans le milieu depuis très longtemps, tu es une experte en la matière et je te fais entièrement confiance. J'ai vu de quoi tu es capable. J'aimerais bien que tu sois ma rédactrice en chef. Je prévois sortir le premier numéro en janvier prochain. Dans trois mois, donc.

Dans trois mois ! Ouille ! Même en ayant une machine parfaitement huilée – comme chez *Féminine.com* –, c'est du sport de produire un numéro dans de tels délais ! Mais là, produire une nouvelle revue, à partir de rien, dans un laps de temps aussi court ? Aïe, aïe, aïe !

— Je sais bien que c'est casse-gueule, surtout si rapidement, dit Charlène, devinant sûrement ce qui se passe dans ma tête. Mais cela fait déjà des mois que mon équipe et moi travaillons là-dessus. La grille graphique est presque prête, nous avons établi une liste de sujets et de chroniqueurs. J'avais commencé le travail de rédaction, mais j'ai besoin d'une vraie pro. De plus, vu que je suis déjà engagée dans le milieu de la mode, il vaut mieux que mon implication dans cette revue soit discrète ; sinon, ça pourrait passer pour un conflit d'intérêts. Ça prend quelqu'un pour donner une direction au magazine, donner une cohésion au contenu. Je veux une personne qui peut diriger des gens de manière à la fois autoritaire et aimable, qui a un sens aigu des tendances, mais qui est aussi sensible aux mouvements sociaux, qui est à l'écoute. Et cette personne, c'est toi.

Je suis bouche bée. Ben dis donc… c'est le temps des compliments. Après toutes les humiliations subies ces derniers temps, ça fait du bien. Mais j'ai une petite hésitation. Ça fait longtemps que je suis chez *Féminine.com*. Et si mes patrons étaient frustrés de me voir partir et me mettaient des bâtons dans les roues ? Après tout, qu'est-ce qui me dit que le magazine de Charlène fonctionnera ? Et si je me retrouvais sans travail ?

— J'augmenterais ton salaire actuel de 30 %. Tu aurais des horaires souples, en fonction des heures d'ouverture de la garderie de tes enfants, par exemple, et tu pourrais faire du télétravail régulièrement. Et vu que je dois rester effacée dans cette entreprise, je te laisserais une presque entière latitude. C'est toi qui déciderais de l'essentiel de la direction et du contenu. Je t'ai vue à l'œuvre : tu es à l'affût, tu oses, tu prends les devants. J'aime ça. Alors ?

Alors ? Pourquoi j'hésite ? Tope là !

* * *

Bien que j'aie proposé à la direction de *Féminine.com* de rester deux semaines afin de l'aider à trouver une remplaçante à la suite de ma démission, les administrateurs ont refusé et m'ont renvoyée sur-le-champ. Je m'y attendais. Question de sécurité, il ne faudrait pas que j'aie le temps de copier des informations cruciales et de les apporter chez un concurrent.

Lorsque Justin, en privé, m'a demandé ce qui m'avait motivée à partir et s'il y avait quelque chose à faire pour me retenir, j'avais déjà tout préparé. Ma lettre recensait toutes les humiliations qu'Audrey m'avait fait subir et les tâches ingrates – et injustifiées – auxquelles elle m'avait reléguée : l'éditorial demandé et supprimé par elle, les crises à propos des congés de maladie, l'affaire du cannabis, ses sorties au ski, chez le coiffeur et l'esthéticienne – alors qu'elle prétendait faire du télétravail et était grassement payée pendant ce temps –, le café que je devais aller lui chercher en pleine tempête au bistrot du coin, le temps utilisé sur le dos de la compagnie pendant lequel elle faisait ses comptes personnels, ses dépenses privées passées sur le compte du magazine, son agenda à tenir – un avantage, finalement –, car c'est ainsi que j'ai découvert ses combines. Tout était là.

J'ai suggéré à Justin de lire attentivement cette lettre et de la montrer aux membres du CA qui, je le sais, se réunissent dans un mois. Il pourrait y avoir quelques bons motifs de renvoi. Comme dirait George Thorogood : *« I'm bad to the bone. »*

Je suis donc partie le cœur léger.

J'ai déjà quelques idées de sujets, en plus des tendances mode de la prochaine année, qui pourraient intéresser nos lectrices. Des sujets brûlants d'actualité, tels que l'homosexualité, la bisexualité, la transsexualité et aussi dénoncer les injustices qui se poursuivent dans le monde contre les homosexuels et même contre les immigrants d'ici. Pourquoi pas ?

Ce jour-là, en embarquant dans mon auto pour retourner à la maison, j'ai mis *Born this Way* à fond la caisse et j'ai chanté à tue-tête comme Lady Gaga, même si j'ai encore la voix d'un canard enrhumé. Je me sentais trop bien pour être complexée. *Yes* !

Une nouvelle vie commence.

> *« I'm beautiful in my way, 'cause God makes no mistakes. I'm on the right track baby, I was born this waaaaaaay ! Don't hide yourself in regret, just love yourself and you're set. I'm on the right track, baby. I was born this waaaaaaay ! »*

* * *

Troisième semaine d'octobre. Après deux mois et demi de mûres réflexions – en arrière-plan de tout le reste –, j'ai décidé de parler à Antoine et de le forcer à avouer ses infidélités à Marianne. Mais je ne sais pas trop comment faire.

À la lumière des dernières révélations survenues dans ma vie, je me suis dit qu'il était injuste que Marianne ne sache pas toute la vérité et que ce ne serait pas correct qu'elle se marie sans savoir dans quoi elle s'embarque réellement.

— Antoine, je sais que tu n'en as pas envie, mais je crois que si tu aimes vraiment Marianne, tu lui diras tout, tu seras franc avec elle. Et puis, as-tu pensé à ce qui se passerait si Marianne apprenait plus tard que tu l'as trompée ? Elle pourrait se sentir plus humiliée encore et sa réaction pourrait être pire.

— Écoute, Amélie, c'est vrai que je n'ai rien dit de mes dernières infidélités, car ça me fait un peu peur. Je ne veux pas perdre Marianne. Mais je te ferais remarquer que toi-même, tu n'as pas parlé à Samuel de Cédric, n'est-ce pas ? Après tout, celui-ci a couché dans ta maison et il a essayé de t'embrasser. Tu as peur de sa réaction, non ? Alors, tu devrais me comprendre.

Boum ! Antoine a raison. Ce que j'ai fait est bien moins pire, en quelque sorte. Et pourtant, je suis terrorisée à l'idée que Samuel prenne mal cette intrusion de Cédric dans ma vie – et sa grande proximité – et me laisse. Mais… comment Antoine est-il au courant de ça ? Laurie a sûrement jacassé ! Elle, il faudra que je lui parle, un de ces jours.

— Mais Marianne est déjà très ouverte d'esprit, non ? Elle sait que tu es bi, peut-être qu'elle comprendrait ?

— Ça ne lui posait pas problème que j'aie couché avec des hommes avant notre rencontre. Mais après ? Je ne suis pas sûr.

Je comprends sa peur, mais quand je songe à la vérité que j'ai découverte, à la suite des confidences de Samuel, je pense qu'il serait plus juste que Marianne sache réellement à quoi s'attendre. En revanche, Antoine a raison. Comment puis-je lui faire la leçon alors que moi-même, je n'ai pas joué cartes sur table avec Samuel ?

— Écoute, Antoine. Je vais faire un pacte avec toi. Je te promets que si tu parles à Marianne, je parlerai de mon côté à Samuel. D'accord ?

— Je vais y penser, soupire Antoine.

* * *

Deux jours plus tard, Antoine m'apprend qu'il a avoué ses infidélités à Marianne. Je n'y croyais pas vraiment, en quelque sorte, et je suis surprise. Fâchée et humiliée, Marianne a mis le mariage sur la glace et a demandé un délai pour réfléchir sur leur avenir.

Ouf!… Je me sens mal pour lui, mais je pense qu'il a bien fait. Marianne avait le droit de savoir avec qui elle s'apprêtait à s'engager.

Cela veut dire que je dois tout raconter à Samuel au sujet de Cédric, maintenant…

Merde !

* * *

Fin octobre. Je suis passée brièvement à la télévision, interrogée par mon contact Alex Dumont. Même mes parents, rendus au Sénégal, ont trouvé le moyen de voir l'entrevue, tellement ils étaient fiers de moi. J'ai parlé encore une fois de l'histoire révoltante de Jing et de ses conditions de vie merdiques, avec sa famille, dans le sous-sol des Rochefort. Ça n'a duré que quelques instants, mais j'étais très contente. Les Rochefort devraient passer devant le juge bientôt, mais les procédures ne font que commencer. D'ailleurs, Charlène songe à récupérer l'histoire dans le premier numéro de notre revue. Génial !

J'ai aussi eu le plaisir de passer ma première Halloween dans le quartier avec Maxime et Daphnée. Mon fils était déguisé en pirate, et ma fille, en lapin. Une soirée courte, mais agréable. Les quelques voisins m'ayant reconnue, malgré mon déguisement de vampire, m'ont encore félicitée pour avoir dénoncé madame Rochefort. Seule une vieille bénévole de l'église m'a fermé la porte au nez.

Tant pis, ça ne m'empêchera pas d'être heureuse !

23

Révélations...

(Novembre)

La plus belle victoire de l'homme
n'est pas de ne jamais tomber,
mais de se relever une fois tombé.

Nelson Mandela

Début novembre. Je suis en train de ratisser les dernières feuilles mortes de notre terrain, pendant que Samuel, Bingo et les enfants font de même dans la cour arrière, c'est-à-dire qu'ils défont les tas de feuilles *ad nauseam*. Avec l'Halloween, les enfants ont découvert les joies du chocolat et des bonbons – et de l'incroyable énergie que les friandises procurent. Je songe sérieusement à faire disparaître tout ça. Et tant qu'à y être, peut-on effacer les sucreries de la mémoire des enfants ? J'en suis là dans mes réflexions quand j'entends des pneus crisser tout près de la maison. À peine me suis-je retournée que j'aperçois l'insigne d'une Mercedes-Benz. Inutile de tergiverser, je sais à qui appartient cette voiture. Les Rochefort ont certainement été libérés en attendant le procès.

Pendant une fraction de seconde, je songe à aller me cacher dans la maison de poupées de Daphnée, mais le bruit des talons aiguilles de madame Rochefort claquant sur l'asphalte et s'approchant à toute vitesse me démontre que je n'en ai pas le temps. Et puis, de quoi ai-je peur ? Ce n'est pas moi qui devrais avoir honte ! Si elle essaie de me toucher, j'ai appris des notions d'arts martiaux au gym, quand même !

Je m'apprête à l'affronter, tenant le râteau fermement à la main, au cas où. C'est qu'elle a l'air en furie.

— Vous ! me crie-t-elle.

— Moi, réponds-je froidement.

— Espèce d'ingrate ! Comment avez-vous pu ? Après ce que j'ai fait pour vous et votre famille !

— En nous donnant de vieux trucs usagés ? Dont vous ne vous serviez plus ? J'espère que ce n'est pas ça que vous considérez comme des faveurs.

Elle voit rouge. Elle ne s'attendait pas à ça.

— Vous auriez dû vous mêler de vos affaires ! Vous ne savez rien de ce que j'ai fait pour cette famille d'immigrants ! J'ai sorti Jing et les siens de la misère de leur pays. Ils étaient logés, nourris…

— Ouais ! Ils étaient logés dans une pièce ridiculement petite, dans des conditions misérables et inhumaines. Il y a des chiens qui sont mieux traités. Et vous les nourrissiez avec quoi ? Les rats qu'ils trouvaient dans leur chambre-salle de fournaise ?

Madame Rochefort est sidérée. Visiblement, elle ne se fait pas répondre très souvent et est habituée de croire qu'elle a raison.

— Dire que je vous avais choisie pour être ma « BA » ! s'écrie-t-elle.

— Votre BA ? C'est quoi ? Un nom de code pour bonniche ?

— J'avais fait un pari avec mes deux amies, explique-t-elle. Chacune de nous devait trouver la personne la plus paumée du quartier afin de l'aider et de « l'exhiber » lors d'une épreuve finale. Vous aviez déjà franchi deux étapes avec succès, tant votre vie était un foutoir, ma petite. En échange de quoi, la gagnante remportait une opération mammaire payée par les deux autres. Avec vous comme « candidate » – une femme pauvre, battue et droguée –, j'étais certaine de gagner. Mais maintenant, à cause de vous, je vais perdre !

Quoi ? Alors, c'était ça ? Un genre de « dîner de cons » ? Tous ces dons, ces visites impromptues, cette supposée générosité, c'était intéressé depuis le début ? Je suis renversée ! Cette femme est plus monstrueuse que je l'imaginais !

Elle me prend pour une vraie paumée ? Incroyable !

— Madame Rochefort, dis-je le plus calmement du monde, je ne suis ni une femme battue, ni une droguée, ni une pauvre. Et j'ai un travail : je suis ré-dac-tri-ce en chef d'un magazine. Je travaille pour Charlène Larrivée, l'une des plus grandes designers du Québec. Mon conjoint est dentiste. Nous ne sommes PAS des paumés !

Au même moment, attiré par le bruit, Samuel s'approche.

— Je pense qu'il serait temps de rentrer chez vous, madame Rochefort, dit-il froidement. Vous n'avez rien à faire ici. Et je vous conseille de ne plus jamais approcher de notre maison. Sinon, ça ira mal pour vous.

Sans dire un mot, madame Rochefort tourne ses talons aiguilles, embarque dans sa voiture et repart sur les chapeaux de roues. *Yes* ! Bien répondu ! Et puis, j'ai la consolation de savoir que cette dernière risque d'aller en prison. Samuel me sourit, fier de l'avoir confrontée et de lui avoir dit notre façon de penser.

Qu'est-ce qu'il fait beau pour un mois de novembre ! Je reprends calmement mon travail, tout en fredonnant « *I'm a bitch, I'm a lover, I'm a child, I'm a mother, I'm a sinner, I'm a saint, I do not feel ashamed…* »

* * *

Deuxième semaine de novembre. Les nouvelles d'Antoine ne sont pas très bonnes. Marianne lui a demandé de quitter la maison jusqu'à nouvel ordre. Ce dernier est allé se réfugier chez Gabrielle. J'avoue que je regrette un peu de m'être mêlée de leur histoire. Ouais ! c'est un peu tard pour ça. Cela me rappelle que je n'ai toujours pas parlé de mes mésaventures avec Cédric à Samuel. Je fais vraiment dur.

Mais comment insérer ça dans une conversation ? « En passant, chéri, je t'ai presque trompé trois ou quatre fois ? » Il faut que je trouve une solution.

* * *

Mi-novembre. Nous avons terminé le numéro de janvier de Charlène – ou plutôt de sa nouvelle revue intitulée tout simplement *C* –, et planchons déjà sur celui de février. C'est tellement agréable de travailler avec elle. Le contraste avec Audrey est saisissant. Mon travail est valorisé, mes suggestions écoutées, mes idées soigneusement considérées. Aujourd'hui, j'accompagne Rosalie, la chroniqueuse Mode ; Clara, l'adjointe de notre styliste ; Yasmine, la gestionnaire de notre futur site Web ; et Damien, notre Michel-Ange photographe, à un défilé de Dolce & Gabbana. Ce n'est pas avec Audrey que j'aurais eu droit à une telle escapade. Nous nous trouvons dans la section VIP où l'on nous sert le champagne à volonté. Wahou !

J'ai dû apporter les épreuves et les maquettes avec moi pour continuer d'y travailler, mais ce n'est pas grave. Je ne pouvais refuser d'assister à un tel événement. Ça aurait été un crime de rater ça. Rien que pour ce genre de sorties, mon travail en vaut la peine.

Nous attendons le début du défilé, assis à notre place, tout en nous soûlant gentiment la gueule lorsque je sursaute. À quelques pas de nous, et venant tout droit dans notre direction : Audrey ! L'ambiance devient soudain aussi glaciale qu'à Kuujjuaq en pleine tempête de neige. Un peu plus et on entendrait des pingouins jaboter.

Audrey s'arrête devant nous et nous jette un regard assassin. Je soutiens ce dernier et je souris même à mon ancienne patronne. Après tout, je n'ai rien à me reprocher et mon linge, que je ne lave pas en public, est parfaitement propre. Évidemment, depuis mon départ, la guerre est ouverte.

Son surnom de Vampirella lui sied encore mieux aujourd'hui. Avec sa robe noire, ses échasses, ses ongles cramoisis, ses lunettes en écailles de serpent et son *lifting* qui commence à retomber – mais qui a visiblement été secondé par une injection de Botox au front et de collagène aux lèvres –, elle semble encore plus en état de décomposition avancée. Il ne manque que la cape noire et rouge et le *look* serait parfait.

— Vous comptez vous lever pour me laisser passer ou vous préférez que j'appelle la sécurité pour vous forcer à le faire ? susurre-t-elle.

Même l'attitude y est. Je me demande comment elle peut bouger les muscles de son visage avec tout ce qu'il y a de cochonneries dedans.

Si on craquait une allumette à proximité de celui-ci, il exploserait sûrement dans un nuage toxique. Pensée réjouissante.

Bon, elle a quand même raison. Je remarque que mon groupe et moi bloquons le chemin à la section réservée au magazine *Féminine.com*, un peu plus loin.

— Oui, ajoute-t-elle en suivant mon regard. Nous sommes installés là-bas, à la place spéciale, « à côté des designers ».

Bla-bla-bla… Vante-toi encore, pendant que tu le peux, espèce de vieux débris ! Quand les membres du CA verront comment tu les as arnaqués en passant du temps payé à te faire péter des boutons, et en te faisant rembourser la procédure en plus, plus personne ne voudra de toi et tu vas finir tes jours à peler des pommes de terre chez Ti-Louis patates.

— Vous vous demandez sûrement comment j'ai eu la meilleure place d'invités, nous nargue-t-elle.

Non, on ne se le demande pas. On le sait très bien.

— Certainement par des tricheries ou des mensonges, comme tu en as l'habitude, jetté-je.

— C'est grâce à mon expérience et à ma compétence, deux choses que tu ne pourras jamais rêver d'avoir ! Et maintenant, laissez-moi passer avant que je fasse vraiment appeler la sécurité pour faire bouger vos sales fesses de là !

Nous nous levons à contrecœur et laissons passer Audrey. Je pense que le même fantasme nous traverse l'esprit : lui faire un croc-en-jambe afin qu'elle tombe et aplatisse le tas de fossiles qui lui sert de visage. Rendue à ma hauteur, elle m'examine de haut en bas en souriant.

— J'ignorais qu'il y avait eu une liquidation au Village des valeurs dernièrement, dit-elle. Je vois que tu n'as pas encore appris comment on doit s'habiller quand on s'occupe d'un magazine de mode. Ta designer de patronne devrait t'enseigner ça.

Grrr ! Je ne sais ce qui me retient. Mais il est trop tard pour répliquer. Elle est déjà partie et nous regarde du coin de l'œil comme si on était des peaux de banane pourries. Tant pis… Elle a gagné cette petite bataille, mais pas la guerre.

* * *

Le défilé s'est bien déroulé. On a bu beaucoup, on a fait nombre de photos, on a un texte très *cool* et notre futur site Web va être suuuuper classe.

On est en train de discuter avec des concurrents – la plupart entretiennent une rivalité polie et, le milieu étant petit, tout le monde se connaît – et avec les mannequins. Pour être honnête, je discute plutôt avec leur nombril, car elles nous dépassent toutes d'une tête au moins. Nous conversons tout en nous gavant de hors-d'œuvre, de bouchées et en nous soûlant de punch hors de prix. Les mannequins n'ont touché à presque rien – minceur oblige ! –, alors ça en fait plus pour nous. Un bel après-midi, quoi !

Alors que je décide – en titubant un peu – de me rendre une autre fois au buffet où l'on vient de sortir les desserts, je sens soudain un obstacle, à la hauteur de ma cheville, se dresser sur ma route. J'essaie tant bien que mal de me rattraper, mais vu mon état, je ne parviens qu'à exécuter quelques pirouettes dignes du Cirque du Soleil, avant de m'étendre de tout mon long sur une gigantesque assiette de petits gâteaux !

Quand je me relève – après quelques efforts ni élégants ni glorieux –, sous les regards soit embarrassés, soit amusés, je suis couverte de crème, de glaçage et de morceaux de gâteau. Oh mon Dieu ! La honte !

— Encore des problèmes de consommation, à ce que je vois… rigole Audrey, juste à mes côtés. Ça ne s'améliore pas, ton affaire. Quand on n'est pas capable de se tenir en société, on reste chez soi.

Re-grrrr ! Elle l'a fait exprès, la vieille chipie ! C'est elle qui m'a fait trébucher. Je vais l'étriper tout de suite ! Je me fiche de savoir ce qui va m'arriver après ! Puis, sans que j'aie le temps de réaliser ce qui se passe, je perds l'équilibre encore une fois et glisse dans la crème pâtissière étalée sur le sol.

Je me retrouve alors dans les bras d'Audrey, partageant avec ses vêtements toute la bouffe dont je suis couverte. Eh bien, si j'avais voulu provoquer ce dérapage vengeur, je n'aurais pu faire mieux ! Éclat de rire hystérique – et éthylique – de ma part. Audrey, elle, rit moins que moi. Dans une mimique que j'interprète comme une grimace – avec tout son Botox, difficile à dire –, elle sort un grand pashmina de son sac à main et camoufle les dégâts.

Clara et Damien m'emmènent aux toilettes, en pouffant de rire.

— Ça va ? demande Damien.

Non, ça ne va pas ! Je suis humiliée ! Et soudainement dégrisée. Je me sens si mal, si stupide. Quel déshonneur… Audrey a raison : j'aurais dû rester sagement au bureau.

— T'en fais pas, Amélie, me dit Clara. On ne travaille pas des années sur les plateaux de photographes sans développer quelques trucs pour faire disparaître les vilaines taches.

Clara a raison. En moins de 30 minutes, elle a réussi à laver mes vêtements et même à les sécher. Une vraie magicienne ! Je suis à nouveau présentable.

Je sors de la salle de bain, un peu revigorée. Néanmoins, je ne compte pas m'éterniser. Je vais juste prendre un café et un dessert et après, je vais terminer mes corrections. J'en ai certainement pour quelques heures, alors autant ne pas traîner.

Je me rends à la section réservée à *C* pour récupérer mon dossier avec les maquettes. Il a disparu ! C'est impossible ! Le cahier s'est volatilisé !

Je cours voir les membres de mon équipe pour savoir si quelqu'un ne l'aurait pas ramassé. Non, personne n'y a touché. Mon Dieu, où est-il ? Et ces corrections que je dois finaliser pour demain ! Qu'est-ce que je vais faire si je l'ai perdu ? Je vais me faire tuer par Charlène. Je panique.

— Peut-être que quelqu'un l'a pris par erreur ? spécule Yasmine.

Alors que notre nom et notre logo apparaissent en grosses lettres embossées et argentées sur le dossier ? Méchante erreur ! C'est moi ou il fait chaud, ici ?

— Amélie ?

Je me retourne. Je reconnais une des filles de la revue *Diva*.

— J'ai vu quelqu'un prendre le cahier sur la chaise.

— Qui ?

— Une femme d'un certain âge aux cheveux blond platine attachés en chignon et qui porte des lunettes épaisses.

Nooon ! Pas vrai !

— Est-ce qu'elle avait une robe noire, des talons aiguilles et du vernis à ongles cramoisi ?

— Oui…

Audrey ! Pourquoi ne l'ai-je pas soupçonnée tout de suite ? Elle a profité du moment où j'étais à la salle de bain.

Nom de Dieu, c'est pas vrai ! Quelle idiote je suis ! Maintenant, elle a accès à toutes nos maquettes, nos épreuves, notre prochain numéro en entier ! Arrgggh !… Au secours ! C'est ma faute ! Comment ai-je pu être si négligente ! Je vais me faire mettre à la porte alors que je viens de commencer ! Tout se met à tourner autour de moi ; j'ai des bouffées de chaleur, la nausée me saisit et mes oreilles commencent à bourdonner. Ah non !

Je tente de me diriger vers une chaise ou une table à laquelle je pourrais me raccrocher. Je parviens à m'agripper à une nappe, mais plutôt que de me soutenir, celle-ci s'étire sous mon poids et glisse avec moi sur le sol, emportant plats, couverts, ustensiles et nourriture dans un énorme fracas. J'entre alors dans la noirceur.

Lorsque je retrouve mes esprits, je suis étendue sur le plancher. La nappe gît à mes côtés, j'ai du gâteau dans les cheveux, du coulis de framboise sur la figure et je suis couchée au milieu d'une salade de crevettes. Autour de moi, le brouhaha s'intensifie. D'innombrables paires d'yeux me dévisagent. Horreur… Et pourquoi ai-je dû atterrir dans des plats de bouffe en plus ?

J'entends une voix dire qu'elle a appelé le 9-1-1. Je fais signe que tout va bien et je demande qu'on appelle plutôt mon conjoint. Faudrait que j'arrête de mélanger abus d'alcool et émotions fortes.

Peu après, je me sens mieux, et Samuel arrive. J'informe Charlène de la situation. Contrairement à mes craintes, elle n'est pas furieuse. Mais elle m'ordonne de prendre congé et m'assure qu'elle va tout régler. C'est la meilleure des patronnes.

Samuel s'assoit à mes côtés, me prend la main et me regarde avec inquiétude.

— Comment vas-tu ? me demande-t-il.

J'hésite. Quoi répondre ? Considérant que : 1) Je viens de me planter au milieu de 200 personnes ; 2) Je vais entendre parler de ce qui vient de se passer pour le restant de mes jours ; 3) J'ai manqué de me casser la figure et que je me sens plutôt mal. Cependant : 1) J'aurais pu me blesser davantage ; 2) Il y a plein de gens autour de moi qui se soucient de ma personne et sont prêts à me soutenir… alors je peux répondre « oui » à la question.

— Tu as mal quelque part ?

Je fais signe que non.

— Je crois qu'elle va bien, annonce Samuel aux personnes qui nous entourent.

— Elle est bourrée ? demande une dame.

— Moi, je pense qu'elle est plutôt en manque de sucre… répond quelqu'un d'autre. Elle doit sûrement être hypoglycémique.

— C'est peut-être une labyrinthite, dit une autre. J'ai une collègue qui avait ça ; elle était étourdie et tombait tout le temps.

— Est-ce qu'elle a mangé des huîtres ? C'est peut-être un empoisonnement alimentaire.

Et pourquoi pas la tourista, un coup parti ? Eh, dites-le-moi si je dérange, hein ? Je suis encore consciente que je sache. Tout le monde y va de ses suppositions et personne ne me demande mon avis. Je tente de me lever pour prouver que je suis encore capable de faire quelque chose, mais la nausée m'en empêche.

— Je vais l'emmener ailleurs, répond Samuel. Il y a une place où elle peut s'étendre ?

La relationniste de Dolce & Gabbana lui indique une pièce tranquille, avec un sofa de cuir. Deux bras me soulèvent alors pour m'y transporter. Si je ne me sentais pas aussi mal, je trouverais ça d'un romantisme digne du film *Officier et gentleman*. Tout le monde me regarde partir avec Samuel. Je crois que j'ai gâché la fête.

Quelques instants plus tard, je suis étendue sur le canapé. Clara vient me porter un verre d'eau et s'éclipse discrètement.

— Comment tu te sens ?

— Mieux. Je n'ai plus mal au cœur et je n'ai plus la tête qui tourne.

— Un jour, je vais croire que tu aimes ça, me donner la frousse, dit Samuel avec un sourire. Il y a trois ans, tu tombais dans ton escalier. Cette année, tu te tues au travail. Et là, tu perds connaissance. Je sais que les dernières années ont été très dures pour toi et que tu n'as pas été très heureuse. J'ai l'impression que tu refoules des sentiments et que quelque chose te ronge. Tu m'inquiètes, Amélie.

Je reçois ces paroles comme un coup de poignard. J'ai l'impression de faire mal à Samuel. Moi qui m'imaginais d'être tenue pour acquise, de toujours passer en second dans sa vie, je constate maintenant que je suis l'une des personnes les plus importantes à ses yeux.

— Tu sais, si tu veux attirer mon attention, tu n'as qu'à enfiler une petite robe *sexy*, ajoute-t-il dans un sourire.

Je rigole, mais redeviens vite sérieuse.

— Toi aussi, tu m'inquiètes, Samuel.

— Ah bon ?

— Même si tu as réussi à passer par-dessus ton divorce et les emmerdes qu'Aryane nous a causées, j'ai encore l'impression qu'il y a une petite bête noire qui vient empoisonner notre relation. Comme si tu avais peur que je me transforme en gorgone… Comme si tu anticipais toujours le pire… et que c'est pour ça que tu me caches des choses, que tu ne me dis rien.

J'arrête un instant. Je repense à Cédric. Je dois être honnête et tout avouer.

— Tu as déjà promis de tout me dire et d'être plus présent, poursuivis-je, mais je n'ai pas vu une grande amélioration.

— C'est vrai. Mais cette fois, c'est différent.

— Ah oui ? Pourquoi ?

— Parce que j'ai eu peur de te perdre pour de bon. Surtout avec Cédric dans le décor…

Je sursaute. Il savait pour Cédric ? Comment est-ce possible ?

— J'ai beau ne pas être là souvent, je ne suis ni naïf ni aveugle. J'ai bien perçu ton trouble chaque fois que tu parlais de lui. Et j'ai vu son regard quand il est venu te reconduire le soir de la tempête. Je me doutais que tu lui avais tapé dans l'œil et vice-versa.

— Pourquoi avoir accepté qu'il nous recommande son collègue, alors ?

— Parce que je ne voulais pas passer pour un jaloux. Et que je désirais me prouver que je n'avais rien à craindre de ce gars-là.

— Et la fois où tu m'as envoyée en Italie avec lui ?

— J'ignorais quel avocat t'accompagnerait, Me Villeneuve ne m'avait pas donné de détails. Avoir su, je me serais arrangé pour y aller moi-même.

— Pourquoi tu n'as rien dit ?

— Parce qu'à ce moment-là, j'avais peur de la réponse. Parfois, il y a des questions qu'on ne veut pas poser. J'ai préféré rester dans le flou, c'était plus facile. Mais maintenant, je pense que la question est réglée, n'est-ce pas ?

— En effet.

Je suis soufflée. J'ignorais que Samuel avait remarqué autant de trucs. Visiblement, j'ai beaucoup à apprendre de lui sur la communication. Je me tourne vers mon *chum*. C'est le temps de jouer cartes sur table. Même s'il a des doutes, il ne sait sûrement pas tout. Je lui explique donc la situation embarrassante dans laquelle je me suis retrouvée à Rome et également après ma beuverie. Je lui raconte aussi ce que Cédric m'a dit et comment il m'a traitée cavalièrement, à la suite de cette soirée. Samuel semble quand même un peu secoué. Ce n'est jamais facile d'entendre que la personne qu'on aime a failli nous tromper quelques fois.

— Je ne veux pas excuser mon comportement, mais tu n'étais jamais là, tu ne me touchais plus et je croyais que tu me trompais peut-être, expliqué-je. Je pensais que tu ne m'aimais plus.

— Mouais… je comprends. Tu sais… la raison pour laquelle on ne faisait plus grand-chose au lit, c'est que… eh bien, j'ai commencé à avoir des problèmes d'érection, il y a presque deux ans.

— Quoi ?

— Tu comprends, avec tous nos ennuis juridiques et financiers, le stress, les rénos, la fatigue, les enfants… ma libido en a pris un coup. De plus, je me sentais nul, impuissant. Je te voyais prendre tout sur tes épaules et je me sentais diminué. Et... j'ai commencé à avoir des problèmes en bas.

— Pourquoi tu t'es tu à ce sujet ? Encore des cachotteries !

— Tu crois que ça me fait plaisir d'avouer ça ? « En passant, chérie, j'ai du mal à lever mon drapeau. » Aucun gars ne veut admettre ça. Mais là, je fais ce qu'il faut et ça s'améliore.

— Pourquoi est-ce toujours quand je suis amochée qu'on se dit les vraies affaires ? C'est bête.

— Peut-être parce que ça nous force à procéder à un petit examen de conscience.

— Tu sais ce qu'on devrait faire ? Il faut essayer de retrouver la flamme qui nous animait au début de notre relation. On devrait s'accorder plus de temps, juste pour nous deux. On s'est pas mal « oubliés » depuis qu'on est parents.

— C'est un *deal.*

* * *

Charlène a envoyé une injonction à *Féminine.com* pour récupérer le cahier et a menacé le magazine d'intenter une poursuite pour vol de matériel et plagiat. Six témoins ont vu Audrey dérober mon dossier. Les dirigeants de *Féminine.com* ne sont pas très contents de la mauvaise publicité que cela leur fait, d'autant plus qu'ils sont maintenant au courant des combines de leur rédactrice en chef. Aux dires de Justin à qui j'ai parlé, les jours d'Audrey là-bas seraient probablement comptés. Bien fait !

* * *

De son côté, Samuel a réussi à soutirer quelques jours de congé à son patron. Il a pris soin de moi et m'a interdit de sortir. Il m'a traitée aux petits oignons et m'a chouchoutée comme jamais. C'est pas si mal, finalement, que je sois forcée de me reposer.

Bon, j'ai travaillé un peu à la maison quand même. Nous sommes déjà en train de faire de la promotion pour le numéro qui sortira en kiosque dans deux mois. Celui-ci parlera non seulement de mode, mais aussi d'enjeux sociaux. Ça tombe bien, car plusieurs personnes ont accepté de témoigner, anonymement, de leurs problèmes en tant qu'aides familiales immigrantes et des difficultés d'être homosexuelles, dans certains pays du monde. Vous aurez deviné de qui je parle. Charlène et moi avons même été invitées à passer à la télévision, à un *show* matinal. Nous avons été *ploguées* par Alex Dumont, qui s'est encore fait un plaisir de m'aider.

Je sens que les choses vont changer pour le mieux, autant au travail qu'à la maison.

24

La vie, c'est ce qui arrive quand on a d'autres projets (Décembre)

Une alliance ne protège qu'un seul doigt.

Groucho Marx

Début décembre. Chants de Noël à profusion fusant dans l'air, neige cristalline tombant du ciel, calendriers de l'avent remplis de petits chocolats au goût de carton, rêves de vacances et sourires béats sur presque tous les visages. J'adore Noël ! C'est le moment d'oublier nos soucis.

Samedi matin. Ah !... enfin un peu de tranquillité. Bien que la notion de grasse matinée n'existe plus pour moi depuis longtemps, je profite tout de même de ces moments de repos avec joie. Pas besoin de courir pour habiller les enfants, de me précipiter à la garderie et d'entrer de plein fouet dans le trafic pour me rendre au bureau où je m'échinerais jusqu'au soir. La paix.

Daphnée regarde *Dora, l'exploratrice* et Maxime s'amuse à me donner des coups de banane en chantant *Frère Jacques*, pendant que je prépare leurs bols de céréales. Soudain, Samuel sort de la chambre à toute vitesse.

— Amélie ? Mais qu'est-ce que tu fais là ? dit-il d'un air quasi paniqué.

Je reste figée, un bol de céréales dans chaque main. À entendre son ton, on jurerait que je m'apprête à donner du poison à rat aux enfants.

— Je donne des céréales à Maxime et Daphnée pour déjeuner...

— Pourquoi tu es encore là ? Pourquoi tu ne m'as pas réveillé ? questionne-t-il, toujours sur le même ton.

— Il fallait que je te réveille ? Il me semblait que c'était mon tour, ce matin.

— Mais… ton entrevue est dans moins d'une heure, non ? Tu devrais déjà être en route !

Mon entrevue ? À la télévision ? C'est en fin de semaine, mais…

— C'est dimanche matin, non ? formulé-je.

— Mais non, c'est aujourd'hui !

Affolée, je me jette sur le calendrier. Merde, Samuel a raison ! Je me suis trompée de journée ! Je vais être en retard ! Au secours !

— Va t'habiller, vite ! Je m'occupe des enfants ! lance Samuel.

Méga catastrophe ! Je me dépêche pour partir au plus vite. Je me débarrasse de ma vieille robe de chambre de minou effilochée et, sans même prendre le temps de me laver, de me changer et de me coiffer, je saute dans mon auto et file vers la station de télévision. Même pas eu le temps de prendre mes vêtements achetés en Italie. Tout en essayant de me coiffer au volant, j'appelle Charlène sur son cellulaire pour l'informer que je serai un peu « juste ».

J'arrive enfin sur place, après avoir pesté contre les feux rouges, les stops et les pépères au volant. Plus que 15 minutes avant l'entrevue et je dois dénicher un stationnement. Enfin, j'entre dans le bâtiment. Je suis essoufflée, je porte mes vieux vêtements de la veille – un jeans et un chandail fatigué –, mes cheveux sont gras et je ne suis pas maquillée. Il faut encore que je passe la sécurité, que je me fasse coiffer et maquiller et trouve le bon studio. Une chance, la coiffeuse et la maquilleuse réussissent à me donner une apparence potable. Je cours vers le studio, où Charlène et l'animatrice m'attendent. Je fais mon apparition trois minutes avant l'entrevue. Je m'effondre presque sur le sofa.

À voir leur expression quand elles m'aperçoivent, elles s'attendaient à un *look* plus *glamour* de ma part. Ce que j'ai de plus éclatant sont un bracelet et une bague que j'ai attrapés sur ma commode au passage. Au moins, il n'y a pas de morve sur mon chandail, ce qui est déjà un exploit en cette saison.

L'animatrice porte des vêtements Chanel et Gucci, ainsi que des souliers Manolo Blahnik. Pour sa part, Charlène est très élégante, comme d'habitude. J'ai l'air d'une *squeegee* à côté d'elles. Tant pis, on fera avec.

— Vous avez une jolie bague, me dit l'animatrice, sans doute pour faire passer le malaise. C'est de l'onyx noir ?

Je regarde celle-ci, que je remarque pour la première fois. Je m'aperçois alors qu'il s'agit du bijou en plastique qui venait avec des caramels provenant du sac d'Halloween de Daphnée, et qui, comme beaucoup de choses dans la maison, a mystérieusement abouti dans ma chambre. Pas question que je lui avoue ça. Au moins, je n'ai pas pris un bracelet en bonbons !

— Oui… oui… c'est cela.

— Combien cela vous a-t-il coûté ?

Merde ! Pas prévu cette question. Combien ça pourrait valoir, une parure en onyx ?

— C'est… heu !… un cadeau.

Considérant que quelqu'un a donné cette bague à ma fille, ce n'est pas un mensonge, non ?

Charlène sort alors quelques accessoires de son sac à main. Elle m'oblige à me lever et en moins d'une minute, elle passe un collier de pierres multicolores à mon cou, noue une ceinture pailletée autour de ma taille et me met des boucles d'oreilles en corail. Elle sort ensuite d'un autre sac une veste en cuir, ajustée à la taille, qu'elle attache par-dessus mon chandail. J'ai l'air beaucoup plus chic.

Encore une fois, Charlène a réussi à tirer un lapin de son chapeau – ou plutôt de son sac à main sans fond, source de merveilles – et à me transformer, comme par magie. Il faudra que je lui demande ses trucs, un de ces jours. Charlène me prend alors par les épaules, pour admirer le travail, sans doute.

— Amélie, ma chouette, dès la semaine prochaine, je t'emmène magasiner, dit-elle. Il faut absolument que tu te refasses une garde-robe. Tu en as besoin, tu as l'air sortie d'un ghetto.

Si Audrey m'avait fait le même commentaire, j'aurais été insultée. Mais venant de Charlène, cela signifie juste qu'elle tient à moi et qu'elle veut me voir bien dans ma peau. C'est une façon de se préoccuper de ma personne.

L'entrevue se déroule fort bien. Nous parlons à la fois des dernières créations de mode de Charlène – qu'elle met en valeur en soulignant que j'en porte d'ailleurs plusieurs en ce moment même – et de son nouveau magazine *C*. À la pause publicitaire, l'animatrice me fait remarquer qu'il y a une bosse étrange, au bas d'une jambe de mon pantalon. Je me penche, plonge la main dans mon jeans et en sors... ma petite culotte sale de la veille ! Elle était restée prise dans mon pantalon !

Arrgggh !... Puis-je me cacher dans la régie jusqu'à la fin de l'émission ?

* * *

Mi-décembre. Samuel m'a demandé de le rejoindre au bureau de notre avocat, sur l'heure du midi, où il a pris rendez-vous. Vu qu'il ne semblait pas anxieux, je présume que je n'ai pas à m'inquiéter, mais je m'interroge quand même. Il n'a pas voulu me donner de détails. Il aime vraiment le mystère, mon homme.

Alors que nous pénétrons dans le cabinet, je m'aperçois que nous n'avons pas rendez-vous avec notre avocat, Me Saint-Pierre, mais avec Me Landry... Cédric ! Alors que le moment d'entrer dans le bureau est arrivé, je suis prise de frayeur. Je ne voulais pas le revoir ! Pourquoi est-on là ? Je l'avais oublié et c'était bien comme ça. Pourquoi Samuel me fait-il ça ?

Mon homme me force presque à pénétrer dans le bureau. Quand j'aperçois le visage de Cédric et son expression ahurie, je comprends que lui non plus ne s'attendait pas à nous voir. Probablement que sa secrétaire gère tous ses rendez-vous et qu'il ne consulte même pas son agenda.

— Assieds-toi, me dit Samuel, d'un ton à la fois doux et ferme.

J'obéis sans discuter. Cédric nous regarde toujours d'un air ahuri. Assis derrière son bureau, il n'a pas encore prononcé un seul mot. Nous sommes deux à angoisser, on dirait. Samuel s'assoit à son tour sur le fauteuil en cuir, souriant, le dos droit et fier. Il pose ses bras sur les accoudoirs et croise les jambes, l'air parfaitement décontracté. Je reconnais soudain l'homme que j'ai connu il y a trois ans, mon Dr Torride. Celui qui respire le bien-être, la confiance, la virilité, la sensibilité et le charisme, qui est le rocher de ma vie et le calme incarné. Il y avait si longtemps que je ne l'avais vu, celui-là. Les beaux jours sont de retour.

— Cédric, commence Samuel, nous sommes venus, car Amélie m'a confié tout ce qui s'est passé entre vous deux.

J'avale de travers. Toujours aussi médusé, Cédric me jette un coup d'œil. Pendant un moment, je me demande si Samuel et Cédric vont se battre ou, pire, faire du *penis fencing* comme les singes bonobos.

— Elle m'a aussi raconté ce que tu lui as dit et la façon dont tu l'as traitée, poursuit Samuel.

Cédric et moi sommes toujours muets. Où mon *chum* veut-il en venir ?

— Je pense que tu lui dois des excuses, poursuit Samuel.

Je suis stupéfaite. J'ignorais que mon homme avait autant de front. Et vu la mâchoire pendante de Cédric, il est évident qu'il se trouve dans le même état mental que moi. Il doit être habitué à mener le bal à la cour, pas de se faire imposer des trucs de ce genre.

— Je crois que tu ne sais pas à qui tu as eu affaire, continue Samuel, comme s'il récitait une plaidoirie longuement mûrie. Tu vois cette femme qui est devant toi ? Eh bien, il y a trois ans, elle a fait enquête sur une multinationale américaine et, à elle seule, l'a fait condamner devant la justice. Elle a aussi donné naissance à nos enfants, sans ma présence, a tenu notre famille entière à bout de bras, toute seule, en s'occupant de deux bébés, pendant que moi, je passais toutes mes journées au travail. Elle a également dénoncé les conditions de vie déplorables d'une pauvre immigrante qui se faisait honteusement exploiter par une femme riche et l'a sortie de la misère.

Plus Samuel parle, plus Cédric rétrécit sur sa chaise. Quant à moi, je suis encore bouche bée – et ce n'est pas fini. Je n'arrive pas à croire que Samuel parle de moi. C'est vrai que j'ai fait tout ça ?

— Amélie est une personne exceptionnelle qui mérite le respect, ajoute-t-il.

Cédric me regarde, mais reste muet. Wow ! Pourquoi je n'ai pas d'enregistreuse avec moi ? J'aimerais garder ce discours-là pour toujours.

— C'est peut-être vrai qu'Amélie n'est pas parfaite, dit Samuel, et qu'en quelque sorte, elle s'est servie de toi, à la fois pour se remonter le moral et sans doute aussi pour me faire payer mes absences. Elle n'a pas eu un comportement exemplaire. Mais toi, tu as été bien pire. Tu la savais malheureuse et vulnérable. Tu n'ignorais pas qu'elle avait un conjoint et des enfants. Et pourtant, tu l'as draguée quand même. Tu aurais pu briser notre famille et ruiner la vie de nos enfants. Tu as profité de sa faiblesse et ça, c'est pire que tout. Même si elle n'a pas été parfaitement correcte, Amélie ne méritait pas de se faire traiter comme tu l'as fait. Donc, je pense que tu lui dois des excuses.

Je me sens presque mal pour Cédric. Il s'est fait dire ses quatre vérités. Ça me fait réaliser qu'effectivement, je n'avais pas tous les torts. Après tout, on était deux à danser. *It takes two to tango.* Personne n'a forcé Cédric à agir comme il l'a fait ; c'était son choix.

— Je… je m'excuse, Amélie. Je ne pensais pas te faire si mal.

— Ce n'est rien… C'est oublié.

Immédiatement, Samuel se lève, fier de son coup.

— Tu viens, Amélie ? Il nous reste du temps pour dîner et je connais un super resto dans le coin.

Et sans un mot de plus, mon homme me saisit le bras et nous sortons, sans jeter un regard à Cédric, toujours collé à sa chaise de cuir. *Yes* !

* * *

Trois jours plus tard. Après avoir terminé leur voyage par le Kenya, la Tanzanie, et l'Afrique du Sud où ils ont admiré la vue du cap de Bonne-Espérance et visité Robben Island – là où Nelson Mandela a été détenu –, mes parents sont enfin de retour ! Juste au bon moment, car on s'apprête à célébrer Noël. Déjà un an qu'ils étaient partis ! Je ne pensais pas que nous pourrions survivre à leur absence et pourtant, nous sommes tous là, sains et saufs. Noémie, moi et nos petites familles allons les accueillir à l'aéroport et les raccompagnons jusqu'à leur maison. Là, nous écouterons leurs histoires, verrons leurs photos, visionnerons leurs vidéos et nous émerveillerons avec eux.

Maman et papa sont radieux, ils respirent la jeunesse et la santé comme jamais. Ils semblent encore plus sereins que d'habitude. Papa a les cheveux presque longs, maman a perdu du poids et tous deux sont bronzés comme des Californiens. Ils traînent avec eux une multitude de valises, remplies de souvenirs.

Nous ne sommes même pas arrivés chez eux qu'ils nous parlent déjà des sept merveilles naturelles du Costa Rica, de la cérémonie de crémation admirée à Bali, de leur expédition au Parthénon, du sanctuaire de rhinocéros vu à Nairobi, au Kenya.

Bien sûr, Maxime et Daphnée, du haut de leurs deux ans et des poussières, ne les reconnaissent pas, car ils ne les ont pas vus beaucoup – sauf sur Internet. Ils sont très gênés et se tiennent à distance de ces vieillards à l'apparence débraillée, qui portent des colliers de coquillages et des vestes africaines. De toute façon, ils ne connaissent pas plus leurs autres grands-parents, trop occupés à tenir leur entreprise ou à chasser. Il y aura du rattrapage à faire… et beaucoup d'histoires à se raconter.

* * *

Troisième semaine de décembre. Une autre bonne nouvelle vient d'arriver. Après jamais deux sans trois, peut-on dire… jamais trois sans quatre ?

Après cinq semaines de réflexion, Marianne a finalement changé d'idée et a décidé de remettre le mariage sur les rails. Il paraît qu'après avoir imposé des conditions sévères au contrat de mariage et fait jurer à Antoine que les aventures étaient terminées à jamais, Marianne aurait décidé de lui faire confiance quand même parce qu'elle l'aime, malgré tout.

Petit hic : il ne reste que deux semaines avant la date déjà prévue. Les billets pour Playa del Carmen des invités étant achetés, les réservations faites à l'hôtel et la célébration déjà arrangée depuis un bout de temps, plus question de modifier la journée ! Ça laisse peu de temps pour réactiver ce qui est resté sur la glace pendant plus d'un mois et tout finaliser. Mais je sais que Marianne et Antoine s'arrangeront.

Et puis… des vacances dans le Sud, ça va faire du bien.

Pour l'occasion, Samuel et moi avons pris une décision importante, mais difficile. Nous devons annoncer à Maxime et Daphnée que nous partirons seuls au Mexique, pour deux semaines, et qu'ils se feront garder par mes parents. Ceux-ci en profiteront pour rattraper l'année pendant laquelle ils n'ont pas vu mes enfants.

Lorsque nous leur expliquons la situation, c'est le drame. Après un quart d'heure de pourparlers, rien ne semble vouloir s'arranger. Samuel et moi commençons à perdre patience.

— Va se faire garder ? répète Daphnée, des trémolos dans la voix.

— Moi, je veux pas ! crie Maxime. Je veux aller avec vous !

— Désolée, mes chéris, mais on ne peut pas vous emmener, dis-je. Maman et papa ont besoin d'être seuls. Vous aussi, des fois, vous aimez jouer seuls, non ? C'est la même chose pour nous. Et vous aurez du plaisir chez grand-papa et grand-maman. Ils ont beaucoup de cadeaux pour vous, plein de jouets, et vous pourrez faire ce que vous voudrez. Bingo sera avec vous. Ce sera plus drôle qu'avec nous.

— NON ! Non, non, non ! hurle Maxime, tandis que Daphnée se met à pleurnicher bruyamment, telle une *mater dolorosa*.

— Bon, ça suffit ! ordonne Samuel. On est les parents, on décide. Vous irez chez grand-papa et grand-maman, un point c'est tout. Maintenant, allez jouer dans votre chambre.

Maxime et Daphnée obéissent à contrecœur. Je ressens à la fois de la tristesse et de la frustration. Je me sens un peu mal d'abandonner mes enfants pendant deux semaines – même si je sais que mes parents s'occuperont d'eux à merveille –, mais après deux ans et demi à ne vivre que pour eux, j'ai besoin de repos. Pourquoi est-ce si difficile de leur faire comprendre que nous aussi, on a une vie ?

Une demi-heure plus tard, alors que nous préparons le souper, Maxime et Daphnée arrivent, l'air piteux, un papier à la main. Ils me le tendent. Sur une feuille, ils ont dessiné malhabilement un gros cœur rouge, avec cinq silhouettes un peu grotesques que nous devinons être nous quatre et Bingo. C'est un peu *cheap shot*, ça. Comment peut-on rester en colère contre eux ?

Nous serrons nos enfants dans nos bras et les consolons. La crise est passée. Jusqu'à la prochaine.

* * *

Fin décembre. Après des célébrations de Noël merveilleuses chez mes parents, Samuel est parti magasiner des skis avec les enfants. Il s'est mis en tête de leur apprendre à skier dès cette année. Étant donné mon talent en sport, je lui laisse ce plaisir.

Je suis en train de terminer nos bagages, en vue de notre départ. Il ne reste plus que quelques objets à mettre dans ma valise, dont mon superbe collier avec pendentif à saphir orné de diamants de chez Birks – et qui porte mes initiales. C'est l'une des rares occasions où je pourrai le mettre, alors je ne vais pas m'en priver. Dans ta face, Cruella !

Le collier est introuvable. Je cherche encore et encore. Pourtant, je sais qu'on l'a récupéré. Zut ! Où est-il ? Je ne l'ai pas perdu ! Il était encore dans ma boîte à bijoux il y a deux semaines, pourtant ! Je dois absolument le retrouver !

Pour moi, ce bijou représente maintenant notre victoire sur Aryane et le concentré de l'amour de Samuel pour moi. C'est la cristallisation, la preuve de toute l'affection qu'il me porte. Si Samuel apprend que je l'ai perdu, il va m'étrangler !

Après une heure de recherche intense où j'ai foutu la maison à l'envers, je suis désespérée. Aucune trace du bijou nulle part. Bingo ne l'a pas mangé, tout de même ? Découragée, je m'assois sur le sofa, tentant de réfléchir. J'allume la télévision, espérant qu'une distraction m'aidera.

En changeant frénétiquement de postes, je tombe sur l'infopub d'une voyante qui fait des prédictions sur le Web à prix modique. Est-ce mon découragement extrême ? Je décide d'essayer, car je n'ai plus rien à perdre. Après quelques minutes passées à remplir un formulaire plutôt étrange, je reçois un courriel de la médium, qui m'affirme que le bijou se trouve dans les vidanges.

Quoi ? Oh mon Dieu ! Et si c'était vrai ?

Je me précipite près du bac à ordures, déjà au chemin, et me mets à fouiller dedans, sortant les pelures de banane, les os de poulet, les frites molles et les cœurs de pomme, sous le regard étonné de notre voisin d'en face, qui doit me prendre pour une cinglée. Une chance que madame Rochefort ne me voit pas, car elle pourrait encore essayer de m'utiliser pour son concours.

Alors que je suis à moitié enfoncée dans la poubelle, fouillant toujours fébrilement car je veux retrouver le collier avant le retour de mon homme, j'entends le moteur de la voiture de Samuel. Zut ! Il arrive !

— Qu'est-ce que tu fais là ? demande-t-il, en voyant la scène.

Pas moyen de trouver une bonne excuse – comme si ça existait dans un tel cas. Je dois tout lui avouer.

— Samuel, je crois que j'ai perdu le collier en saphir que tu m'as donné.

— Mais non. Je l'ai rangé dans un coffret verrouillé à clé dans la chambre.

— Et je suppose que tu as oublié de m'en parler ?

— On dirait que oui…

Je soupire. Tout est bien qui finit bien, même si certaines choses ne changeront sans doute jamais. C'est la vie.

Épilogue
(Janvier)

Le bonheur ne se fabrique pas en série,
il est toujours artisanal.

Louis Fortin

Première semaine de janvier. Derniers jours de vacances des fêtes. Nous sommes arrivés au Mexique hier. Maxime et Daphnée, qui se sont déjà habitués à mes parents à Noël, étaient finalement enchantés de passer du temps avec eux – malgré un peu de bouderie.

Après l'arrivée à l'aéroport de Cancún et une heure de route, Samuel et moi nous nous sommes effondrés hier soir sur le lit de notre chambre à l'hôtel et avons dormi comme deux loirs. Nous avons à peine remarqué le site enchanteur du complexe hôtelier, composé de petites villas et entouré de dunes, de mangroves et de lagons remplis de corail.

Le lendemain matin, quand j'ouvre les yeux, j'aperçois immédiatement Samuel. Couché à mes côtés, il me regarde, le sourire aux lèvres. Comme première image au réveil, c'est séduisant.

— Bon matin, Belle au bois dormant.

— Bon matin, Dr Torride.

Samuel rit. Puis il se lève et commence à s'habiller pour aller déjeuner. En l'observant, je repense soudain à notre première rencontre, il y a presque trois ans, dans un hôtel à Toronto. Je me souviens alors à quel point j'aimais les hôtels. J'adore la sensation d'être en vacances, cette impression qu'on peut se permettre des petites folies quand on est loin de chez nous, du genre qu'on ne ferait pas à la maison.

Après un déjeuner *relax* sur un bateau – oui, vous avez bien lu – dans un décor féerique, c'est le temps de se préparer pour la cérémonie qui se déroulera sur le bord de la plage. Et pour une fois que je ne suis pas demoiselle d'honneur, je compte bien en profiter. Pas de tenue ridicule à porter qui me ferait ressembler à une meringue. Pas de mise en scène ou de chorégraphie débile à mémoriser. Pas de discours gnangnan sur l'amour à apprendre juste pour faire plaisir aux mariés. Bref, je dispose d'une totale liberté dont je compte bien jouir.

Je me suis permis, aujourd'hui, de me vêtir d'une petite robe bleue à bretelles spaghetti, ornée d'une fine dentelle, très moulante et décolletée, fendue sur le devant de la cuisse gauche. Alors que je termine les retouches de mon maquillage et ma coiffure, je remarque que Samuel, tout en s'habillant, me fixe avec un grand sourire aux lèvres. Quoi ? Il y a une tache sur ma robe ? Ce serait bien le moment !

— Qu'est-ce qu'il y a ?

— Oh rien ! répond-il. Il faut être là-bas dans combien de temps ?

— Dans 15 minutes. Mais j'ai presque fini de me préparer.

— Ah !... Dommage !

— Pourquoi ?

— Parce que si on pouvait, je t'arracherais ta petite robe pour t'emmener au nirvana. Mais on n'a pas le temps.

Zut ! Pourquoi c'est toujours dans des moments comme celui-ci qu'on aimerait s'envoyer en l'air comme des bêtes ? Je me demande si on remarquerait notre retard...

— Évidemment, ça ira à ce soir ! rigole mon homme. Le désir en sera accru et ça pourra juste être meilleur, non ? Je te promets que tu ne le regretteras pas... ajoute-t-il. Tu ne perds rien pour attendre, fais-moi confiance.

— Démon tentateur !

* * *

Quelques instants plus tard, nous allons à la plage. Rien de tel qu'une cérémonie au grand air, en se faisant bercer au son des vagues, les pieds dans le sable, sous le soleil, en harmonie avec la nature. Comme d'habitude, Marianne est absolument superbe en plus de rayonner de bonheur.

Antoine est plus lumineux que jamais. Ils forment un si beau couple. Les problèmes de fidélité semblent loin derrière.

J'observe l'assistance. Laurie et Flix se tiennent près de moi, avec Amidala-Soleil, maintenant âgée de deux ans et demi, qui joue dans le sable.

Samuel est à mes côtés, le sourire fendu jusqu'aux oreilles. Je suis presque étonnée de le voir si heureux. Je me serais attendue à ce qu'il plaigne les mariés de s'être mis les pieds dans le piège à ours. Mais non, il est radieux.

Je suis vraiment contente pour les mariés – malgré leur relation « particulière ». Est-ce parce que, pour la première fois, j'assiste à un mariage non plus en tant que pauvre petite célibataire, mais avec l'homme que j'aime à mes côtés ? Est-ce pour une raison aussi égoïste ou ai-je acquis de la maturité ? Le bonheur des autres me réjouit au lieu de me rendre envieuse. C'est sûrement ça : je suis en train de vieillir et ça provoque des effets secondaires imprévus.

Je suis si touchée que je me mets à pleurer comme une Madeleine lorsque le prêtre les déclare « mari et femme ». Impossible de m'arrêter ! Les larmes coulent comme un torrent et je renifle comme un tuba.

Quelques heures plus tard, après quelques discours, les processions, le lancer du bouquet et autres machins, le repas est entamé, les danses débutent et les *drinks* coulent à flots. Buffet mexicain, danse folklorique, *band* latin, bonbons locaux et baignades sont au rendez-vous. Ils ont vraiment mis le paquet, ça bat le mariage de Gabrielle au manoir Rouville-Campbell.

Très tard le soir, après un *party* endiablé et beaucoup de margaritas épicées, Samuel et moi retournons à la chambre de notre petite villa, prêts à déguster un autre dessert duquel nous nous sommes languis toute la journée.

* * *

Après une soirée torride et un sommeil réparateur, je me réveille le matin pour m'apercevoir que je suis seule dans la chambre. Je prends le temps de m'étirer ; ça fait si longtemps que je n'ai eu un grand lit à moi toute seule et que je n'ai pu faire la grasse matinée. Maintenant, pour moi, la grasse matinée signifie me lever à sept heures ! Pas de réveille-matin, pas d'enfants qui crient, pas de chien qui demande la porte. Quel calme !

Je m'habille, songeant qu'il est temps de me mettre à la recherche de Samuel. Mais mon petit doigt me dit que je le trouverai facilement.

Je me dirige vers la plage, plus précisément vers les transats qui font face à la mer – et à l'est. Comme je m'y attendais, mon homme est assis sur l'un d'eux. Sirotant un grand café, il observe l'océan qui reflète la lumière orangée du soleil, levé depuis peu.

Tout près, Michael Bublé chante *Feeling Good*, à travers les haut-parleurs d'un lecteur CD. Une demande spéciale que Samuel a sûrement faite à l'employé à côté qui prépare les palmes et les masques de plongée pour les touristes.

Ce matin, Samuel porte un pantalon bleu, remonté à mi-mollet, une chemise blanche à moitié déboutonnée. Ses pieds nus sont dans le sable et il semble plus paisible qu'il ne l'a été depuis… heu !… je ne sais plus.

Ce style détendu lui confère un *look sexy,* digne d'une pub de Old Spice. Je m'installe à ses côtés.

— Bon matin, ma belle. Bien dormi ?

— Comme une marmotte. J'avais oublié ce que c'était. Ça fait du bien !

— Dommage. Tu as manqué un superbe lever de soleil. La lumière, ici, est vraiment magnifique. Mais je suppose que les heures de sommeil rattrapées en valaient la peine.

— Bah ! c'est pas grave. Il en reste combien, des beaux levers de soleil, avant la fin de nos vacances ?

— Douze. Très exactement.

— Je me rattraperai. On a plein de temps.

Wow ! « Plein de temps ». Ça faisait une éternité que je ne m'étais pas entendue dire ça. Dernièrement, le temps était toujours en déficit dans ma banque. Si je pouvais emprisonner ce moment dans une bulle de verre et la secouer – comme les boules remplies de fausse neige – quand ça va mal, ça serait super.

Samuel se penche et ramasse un grand café, posé dans le sable, qu'il me tend ensuite. Délicate attention de sa part, comme il avait l'habitude de m'en faire avant. Deux caféinomanes, ça se comprend bien. Je m'apprête à prendre une gorgée lorsque Samuel m'arrête.

— Attends ! Je veux voir ce qu'ils ont fait avec le tien.

Quoi ? Qu'est-ce qu'il raconte ?

— Ouvre le couvercle, dit Samuel, avec un sourire coquin.

J'obtempère, intriguée. La mousse du cappuccino contient des lignes formant le dessin d'une feuille. Le sourire de Samuel s'agrandit.

— Les employés font toutes sortes de motifs dans les cafés. J'étais curieux de savoir lequel ils avaient fait pour toi.

Comme c'est charmant ! Le summum du petit luxe, inutile peut-être, mais tellement mignon. Le genre qu'on ne voit plus avec la routine et le rythme de vie infernal qu'on mène.

— Et toi ? Qu'est-ce que tu avais, comme dessin ?

— Un cœur.

— Trop *cute*.

Je m'étends sur le transat, en savourant mon café et le moment. J'ai une petite pensée pour Maxime et Daphnée, mais je suis sûre qu'ils vont bien. Maman doit être en train de leur préparer des biscuits au sucre et un chocolat chaud divin dont elle seule a le secret. Papa est sans doute en train de jouer au train électrique, à la luge, de leur faire un spectacle de marionnettes ou de les initier aux joies de la chasse aux monstres dans le grenier.

En plus de les faire profiter des autres cadeaux, photos ou anecdotes tirés de leur visite à la Tour de Smailholm en Écosse, ou dans la vallée des Rois d'Égypte et ses pyramides. Bref, mes enfants ne pourraient pas être en meilleures mains.

Pense à toi, Amélie. Il y a trop longtemps que tu ne l'as fait. Samuel et moi, on jouit enfin d'un répit bien mérité, on profite de l'instant présent et on s'est promis de ne plus jamais oublier qu'on était un couple avant tout. C'est le temps de mettre ça en pratique.

Pas de *boss* insupportable, pas d'ex cinglée, ni d'emmerdes d'aucune sorte. Le paradis. Est-ce que je me laisse influencer par les paroles du beau Michael ?

« *It's a new dawn ; It's a new day ; It's a new life, for meeeeeeee. And I'm feeling gooooooood... Tadam, tadam, tadam... IIIIIII'm feeling goooooooood...* »

Une nouvelle vie ? Peut-être pas, mais presque. Douze jours de pure détente devant moi avec Samuel à mes côtés, plein de temps, de beaux levers de soleil à venir, et quoi d'autre ?

Mon plus gros dilemme, ce matin, est de décider si je vais faire du yoga sur la plage, l'heure à laquelle j'irai me faire masser au spa, si je dînerai au martini ou au *mojito* et quel bikini je porterai pour me baigner. Ça pourrait être pire.

Bilan de ma vie : bof !... pourquoi faire ça, au fond ?

Ne reste juste qu'à profiter de cet instant où, pour une fois, tout est parfait.

I'm feeling good, moi aussi.

MARQUIS
Québec, Canada